DUNJA KASEM
Behind my Past

DUNJA KASEM

BEHIND MY PAST

Roman

Dunja Kasem
Behind My Past

Band 1: Behind My Past
Band 2: Behind Your Confession
Band 3: Behind Our Unity

© 2021 Dunja Kasem
c/o Kasem
Gustavstraße 2
58332 Schwelm

Buchsatz: c/o Kasem
Umschlaggestaltung: Coverstube

www.dunjakasem.com
www.instagram.com/dunjakasem
www.pinterest.de/dunjakasembooks

Alle Personen und Handlungen in diesem Roman sind frei erfunden.
Jede Ähnlichkeit zu lebenden Personen ist rein zufällig.

Das Werk, einschließlich seiner Teile, ist urheberrechtlich geschützt. Jede Verwertung ist ohne Zustimmung des Autors unzulässig. Dies gilt insbesondere für die elektronische oder sonstige Vervielfältigung, Übersetzung, Verbreitung und öffentliche Zugänglichmachung.

Liebe Leser*innen,

dieses Buch enthält potenziell triggernde Inhalte. Deshalb findet ihr auf S. 456 eine Triggerwarnung.

ACHTUNG: Die Triggerwarnung enthält Spoiler für das Buch.

Ich wünsche mir für euch alle das bestmögliche Leseerlebnis.

Eure Dunja.

*Wenn es regnet, dann macht Juniregen daraus.
Lasst uns tanzen!*

Playlist

RY X – Body (Ambient)
Lena – private thoughts
RY X – Haste
Dermot Kennedy – Lost
Two Feet – Love Is a Bitch
Sabrina Claudio – Naked
ZAYN – If I Got You
Sabrina Claudio – Stand Still
Susie Suh – Everywhere
SYML – Fear of the Water
Freya Ridings – Ultraviolet
London Grammar – Truth Is a Beautiful Thing
Years & Years – Hypnotised
Dermot Kennedy – Power Over Me
Ruelle – Bad Dream

Prolog

Damals hat jeden noch so positiven Funken in einen negativen verwandelt.

Es hat mir mein altes Ich genommen, meine Lebensfreude, meine Freiheit.

Alles.

Von der einen auf die andere Sekunde.

Es war ein wahrgewordener Albtraum, der mich völlig unvorbereitet traf. Seit dieser Nacht war ich eine Gefangene meiner inneren Dämonen. Die Furcht in mir war jedoch nicht das Schlimmste. Es waren die Blicke, das Mitleid, die Sorgen meiner Mitmenschen, die mich letztendlich dazu brachten, meine Heimat zu verlassen.

Die Boston University sollte die Dinge zum Guten wenden. Die Uni erschien mir vom ersten Gedanken an als ein Ort des Neuanfangs. Ich hoffte, dass ich dort alles auf null setzen und von vorne beginnen, meine Ängste endlich abwerfen und ein neuer Mensch werden konnte. Gemeinsam mit meiner besten Freundin Hannah verließ ich deswegen Seattle.

Bei diesem Neustart sollte es keinen Platz für meine Vergangenheit geben.

Ich wünschte, es wäre so gewesen.

Aber die erste Begegnung mit meinem neuen Leben war anders als erhofft.

… Manchmal sehne ich mich nach dem Tag, an dem ich glaubte, vergessen zu können …

Kapitel 1

Das Vibrieren der Motoren tanzt in meinem Bauch, als das Flugzeug landet. Die letzten Stunden könnten alles verändert haben. Endlich bin ich hier, dieser Moment fühlt sich so positiv an, dass ich seit langer Zeit wieder so etwas wie Freude in mir spüre. Ich hatte ganz vergessen, wie gut sich das anfühlt. Als wir auf dem Rollfeld aufsetzen, werfe ich sämtliche Bedenken über Bord und halte an dem Wunsch fest, dass Boston mir guttun wird. Die Stadt wird alles ändern, wird mir ein neues Leben schenken. Das Leben, von dem ich bereits so viele Male geträumt habe, und das mir in jener Nacht genommen wurde.

»Na, komm endlich!«, drängelt Hannah neben mir. Die Tür hat sich noch nicht geöffnet, und dennoch warten die Passagiere schon im Gang.

»Wir können doch noch gar nicht aussteigen.«

»Ich will aber nicht mehr warten!«

»Wir sind tatsächlich in Boston! Verdammt, ich kann es immer noch nicht glauben!«, stoße ich aus.

»Glaub es lieber, denn wir werden die nächsten Jahre an diesem Ort sein!«

Wir sehen uns an und müssen beide lachen. Glücklich zu sein, fühlt sich so leicht an. Vielleicht sollte ich ab sofort nur noch glücklich sein. Nach *damals* war ich leer und konnte lange Gefühle in jeglicher Art nicht zulassen, schließlich jedoch habe ich so viel geweint, dass es irgendwann nur noch schlimmer wurde. Das ständige Aufgeben hat all meine Kraft verschwendet. Ich weiß gar nicht, wieso ich immer wieder schwaches Schluchzen, nasse Wangen und eine leere Seele auf mich genommen habe, denn besser ging es mir danach nie. Doch damit ist jetzt Schluss! Ich atme noch einmal hörbar aus, steige mit Hannah aus diesem Flugzeug und freue mich auf eine neue Zeit. Auf eine gute Zeit!

Die Hektik, die sich um uns auftut, ist vollkommen neu für mich. Geschäftsmänner laufen hastig an uns vorbei, ihr Handy bereits wieder am Ohr, bevor wir am Gepäckband stehen. Ob ich irgendwann auch zu denen gehöre? Möchte ich überhaupt wie die um mich Eilenden sein? Ich weiß es nicht, aber es gefällt mir, dass mir die Stadt neue Gedanken schenkt. Gedanken, die weit weg sind von *damals*.

»Da sind unsere!«, höre ich Hannah erleichtert sagen. Ich nehme ihr meinen Koffer ab und möchte mit ihr zum Ausgang gehen, als sie nach mir greift und mich misstrauisch ansieht.

»Was?«

»Ich kann echt nicht glauben, dass du das Teil mitgenommen hast«, kommt es fassungslos aus ihr herausgesprudelt. Sie deutet auf die Tasche an meiner rechten Schulter. Ich schaue noch einmal in Richtung Ausgang und tippe mir auf die Armbanduhr. Durch die Glastüren sehe ich die vielen Taxen und deren aufsteigenden Motordampf.

»Hannah, wir müssen jetzt los!«, ermahne ich sie.

»Du willst nicht wirklich die Glückskralle mitnehmen?!« Ihr Finger zeigt in einer gewissen Weise angewidert auf den abgewetzten Stoff meiner Jutetasche. Ich gebe zu, dass sie kein Schmuckstück ist, jedoch ist sie nicht so schlimm, wie sie es gerade darstellt. »Hannah …«, entgegne ich und werde sofort von ihr unterbrochen.

»Die ist echt schräg, aber das weißt du!«

»Stimmt doch gar nicht. Es ist bloß eine Tasche«, erwidere ich in einer Tonlage, die sich irgendwie rechtfertigend anhört.

»Mh hm, mit dieser Aufschrift. Die ist so was von gruselig!« Ihre Augen rollen, als sie sich den Aufdruck ein zweites Mal ansieht.

»Hannah, wir haben jetzt wirklich keine Zeit!« Entnervt schiebe ich sie Richtung Taxi.

»Nein, ehrlich. Das ist ein Katzenkopf, darunter sind Kratzspuren und dann auch noch der vollkommen peinliche Text: *Kraul mich und ich schnurr für dich!* Außerdem war das Teil bereits durch, als du es vor fünf Jahren auf dem Schulfest an einem Drehrad gewonnen hast. Es ist höchste Zeit, dass die Glückskralle verschwindet!«

»Gerade ist es vor allem höchste Zeit, dass wir beide in ein Taxi einsteigen, weil wir sonst nie im Wohnheim ankommen. Mach schon!«, beende ich diese Unterhaltung und endlich steigt sie in das Fahrzeug ein.

Ich nehme neben ihr auf der Rückbank Platz und ein aufgeregtes Kribbeln macht sich in meinem Bauch bemerkbar, da es nun tatsächlich losgeht.

Wir sind in Boston, in einem neuen Leben.

Der Wagen fährt durch die Straßen von Beacon Hill. Der rotbraune Backstein, die penibel aneinandergereihten Häuser und die liebevoll hergerichteten Vorgärten verzaubern mich von der ersten Sekunde. Wie eine Filmkulisse, viel zu schön und perfekt, als dass sie real sein könnte.

»Das ist ja der Wahnsinn!«, gibt Hannah mit einem

erstaunten Geräusch von sich. Die Ansicht nimmt mich so sehr ein, dass ich kein einziges Wort aus meinem Mund bekomme.

Die frühabendliche Sonne lässt das Rot der Häuserreihen noch intensiver erscheinen, und der Wind weht gerade leicht genug, um die Blätter der Bäume zum Tanzen zu bringen. Einige rieseln bereits zu Boden.

Sattes Grün begrüßt uns, als das Taxi über eine gepflasterte Alleenstraße fährt. Manche Straßenlaternen leuchten schon, an den Häusern reflektieren warme Sonnenstrahlen. Bald wird sich der Herbst über die Stadt legen, doch ich fühle mich wie im Frühling. Es ist der Beginn von allem. Als könnte mein Leben auf null gesetzt und der langersehnte Neustart tatsächlich Wirklichkeit werden. Mit jeder Prüfung, mit jedem Test habe ich mich auf die Uni vorbereitet und auf diesen Tag gewartet, sodass ich gar nicht gemerkt habe, wie rasch die Monate vorbeigegangen sind. Jetzt sitze ich mit Hannah im Taxi und fahre in ein neues Zuhause.

»Es ist wunderschön!«, murmele ich und sehe dabei weiter auf die vorbeifließenden Häuserbilder, nicht in das Gesicht meiner besten Freundin.

Vielleicht werde ich hier an der Ostküste endlich wieder atmen können. Wie in der Zeit vor *damals*, wie es in Seattle bis zu dieser Nacht für mich gewesen ist. Die Vorstellung fühlt sich so gut an, dass die Helligkeit meinen ganzen Körper durchströmt. Ich frage mich, ob die Räume genauso aussehen, wie sie im Internet beschrieben wurden? Wird der Charles River wirklich fußläufig zu erreichen sein? Werden wir in ein Zimmer kommen? Die Fragen breiten sich wie dicker Rauch in meinem Kopf aus, doch dann wird das Taxi langsamer und mit ihm halten meine

Gedanken an. Wir sind da.

Hannahs strahlendes Lächeln verrät mir, dass sie sich ebenso sehr freut, wie ich es tue.

»Ladys, Willkommen an der altehrwürdigen Boston University!«, ruft sie und reißt auch meine Arme hoch in die Luft. Ich muss lachen. Das helle Geräusch, das meine Lippen verlässt, hört sich fremd an. Doch das soll die kommende Zeit ändern. »Lia, das ist unglaublich!«, quiekt sie und steckt mich mit ihrer Energie an.

»Das wird der Wahnsinn!«, flüstert sie mir ins Ohr. So, als wäre es unser Geheimnis.

Am Portal der Uni haben sich schon einige Studenten angesammelt. Wie Hannah und ich scheinen sich viele bereits zu kennen.

»Dann mal los. Wir müssen die Verwaltung finden und so groß, wie das Gebäude ist, könnte das etwas dauern«, schnauft sie, als sie ihren Kopf in den Nacken legt und an der Fassade hinaufblickt. Ich stimme ihr mit einem hoffnungsvollen Blick zu und folge ihr. Als Hannah die Tür öffnet und wir das erste Mal im Eingang der BU stehen, kann ich mein Glück nicht fassen.

Es riecht nach Gemäuern voller Geschichte. Nach lernenden Studenten, nach Büchern. »Hier!« Ich zeige auf eine Tafel, auf der man eine Art Lageplan der Uni erkennt.

»Eins nach oben«, antwortet sie, die den Verwaltungsraum vor mir gefunden hat.

»Sag mir nicht, dass wir unsere Koffer jetzt die Treppe hochtragen müssen«, gebe ich gequält von mir. Hannah lacht. Doch dann nimmt sie den ausgefahrenen Griff und erklimmt samt Gepäck die Stufen. Ich folge ihr, wenn auch nicht ganz so energisch. Die Anreise war anstrengender als gedacht.

Als wir im ersten Obergeschoss ankommen, sehen wir bereits den Raum, nach dem wir suchen. Eine Schlange aus aufgeregten Studienanfängern erwartet uns.

»Ich bin fix und fertig«, keucht sie. Ich antworte ihr mit einem *Frag–mich–mal–Blick*. Doch die Verwaltung fertigt die wartenden Neuankömmlinge schneller als gedacht ab. Innerhalb weniger Minuten stehen wir vor einem Mann, dessen graues Haar sich über seinen Kopf kräuselt.

»Willkommen an der BU, ich bin Mr. Richardson«, begrüßt uns der ältere Herr. Seine Brille sitzt klassisch vorne auf der Nasenspitze und verleiht ihm einen warmen Ausdruck.

»Name?«, hakt er freundlich nach und sieht währenddessen auf den Monitor vor sich. Seine Finger warten nur darauf, unsere Namen ins System einzugeben, und tippen ungeduldig auf der Tastatur herum.

»Ich bin Hannah Andrews.« Mr. Richardson lächelt. Es vergehen bloß wenige Sekunden, bis er den richtigen Stapel Papiere und einen Schlüssel aus dem Aktenschrank hervorgezaubert hat.

»Sie erhalten hier Ihren Zimmerschlüssel. In den Unterlagen ist die Zimmernummer nochmals vermerkt. Ich wünsche Ihnen einen guten Start an der Boston University.« Danach macht er dasselbe für mich.

Kurz verliere ich das Gefühl für Raum und Zeit, als ich meinen vollständigen Namen im Adressfeld lese. Dann erinnere ich mich daran, dass niemand weiß, was mit June passiert ist. Keiner kennt meine Vergangenheit! Keiner hat auch nur den Hauch einer Ahnung, was *damals* geschehen ist. Sie denken wahrscheinlich nicht einmal über meinen Namen nach. Alles ist gut, alles ist gut. Und innerhalb kürzester Zeit stehen wir im Flur und sehen, dass wir im gleichen Zimmer untergebracht wurden. Die Angst ist sofort wie verflogen.

Hannah kreischt als Erste von uns, zieht mich in ihren Arm und hüpft voller Freude auf und ab. »Ich glaube es einfach nicht, wir sind tatsächlich in einem Raum. Das ist doch irre!«, jubelt sie und auch ich kann mein Glück kaum fassen.

»Lass uns das Zimmer beziehen«, stoße ich grinsend aus.

Wir haben kaum den Verwaltungsbereich verlassen, da ist der vielversprechende Eindruck mit ihm hinter uns schon verschwunden. Es scheint, als würde sich im Wohnbereich eine vollkommen andere Welt verbergen. Eine Welt, die nichts mit den warmen Sonnenstrahlen von vorhin gemeinsam hat.

Staub liegt in den Ecken, aufgetakelte Studentinnen rauschen mit einer Parfümwolke an uns vorbei und gackern dabei schrill, als sie ein flüchtiges Zuzwinkern von irgendwelchen Typen zugeworfen bekommen. Sie nehmen mir das positive Gefühl. Bereits innerhalb weniger Sekunden spüre ich, wie der Schwung von eben aus meinem Körper entweicht, denn von dem charmanten Flair, der uns nur vor ein paar Augenblicken in Empfang genommen hat, ist jetzt kaum etwas übrig. Hannah und ich sehen uns beide ernüchternd an.

Ich erinnere mich noch genau an den Tag, an dem ich mich eines Nachmittags an den Tisch setzte und nach möglichen Unis recherchiert habe. Für mich war beschlossene Sache, dass es am liebsten weit weg und am Wasser sein sollte. Hannah und ich haben früher jeden Sommer am See verbracht, am Ende unserer Straße, wir sind sozusagen am Wasser aufgewachsen. Der klare See, in dem sich unzählige Bäume, Äste und Blätter vom Ufer spiegelten, war immer ein Ort des Glücks für mich. Ich kann mich an den Geruch von dürrem Laub erinnern, an das seichte Wasser und an das Glitzern der Sonnenstrahlen auf der glatten Wasseroberfläche. Wasser in irgendeiner Form war also ein Muss. Obwohl *damals* irgendwie am Green Lake angefangen hat, hat es dort auch aufgehört. Das Wasser hat dem Ganzen ein Ende gesetzt.

Schließlich bin ich auf die Boston University gestoßen. Sie ist weit weg von Seattle und hat einen Fluss in der Nähe vom Wohncampus. Sie war perfekt und kam für mich direkt in die engere Auswahl. Als dann die Zusage kam und Hannah ebenfalls einen Platz bekommen hatte, konnte ich mein Glück kaum fassen. Davon merke ich jetzt nichts mehr.

Die Studenten wirbeln durch die dreckigen Flure. Die weiblichen von ihnen wirken wie wahrgewordene Männerträume. Eine ist hübscher und schlanker als die nächste. Ich fühle mich, als würde ich in ihr Zuhause eindringen, als würde ich in einen Ort eindringen, an den ich nicht gehöre. Das helle Lachen hallt von allen Seiten an den weißen Wänden nach. Das Geräusch ist so kreischend, dass es sich mit einer Gänsehaut über meinen Körper legt.

Das ungute Gefühl in meinem Bauch wächst mit jedem weiteren Schritt, den ich in dieses Gebäude mache. Meine Hand greift nach dem Saum von Hannahs T-Shirt. Ihr Blick beantwortet meine unausgesprochene Frage. Sie findet es zwar nicht genauso schrecklich wie ich, aber Begeisterung sieht trotzdem anders aus. Ich bin froh, wenn wir gleich in unserem Zimmer sind, und ich erst einmal durchatmen kann.

Gegen halb sechs finden wir endlich die Zimmernummer

dreizehn am Ende des Flures. Der Raum steht offen, trotzdem klopft Hannah zweimal an den Rahmen. Als ich an ihr vorbeisehe und das ganze Ausmaß erkenne, erwartet uns die nächste Überraschung. Und was für eine!

Bevor wir herkamen, wussten wir nicht, ob wir in einem Zimmer untergebracht werden. Ich hatte mich bereits auf das Schlimmste eingestellt. In Gedanken hatte ich mich auf ein leeres, karg eingerichtetes Wohnheimzimmer gefasst gemacht. Okay, ich hätte es mir schon schön gemacht. Irgendwie. Aber dieser Raum ist keineswegs leer, auf dem Boden stapeln sich Klamotten, die Vorhänge sind zugezogen, sodass es schummrig ist und ... und ein beißender Gestank empfängt uns. Zwei stechend blaue Augen funkeln in unsere Richtung. Sie will sich nicht das Zimmer mit uns teilen, das sehe ich ihr sofort an. Meinetwegen! Das hier kann unter keinen Umständen unser Zuhause sein. Ich hoffe es.

Mr. Richardson hatte nicht gesagt, dass wir noch eine Mitbewohnerin haben und schon gar nicht so eine!

»Ach du heilige Scheiße!«, gibt Hannah neben mir fassungslos von sich.

Das ist unser Raum?

Meine Welt zerbricht mal wieder in tausend Teile.

Hinter uns suchen ankommende Studenten nach ihren Zimmern. Sie lachen, kreischen und freuen sich. Für mich hört sich ihr Lachen wie Sirenen an. Das Durcheinander, das ständige Kommen und Gehen – alles überfordert mich. Natürlich wusste ich, dass heute viele Studienanfänger anreisen werden, doch ich habe mit weitaus weniger Konfrontation gerechnet. Ich weiß nicht, was ich mir gedacht habe, aber sicher habe ich mir nicht vorgestellt, gleich an meinem ersten Tag an der BU eine Panikattacke zu bekommen.

»Und wer bist du?«, will Hannah wissen. Unsere sogenannte Mitbewohnerin atmet entnervt aus, sieht hoch und lächelt falsch.

»Kim Dawn«, schießt sie zuckersüß zurück. Sie fragt nicht einmal nach unseren Namen. »Bleibt ihr jetzt den ganzen Tag im Türrahmen stehen?«, keift uns diese Kim an und räumt vollkommen unbeirrt in ihren Klamotten herum, als wäre nichts passiert.

»Ist das euer Zimmer?«, fragt ein schmaler Typ hinter mir. Ich zucke erschrocken nach vorne. Kim winkt ihn mit einer scheuchenden Handbewegung weg.

»Das ist ein Mädchenzimmer«, mault sie ihn an. Mein Magen zieht sich grausam schnell zusammen.

Hannah geht tatsächlich einen Schritt in das Loch hinein. Meine Beine hingegen bewegen sich keinen einzigen Millimeter. Ich bin wie gelähmt. Das dunkle, dreckige und stinkende Chaos hat absolut nichts mit dem Raum gemeinsam, den ich mir für uns gewünscht habe. Es sollte ein kleines sauberes Zimmer sein. Nichts Besonderes, aber immerhin leer, das wir so einrichten könnten, damit es uns wie ein Zuhause vorkommt. Ich habe keinen Luxus erwartet, nur einen Rückzugsort, an dem ich mich wohlfühlen und für mich sein kann. Wie auf meinem geliebten Dachboden in Seattle. Ich vermisse den gemütlichen Ohrensessel in den ausgebauten Dachgauben bereits jetzt. Automatisch denke ich an die vielen Leseabende dort oben mit meiner Mutter, an die knarzende Treppe und an den kuscheligen Teppich. Der Dachboden war schon immer mein Rückzugsort und fehlt mir, kaum dass ich ihn verlassen habe. Natürlich war mir klar, dass mir Mom fehlen würde und mir war ebenso bewusst, dass es nicht einfach wird, sich auf etwas Neues einzulassen. Allerdings wusste ich mindestens genauso gut, dass die Zeit gekommen ist, um genau diesen Schritt zu gehen. Doch wenn ich mich umsehe, frage ich mich, ob ich mich nicht vielleicht geirrt habe.

Ich habe mich so sehr auf diesen Neuanfang gefreut, dass ich gar keine Gedanken an das alltägliche Leben verschwendet habe. Die Vorstellung von einem neuen Leben – weit weg von Seattle – war so positiv, dass ich gar nicht darüber nachgedacht habe, was es bedeutet, in einem gemischten Wohnheim zu wohnen.

Während ich nach wie vor wie festgewachsen am Eingang stehe, und meinen Blick immer wieder durch die vorbeiziehenden Studenten schweifen lasse, verschwindet Hannah im Zimmer.

Kim lässt sich kein bisschen von uns stören. Es scheint sie überhaupt nicht zu kümmern, dass wir hier sind, obwohl sie uns gleichzeitig das Gefühl vermitteln will, dass wir ihre Albtraum-Kandidaten für einen gemeinsamen Raum sind. In aller Ruhe durchwühlt sie ihre Outfits, hält sie sich an, betrachtet sich in einem Standspiegel, der solche Flecken hat, dass diese wahrscheinlich nicht mehr so leicht zu entfernen sein werden. Ekel steigt in mir hoch.

Wieso um Himmels willen durchsucht sie eigentlich ihre Klamotten? Kann sie nicht zuerst dafür sorgen, dass dieses Loch betretbar wird und ihre gottverdammten Sachen wegräumen? Anstatt sich den dreißigsten Rock anzuhalten, sollte sie lieber ihren Krempel beiseiteschaffen und helfen, das Zimmer einzurichten.

Der Gestank ist so streng, dass er sich bis in mein Innenleben drängt, und ich habe das Gefühl, je länger ich stehenbleibe, desto schlimmer wird es. Mit einem Mal überkommt mich der beißende Geruch nach Essensresten und süßem Alkohol derart, dass mir übel wird und ich mir unwillkürlich die Hand vor Mund und Nase drücken muss. Ich renne zum Fenster, ziehe die dreckigen Vorhänge auseinander und reiße es auf.

»Aber sonst geht's dir gut?«, höre ich es hinter mir fragen. Ich stehe wie versteinert am Fenster und bemühe mich, so viel frische Luft wie nur möglich einzuatmen.

»Jetzt beruhig dich mal, das war bitter nötig«, verteidigt mich Hannah. Sie erkundigt sich nach meinem Befinden mit einem einzigen Blick, auch wenn sie sich denken kann, wie es mir gerade geht. »Kannst du vielleicht deine Sachen zu dir räumen? Das ist immer noch ein Gemeinschaftszimmer, da gibt es gewisse Regeln –«, erklärt sie Kim und möchte damit fortfahren, als diese ihr ins Wort fällt.

»Erstens interessieren mich irgendwelche Regeln nicht und zweitens, wenn es hier Regeln gibt, dann bestimme ich, welche. Mein Zimmer! Wenn ihr ein Problem damit habt, könnt ihr euch ja gerne in ein anderes Zimmer verziehen, meinetwegen.«

»Dein Zimmer?«, blafft Hannah.

»Richtig! Ich war die Erste hier, also ist es mein Zimmer.«

Hannah lacht. Laut und fassungslos. Auf dem Flur ist auch noch kein Ende in Sicht. Immer mehr Studenten drängen sich durch den Gang, begrüßen sich, als seien sie alte Freunde und grölen in die offenstehenden Räume – unter anderem in unseren. Ich hasse dieses liberale Wohnheim schon jetzt.

»Lach nicht so blöd, finde dich besser damit ab«, meckert Kim.

»Du hast doch nicht mehr alle Tassen im Schrank!«, schimpft Hannah. Am liebsten würde ich Kim eine ähnlich giftige Antwort an den Kopf pfeffern, nur bin ich dazu aktuell nicht in der Lage. Nicht im Ansatz! Auf dem Flur kann ich vor lauter Menschen die Wände nicht einmal mehr sehen und hier drinnen kann ich keine zwei Atemzüge hintereinander nehmen, ohne dabei würgen zu müssen. Seit *damals* haben sich bei mir diverse Zwänge in den Vordergrund gedrängt. Die zwei präsentesten davon sind wohl zum einen mein Ordnungsfimmel und zum anderen ein sehr ausgeprägter Waschzwang. Wenn ich mich in dieser Bruchbude umsehe, überkommen mich sofort beide Zwänge auf einmal. Am liebsten würde ich alles aus dem Fenster schmeißen, mit Chlor jeden Zentimeter dieses Zimmers desinfizieren und gleich danach unter die Dusche steigen, um mich ebenso sauber zu schrubben. Nichts davon ist mir im Augenblick möglich.

Meine Schuhe lösen sich bei jedem Schritt mit einem leichten Schmatzen vom Boden. Hier ist irgendwann etwas ausgelaufen, und so wie es hier aussieht, hat man es bis heute dabei belassen. Ganz nach dem Motto, tritt sich fest.

»Wo ist das Bad?«, höre ich mich kraftlos fragen.

»Du meinst das mit Badewanne und Regendusche?«, faucht Kim.

Ich atme frustriert aus. Zwar wusste ich, dass wir eine Mitbewohnerin bekommen könnten, doch mich hat niemand davor gewarnt, dass diese nicht schlecht gelaunter, dickköpfiger und chaotischer sein könnte. Kim Dawn ist mein wahrgewordener Albtraum.

»Hör auf mit dem Scheiß!«, mischt sich Hannah ein.

»Hör mal! Wir sind hier im Wohnheim, nicht im Hotel, wenn das unter deiner Würde ist, schlage ich dir vor, umzuziehen. Es gibt einen Gemeinschaftswaschraum, das war's.«

Gemeinschaftswaschraum? Nein! Das darf nicht wahr

sein!
Du wusstest, dass es Gemeinschaftsbäder geben wird.
Natürlich wusste ich das.
Wo liegt dann das Problem?, fragt June bissig.
Wo verdammt noch mal das Problem liegt?! Das alles hier ist das Problem! In meiner Wahnvorstellung von einem tollen, neuen Leben in Boston habe ich leider nicht bedacht, wie sehr mich Gemeinschaftsräume überfordern können. Ich habe nicht daran gedacht, dass ich womöglich jedes Mal eine Panikattacke bekomme, sobald ich mir nur vorstelle, in einem Gemeinschaftswaschraum duschen zu müssen.
Hast du nicht daran gedacht, oder hast du es bloß ignoriert?
»Antwortest du nur, wenn du Bock hast?«, keift Kim in meinen inneren Dialog mit June hinein.
»Halt einfach die Klappe!«, zischt Hannah und kommt auf mich zu.
»Falls ihr es nicht gemerkt habt, das ist mein Zimmer. Ihr seid die Neuen, also werdet ihr euch auch anpassen, verstanden?«
Hannah lacht. »Komm mal wieder von deinem Trip runter. Ist mir scheißegal, wer hier als Erster war und wenn schon, das ist immer noch *unser* Zimmer!«, schnauzt Hannah sie an. Kim macht einen ungläubigen Gesichtsausdruck und wendet sich wieder ihren Klamotten zu.
»Ich kann das nicht, ich kann hier nicht schlafen. Keine einzige Nacht«, plappere ich hektisch. Hannah nickt lautlos. Sie weiß, dass das hier der absolute Horror für mich ist. Wobei Horror noch untertrieben ist für den Sturm, der in mir tobt. Das hier ist einfach alles zu viel für mich. Mein Blick rast immer wieder durch dieses verdammte Zimmer. Ich will nach Hause. In diesem Moment fällt mir ein, dass

ich Mom nach Ankunft anrufen sollte.

Die weit aufgerissenen Zimmertüren, der offene Umgang unter den Studenten, der Dreck, das Chaos, das ständige Kommen und Gehen, die Gemeinschaftsbäder – ein gottverdammtes liberales Wohnheim – ich kann das nicht.

Vollkommen überfordert versuche ich, in diesem Saustall den Ort zu erkennen, den ich mir so sehr gewünscht habe. Vergebens. Mein Traum vom strahlenden Neubeginn zerplatzt gerade wie zarte Seifenblasen auf der Hand. Ich drehe mich zu Hannah und sage ihr, dass ich nach draußen gehe, um meine Mutter anzurufen.

»Stimmt, das hätten wir längst tun sollen.«

»Ich bin direkt vor dem Eingang, hier unten«, erkläre ich ihr und zeige aus dem Fenster auf den Parkplatz, der vor unserem Zimmer ist.

»Alles klar, bis gleich«, antwortet sie und lächelt mir aufmunternd zu.

Ich fühle mich ausgepowert und kraftlos als ich mich an die Hauswand lehne und auf die Autos vor mir sehe. Langsam setze ich mich und krame mein Handy aus dem Rucksack, als ich einen Brief finde. Er ist von Mom, das erkenne ich sofort an ihrer Schrift. In meinem Kopf dreht es sich so schnell, dass ich mir nicht sicher bin, ob ich dafür bereit bin. Bisher bin ich immer unter Tränen zusammengebrochen, wenn sie mir geschrieben hat. Doch je länger ich den Umschlag in den Händen halte, desto dringender möchte ich wissen, was sie mir zu sagen hat.

Sie wünscht mir Glück für das Studium, für den neuen Abschnitt in meinem Leben und schreibt, dass sie Tag und Nacht an mich denken wird. Es ist nicht viel, was in dem Brief steht, doch es sind die richtigen Worte, die es braucht, damit ich mich in Gedanken verliere.

Das Gefühl von dem Papier an meinen Fingern erinnert mich an früher. Als ich noch ein Kind war, haben wir uns oft kleine Botschaften hinterlassen. Jeden Morgen habe ich unter meinem Kissen nachgesehen, ob mir Mom eine Nachricht dagelassen hat. Wenn ich die Augen schließe, bin ich bei ihr, rieche sie und verliere mich in ihren Armen, die mir immer Geborgenheit schenkten.

Sie hat die Koffer vor den Eingang gestellt und beide Arme vor der Brust verschränkt. Nachdem ich die letzte Stufe genommen habe und neben ihr stehe, sehe ich, dass es regnet. Ich inhaliere den weichen Geruch des frischen Regens und schließe dabei für zwei Sekunden meine Augen. Meine Mutter streckt ihre Hand nach mir aus, und ich lasse mich nur zu gerne von ihr in den Arm nehmen. Am liebsten würde ich meine Augen noch einmal schließen, die Arme ausstrecken, den Dutt öffnen und meinen Kopf in den Nacken fallen lassen, um dann zu tanzen. So, wie ich immer davon geträumt habe, zu tanzen.
Frei.
Im Regen!
Das leise Einatmen meiner Mom unterbricht mich in diesem Gedanken. »Es ist genau wie damals«, murmelt sie.
Für sie hat damals eine andere Bedeutung, eine gute Erinnerung. Ganz im Gegenteil zu dem, was ich mit diesem Wort in Verbindung bringe. Und obwohl mich jedes Mal eine Gänsehaut der Angst überkommt, wenn ich nur an diesen Moment denke, so darf ich ihr das nicht zeigen. Nicht jetzt! Sie ist bereit, mich gehen zu lassen, zumindest redet sie sich das ein. Und mir. Vielleicht rede ich mir auch bloß ein, bereit zu sein. Nur wird es kein Zurück mehr geben, denn in wenigen Stunden werde ich mit Hannah im Flugzeug sitzen und in mein neues Leben fliegen. Ich darf meiner Mutter

nicht offenbaren, dass ich immer noch Angst habe. Das würde sie nicht schaffen und ich ebenfalls nicht. Nicht jetzt, wo wir beide erstmals nach zwei Jahren wieder Hoffnung schöpfen. Mom lässt mich gehen, auch wenn ihr nicht klar ist, wovor ich flüchte. Darüber haben wir nie gesprochen, das konnte ich nicht, selbst, wenn ich es gewollt hätte. Damals hat Kälte zwischen uns getrieben, hat mich einsam gemacht und dafür gesorgt, dass ich nicht länger mit meiner Mutter sprechen konnte. Immer wieder hat sie mich gefragt, was in der einen Nacht passierte, die alles veränderte. Kein einziges Mal konnte ich ihr die Antwort geben, die sie gebraucht hätte – die Wahrheit. Bis heute weiß sie nicht, warum ich aus Seattle verschwinden will.

Ich befürchte zwar, dass sie sich denken kann, was in der Nacht von vor zwei Jahren passiert ist, aber anzunehmen, dass sie es nicht hundertprozentig weiß, erleichtert mich ein wenig. Es macht mir das Weggehen leichter.

»Der Regen ist wie damals, am Tag deiner Geburt. Wochenlang war es so heiß und trocken gewesen, dass wir kaum atmen konnten. Jeden Tag hofften wir, es würde endlich regnen. Erst am 14. Juni, dem Montag nach den heißen Tagen, kam der erlösende Regen. Genau in der Sekunde, in der du das Licht der Welt erblickt hast. Du kannst dir gar nicht vorstellen, wie glücklich ich in diesem Augenblick war. Als ich dich auf meiner Brust liegen hatte und der Regen die Stadt von ihrer Hitze erlöste, befreite er auch mich von meinen Schmerzen. Als der erste Tropfen fiel, erlebte ich den perfektesten und größten Moment, den man wohl jemals erleben kann.«

»Mom ...«, setze ich an und werde sofort mit einem leichten Schnalzen unterbrochen.

»Ich wusste, dass es nie wieder etwas geben wird, was so

intensiv und großartig sein könnte, wie das. Man konnte den Regen durch die geschlossenen Fenster riechen und irgendwie beruhigte er dich. Je stärker es regnete, desto weniger hast du geweint. Dieser Juniregen beschrieb die wertvollsten Minuten in meinem Leben und so konntest du nur June heißen. Mir ist klar, dass du so nicht mehr genannt werden möchtest, doch ...«

»Bitte, Mom. Ich weiß, aber dieser Name ...«, flüstere ich, die Stimme bricht mir weg und ich kann die Tränen nicht länger zurückhalten.

»Ich weiß, mein Schatz und ich möchte, dass du in Boston Juniregen spürst. Du beginnst in dieser Stadt ein neues Leben und ich wünsche mir nichts mehr, als dass du in ihr dein Glück findest. Du bist jetzt Lia und ich wünsche mir, dass du vielleicht dort spüren kannst, was Juniregen bedeutet.«

»Danke, Mom!«, wispere ich und lasse mich noch fester in ihren Arm schließen. Dabei hat sie keine Ahnung, was damals wirklich passierte. Warum ich seit jener Nacht nicht mehr June bin. Weshalb ich es nicht ertrage, bloß daran zu denken. Mom weiß nicht, wieso June vor zwei Jahren gestorben ist, warum ich dieses traurige Mädchen wurde. Und doch ist sie für mich da, als wüsste sie genau, was mich nachts aus dem Schlaf reißt.

»Ich lasse dich gehen, damit du endlich abschließen kannst. Vergiss alles, vergiss diese Nacht. Es gibt so viele Tage, die auf dich warten, mein Kind. Versprich mir, dass du wieder glücklich wirst.«

»Ich verspreche es dir!«, sage ich, obwohl ich das gar nicht wissen kann. Aber ich wünsche es mir und so wird es ja möglicherweise noch viel mehr als ein Neustart. Was wäre, wenn sich Moms Wunsch erfüllt und ich meinen Juniregen finde?

»Und du weißt, dass ich jederzeit für dich da bin, oder?«
»Natürlich, Mom.«
Meine Mutter nickt leicht und sieht erneut wortlos auf den Regen, der uns ins Gesicht geworfen wird.

Das laute Zuknallen der Tür reißt mich aus meinen Gedanken heraus und erinnert mich daran, dass ich Mom anrufen wollte. Ich verdränge die Bilder von uns vor dem Haus, die ich bis gerade noch gesehen habe und wähle endlich ihre Nummer.

Kraftlos atme ich aus. Es war nicht leicht, ihr vorzumachen, alles wäre in Ordnung. Sie merkt ziemlich schnell, wenn es mir nicht gut geht, trotzdem konnte ich sie davon überzeugen, dass es bloß an der neuen Situation liegt und ich mich erst einmal einleben muss, bevor ich mich wohlfühlen kann.

Als ich vor dem Zimmer bin, hat sich an der Ausgangslage nichts verändert. Hannah sieht aus dem Fenster und versucht, System in das Chaos zu bringen, während Kim weiterhin in ihrer Kleidung herumwühlt.

»Bleibst du jetzt die ganze Zeit am Fenster stehen?«, fragt Kim, immer noch mürrisch, aber weniger kreischend. Es ist gerade einmal sechs Uhr abends, doch ich fühle mich, als wäre ich bereits die ganze Nacht auf gewesen.

»Keine Sorge, ich werde auch noch den anderen Teil des Zimmers aufräumen«, versichert Hannah ihr mit einem ironischen Unterton.

»Da muss ich euch enttäuschen. Das ist meine Hälfte«, erklärt uns Kim und zeigt währenddessen auf die Seite des Raums, auf der sie sich befindet.

»Du bist wieder da«, stellt Hannah lächelnd fest.

»Ein Glück«, murmelt Kim. Ich rolle bloß mit meinen

Augen und helfe meiner besten Freundin beim Wegräumen. Ich hasse es in diesem Zimmer. Alles klebt.

Ich kann unmöglich in diesem Bett liegen.

Über mir bricht alles ein … wenn Hannah nicht bei mir wäre, befände ich mich vermutlich schon längst auf dem Weg zum Flughafen, zurück nach Seattle.

»Wir schaffen das«, tröstet sie mich leise, damit Kim es nicht mitbekommt.

»Ich weiß nicht, ob ich das kann.«

»Aber wir haben keine andere Wahl.«

Hannah nimmt mich vorsichtig in ihre Arme und streichelt mir über den Rücken, immer wieder in gleichmäßigen Bewegungen, doch es hilft nur wenig. Die zwei Stunden, die ich in Boston bin, fühlen sich nach einer halben Ewigkeit an.

Als ich meine Augen öffne, hat Kim in dem Klamottenberg, wie es scheint, gefunden, was sie gesucht hat: »Hah! Wer sagt's denn!«, sagt sie mehr zu sich als zu uns. Am liebsten würde ich sie anschreien und ihr an den Kopf werfen, dass sie auf der Stelle alles aufräumen soll, dass das hier ein verdammter Schweinestall ist, dass sie abhauen soll … aber ich kann nicht. Es ist, als habe ich keinen Speichel im Mund, mein Kiefer ist steif, wie zusammengeklebt. Und es ist ihr Zimmer, das hat sie uns unmissverständlich vermittelt. Abgesehen davon erstickt meine innere Zerrissenheit jeglichen Anflug von Rebellion. Die Angst in mir ist größer als der Wunsch, daraus auszubrechen.

Kims dicke, schwarze Locken fallen ihr bis auf die Schultern und wippen auf und ab, während sie sich ein bauchfreies Spitzentop überzieht. Das Haar kraust sich so wild um ihren Kopf, dass es sie wie ein Raubtier erscheinen lässt und ihre kratzbürstige Art perfekt in Szene setzt. Sie ist diejenige von uns dreien, die am auffälligsten ist. Die dunkle Haarmähne ist mindestens so unzähmbar, wie ihre Art. Wenn ich mich mit ihr vergleiche, wirke ich beinahe noch blasser. Meine hellgrauen Augen haben einen grünlichen Stich in der Mitte, doch die meiste Zeit sind sie einfach nur hell und verschmelzen fast mit meiner ebenso hellen Haut. Die langen braunen Haare bilden teils einen zu starken Kontrast zu meinem Teint, doch das Erste, was den Leuten ins Gesicht springt, ist das fehlende Gewicht. Wenn Hannah neben mir steht, sehe ich ungesund dünn aus. Im Gegensatz zu ihr habe ich kaum weibliche Rundungen. Ich bin zerbrechlich und blass und knochig. Also das komplette Gegenteil von unserer Lieblingsmitbewohnerin. Wenn man uns nebeneinanderstellt, ist sie das Raubtier und ich ihre Beute.

»Es wird mit der Zeit besser«, flüstert Hannah in meine Gedanken. Was soll ich darauf erwidern? Zu gerne würde ich mit einem klaren *Ja* antworten, meine Furcht lässt das allerdings nicht zu.

Montag beginnen die Kurse, bis dahin wollte ich eigentlich das Zimmer eingerichtet, sämtliche Bücher und Ordner sortiert und mich gut für den ersten Tag vorbereitet haben. Ich wollte mich perfekt darauf einlassen können. Jetzt hocke ich mit meiner besten Freundin und einer schlecht gelaunten Kim in diesem Loch und stehe plötzlich vor ganz anderen Aufgaben.

Innerhalb weniger Minuten drehen sich meine Gedanken nicht mehr darum, ob ich in vier Tagen alles vorbereitet habe, sondern nur noch darum, wie ich in Gottes Namen diese erste Nacht in Boston überstehen soll. Die Studienzeit hat noch gar nicht wirklich begonnen und schon bin ich unsicher, ob das hier überhaupt das Richtige für mich ist. Was ist, wenn ich mir das alles nur eingeredet habe, wenn ich bloß von Zuhause fliehen wollte? War der innige Wunsch, wegzulaufen, raus aus Seattle, weg aus dieser Stadt, in der ich die schlimmsten Stunden meines Lebens durchleben musste, so groß, dass ich gar nicht darüber nachdachte, ob ich in die korrekte Richtung laufe?

Kapitel 2

Es ist gerade einmal acht Uhr abends, doch am liebsten würde ich jetzt schon einschlafen, nur damit ich die erste Nacht möglichst schnell hinter mich bringe. Wir versuchen, die Betten freizuräumen, die unsere reizende Mitbewohnerin bislang als Ablage benutzt hat. Inzwischen stehe ich einem Wutausbruch näher als einer Panikattacke. Und das ist deswegen gut, weil mir alles lieber ist, als gleich am ersten Abend in unkontrolliertes Atmen, Zittern, in Schweißausbrüche oder Heulkrämpfe zu verfallen.

Im Vorspulmodus mit dreifacher Geschwindigkeit fliegen plötzlich Dinge durch das Zimmer. Oberteile, Hosen, Unterwäsche und sogar Schuhe werden uns um die Ohren geworfen. Dabei hatte sie sich doch schon längst für ein Outfit entschieden, dachte ich zumindest.

»Kannst du vielleicht mal aufpassen?«, ruft Hannah quer durch den Raum. Kim bleibt unbeeindruckt. Angesichts der grölenden Studenten auf dem Flur hört man Hannah kaum. Kann man diese Tür nicht einfach zumachen?

»Können wir dir beim Suchen helfen?«, höre ich mich auf einmal fragen und bin wahrscheinlich von uns dreien diejenige, die am meisten verwundert über den Vorschlag zu sein scheint.

»Bitte?«, wirft Hannah mit gerunzelter Stirn ein. Ich weiß auch nicht, wieso ich das gesagt habe. Lust habe ich nicht, doch ich bin bereit, etwas zu tun, was ich eigentlich nicht tun möchte, nur, um danach endlich Ruhe zu haben.

Wie so oft seit *damals*.

»Nein!«, murrt Kim. Damit hat sie mir die Entscheidung wohl abgenommen, ob ich ihr nun wirklich helfen wollte oder nicht.

Hannah schüttelt nur mit dem Kopf. Ihre dunkelblonden Haare fliegen dabei leicht von links nach rechts. Nachdem wir ein paar wenige persönliche Dinge von uns in dem Chaos deponiert haben, fühle ich mich etwas besser. Auf dem kleinen Nachttisch habe ich Bücher hingelegt, die mir das Einschlafen erleichtern sollen und die angrenzenden Bereiche des Bettes konnte ich zumindest grob säubern. Auch wenn ich am liebsten einen Großputz veranstalten würde, muss das für das Erste reichen.

»Können wir jetzt bitte schlafen? Ich bin todmüde«, jammert sie gähnend. Sie hat recht, es war ein langer Tag und allmählich werde ich auch müde.

»Wo sind die Bettdecken?«, erkundige ich mich bei Kim.

»Na, auf dem Bett.«

»Die hier?«, frage ich entsetzt und halte eine kratzige Wolldecke in die Luft.

»Wie gesagt, wir sind hier nicht im Hotel. Wenn du also eine weiche, kuschelige Plüschdecke haben willst, dann musst du dir eine kaufen.« Blöde Kuh! Natürlich wusste ich, dass die Decken gestellt werden. Und mir war ebenso klar, dass ich nicht in einem Hotel mit Plüschdecke schlafen werde, allerdings habe ich auch mit etwas mehr als einer kratzigen Wolldecke gerechnet.

Kim sieht mich an, als wäre ich ein verzogenes, reiches Mädchen, als ich die Decke mit einem mitgebrachten Bezug überziehe.

Das ist doch wirklich alles ein schlechter Scherz. Wenn sie nicht in den nächsten Tagen freundlicher wird, werde ich noch durchdrehen.

Ich wende mich Hannah zu. »Kannst du mir bitte sagen, dass das alles nur ein schlechter Traum ist?«, flehe ich meine beste Freundin an, sehe allerdings die Antwort in ihrem Blick, bevor ich sie aus ihrem Mund höre.

»Ich wünschte, es wäre so!« Sie vergräbt das Gesicht in ihren Händen. Wenn es ab morgen nicht besser wird, weiß ich wirklich nicht weiter.

Eigentlich würde ich jetzt duschen gehen. Wie jeden Morgen und jeden Abend.

Im Gemeinschaftsbad?

Sie hat recht, ich kann da nicht duschen, es geht einfach nicht. Also krame ich eine Pyjamahose und ein langärmliges Oberteil aus dem Koffer. Wie konnte ich nur vergessen, daran zu denken, was es für mich bedeutet, in einem Gemeinschaftsbad duschen zu müssen?

»Können wir die Tür abschließen?«, frage ich und hoffe inständig, dass die Antwort ein klares *Ja* sein wird.

»Nö, wieso?«, gibt Kim gelangweilt von sich.

»Weil ich mich umziehen möchte«, sage ich so ruhig wie möglich.

»Und ich würde gerne mitbekommen, was draußen so los ist«, mault Kim. Hannahs Augen werden immer dunkler. Ihre blonden Haare hat sie inzwischen zu einem wilden Knoten zusammengebunden und auf ihren Wangen verteilt sich ein gefährlicher Rotton.

»Mir reicht es jetzt langsam mit dir. Du bist hier nicht der Nabel der Welt und das ist nicht dein alleiniges Zimmer«, faucht sie und knallt die Tür zu. Entgegen meiner Erwartung kommt kein Gegenfeuer seitens Kim. Im Gegenteil. Sie steht einfach nur da, sieht verstört in Hannahs Gesicht und dreht sich kopfschüttelnd weg.

»Danke«, wispere ich.

»Und ihr wollt etwa jetzt schon schlafen?«, fragt sie ungläubig.

»Ja«, antwortet meine beste Freundin für uns. Ich habe wirklich keine Nerven, für so ein Gespräch. Kims schlechte Laune ist bereits anstrengend genug. Alles, was ich jetzt noch will, ist, dass dieser verdammte Tag ein Ende findet. Ehe ich sie darum bitten muss, kommt Hannah mit ihrer Bettdecke, beziehungsweise Kratzdecke, zu mir und hält sie mir wie eine Trennwand vor den Körper.

»Denkst du, ich würde dir beim Umziehen zugucken?«, fragt Kim sichtlich amüsiert.

»Sei still!«, schießt Hannah sofort zurück.

»Mein Gott! Bild dir ja nichts ein, ich werde dir schon nichts abgucken.«

Ich entkleide mich, ziehe mir anschließend rasch die Pyjamahose hoch, binde die Schleife und husche unter das Oberteil. Als mich Kim von oben bis unten mustert, steigt mir Schamröte ins Gesicht.

»Ist das euer Ernst?«, kommt es aus ihrer Richtung.

»Ja, wir sind müde«, sage ich knapp.

»Habt ihr gar keinen Hunger?«, erkundigt sich Kim. Hannah nestelt an ihrem Oberteil herum, sie weiß, dass Essen ein schwieriges Thema für mich ist. Seit *damals* habe ich eigentlich nie Appetit. Ich schüttele mit dem Kopf, als Kim wartend in mein Gesicht sieht. »Und du?«, hakt sie nach und zeigt auf Hannah. Sie lässt sich auf ihr Bett fallen und atmet laut aus.

»Nein«, grummelt sie. »Mir ist immer noch schlecht von diesem ekelhaften Saft«, brummt sie mir zu und bringt mich damit zum Schmunzeln. Ich sehe ihren Gesichtsausdruck jetzt noch vor mir. Es war unser erster Flug und den wollten wir traditionell mit einem Tomatensaft zelebrieren. Im Gegensatz zu mir hat er Hannah nicht ganz so gut geschmeckt. Vor lauter Husten und Prusten hatte ich schon befürchtet, dass der Passagier vor ihr eine rote Haarkur verpasst bekommen. »Hör auf!«, warnt sie mich. Doch dafür ist es bereits zu spät. Ich sehe ihren angewiderten Ausdruck innerlich vor mir und kann nicht anders, als zu kichern. Kim sieht verwundert zu uns, sagt jedoch nichts.

»Gut, dann schlaft eben. Das wird ja ein Spaß mit euch«, murmelt sie beiläufig.

»Wir sind bereits eine ganze Weile auf den Beinen und abgesehen davon geht dich das ja wohl einen feuchten Dreck an, oder?« Hannahs vorlaute Art ist meistens unangebracht, gerade danke ich ihr allerdings innerlich dafür. Ich hätte bloß etwas gesagt, dass Kim nur in die Karten spielen würde. Zum Glück habe ich Hannah mit ihrem losen Mundwerk dabei. Ob ich jemals so stark und selbstbewusst sein kann wie sie? Wenn ich mich daran erinnere, weshalb ich das schüchterne und ängstliche Mädchen geworden bin, das ich heute bin ... und schon wieder gebe ich meiner Vergangenheit Raum in meinem neuen Leben, obwohl ich mir das doch verboten habe. Sofort macht sich die Angst in mir breit, die sich jedes Mal heranschleicht, sobald ich an *damals* denke.

»Lass uns schlafen«, sagt Hannah und unterbricht damit meine dunklen Gedanken, die wie eine zähe, schwere Masse durch mich kriechen. Mit einem stummen Nicken stimme ich ihr zu und möchte mich gerade ins Bett legen, als Kim auf der Stelle herumspringt, sich einmal um die Achse dreht und ihrem sportlichen Spiegelbild zuzwinkert. Das ein Meter sechzig kleine Gift auf zwei Beinen hat eine wirklich schöne Figur. Ich wünschte, das könnte ich auch von mir behaupten. Nach *damals* habe ich abgenommen. Sehr viel abgenommen.

»Fertig«, ruft sie und lenkt mich von den dunklen Gedanken ab.

»Ging ja schnell!« Hannah schmunzelt und das gefällt Kim so ganz und gar nicht.

»Hast du ein Problem?«

»Ne, ich nicht«, kontert sie und setzt sich wieder aufrecht in ihr Bett. Ich hingegen verkrieche mich unter diesem kratzigen Ding. Die pieksigen Haare stechen durch den Bezug durch. Mein Blick wandert über Kims Körper. Mein Gott! Sie ist wirklich mutig. Bauchfreies Spitzentop und schwarzer Lederrock. Wobei Rock vielleicht zu viel Material impliziert. Ich würde es eher als Streifen bezeichnen. Dazu trägt sie eine Netzstrumpfhose und hochhackige Stiefeletten. Wollte sie nicht eigentlich bloß eine Kleinigkeit essen?

Zu meiner Verwunderung hat Kim Hannah nichts mehr entgegnet. Sie hat sich einfach umgedreht und damit begonnen, Make-up aufzulegen. Um ehrlich zu sein, frage ich mich, wieso sie das tut, denn sie war bereits geschminkt. Meiner Meinung nach jedenfalls. Kim jedoch scheint das nicht zu reichen. Sie schmiert sich immer mehr Lipgloss auf die Lippen, legt sich eine weitere Schicht Puder über die mit Rouge versehenen Wangen und tuscht sich die nachtschwarzen Wimpern noch einmal nach.

Hannah und ich tauschen einen Blick aus, der mehr sagt, als es tausend Worte tun könnten. Wenn das sogar ihr zu viel ist, ist das meine Bestätigung, dass ich doch nicht ganz daneben lag. Hannah liebt Schminke, aber Kim sieht langsam aus wie jemand, der auf eine Transvestiten-Show geht, nur eben nicht als Zuschauer.

Als die Tür plötzlich ohne Vorwarnung geöffnet wird und zwei Typen im Zimmer stehen, fahre ich erschrocken zusammen.

Was machen die hier? Wieso kommen die ungefragt rein und weshalb scheint Kim nicht sonderlich überrascht zu sein? Ich bin vollkommen perplex. Die Situation überfordert mich derart, dass ich gar nicht abschätzen kann, ob ich Angst habe, ob ich weinen, schreien, wegrennen oder mich in Luft auflösen möchte.

»Ähm, was wird das?«, beschwert sich Hannah sofort. Mir ist klar, dass sie das eher mir zuliebe und weniger aus eigenen Bedenken tut, dafür bin ich ihr unendlich dankbar.

Panik füllt meinen ganzen Körper aus. Meine Beine werden steif, ich umklammere die Decke immer fester – in diesem Augenblick blende ich das Kratzen vollkommen aus.

»Oh, deine Opfer sind angekommen!«, stellt einer der beiden fest. Seine Stimme klingt freundlich. Es wundert mich, dass ich das angesichts der Situation wahrnehmen kann.

»Sehr lustig, Ian. Das sind Hannah …«, entgegnet Kim abschätzend, »… und wie war dein Name noch mal?«, fragt sie gleichgültig in meine Richtung. Als sie sieht, dass ich die Decke bis zur Nasenspitze hochgezogen habe und erschrocken in den Raum sehe, verdreht sie nur die Augen und winkt meine ausstehende Antwort leichtfertig ab.

»Na ja, das sind Hannah und die andere.«

»Hey! Ich bin Ian und das hier ist Mr. Sympathisch«, gibt er ironisch von sich und zeigt auf seinen Freund mit der dunklen Sonnenbrille. Ian lächelt Hannah und mich an, wobei ich mich etwas zu entspannen beginne.

Das hellbraune Haar hat fast den gleichen Farbton wie seine Augen. Das Lächeln ist warm und der verschmitzte Ausdruck gibt mir das Gefühl, dass er der Nette von den beiden zu sein scheint, denn *Mr. Sympathisch* steht mit verschränkten Armen da und hat bisher kein Wort gesagt. Sofern ich das beurteilen kann, hat er noch nicht einmal richtig in unsere Richtung gesehen. Zum Glück. Am besten verschwinden sie wieder so schnell, wie sie gekommen sind.

»Willst du mich verarschen?«, mault der Typ mit der schwarzen Sonnenbrille plötzlich. Ist er Kims Freund? Seine Stimme klingt so dunkel und rau, dass mir eine Gänsehaut über den Rücken fährt. Einzig und allein aufgrund ihres Klangs. Dann zieht er die Sonnenbrille ab und zeigt uns sein Gesicht. Seine Kiefermuskeln spannen sich an, der Blick ist starr auf Kim gerichtet. Ich kann nicht recht erkennen, was es ist, aber in seinen Augen ist etwas, das den ganzen Raum einnimmt.

Von rechts erreichen mich neugierige Blicke. Hannah fallen beinahe die Augen aus dem Kopf.

»Was tust du hier?«, fragt er Kim und zeigt um sich.

»Ich. Mache. Mich. Fertig«, erwidert sie langsam und deutlich, als wäre er ein kleines Kind.

»Kim, das ist ein verfluchter Saustall!«, antwortet er und schaut fassungslos in ihr Gesicht. Zwar hätte ich ihn nicht als *Mr. Sympathisch* bezeichnet, aber diese Aussage ändert meine Meinung. Wenigstens einer sieht, dass das hier nicht normal ist.

»Es ist mir scheißegal, wie du das findest. Du wohnst ja nicht hier, sondern ich.«

»Und sie«, ergänzt Ian und deutet in unsere Richtung. Der andere guckt nicht zu uns. Kim hingegen schon – abschätzend und unzufrieden.

»Ja, ist dann noch was?«, fragt sie mit verschränkten Armen. Der Gesichtsausdruck von *Mr. Sympathisch* verdunkelt sich im Sekundentakt. Ein Blick zu Hannah zeigt, dass sie es ebenfalls mitbekommen hat.

»Ich sage es dir jetzt einmal: Egal, was du vorhast, du kannst es dir abschminken!« Die Entschlossenheit in seiner Stimme jagt mir einen Schauer über den Rücken. Das Gefühl verwirrt mich, weil es keine Angst ist, sondern vielmehr etwas anderes. Bewunderung? Anziehung?

»Hör mir mal zu«, blafft Kim in meine Gedanken hinein. »Ich bin hier heute die Erste gewesen, die in dieses Wohnheim eingezogen ist, da ich es kaum erwarten konnte, aus deiner Protzbude auszuziehen.«

»Kim«, warnt er sie und wieder jagt mir ein Schauer über den Rücken, weiter hinab, bis in meinen Bauch. Ein warmes Ziehen breitet sich aus und sorgt für noch größere Verwirrung bei mir.

»Ja?«, fragt sie zuckersüß und stemmt sich die Hände in die Hüften.

»Ich bin hergekommen, um nachzusehen, ob du dich gut eingelebt hast. Das hätte ich mir dann wohl sparen können, denn von einleben kann ja nun wirklich nicht die Rede sein.« Genervt umfasst er seinen schmalen Nasenrücken.

»Hör endlich auf, mir nachzuspionieren. Ich bin extra ausgezogen, weil ich keine Lust mehr darauf habe. Ich bin kein kleines Kind mehr und kann tun und lassen, was ich will.«

»Nein, kannst du nicht.«

»Doch und glaub mir, ich werde es auch tun!«, verkündet sie provokant und sieht den Typen mit den schwarzen Haaren giftig an. Die Luft wird zunehmend dicker. Mit einem Mal habe ich das Gefühl, sein ganzer Körper spannt sich an. Er wirkt gestresst, vielleicht sogar sauer.

»Zieh das aus«, befiehlt er und zeigt auf ihr Outfit. Ian lehnt lässig im Türrahmen und scheint nicht sonderlich verwundert über das Gespräch zu sein.

»Ich habe vom *Greenz* gehört und genau da werde ich hingehen«, widerspricht sie ihm.

Er lacht. Ein tiefes, kratzendes Geräusch fliegt durch den Raum, das mich dazu zwingt, woanders hinzusehen, als zu ihm, denn da ist wieder dieses Ziehen in meinem Bauch. Hannah blickt mit einem erstaunten Gesichtsausdruck zu mir und lacht. Ich hingegen bemühe mich, ruhig ein- und auszuatmen.

»Du bleibst hier«, zischt er. Von dem Lachen ist nichts mehr übrig. Sein Gesicht ist wie eingefroren. Entschlossen und undurchschaubar. Sein Freund wischt sich die Jacke glatt und lässt den Blick einmal quer über Hannah wandern.

»Nein.«

»Doch.«

»Verdammt, ich bin jetzt an der Uni. Wann kapierst du endlich, dass ich kein kleines Kind mehr bin?«, schreit sie und selbst Ian sieht nun verwundert zu ihr.

Er gibt ein unzufriedenes Geräusch von sich, fährt sich mit der Hand durch das wilde Haar und schaut anschließend kurz in meine Richtung, als ich ein keuchendes Geräusch von mir gebe.

Sein Blick verändert sich. Zuerst hatte ich das Gefühl, er wäre arrogant oder vielleicht genervt. Doch innerhalb einer halben Sekunde hat sich diese Vermutung in Luft aufgelöst. *Mr. Sympathisch* starrt mich an. Die markanten Kiefermuskeln verhärten sich, seine breiten Schultern versteifen sich, die Miene wird ganz starr und es scheint, als würde er jeden Millimeter meines Gesichts mustern. Seine Zunge fährt schnell über die volle Unterlippe, er lässt das Muttermal links oberhalb seiner Lippe leicht in die Höhe schießen und reibt sich mit der rechten Hand sein stoppeliges Kinn.

Wie hypnotisiert verharre ich an diesem Muttermal und frage mich zunehmend, wieso ich nicht einfach woanders hinsehen kann? Doch, anstatt genau das zu tun – von ihm zu lassen –, wandert mein Blick weiter über seinen Körper. Wie von allein stelle ich mir vor, wie sich seine leicht gebräunte Haut anfühlen würde. Wäre sie weich? In Gedanken fahre ich die markante Kinnlinie entlang und spüre leichtes Kratzen an den Fingerspitzen, als diese seinen Bartschatten streifen. Ich will mir nicht die dunklen Augenbrauen oder den vollen Wimpernkranz ansehen, und doch kann ich es nicht verhindern, bis mir auffällt, dass er mich immer noch mit seinen dunkelgrünen Augen ansieht. Dieser Typ mit dem selbstbewussten Erscheinen wendet den Blickkontakt keine Sekunde ab und erst da frage ich mich, ob ich irgendetwas Komisches getan habe? Hannah beobachtet alles ganz genau. Also bilde ich mir seine merkwürdige Reaktion nicht bloß ein. Trotzdem beantwortet mir das nicht die eigentliche Frage.

»Spiel dich nicht so auf, nur weil du mein Bruder bist!«, giftet Kim in meine Gedanken und sieht zum weniger trainierten Ian, der mit seinem Blick in Hannahs Richtung huscht.

Er ist ihr Bruder?

Aus mir noch unbekannten Gründen erstaunt mich diese Information so sehr, dass ich für ein paar Sekunden meine Angst vollkommen wegschiebe.

»Ich werde nicht hierbleiben, heute nicht.« Kim ist

absolut halsstarrig und scheinbar nicht gewillt, sich von ihrem Bruder kleinkriegen zu lassen.

»Dann komme ich mit.« Die verschränkten Arme bilden eine feste Linie vor seiner Brust. Er steht da wie ein Fels in der Brandung. Sicher und unbesiegbar.

Kim starrt ihren Bruder einen Moment lang an, anschließend lacht sie und hakt nach: »Meinst du das ernst?«

»Todernst«, gibt er mit dunklem Blick zurück.

»Und wenn ich nicht will, dass du mitkommst?«

»Dann bleiben wir hier«, kontert er.

»Wir?«, fragt sie grell.

Er antwortet ihr mit einem düsteren Ausdruck und danach ist es für einige Sekunden still. Zu still.

»Wir werden jetzt Spaß haben, kommt ihr mit?«, schlägt Ian händeklatschend vor und versucht, die Stimmung mit einem breiten Grinsen aufzulockern. Kims Bruder sieht ihn schief an. Das Wort *Spaß* beschert ihm wohl keine allzu große Freude.

»Geht's dir noch gut!?«, herrscht Kim ihn an.

»Wollt ihr?«, wendet er sich erneut an uns.

»Nein, danke«, antwortet Hannah für uns beide.

»Schade«, entgegnet er schulterzuckend.

»Und wie!«, murmelt Kim sarkastisch und schmiert sich in der Zeit noch mehr Lipgloss auf ihre vollgekleisterten Lippen. Sie hängt sich eine kleine Tasche um die Schulter und ist bereit. Ihr Bruder stellt sich ihr in den Weg und straft sie mit einem Blick, der es einem eiskalt über den Rücken laufen lässt.

»Das war kein Vorschlag. Du ziehst dich jetzt sofort um, oder wir bleiben hier!« Er spricht zwar leise, aber die Art und Weise, mit der er seine Worte zum Ausdruck bringt, duldet keinen Widerspruch. Da ist so viel Entschlossenheit und Ernsthaftigkeit in seiner Stimme, dass ich mich frage, ob er vielleicht der Einzige ist, der unsere Mitbewohnerin ein wenig unter Kontrolle hat? Immerhin geht es um Kim, die mir innerhalb der kurzen Zeit, die wir nun in Boston sind, mehrfach gezeigt hat, dass sie den Ton angibt und sich von nichts und niemanden etwas vorschreiben lässt.

»Ich gehe in eine Bar, nicht in die Kirche, Levent!«

Levent. Das ist sein Name? Er klingt … geheimnisvoll.

»Das ist keine Bar«, erklärt Ian, doch weder Kim noch Levent hören ihm richtig zu. Und ich kann mich auch nicht so wirklich auf seine Worte konzentrieren, da ich in Gedanken immer wieder seinen Namen wiederhole.

»Zieh dich um!«

Als sie sich bockig umdreht, Rock und Strumpfhose gegen eine dunkle Jeans austauscht und ihre Tasche mit einer ruckartigen und vor allem wütenden Bewegung über die Schulter wirft, muss ich zugeben, beeindruckt zu sein. Wie hat er das geschafft?

Hannah und ich sehen uns erstaunt an. Sie kann vermutlich genau so wenig verstehen, was hier gerade passiert.

Ian fummelt am Saum seiner hellblauen Jeansjacke herum und fährt sich ein paarmal durch das kurze Haar. Die Haare von Kims Bruder sind etwas länger und leicht gewellt. Sie wirken wilder, auch wenn sie nicht so lockig sind, wie die seiner Schwester. Ian zeigt mit dem Finger auf die Geschwister, verdreht die Augen und schmunzelt uns heimlich zu. Hannah sieht er dabei länger in die Augen als nötig.

»Gut, können wir dann?«, fragt Ian in den Raum und versucht, mit seiner ungezwungenen Art die angespannte

Stimmung etwas zu entschärfen. Ich würde zu gerne wissen, wie der andere wirklich heißt. Zu meiner eigenen Überraschung lockere ich den Griff, mit dem ich die Decke bisher erwürgte und setze mich aufrecht in mein Bett.

»Ist alles gut?«, erkundigt Hannah sich leise und verwundert klingend bei mir.

»Ja«, sage ich, auch wenn es nicht sein kann. Normalerweise würde ich jetzt in einer Panikattacke stecken, die mich in den Abgrund reißt. Ich hätte bereits um Luft ringen müssen, als mich Kims Bruder angestarrt hat, als er in das Zimmer gekommen ist. Aber dieses Mal ist es irgendwie anders. Es ist, als könnte ich zum ersten Mal bestimmen, ob mich die Angst einnimmt oder nicht. Als hätte ich Kontrolle über mein Innerstes.

In Kim ist plötzlich ein Ordnungsfimmel erwacht, was mich aus meinen Gedanken zieht. Sie faltet ihre Strumpfhose, legt den Rock zusammen und sortiert sie in ihren Kleiderschrank. Man könnte meinen, dass das ihre Art ist, wenn einem das Chaos um uns herum nicht das Gegenteil beweisen würde. Das tut sie doch nur, um ihren Bruder noch mehr aus der Reserve zu locken! Anscheinend mag sie es, ihn zu provozieren. Dieser steckt allerdings seine Hände in die Hosentaschen, schluckt – sein Adamsapfel hüpft dabei langsam von unten nach oben und wieder nach unten – und sieht sich das Schauspiel seiner Schwester abwartend an.

Seine Reaktion zeigt, dass ihn die Situation nicht stört und trotzdem bin ich mir sicher, dass Geduld nicht gerade seine größte Stärke ist. Seine Haltung wirkt sehr angespannt. Mit dem rechten Fuß tippt er immer wieder auf den klebrigen Boden und das tiefe Ein- und Ausatmen bestärkt meine Vermutung nur.

Wieso beobachtest du ihn überhaupt?
Mache ich gar nicht.
Doch, tust du!
Ich antworte der streitlustigen June nicht mehr. Kann ich gar nicht, denn ich kenne die Antwort nicht. Vielleicht sehe ich ihn mir an, weil ich herausfinden möchte, wer der Bruder meiner neuen Mitbewohnerin ist? Oder um den Grund ausfindig zu machen, weshalb mir der zwei Meter große Mann nicht die Angst einjagt, die ich erwartet hätte?
Aber dann würdest du dir nicht seine durchtrainierten Beine und die muskulösen Arme ansehen. Und du würdest nicht feststellen, dass seine leicht gelockten Haare fast so schwarz sind wie die Lederjacke, die er in seiner Hand hält! Du würdest das Muttermal nicht anstarren, sondern erste Schweißperlen auf deiner Stirn spüren. Brennen würde durch deine Adern rauschen.
Ich fühle mich von meiner inneren Stimme beobachtet.
Also habe ich recht?, fragt June zischend.
Nein, hast du nicht. Ich möchte bloß wissen, wieso mir der düstere Typ mit dem strengen Ausdruck nicht die Angst einjagt, die ich erwartet habe.
Du bist eine schlechte Lügnerin.
Ich habe dich nicht nach deiner Meinung gefragt!
»Bis dann!«, knurrt Kim in unsere Richtung, ohne den Blick von ihrem Bruder abzuwenden. Anschließend geht sie stampfend aus dem Zimmer.
Ian verdreht die Augen und atmet hörbar aus. Ich mag ihn auf Anhieb. Eigentlich brauche ich unfassbar lange, um mich Fremden hingezogen zu fühlen. Aber Ians nette Art lässt mir gar keine andere Wahl.
»Jetzt kommt schon!«, ruft Kim mit ihrer mir bereits bekannten biestigen Art.

Mr. Sympathisch sieht mich noch einmal für einen Moment an, ehe er seiner Schwester folgt.

»Wir sehen uns!«, sagt Ian und schließt die Tür mit einem freundlichen Grinsen hinter sich. Hannah hat ihn noch kurz verabschiedet, mir jedoch ist kein Wort über die Lippen gekommen. Ich atme tief aus.

»Und nun? Ich kann nicht schlafen, nicht, ohne zu duschen!«, platzt es aus mir heraus.

»Lia, wir schaffen das! Sollen wir uns einfach mal die Gemeinschaftsbäder ansehen?«

»Okay, aber wir können doch nicht all unsere Sachen hierlassen.«

»Wieso nicht?«

»Was ist, wenn jemand die Tür eintritt?«

»Da wird schon nichts passieren. Wenn du möchtest, können wir ja die Glückskralle als Abschreckungsmanöver an die Tür hängen«, schlägt sie mit einem ironischen Augenzwinkern vor.

»Sehr lustig!«

»Was denn? Die ist so gruselig, dass jeder Eindringling die Flucht ergreifen würde. Außerdem, warum sollte irgendjemand in dieses Zimmer wollen?«, fragt sie wirklich verwundert und zeigt um sich. Da hat sie nun auch wieder recht.

»Lass uns einfach schnell diesen Raum ansehen und dann schlafen. Ich möchte nur die erste Nacht überstehen, irgendwie!« Hannah und ich stehen im Pyjama vor der Zimmertür und alles, was mir jetzt durch den Kopf geht, ist, dass uns hoffentlich niemand sehen wird. Ich habe zwar nicht meinen rosafarbenen Einhorn-Overall an, trotzdem muss man mir nicht gleich am ersten Abend in einem Pyjama gegenüberstehen. Hannah scheint das überhaupt nicht zu stören, wie immer.

»Wo müssen wir hin?«, frage ich und halte auf dem Flur nach Studenten Ausschau.

»Da lang«, sagt sie und zeigt in den Gang, der neben unserem Zimmer rechts abgeht. Am Ende des Flures steht das Wort *Gemeinschaftsbad* in goldenen Buchstaben auf der dunklen Holztür geschrieben. Wir gehen nebeneinander her und mit jedem Schritt, der mich der Tür des Grauens näherbringt, schnürt sich die Schlinge um meinen Hals etwas enger zu. Sofort greife ich mit meiner Hand nach dem imaginären Seil. Ich versuche, mich zu beruhigen, doch die abgehetzten Atemzüge überkommen mich schneller, als ich sie zurückhalten kann.

Hannah hat die Tür kaum geöffnet, da würde ich am liebsten schon wieder umdrehen. Es sieht aus wie die Großraumdusche eines Schwimmbads. Nie im Leben werde ich hier duschen können. Was habe ich mir nur dabei gedacht? Wieso habe ich mich nicht nach einem privaten Appartement für mich und Hannah umgesehen?

Weil ihr kein Geld dafür habt?

Sei still!

»Warte Lia, hier geht es noch in einen anderen Bereich«, spricht meine beste Freundin mich an und biegt rechts ab. Im zweiten Teil des Gemeinschaftswaschraumes gibt es Duschbereiche, die mit widerlichen Duschvorhängen voneinander getrennt sind. Die dunklen Flecke am unteren Teil der Plastikteile ekeln mich an.

»Vergiss es!«, entgegne ich, auch wenn die Vorhänge das Einzige in diesem Raum sind, das einem etwas Schutz bietet.

»Lia …« Sie sieht mich hilflos an.

»Ich muss duschen, ich muss morgen früh duschen,

ich müsste eigentlich jetzt schon duschen!«, kreische ich panisch. Der Waschzwang überkommt mich wieder einmal.

»Ich weiß. Du schaffst das. Wir gehen zurück ins Zimmer und dann werden wir eine Lösung finden, versprochen!«
Ich atme immer schneller aus. Mein Herzschlag pocht mir bis in den Hals.

»Ganz ruhig, Lia. Lass uns gehen.«

»Ja«, sage ich und reiße die Tür zum Flur auf. Auf dem Weg denke ich erneut an Kims Bruder und an den grünen Stich in seinen Augen. Weshalb habe ich in seiner Gegenwart nicht den gleichen Schweiß auf der Stirn gehabt wie gerade im Gemeinschaftsbad? Wieso denke ich überhaupt an ihn und fühle mich plötzlich auch noch ruhiger?

Als wir im Zimmer sind und die Tür hinter uns geschlossen haben, atme ich kräftig aus und setze mich auf mein Bett.

»Besser?«, erkundigt sich Hannah und macht es sich im Schneidersitz neben mir bequem.

»Etwas.«

»Hast du *Sex on legs* gesehen?«, gibt sie dann mit hungrigen Augen von sich und wackelt mit ihren Augenbrauen.

»Ian?«

»Bitte?«, hakt sie entrüstet nach.

»Er konnte die Augen kaum von dir lassen.«

»So ein Quatsch, aber Kims Bruder ist ja wohl verboten heiß!«

»Keine Ahnung, habe ich nicht drauf geachtet.«

Hannah entgegnet mir mit einem ungläubigen Lachen. »Stimmt nicht, und das ist es ja, was mich so wundert. Ich habe gesehen, wie du ihn beobachtet hast!«

»Bitte? Das ist nicht wahr!«

»Oh doch!«, widerspricht sie und setzt ihre Augenbrauen in Szene. Sie zieht sie so hoch, wie sie es immer tut, wenn mich ein Hannah-Quiz erwartet. Bitte nicht! »Normalerweise hättest du so reagiert, wie du es vor zwei Minuten getan hast. Hast du aber nicht. Im Gegenteil, du warst irgendwie ... ruhig. Also?«

»Nichts also!«

Ihr Blick fordert mich heraus.

»Okay, okay! Ich gebe zu, dass ich nicht so viel Angst hatte wie sonst.«

»Nicht so viel Angst? Du warst beinahe *normal*. Das ist eine absolute Premiere.«

»Das heißt nicht, dass ich ihn heiß finde.«

»Ist er aber und wie!«

»Wenn du das sagst. Mich hat sein Blick viel mehr verwirrt als angemacht.«

»Das stimmt. Er hat dich angesehen, als würde er dich kennen«, überlegt sie jetzt in ihrer Agentenstellung. Zeigefinger und Daumen umfassen ihr Kinn und die Augen kneift sie leicht zusammen. Wenn sie das tut, muss ich immer lachen.

»Ich meine es ernst!«, sage ich und bemühe mich, mein Kichern zu unterdrücken.

»Ich ebenfalls und dennoch lachst du. Es ist schon etwas besser, als es bei unserer Ankunft gewesen ist, oder? Also zumindest hier im Zimmer.«

»Na ja, schlimmer kann es ja eigentlich kaum werden!«

»Da hast du auch wieder recht. Punkt für dich.« Sie kichert und zieht mich in ihren Arm.

»Und wie findest du Ian?«

»Er ist nett, keine Ahnung, ich kenne ihn doch gar nicht.«

»Hm, so, wie er dich angesehen hat, sollte das schnell

geändert werden.« Hannah starrt mich zunächst verwundert an, danach legt sich ein sündiges Lächeln um ihre Lippen. »O Gott! Dann stehst du also auf ihn?«

»Er ist süß, aber wer weiß?« Sie lacht und lässt eine feine Haarsträhne zwischen ihre Finger fahren.

Ich antworte mit verlegenem Kichern und schlage die Kratzdecke auf. »Kannst du neben mir schlafen?«, frage ich und blicke hoffnungsvoll in ihre Augen. Das Warme darin gibt mir bereits die Antwort, bevor Hannah sie laut ausspricht.

»Klar!«

»Danke. Ich wüsste sonst nicht, wie ich die Nacht überstehen würde.«

»Die Tür ist abgeschlossen und wir haben immer noch die Glückskralle, auch wenn das niemand weiß. Außerdem bin ich hier und werde jeden in die Flucht jagen, der sich auch nur einen Zentimeter zu nah an dich heranwagt, großes Ehrenwort!«, verspricht sie mit überkreuzten Fingern.

»Du bist die Beste.«

»Weiß ich doch!«

Wir müssen beide lachen und trotzdem hat sie recht.

»Aber jetzt wird geschlafen, es ist schon halb elf.«

»Gute Nacht, Hannah«, murmele ich und schließe meine Augen.

Das gute Gefühl durchströmt mich als ich die Süße des Alkohols auf meiner Zunge schmecke und den Bass in meinem Körper vibrieren spüre.

Die Musik wird lauter, der Raum dreht sich und mit ihm meine Gedanken. Schneller und schneller, bis von dem guten Gefühl nichts mehr übrig ist.

Hände schweben über meinen Körper, locken mich in seine

Fänge, treiben mich fort, zerren mich in einen anderen Raum. In die Dunkelheit hinein.
Nein. Bitte, nicht.
Ich sehe die Lichter über mir tanzen, fühle, wie sich der Boden bewegt. Nein, bitte nicht.
Schweiß rinnt mir den Rücken hinab, kaltes Silber wird in mein Gesicht gepresst. Die Musik wird lauter und schriller und schmerzhafter. Immer fester drückt es mich nach unten, presst mich in den Erdboden. In meinem Kopf dreht es sich. Es benetzt mich mit seinem Atem, als es sich auf mich legt.
Nein, nein. Nicht, bitte nicht.
Die Angst lähmt mich, bringt meine Glieder zum Erstarren, sorgt dafür, dass ich mich nicht vom Fleck bewegen kann.
Nein, nein ... nein.
Die Hände fahren über meine Brüste, weiter nach unten, immer tiefer. Ich spüre den bevorstehenden Schmerz, sehe das schwarze Loch, in das ich fallen werde.
Nein, nein, nein.

»Nein!«, rufe ich panisch und werde schweißgebadet wach. Ich ringe gierig nach Luft, schaue mich sofort im Raum um, aber außer mir und Hannah ist niemand da. Als sie sich neben mir regt und ihre Augen öffnet, bin ich kein ungewohnter Anblick für sie.

»Ein Albtraum?«, fragt sie verschlafen. Ich knipse die Nachtlampe an und blicke auf die Uhr über dem Eingang. Es ist gerade einmal ein Uhr. Kim ist immer noch nicht da.

»Mhm«, gebe ich erstickt von mir. Meine Kehle ist staubtrocken, mein Körper dafür umso nasser. Der Schweiß rinnt mir den Rücken hinab und alles in mir schreit danach, dass ich mich unter die Dusche stellen und den

Dreck von mir waschen muss. Doch sobald ich an den Gemeinschaftswaschraum denke, bildet sich noch mehr Angstschweiß auf meiner Stirn. Ich kann da nicht duschen, ich kann aber auch unmöglich in meinen durchnässten Klamotten bleiben. Was mache ich denn jetzt?

»Ich gehe mit und postiere mich vor dem Umhang, damit keiner in die Kabine kommen kann«, schlägt Hannah vor, als könnte sie meine Gedanken lesen.

»Danke«, sage ich.

Mein Magen dreht sich, während wir aufstehen und uns auf den Weg in Richtung Gemeinschaftsduschen begeben.

Kaltes Wasser sticht wie Nadelspitzen in die Haut meiner Schultern. Obwohl Hannah Spalier steht, der Vorhang zugezogen ist und ich beide Arme schützend um mich geschlungen habe, kann ich nicht lockerlassen.

»Geht es?«, fragt sie vorsichtig.

»Hm.« Das Wasser rauscht an den Seiten hinab. Mein Blick ist auf die blauen Flip-Flops gerichtet, die mich von dem verfärbten Boden der Duschwanne trennen. Unter keinen Umständen darf ich dieses Gummi verlassen und barfuß mit dem kühlen Porzellan in Kontakt kommen.

»Es ist wirklich niemand da«, versucht sie, mich aufzumuntern. Als ich tatsächlich bereit bin, das Duschgel in meine Handflächen zu geben, bläst sich der befleckte Vorhang auf. Je mehr Feuchtigkeit aufsteigt, desto näher kommt mir das schmierige Plastik.

»Kannst du den Duschvorhang halten?«, bitte ich sie verzweifelt. Sie tut es augenblicklich. Innerhalb kürzester Zeit wickele ich den Vorgang ab. Alles in mir schreit, rebelliert und bringt mich dazu, noch schneller zu sein. Wofür ich sonst mindestens eine halbe Stunde brauche, dauert heute keine fünf Minuten. Als ich das Wasser abstelle, gibt mir Hannah den Bademantel in die Kabine. Ich schlinge ihn mir sofort um und binde mir das Handtuch um die Haare.

»Danke«, wispere ich und nehme sie erleichtert in den Arm. Gemeinsam gehen wir zurück ins Zimmer. Als Hannah abgeschlossen hat, atme ich zitternd aus. Mit ihr an meiner Seite kann ich mich einigermaßen ruhig umziehen. Seit *damals* ist sie die Einzige, die ich so nah an mich heranlasse. Weil sie weiß, was wirklich passiert ist. Als Einzige.

Normalerweise würde ich nun zittern, mich an meinem Bademantel festklammern und um Luft ringen, wenn ich nur daran denke, dass jemand mit mir in einem Raum ist. Immerhin bin ich beinahe nackt.

Ich rubble mir das Haar trocken, na ja, mehr oder weniger trocken. Innerhalb von ein paar Sekunden binde ich mir das klamme Durcheinander zu einem wilden Dutt zusammen. Ich sehe furchtbar aus. Wobei, eigentlich sehe ich aus wie jeden Tag, aber *damals* hat mich verändert. Ich bin nicht sicher, ob ich das Mädchen kenne, das mich aus dem Standspiegel anschaut. Ob ich es kennen *will*.

Hager, blass, die Augen wirken groß und verloren im Gesicht. Seine Knochen sind spitz und es sieht aus, als könne es bereits ein leichter Wind ins Wanken bringen. Ich könnte vor Wut schreien, wenn ich dieses Bild sehe und doch habe ich mich beinahe an den Anblick gewöhnt.

Das ist vorbei, jetzt kommt etwas Neues!, höre ich sie flüstern. In mir lebt sie immer noch, die June, die ich einmal war. Nur ist June vor zwei Jahren gestorben, nun ist Lia da.

In meinem Leben danach gibt es keinen Platz für *damals*

und auch keinen für *June*!

Du wirst mich nicht los!, kontert die streitlustige Stimme sofort. Kann sie nicht einfach still sein?

Kapitel 3

Mit einem lauten Knall wird die Tür an die Wand geworfen und kurz darauf flutet grelles Licht den Raum. Ich erschrecke mich.

»Scheiße, was ist los?«, murmelt Hannah neben mir. Nach mehrmaligem Blinzeln begreife ich, dass Kim da ist. Die Horrorszenarien, die sich bereits in meinem Kopf aufgetan haben, verschwinden zu meiner Erleichterung sofort wieder. Sie ist allein, ein Glück.

»Hab ich euch geweckt?«, fragt sie mit glänzenden Augen. Das meint sie doch nicht ernst. »Ihr schlaft in einem Bett? Verdammt, seid ihr zusammen?«, hakt sie nach und sieht entgeistert in unsere Gesichter.

»Muss man gleich zusammen sein, wenn man in einem Bett schläft? Und außerdem, kannst du vielleicht etwas leiser sein? Es ist mitten in der Nacht, verfluchte Scheiße!«, schimpft Hannah mit verwuscheltem Haar.

»Es ist schon acht Uhr und das nennt man nicht mehr *Nacht*.«

Kann nicht einfach einer von ihnen nachgeben? Meine Augen brennen und ich möchte mich bloß noch ein oder zwei Stunden ausruhen, mehr nicht. Aber mein Wunsch ist hoffnungslos.

»Warst du die ganze Nacht unterwegs?«, erkundigt Hannah sich neugierig. Inzwischen hat auch sie offenbar die Idee verworfen, noch etwas schlafen zu können und sich aufgerichtet.

Kim lacht. »Nein, ich komme von meinem Bruder.«

»Und wieso bist du dann nicht einfach da geblieben?«, gibt meine beste Freundin zurück.

»Also ich muss schon sagen, dass ich anfangs dachte, du seist diejenige von euch beiden, die eher mein Fall ist. Die Annahme war wohl falsch. Ich werde mich doch für die Stumme entscheiden.« Kims Finger zeigt auf mich und ihr Mund verzieht sich zu einem ironischen Grinsen. Ich denke nicht, dass hier jemals Frieden herrschen wird, jedenfalls solange nicht, bis Kim endlich begreift, dass wir fortan Mitbewohnerinnen sind.

Hannah verdreht ihre braunen Augen, als Kim sich in einer theatralischen Bewegung auf ihr Bett fallen lässt. Um ehrlich zu sein, sehen die Möbel nicht sonderlich stabil aus, daher würde es mich nicht wundern, wenn sie solche Sprünge nicht schadenlos überstehen. Aber Kim hat Glück, ihr Bettgestell knackt bloß ein paarmal.

Hannah sieht mich gereizt an und gibt mir mit ihrem Blick zu verstehen, dass wir ins sogenannte Bad gehen und uns einer Morgenwäsche unterziehen sollten. Mit hochgezogenem Shirt steht sie neben der Tür und wartet auf mich. Das Licht bricht an dem Steinchen ihres Bauchnabelpiercings und taucht den Raum in bunte Funken.

Zwar würde ich diesen Raum am liebsten weitestgehend meiden, Kims Anwesenheit empfinde ich jedoch im Augenblick als noch unerträglicher. Ich hatte die Hoffnung, dass sich nach der ersten Nacht alles etwas legen würde, das wäre damit wohl hinfällig.

Mit unseren Kulturbeuteln unter dem Arm laufen wir in den Gemeinschaftswaschraum. Leider sind noch andere Studenten dort, die selbstverständlich bereits um kurz nach acht perfekt gestylt sind. Oder vielleicht nach wie vor, wer weiß das schon?

Mir sind ihre Blicke unangenehm und ich würde gern wieder umdrehen, doch dann wartet Kim mit ihrer schlechten Laune auf mich. Es ist also ganz egal, was ich jetzt tue, es wird so oder so keine angenehme Situation.

Wir stellen uns an jeweils ein Waschbecken und begnügen uns mit dem Nötigsten. Während ich Gesicht und Hände wasche, unterzieht sich Hannah einer Art Trocken-Dusche. Mit dem Waschlappen fährt sie sich über Brust und Bauch und verteilt gleich danach etwas Lotion auf ihrem Oberkörper. Nachdem wir uns die Zähne geputzt und einigermaßen frisch gemacht haben, geht es wieder raus.

Je näher wir unserem Zimmer kommen, desto deutlicher dringt uns Kims Stimme entgegen. Sie unterhält sich. Bitte lass es nicht ihren Bruder sein.

Hannah öffnet die Tür und ich bemerke zu meiner Erleichterung, dass sie bloß telefoniert. Also gehe ich unbeirrt zu meinem Gepäck und möchte den Kulturbeutel verstauen, als mich Kims Worte ins Ungleichgewicht bringen.

»Es ist mir total egal, was er davon hält. Das wird die Party, von der alle sprechen werden. Es ist mein neunzehnter Geburtstag und ich werde feiern.«

Mit einem Mal bekomme ich den Reißverschluss des Koffers nicht mehr zu greifen. In meinem Kopf gerät alles ins Chaos, mir wird schwindelig und es schleicht sich wieder diese Angst heran, wie immer, wenn ich in die Zeit von *damals* zurückgeworfen werde.

Hannah legt unseren Lieblingsroman Yellow House *beiseite und sieht mich mit funkelnden Augen an.* »Hörst du das?«, *fragt sie und blickt über den See. Am anderen Ufer brennen Lichter und von den leuchtenden Häusern dringt Musik zu uns hinüber.*

»Meinst du, es ist wie bei Kira und Dylan?«, *erwidere ich aufgeregt und tippe auf den Einband des Buches, in dem es um die genannten Protagonistinnen geht. Es sind zwei Freundinnen wie Hannah und ich, die allerdings ein deutlich aufregenderes Highschool Leben führen als wir.*

»Stell dir das Mal vor, June. Lass uns hingehen und herausfinden, wie es sich anfühlt, auf einer echten Party zu sein«, *schlägt sie grinsend vor.*

Wir sind nervös und zappelig, aber wir sind uns sicher, dass wir hinwollen. Um in unserem Zelt zu bleiben, sind wir zu neugierig. Wir schwärmen schon so lange von diesem Roman und fühlen uns den Freundinnen zu vertraut, als dass wir nun die Chance ausschlagen könnten, der Welt unseres Lieblingsromans einen Schritt näherzukommen. Immer wieder haben wir über die Partyerfahrungen von Kira und Dylan gesprochen, von ihrer großen Liebe und davon, dass wir genau dasselbe erleben wollen. Jetzt bietet sich uns die Möglichkeit und wir wären nicht wir, wenn wir an meinem sechzehnten Geburtstag in diesem Zelt bleiben würden.

»Bist du sicher?«, *hakt Hannah nach, als sie bereits aufgestanden ist.*

»Klar! Wir haben uns zwar schon seit Wochen auf dieses Wochenende gefreut, das wir einfach nur zeltend am Green Lake verbringen wollten, aber da wussten wir ja auch noch nicht, dass …«

»Dass wir wie Kira und Dylan enden werden«, *beendet Hannah meinen Satz. Wir sehen uns grinsend an und können vor lauter Vorfreude kaum noch still stehen.*

»Das wird eine Party wie in Yellow House«, flüstert sie, als wir heimlich um den Green Lake gehen. Aufregung durchströmt uns, als wir dem Haus näherkommen und den Bass der Musik in unseren Bäuchen spüren.

»Lia?«

»Scheiße, was ist mit ihr?«, höre ich Kim rufen und sehe durch verschwommene Augen, dass sie ihr Handy in die Hosentasche gleiten lässt. Mein ganzer Körper zittert und es fühlt sich an, als würde eine Armee kleiner Soldaten meinen Rücken hinaufklettern. Jeder der Männer trägt einen Sack voll Angst, den er über meinen Schultern leert. Die Last drückt mich nach unten, in den Erdboden. Meine Beine geben nach und ich sinke zu Boden. Um mich herum vernehme ich immer wieder Kims und Hannahs Stimmen, doch ich schaffe es nicht, mich aus meiner Panikattacke zu lösen. Der Flashback rollt über mich hinweg wie ein Zug, schleppt mich mit sich mit und lässt mir keine Chance, um von diesem Höllenritt abzuspringen.

»Verdammt, sie bekommt ja kaum noch Luft! Soll ich einen Arzt holen?«

»Nein, sie beruhigt sich schon wieder.« Hannah klingt, als habe sie alles unter Kontrolle. Ich hingegen fühle mich so, wie sich Kim anhört. Vollkommen verzweifelt und hilflos.

Meine Finger haben sich um den Stoff des Kulturbeutels geklammert und der Griff wird nur ganz langsam nachgiebiger. Die Steifheit in meinen Beinen entweicht fast gar nicht und der Schweiß auf meiner Stirn rinnt allmählich den Hals hinab.

»Wenn sie nicht sofort mit uns spricht, werde ich einen Arzt rufen!« Kims Entschlossenheit ist nicht zu überhören.

Dann öffnet sich mit einem Mal die Tür und ihr Bruder kommt. Es wird immer schlimmer. »Levent! Du musst uns helfen! Mit ihr stimmt etwas nicht«, ruft Kim. Er eilt augenblicklich zu uns.

»Was hat sie denn?«, fragt er. Als er seine Hand auf mein Knie legt, müsste mich eigentlich erneut Panik überkommen, aber dem ist nicht so. Seine Berührung fühlt sich anders an. Es löst etwas in mir aus, das ich bisher noch nie gespürt habe. Jedenfalls nicht, wenn mich jemand Fremdes berührt hat.

Wärme fließt anstelle der eisigen Kälte durch meinen Körper. Als würden seine Hände Ruhe in das Chaos bringen, beruhige ich mich langsam, anstatt noch weiter in dem Flashback unterzugehen. Meine Atmung normalisiert sich, der Schmerz in meiner Brust verschwindet und vor meinen Augen fügt sich das zerrüttete Bild allmählich wieder zusammen.

»Atme tief ein und dann wieder aus, versuch, herunterzukommen.« Ich höre seine Worte nur leise. Mein Blick ist immer noch auf seine Hand gerichtet, bis mir auffällt, dass Levents Arme tätowiert sind. Ich konzentriere mich so sehr auf die dunkle Tinte, dass ich den Blick ganz von allein über seine Arme wandern lasse. In kleinen Schritten folge ich den schwarzen Linien und Mustern nach oben. Levents Haut ist gerade das Interessanteste, was ich in diesem Raum für mich ausmachen kann. Doch nicht nur seine Arme sind tätowiert, selbst aus dem Ausschnitt des weißen T-Shirts ragt etwas Dunkles hervor. Die gezwirbelten Stränge wirken wie ein Lorbeerkranz, der von seinem Nacken nach vorne reicht. Erst da frage ich mich, wieso ich mir Kims Bruder so genau ansehe und wie es sein kann, dass mich der tätowierte Typ beruhigen kann? Ausgerechnet so jemand? Wie hat er das gemacht?

»Lia? Hörst du mich? Es ist alles gut, wir sind bei dir im Zimmer.« Und dann sehe ich in seine Augen und mit einem Mal sind sie es, die meine ganze Aufmerksamkeit für sich beanspruchen.

»Hm«, kommt es leise aus meinem Mund heraus. Alles, was ich wahrnehme, sind diese Augen. Sie sind schwarz wie die Nacht, der grüne Stich ist verschwunden, sein Haar liegt wild auf seinem Kopf und doch wird die Angst weniger. Wie kann es sein, dass mich ausgerechnet das Dunkle auf zwei Beinen beruhigt? Innerhalb einer Minute zu mir durchdringt und mir ein Gefühl der Verbundenheit schenkt? Hannah und Kim richten mich auf, setzen mich auf das Bett und reden mir gut zu. Als ich in Kims verstörtes Gesicht blicke, geht mir nur eine Sorge durch den Kopf. Hoffentlich fragt sie mich nicht nach dem Grund für den Flashback!

»Heilige Scheiße! Ich wusste ja nicht, dass ihr noch irrer seid, als ich von Sekunde eins an vermutet habe!«, platzt es aus unserer Mitbewohnerin heraus.

»Kannst du vielleicht einfach deine Klappe halten?«, keift Hannah sie an.

»Willst du mich verarschen? Du hättest mir sagen müssen, dass mit deiner Freundin was nicht stimmt. Ich hatte richtige Angst um sie.«

Kim redet über mich, als sei ich überhaupt nicht anwesend. Gut, möglicherweise bin ich das auch nicht richtig. In meinem Kopf herrscht das reinste Durcheinander und mein Körper zittert immer noch ein wenig, aber mein Gehör ist aktiv. Jedoch kann ich mich ohnehin nicht wirklich auf die beiden konzentrieren, denn sein Blick fesselt mich. Levent sieht mich an, als würde er mir bis auf den Grund meiner

Seele schauen und seine Blicke berühren mich, als wären es seine Hände. Und dieses Gefühl bringt Chaos in meinen Kopf, in meinen Bauch, in meinen ganzen Körper. Da, wo seine Hand war, spüre ich einen heißen Punkt, der mein Bein einmal bis zum Knöchel hinab wandert und danach wieder zum Knie zurückkehrt. Die Wärme breitet sich in meiner Körpermitte aus und verharrt direkt unterhalb des Bauchnabels. Was macht er mit mir?

»Wird sie das öfter haben?« Kim ist hörbar aufgebracht und fährt sich durch ihre dicke Lockenpracht.

»Ich kann euch hören!«, mische ich mich ein.

»Na, immerhin! Dann wirst du mir ja jetzt auch sagen können, ob du heute Morgen irgendwelche Medikamente vergessen hast einzunehmen!?« Kim läuft währenddessen panisch durch das Zimmer. Ständig stößt sie den angehaltenen Atem aus und schüttelt ihre dunklen Locken von rechts nach links.

»Geht es dir besser?«, erkundigt sich Levent. Seine dunkle Stimme durchdringt das Chaos in meinem Kopf und für einen kurzen Moment spüre ich, wie sich Entspannung über meinen Körper legt. Und obwohl das guttut, werde ich diesem Typen aus dem Weg gehen. In den letzten Jahren habe ich gelernt, vorsichtig zu sein, bin auf Abstand gegangen und mittlerweile fühle ich mich wohl in der Rolle. Die Mauer, die ich um mich gezogen habe, ist inzwischen so dick, dass ich gar nicht mehr damit gerechnet habe, irgendjemand könnte diese durchdringen. Doch ich werde diesen Schutz nicht aufgeben, ich werde mit diesem Levent Dawn nichts zu tun haben, ganz gleich, wie er auf mich wirkt.

»Es geht mir gut«, antworte ich schließlich, weil er seinen Blick einfach nicht von mir nehmen will. Dann sieht er zu seiner Schwester und sagt ihr, dass sie sich melden soll, falls noch etwas mit mir sei.

Levent mustert mich beunruhigt, schultert die dunkle Sporttasche und verlässt den Raum, ohne ein weiteres Wort zu verlieren. Warum war er plötzlich da, als ich ihn brauchte?

»Mein Gott! Mach das ja nie wieder!«, prustet Kim erschrocken.

»Kannst du sie einfach in Ruhe lassen?«, bittet meine beste Freundin sie.

»Hannah, ich meine es ernst. Wenn das noch mal passiert, dann werde ich das melden.«

»Du wirst gar nichts tun«, widerspricht Hannah. Die beiden sehen sich mit wütenden Augen an.

»Ach, nein?«, will Kim wissen und stemmt ihre Hände in die Hüften. Ich atme frustriert aus, weil sie sich immer noch über mich unterhalten, als würde ich überhaupt nicht anwesend sein.

»Hör mal, wenn mein Bruder nicht gekommen wäre, dann wäre Lia vermutlich an ihren Schnappatmungen erstickt«, kreischt Kim panisch.

»Wir bekommen das hin«, beruhigt Hannah sie. Doch im Gegensatz zu ihr stößt Kim einen ungläubigen Laut aus.

»Gut, ich brauche jetzt frische Luft«, sagt sie und wirbelt auf der Stelle aus dem Raum. Hannah atmet schnaubend aus.

Meine Gedanken drehen sich nach wie vor um den Moment, in dem Levent seine Hand auf mein Knie gelegt hat und die Reaktion meines Körpers, die das komplette Gegenteil meiner Erwartung gewesen ist. Und wieso hat mich sein Blick glauben lassen, dass es wieder gut wird? Es hätte mir noch mehr Angst einjagen und den Flashback noch intensiver werden lassen müssen, stattdessen habe ich mich beruhigt. Je länger er mich angesehen hat, desto sicherer fühlte ich mich. Obwohl ich mir das doch so sehr verboten habe, habe ich einem Fremden vertraut. Seit *damals* habe ich mir geschworen, niemals wieder etwas Gutes in einem Mann zu sehen. Dafür hat das Monster gesorgt. Es hat alle Männer zu solchen werden lassen, wenn auch nur in meiner Vorstellung. Das wird Levent nicht ändern können, das *darf* er nicht ändern. Dafür bin ich nicht bereit, darauf habe ich mich nicht vorbereitet.

Hannah sieht mich mit großen Augen an und streichelt immer wieder meinen rechten Handrücken. Inzwischen habe ich mich ein wenig beruhigt und würde mir so gerne mit einer warmen Dusche die Überreste des letzten Flashbacks abwaschen. Doch es geht nicht. Ich kann mich nicht schon wieder in das Gemeinschaftsbad stellen, komplett ausziehen und duschen. Alles in mir sträubt sich mit einer solch starken Kraft dagegen, dass ich machtlos bin. Selbst der allgegenwärtige Waschzwang kann diesen Kampf nicht gewinnen.

Nachdem ich mich mit der Hilfe meiner besten Freundin nochmals frisch gemacht habe, machen wir uns auf die Suche nach dem Charles River. Ich bin mir sicher, dass mich Hannah löchern wird, sobald wir den Fluss erreicht haben. Sie wird wissen wollen, weshalb mich ausgerechnet Kims Bruder beruhigen konnte. Ein Mann, ein fremder, tätowierter, muskulöser Mann!

Im Flur von dem Verwaltungsbereich suchen wir auf dem Lageplan nach dem Weg, als Mr. Richardson vorbeikommt und uns freundlich anlächelt. »Kann ich Ihnen helfen?«, meint er und zieht das feine Gestell von der Nase.

»Wir würden gerne an den Charles River«, erklärt ihm Hannah. Der Verwaltungsangestellte zeigt uns blitzschnell den Weg und verabschiedet sich mit einem warmen Lächeln.

Als wir ankommen und uns ins Gras fallenlassen, atmen wir gierig die frische Luft ein. Am Wasser schmeckt die Luft anders und so durchflutet sie mich auch hier mit einer Kraft, die mich vollkommen beflügelt.

»Besser?« Ich antworte ihr mit einem zufriedenen Grinsen.

»Er hat dich beruhigt«, fängt sie an. Ich wusste, dass ich um dieses Gespräch nicht herumkomme. Hoffnungsvoll blicke ich in ihre Augen, doch sie funkeln und wollen mehr wissen.

»Ja, irgendwie schon«, gebe ich zu.

»Aber?«

»Er wird nicht ständig da sein und das will ich auch gar nicht«, rechtfertige ich mich und ernte schiefes Grinsen. »Außerdem ist da immer noch Kim«, füge ich hinzu.

»Was ist mit ihr? Also außer, dass sie unmöglich ist.« Hannah fährt mit den Fingern durch das Gras und sieht auf den Fluss. Ich tue es ihr nach, weil es mich beruhigt.

»Ich kann nicht in den Gemeinschaftswaschräumen duschen und ich werde Kim meine Albträume und Flashbacks ebenfalls nicht erklären können. Und vor allem werde ich ihrem tätowierten Bruder nicht jeden Tag über den Weg laufen können.« Warum in Gottes Namen bin ich bloß in ein Wohnheim gezogen, und dann auch noch in ein liberales wie dieses? Hannah gibt ein aufmunterndes Geräusch von sich, doch das hilft mir leider nicht, nicht im Geringsten! »Kim darf meine Flashbacks nicht melden«, stoße ich verzweifelt aus.

»Das wird sie schon nicht.«

»Und wenn doch?«, bringe ich noch verzweifelter hervor und hoffe, Hannah hat irgendeine Lösung. Ihr Blick sagt mir etwas anderes. Etwas, das ich nicht hören will.

»Wir müssen mit Kim reden.«

»Und was machen wir mit dem Gemeinschaftswaschraum?«

»Wir gehen zusammen duschen. Ich passe auf, dass keiner kommt und du kannst so oft duschen, wie du möchtest.«

Das wird niemals funktionieren.

Wir sind noch nicht einmal vierundzwanzig Stunden in Boston und schon kann ich nichts mehr von unserem traumhaften Neustart erkennen.

Vor der Tür atmen wir ein letztes Mal aus, denn im Gegensatz zu Kim wissen wir, welches Gespräch uns in ein paar Sekunden bevorsteht. Als Hannah die Tür öffnet, wirbelt Kim erschrocken herum und stößt dabei mit voller Geschwindigkeit gegen ihr Bett.

»Scheiße!«, flucht sie lautstark. Ihr Gesicht verzieht sich vor Schmerzen und innerhalb einer Nanosekunde krümmt sie sich und hält mit beiden Händen ihren rechten Fuß fest umschlossen.

»O Gott, Kim! Hast du dir sehr weh getan?«, frage ich sofort.

»Was denkst du denn?«, presst sie schmallippig hervor.

»Was rennst du auch gegen das Bett?«, mischt sich Hannah wenig beeindruckt ein. »Geschieht ihr recht«, murmelt sie mir zu. Zwar kann ich ihren Missmut ziemlich gut nachvollziehen, dennoch tut Kim mir leid. Schließlich hat sie sich eben auch Sorgen um mich gemacht. So kühl kann sie also gar nicht sein, wie sie es uns glauben lassen möchte.

»Das war eure Schuld«, jammert Kim. Ich sehe zu

Hannah, die genervt mit den Augen rollt.

»Also das ist doch wohl nicht dein Ernst! Wir können ja wohl nichts dafür, wenn du bei jedem Mucks gleich in die Luft gehst und gegen die Bettkante rennst!«, gibt Hannah belustigt von sich. Kim zappelt immer noch vor Schmerzen und atmet tief ein und aus.

»Kannst du auftreten?«, hake ich nach.

Kim versucht es, verlagert das Gewicht jedoch sofort auf den anderen Fuß. »Scheiße!«

»So schlimm?« Sie antwortet zunächst nur mit einem eindeutigen Blick.

»Mist! Levent darf davon nichts mitbekommen, das müsst ihr mir versprechen.« Mehr als ein verzweifeltes Lachen will mir nicht über die Lippen kommen. Das meint sie doch wohl nicht so, wie sie es gesagt hat, oder? Sogar Hannah ist im ersten Moment sprachlos.

»Ist was gebrochen?«, fragt sie anschließend genervt.

»Keine Ahnung, Hannah! Bin ich eine Ärztin, oder was?«, entgegnet Kim noch gereizter.

»Angenommen wir würden dir ins Krankenhaus helfen, wie sollten wir dafür sorgen, dass dein Bruder davon nichts mitbekommt?«, wende ich mich an sie.

»Er ist voll der super Beschützer und treibt mich damit bis an die Grenze des Wahnsinns. Ich habe am Donnerstag Geburtstag, und falls Levent sieht, dass ich mich verletzt habe, dann wird keine Party stattfinden. Er will sowieso nicht, dass ich feiere.«

»Und wir sollen jetzt deinen Bruder anlügen, damit du Party machen kannst?« Hannah starrt unsere Mitbewohnerin fassungslos an. Ich stehe sprachlos neben ihr und kann gar nicht begreifen, was hier gerade vor sich geht.

»So würde ich das nicht nennen, aber im Grunde fasst es das ganz gut zusammen.« In Kims Gesicht ist so viel Verbissenheit zu erkennen, dass man es schon als Verzweiflung ansehen könnte. Leidet sie wirklich so sehr unter Levents Beschützersyndrom?

»Okay, wir helfen dir. Dafür wirst du netter zu uns«, knicke ich ein. Hannah und Kim sehen mich beide im gleichen Augenblick an, ebenfalls mit demselben Blick.

»Bist du verrückt geworden?«, fährt mich Hannah an und ich könnte schwören, Kim denkt dasselbe.

»Also?«, hake ich nach. Vielleicht ist das die einzige Möglichkeit, die Zeit in diesem verfluchten Wohnheim zu überleben.

Kim verdreht ihre großen Augen, sieht auf ihren verletzten Fuß und willigt schließlich missmutig ein. »Geht zu Dan, er soll uns ins Krankenhaus fahren.«

»Wer ist Dan?«, kommt es aus Hannah geschossen.

»Ein Freund. Er wohnt eine Etage über uns, Zimmer siebenundzwanzig«, erklärt Kim.

»Meinst du das wirklich ernst?«, bohrt Hannah noch ein letztes Mal nach. Mein Gesichtsausdruck gibt ihr die Antwort, die sie nicht hören wollte.

»Wieso können wir kein Taxi bestellen?«, frage ich Kim.

»Hab ich kein Geld für, ihr? Außerdem ist Dan hier und kann uns sofort fahren.«

Hannah schaut mich entnervt an.

»Er wohnt eine Etage über uns, Zimmernummer siebenundzwanzig. Schon vergessen?« Sie sieht immer wieder auf ihren Fuß, den sie seit Beginn in ihren Händen hält. Hannah ist kurz davor, durchzudrehen.

»Wenn mich Levent heute Nachmittag zum Essen abholt, soll er nichts merken«, jammert Kim.

»Nur damit das geklärt ist, wenn wir dir helfen, wirst du in Zukunft so zahm wie eine kleine Katze sein!«, zischt Hannah ein letztes Mal, ehe sie sich auf die Suche nach Dans Zimmer macht. Ihre Finger umgreifen die Klinke bereits, doch bevor sie Kims Zustimmung nicht aus ihrem Mund gehört hat, wird sie diese nicht durchdrücken.

»Ja, ja! Ist schon gut, ich werde nicht mehr so scheiße zu euch sein. Dafür solltest du jetzt endlich deinen Hintern bewegen!« Und dann bin ich ganz allein mit ihr. »Du hast ja keine Ahnung, wie schlimm Levent sein kann. Andernfalls würde ich euch nicht um Hilfe bitten!« Zwar habe ich sie nicht um eine Erklärung gebeten und trotzdem bin ich ihr dankbar. Ist Levent wirklich so furchtbar? Mir kam er eher hilfsbereit vor, trotz seiner dunklen Erscheinung.

Du magst ihn!

Stimmt nicht, und selbst wenn. Ich darf ihn nicht mögen, das kann gar nicht funktionieren. Er würde nicht verstehen, wieso ich mich ihm nicht öffnen könnte.

Vielleicht ja doch! Immerhin hat er dich beruhigen können, in einer Situation, in der das fast niemand kann.

Nein, es geht nicht!

»Lia?«, dringt Kims Stimme in meinen inneren Dialog mit June.

»Ja?«

»Hast du mir überhaupt zugehört?«

»Ja.«

»Levent darf nichts mitbekommen, dann werde ich netter, versprochen.«

»Ach, und wenn nicht? Was ist, wenn er dich früher abholen will und nicht findet? Oder wenn er merkt, dass du Schmerzen hast?«

»Das wird er schon nicht.«

»Ich dachte, er sei der supernervige Beschützer?«

»Ist er auch, aber ich kann Schmerzen ganz gut verbergen, er wird nichts merken.« Kims Ton verändert sich, alles deutet darauf hin, dass sie mich um etwas Weiteres bitten wird und ich bin mir nicht sicher, ob ich ihr das erfüllen kann.

»Was ist?«, frage ich und schaue bereits ungeduldig Richtung Zimmertür. Wann kommt Hannah endlich wieder?

»Wenn Levent früher als gedacht kommt …«

Jetzt kann ich mein Lachen wirklich nicht mehr zurückhalten. »Wenn er dich früher abholen will und hier niemanden vorfindet, dann kann ich das sicher nicht ändern. Selbst wenn Hannah und ich hier wären, würde er sich nicht von zwei fremden Mädchen davon abhalten lassen, nach seiner kleinen Schwester zu suchen.«

»Von *zwei fremden Mädchen* vielleicht nicht, aber von dir mit Sicherheit.« Ihre Worte lassen mich erstarren.

»Wie bitte?«

»Ich habe mitbekommen, wie er dich in deiner Panikattacke angesehen hat und ich habe ebenfalls gesehen, wie du dich von ihm beruhigen lassen hast.« Ihr Grinsen ist gefährlich und ich fühle mich, als hätte sie ein Geheimnis gelüftet, das niemals an die Öffentlichkeit hätte kommen sollen. Kim bildet sich das nur ein. Zwischen Levent und mir ist rein gar nichts. Er hat mir geholfen und dafür bin ich ihm dankbar, nicht mehr und nicht weniger.

»Tut mir leid, doch da muss ich dich enttäuschen.«

»Also du kannst mir erzählen, was immer du willst. Meinetwegen leugne, dass du auf ihn stehst und sag, ich kenne dich nicht und so. Aber Levent ist mein Bruder und wenn der auf ein Mädchen steht, dann sehe ich das drei

Meter gegen den Wind. Und was soll ich sagen?«

»Es ist mir ganz egal, was du denkst. Ich möchte nichts von ihm und es interessiert mich auch nicht, dass du der Meinung bist, er hätte andere Absichten.«

Wann kommt Hannah endlich wieder?

Kim grinst mich bloß an. »Einverstanden. Es bleibt unser Geheimnis, ich werde Levent nichts verraten, als kleine Wiedergutmachung sozusagen.«

»Bist du dir sicher, dass dein Freund in unserem Wohnheim und nicht drei Blöcke weiter wohnt?« Meine Ungeduld wird allmählich unüberschaubar. Lange werde ich nicht mehr mit Kim in einem Raum sein und mir weiterhin etwas über ihren Bruder anhören können. Dann geht zu meiner Erleichterung die Tür auf.

Hannah kommt mit einem blonden, Kaugummi kauenden Studenten ins Zimmer. Er strahlt über das ganze Gesicht. Ich muss zugeben, jemanden erwartet zu haben, der weniger freundlich aussieht.

»Hey, ich bin Dan«, stellt er sich vor und möchte mir die Hand reichen. Mit so viel Höflichkeit habe ich nicht gerechnet.

»Lia«, gebe ich verwirrt von mir. Seine Haut an meiner zu spüren, jagt mir für den Moment Angst ein.

»Können wir dann jetzt?«, mischt sich Kim ungeduldig ein.

»Was ist denn passiert?«, wendet er sich an sie. Das Blau seiner Augen funkelt besorgt.

»Ich bin gegen das Bettgestell gelaufen und jetzt tut mein großer Zeh höllisch weh. Du musst uns ins Krankenhaus bringen.«

»Soll ich Levent nicht einfach anrufen?«

»Nein!«, ruft Kim ebenso schnell wie laut.

Dan sieht sie erschrocken an und bringt seine Arme in Abwehrhaltung. »Okay, okay. Also direkt ins Krankenhaus?«

»Richtig. Sag ihm nichts, verstanden?«

»Nein, verstehen tue ich das nicht, aber von mir wird er nichts erfahren.« Dan scheint jemand zu sein, auf den man sich verlassen kann und obwohl ich ihn kein bisschen kenne, empfinde ich wie bei Ian gleich eine gewisse Sympathie. Kim hat solche Freunde überhaupt nicht verdient.

»Dann los!«, weist Kim ihn mit hektischen Handbewegungen an. Sie macht keinerlei Anzeichen, sich bei ihm für seine Hilfsbereitschaft zu bedanken und Dan wirkt darüber nicht sonderlich überrascht. Anscheinend ist Kim nicht nur uns gegenüber so unmöglich unfreundlich.

Dan hilft ihr hoch und bringt uns gemeinsam zu seinem Auto. Ich kann immer noch nicht glauben, dass wir ihr tatsächlich helfen, obwohl sie uns mit ihrer kratzbürstigen Art jeden Grund gibt, um das Gegenteil zu tun. Wir sind einfach zu gut für diese Welt. Ich korrigiere, *ich* bin einfach zu gut für diese Welt. Hannah hätte sie am liebsten links liegen lassen.

Im Krankenhaus sitzen Hannah, Dan und ich im Wartezimmer. Und das bereits seit drei Stunden. Eigentlich wollten wir uns heute den Campus ansehen, stattdessen hocken wir in der Notaufnahme und starren vor uns hin.

»Ihr seid also die Mitbewohnerinnen unserer reizenden Kim?«

»Reizend trifft es ziemlich genau«, antwortet ihm Hannah sofort. Ich stimme mit einem eindeutigen Blick zu.

»O Gott, ihr könnt einem ja echt leidtun.« Das leise Schmunzeln verrät, dass er seine Worte nicht ernst meinte.

»Verdammt, du sagst es! Ich brauche jetzt einen Kaffee, du auch?«, fragt Hannah Dan und steht noch im gleichen Moment auf.

»Ja, bitte«, gibt er mit einem freundlichen Lächeln von sich. Dan wirkt sportlich und seine blauen Augen leuchten noch heller, wenn er lächelt.

Levents Schultern sind breiter, er ist größer und überhaupt ist er viel durchtrainierter. Levent versprüht Magie!

Sei still, June!

»Und ihr seid Freunde?«, hake ich nach, um die Situation etwas zu lockern. Darin bin ich nicht unbedingt gut.

»Na ja, ich glaube schon. Ich kenne sie eigentlich durch ihren Bruder, mit dem ich zusammen auf der Highschool war.« In seinen Augen verändert sich etwas. Als würde er darüber nachdenken, was er und Kim füreinander sind. Würde man mich fragen, würde ich sagen, ist Kim eindeutig mehr als nur eine Freundin für ihn.

»Levent?«, hake ich nach.

»Ja, genau. Ihr kennt euch also bereits?«

»Nicht wirklich. Wir sind erst gestern angekommen und haben ihn kurz gesehen, da er Kim besucht hat.« Dass er mich heute Morgen aus einer Panikattacke gerettet hat, erwähne ich bewusst nicht.

»Du meinst, weil er sie kontrolliert!?«, verbessert er mich mit einem verschmitzten Lachen.

»Ist es tatsächlich so schlimm?«

»Keiner traut sich auch nur einen Schritt zu nah an seine Schwester. Levent gilt hier nicht gerade als netter Bruder, sondern eher als jemand, der seine Augen und Ohren überall hat. Er schreckt vor nichts und niemandem zurück, der dem schaden will, was er um jeden Preis zu beschützen versucht! Sie hat bei ihm gewohnt und glaub mir, er hat sie nicht gerne in das Wohnheim einziehen lassen. Am liebsten würde er sie immer noch Tag und Nacht bei sich haben wollen.«

»Ähm, okay«, kommt es aus meiner trockenen Kehle empor. So extrem kam es mir gar nicht vor. Vielleicht ist das auch bloß so ein Großes-Bruder-Ding?

»Bei ihm trifft der Spruch *harte Schale, weicher Kern* nicht ganz zu. Eher *harte Schale, härterer Kern*«, gibt er lachend von sich.

»Und dann nimmst du an, es ist richtig, wenn wir ihm nichts von Kims Unfall sagen?«

»Nein, das denke ich nicht. Aber das ist ihre Sache. Da halte ich mich raus. Das Gleiche empfehle ich dir auch, sobald es um die beiden geht«, erwidert er schulterzuckend. Als Hannah mit zwei dampfenden Bechern wiederkommt, öffnet sich die Tür kurz darauf ein zweites Mal und Kim kommt zurück. Nach fast vier Stunden hat das Warten endlich ein Ende.

»Und?«, frage ich.

»Ich habe mir den großen Zeh gebrochen.«

»Wie bitte?«, stoße ich aus. »Du bist doch bloß gegen das Bett gestoßen.«

»Vielmehr geknallt«, korrigiert mich Kim. Sie schüttelt den Kopf, selbst fassungslos über das Ergebnis. »Die Ärztin meinte, ich sei besonders talentiert, wenn ich mir dabei den Zeh breche«, macht sie diese mit nachgestellter Stimme nach.

»Und jetzt?« Hannah trinkt einen Schluck von dem Kaffee und wartet auf Kims Antwort.

»Ich habe in einer Woche den nächsten Termin, bis dahin werde ich nur barfuß oder in Sandalen herumlaufen können, so empfindlich wie der geschwollene Zeh ist!«

Kims Laune wird immer schlechter. Ich habe keinen blassen Schimmer, wie wir das vor Levent verstecken sollen. Selbst Kim würde im September keine offenen Schuhe tragen. Und spätestens beim Tape wird er misstrauisch.

»Wie lange dauert die Genesung?«, möchte Dan wissen.

»Das Tape soll ich zur Unterstützung tragen, das lindert wohl die Schmerzen. Nach insgesamt sechs Wochen müsste ich den Fuß wieder vollständig belasten können«, gibt sie stöhnend von sich.

»Dann wollen wir mal sehen, wie du das deinem Bruder erklärst«, entgegnet Hannah. Kim schnaubt frustriert.

»Lasst uns fahren!«, fordert Dan uns auf und steht bereits auf.

Die gesamte Fahrt ins Wohnheim denke ich über Dans Worte nach. Levent ist also nicht der nette Kerl, der mir in meiner Panikattacke geholfen hat?

Er ist der tätowierte Typ, der dich mit seinem Blick hypnotisiert hat!

Ich übergehe Junes Worte. Eigentlich sollte die schon längst verbannt sein und doch ist sie immer noch in mir und wirft mir jedes Mal solche Dinge an den Kopf. Meinetwegen kann sie Levent toll finden, aber ich empfinde anders. Ich kann ihn gar nicht so sehr mögen, wie June es tut. Derartige Gefühle habe ich mir viel zu lange verboten, als dass ich sie nun einfach so zulassen könnte.

Gegen halb vier kommen wir endlich im Wohnheim an. Dan hilft Kim die Treppe hochzukommen und ich habe das Gefühl, dass er das sehr gerne tut. Ich bin heilfroh, als wir vor unserer Zimmertür ankommen und in panischer Angst, als uns ein Levent gegenübersteht, der mir mit seinem Blick heißes und eiskaltes Kribbeln gleichzeitig durch den Körper jagt.

Die nachtschwarzen Haare liegen noch verwuschelter auf seinem Kopf, die tätowierten Arme hat er so fest vor der Brust verschränkt, dass die Adern wie stählerne Bahnen unter seiner Haut verlaufen und in seinem Gesichtsausdruck ist der pure Zorn zu sehen.

Ach. Du. Scheiße.

Kapitel 4

Kim, Dan, Hannah und ich stehen wie angewurzelt vor dem breitbeinigen Levent. Sein Blick huscht für den Bruchteil einer Sekunde über Kims Fuß, doch dann sieht er ihr direkt wieder in ihre Augen.

»Scheiße!«, flucht Kim leise. Wir schauen uns vollkommen verwundert an. Obwohl ich es bis vor wenigen Augenblicken noch für richtig gehalten habe, es Levent mitzuteilen, hätte ich das gar nicht tun können, weil ich seine Nummer nicht besitze. Seine Miene wirkt derart sauer, dass ich beinahe Angst vor ihm bekomme. Was wird er nun tun? Wieso sagt er nichts?

»Ich habe dich angerufen und nach dir gesucht, als du mir nicht geantwortet hast! Eigentlich hatte ich vor, dich früher abzuholen, weil meine letzte Vorlesung ausgefallen ist, aber nirgendwo konnte ich dich finden«, kommt es mit einem Mal aus seinem Mund. Levents Stimme ist immer noch dunkel und klar, wie sonst auch, nur ist jetzt noch mehr Ernsthaftigkeit in ihr zu vernehmen. Er hat sich um Kim gesorgt, das kann man immer noch spüren.

»Es musste sehr schnell gehen und da haben wir sie ins Krankenhaus gebracht«, ergreife ich das Wort.

Hannah, Kim, Dan und vor allem Levent sehen mich völlig entgeistert an.

»Dich habe ich nicht gefragt!« Für einen kurzen Moment fühlt sich die Zurückweisung wie ein Schlag in den Magen an. Hat er das gerade wirklich gesagt? Und warum stört es mich so sehr, dass er mir nicht die Beachtung schenkt, die ich von ihm bekommen habe, als er mir half, dem Flashback zu entkommen?

»Lia hat recht, es musste schnell gehen«, fügt Kim mit einer solchen Geschwindigkeit hinzu, dass ich mich konzentrieren muss, um ihre Worte verstehen zu können.

»Und da kamst du nicht auf die Idee, deinen Bruder anzurufen? Du weißt doch, dass ich sofort gekommen wäre, oder nicht!?« Die Besorgnis in seiner Stimme wird von dem aufkommenden Zorn deutlich unterdrückt.

Sie humpelt an uns und Levent vorbei, setzt sich auf ihr Bett und versteckt die vielen Zettel, die hinter ihr liegen. Jedenfalls versucht sie das.

»Was ist passiert?«, bohrt er weiter nach und begutachtet, gegen den Willen seiner Schwester, den nackten Fuß. Sie möchte das Bein wegziehen, aber da hockt er sich zu ihr, greift nach dem Knie am gesunden Bein und zwingt sie zum Stillsitzen. »Also?«, hakt er nach, legt den Kopf schief und sieht sie aus dunklen Augen an.

»Der große Zeh ist gebrochen«, murrt Kim und möchte etwas Bestimmtes aus ihrer Zettelwirtschaft verstecken.

»Hat man dir Schmerztabletten verschrieben?«, fragt er und hält sie mit einem eindeutigen Blick von der Sucherei ab.

»Nein, aber ich habe ein Tape bekommen«, erklärt sie und zeigt auf das Band.

»Und wie ist das passiert?«

»Ist das wichtig?«

»Würde ich sonst fragen?«, kommt es mit tiefer Stimme aus ihm heraus. Hannah, Dan und ich sehen uns mit angehaltenem Atem an.

»Ich bin gegen die beschissene Bettkante gelaufen,

zufrieden?«, meckert sie und möchte die Zettel weiter unter die Bettdecke schieben, nach denen sie eben schon gegriffen hat. Levent beugt sich vor und nimmt sie ihr aus der Hand.

»Kannst du vergessen!«, blafft sie und will ihm die Unterlagen aus der Hand reißen.

»Ist das dein Ernst?«, fragt er und zeigt auf das Papier. Kim sieht ihren Bruder böse an.

»Du also willst mit einem gebrochenen Zeh eine Geburtstagsparty schmeißen?«

»Ja.« Hannah und ich sehen Dan an, der nur mit dem Kopf schüttelt.

»Sorry, aber das kannst du vergessen. Ich werde dich sicher nicht mit einer Verletzung feiern lassen.«

»Bitte?«, kreischt sie, als ihr Bruder mit einem einzigen Satz droht, alles ausfallen zu lassen.

»Was dachtest du denn? Pack deine Sachen, du schläfst bei mir.«

»Ich werde die Party garantiert nicht absagen und ich bleibe hier!«

»Ich hab jetzt langsam wirklich keine Lust mehr auf diese Spielchen.« Levent funkelt seine Schwester dunkel an.

»Mann, reiß dich zusammen, Dawn!«, brüllt Kim ihren Bruder an und tritt ihm mit dem gesunden Fuß gegen das Bein, als er ihr die restlichen Zettel abnehmen möchte. Levent scheint nicht sonderlich beeindruckt zu sein.

»Such es dir aus. Entweder du kommst zu mir, oder ich bleibe hier. Du musst deinen Fuß schonen und so, wie ich dich kenne, wirst du das ohne Beobachtung nicht tun!« Kim entgleiten wieder einmal alle Gesichtszüge. Dieses Mal nicht nur ihr. Das kann er doch nicht machen, oder?

Nein, nein, nein.

Levent wird auf keinen Fall in unserem Zimmer schlafen können, das geht einfach nicht. Das darf er nicht, gemischtes Wohnheim hin oder her.

Hannah sieht mich mit großen Augen an und Dan steht mir mit einem besserwisserischen Grinsen gegenüber.

Nein! Das wird er nicht tun.

»Ich warne dich!«, richtet Kim die Worte, mit giftigem Blick, an ihren Bruder.

»Besser nicht«, kontert er und schmeißt seine Lederjacke auf ihr Bett.

»Du willst also lieber in einem dreckigen Wohnheimzimmer bleiben, als in deiner geliebten Protzbude, nur um mich kontrollieren zu können?«

»Nein, aber du lässt mir ja keine Wahl.«

In seiner Protzbude, was hat das zu bedeuten? Ich frage mich, wenn er wirklich in einer eigenen Wohnung lebt, wieso will Kim unbedingt in einem Mehrbettzimmer wohnen?

»Ich geh dann mal«, nuschelt Dan mir und Hannah ins Ohr und verlässt mit leisen Schritten den Raum. Na toll! Nun sind wir auch noch allein mit den Dawn-Geschwistern.

»Verzieh dich, ich habe doch jetzt meine zwei persönlichen Krankenschwestern, die sich mit Sicherheit rührend um mich kümmern werden«, sagt Kim und zeigt dabei auf mich und Hannah.

Hannah antwortet mit einem sarkastischen Lachen, mir will nicht einmal das über die Lippen kommen. Stattdessen werde ich erneut von seinem Blick gefangen genommen und wundere mich darüber, wieso mir das keine Angst einjagt.

Seine Wirkung auf mich gefällt mir nicht.

Tut sie wohl.
Darf sie aber nicht!
»Ich vertraue meinen Pflegefähigkeiten etwas mehr«, entgegnet er, ohne den Blick von mir abzuwenden. Hannah sieht zwischen seinem und meinem Gesicht immer wieder hin und her. Kann er damit nicht einfach aufhören?
»Okay, ist mir egal. Dann schlaf eben auf dem Boden und nicht in deinem geliebten Kingsize-Bett!«
Nein, das darf sie nicht gesagt haben! Ich versuche, sie mit meinem Blick vom Gegenteil zu überzeugen, doch Kim zuckt nur mit den Schultern.
Nein.
Nein.
Verdammt noch mal, nein!
»Männer dürfen nicht in Mädchenzimmern schlafen, auch wenn es ein gemischtes Wohnheim ist«, mischt sich Hannah ein.
»Ich hab mich noch nie an Regeln gehalten.«
»Wir aber!«, behauptet meine beste Freundin mit verschränkten Armen.
Levent lacht trocken. »Bedankt euch bei Kim. Ich wäre ebenfalls lieber in meiner Wohnung, glaubt mir!« Das darf doch alles nicht wahr sein. Wir wohnen mit Kim in einem Zimmer, haben noch nicht einmal einen eigenen Kleiderschrank und müssen jetzt auch noch hinnehmen, dass Levent bei uns übernachtet? Das kann ich nicht, das ist einfach zu viel für mich.
»Würdest du uns für einen Augenblick entschuldigen?«, gibt meine beste Freundin zuckersüß von sich und hält Levent die Tür auf. Kopfschüttelnd verlässt er den Raum.
»Es tut mir leid«, ergibt sich Kim sofort.
»Es tut dir leid? Willst du mich verarschen?«, zischt

Hannah.

»Damit hätte selbst ich nicht gerechnet«, murmelt sie verständnislos. Bevor wir uns wirklich über das Schlaf-Problem unterhalten konnten, geht die Tür auf und Levent steht wieder im Raum.

»Ich muss hier raus«, sage ich Hannah ins Ohr und drehe mich im gleichen Moment um. Hastig verlasse ich das Zimmer. Ich spüre sein Grinsen immer noch in meinem Gesicht, obwohl ich bereits viele Meter von ihm entfernt bin.

»Warte, Lia!«, ruft sie und folgt mir.

»Ich kann unmöglich nachher dort schlafen, wenn dieser Typ bei uns im Raum ist.«

»Ich weiß«, antwortet sie, als sie bei mir angekommen ist.

»Weißt du auch, was wir jetzt tun?«

»Nein.«

Das war die falsche Antwort.

»Lass uns an den Fluss gehen.« Hannahs Vorschlag kommt im richtigen Moment. Etwas Zeit am Wasser kann das alles nur besser machen. Hoffe ich zumindest.

Am Ausgang folgen wir der Beschilderung, laufen über eine Brücke und sind schon wenige Gehminuten später an einer Bucht des Charles River. Gott sei Dank ist keiner dort.

Wir lassen uns ins Gras fallen und starren auf die Wasseroberfläche. Das Sonnenlicht glitzert über das Wasser und der Wind bringt das Funkeln zum Tanzen. Die leichten Wellen bewegen sich gleichmäßig.

»Ich habe das Gefühl, das alles ist zu viel für mich«, presse ich hervor.

»Wir schaffen das, Lia.«

»Da bin ich nicht so sicher.«

»Levent hat dir doch eigentlich geholfen. Ich meine, in der Panikattacke, als du den Flashback hattest, da war er da und hat dich beruhigt.«

»Ich weiß.«

»Also musst du ihn mögen, du wärst andernfalls vollkommen durchgedreht.«

»Ich weiß nicht, ob ich ihn mag. Ich weiß nur, dass mir seine Wirkung Angst einjagt.«

»Aber nur, weil du dieses Gefühl nicht gewohnt bist, oder?«

»Nein, weil ich mir dieses Gefühl nicht erlaube.«

»Es ist nun zwei Jahre her, vielleicht solltest du langsam loslassen.«

»Das wollte ich doch, nur dann ist alles anders gekommen. Ich muss mir mit Kim ein Zimmer teilen, kann nicht ohne deine Hilfe duschen und soll jetzt auch noch mit Levent in einem Raum schlafen? Das alles hat absolut nichts mit dem gemeinsam, was ich mir für unseren Neustart gewünscht habe.«

»Lia, ich bin da. Du musst das nicht allein schaffen!«, tröstet sie mich und legt ihren Arm um mich. Hannah ist jedoch nicht die Einzige, die da ist, denn nun ist auch noch Kims Bruder in unserem Zimmer. Vermutlich wird er bei uns bleiben, bis alles verheilt ist. Das werde ich nicht überstehen.

»Ich möchte, dass er geht.«

»Wir könnten das natürlich auch einfach bei der Verwaltung melden, dann wäre Levent ganz schnell Geschichte«, schlägt sie in einem Ton vor, der uns beide wissen lässt, dass wir das nicht tun werden. »Du magst ihn, stimmt's?«, hakt sie nach, als ich immer noch nichts gesagt habe. Ich schaue in die Augen meiner besten Freundin und weiß zum ersten Mal nicht, ob ich die Wahrheit sagen soll, oder lieber das, was ich dafür halten möchte. Mein Herz schlägt schneller, wenn ich an ihn denke und ich fühle mich sicher, sobald er bei mir ist. Außerdem will ich mir nicht vorstellen, was passiert, falls wir seine Übernachtung melden würden.

»Hannah, ich kann das nicht.«

»Wenn man jemandem begegnet, der einem ein Gefühl schenkt, das man noch nie zuvor gespürt hat, dann kann man sich das gar nicht aussuchen. Du hast keine Wahl, Levent wird dir immer wieder über den Weg laufen und so, wie er dich ansieht, wird er das vermutlich öfter tun, als er müsste.«

»Kim hat angedeutet, dass er mich mag.«

»Das hätte sie gar nicht tun müssen, das sieht man doch wohl.«

»Bitte?«

»Jetzt sag mir nicht, du hast das nicht gesehen?«

»Ich weiß nicht, also ich …«, stottere ich vor mich hin und versuche, im Wasser etwas auszumachen, was mir Klarheit schenken kann.

»Du meinst, du willst es nicht sehen?«

»Ich bin mir einfach nicht sicher, ob sich Kim nicht vielleicht irrt. Natürlich habe ich gemerkt, dass mich Levent ansieht, aber das kann doch alles bedeuten.«

»Alles?«

»Ja, außerdem kennen wir uns gar nicht. Ich meine, wir sind erst seit gestern hier.«

»Hm«, kommt es von links. Ich sehe sie verzweifelt an. »Er kann kaum von dir lassen.«

»Und das gefällt mir nicht.«

»Ich glaube, du möchtest dir einreden, dass es dir nicht

gefällt.«

»Würde das einen Unterschied machen?«

»Einen gewaltigen sogar!«

Hannah sieht mich mit funkelnden Augen an und schon wieder habe ich keine Ahnung, was ich darauf sagen soll. Ich verstehe nicht einmal, wieso ich mich sicherer fühle, wenn ich nur über ihn rede.

»Vielleicht hast du recht, aber ich denke, ich bin noch nicht bereit.«

»Wenn es dazu kommt, dann wird sich deine Meinung möglicherweise ändern.«

»Hast du seinen Kommentar eben nicht mitbekommen? Er wollte nicht einmal mit mir sprechen, obwohl ich nur die Situation erklären wollte.«

»Da war er doch nur in Sorge um Kim. Levent wird um dich kämpfen, das habe ich im Gefühl!«, sagt sie und hebt dazu in einer theatralischen Geste den rechten Zeigefinger in die Luft.

»Du spinnst, er wird nicht um mich kämpfen.«

»Abwarten!«, gibt sie mit hochgezogenen Augenbrauen von sich und grinst mich mit ihrem zweideutigen Lächeln an. Verdammt, Hannah! Hoffentlich irrst du dich.

Eigentlich möchte ich ihr klarmachen, dass ich das überhaupt nicht will, aber da vibriert es in meiner Hosentasche. *Mom*, bitte nicht!

»Geh schon ran.«

»Ich kann nicht mit ihr sprechen. Schon beim ersten Telefonat habe ich mich furchtbar angehört. Sie soll nicht denken, dass es mir hier noch schlechter geht. Mom merkt sofort, dass etwas nicht stimmt und ich weiß nicht, wie lange ich ihr noch vormachen kann, dass es an der neuen Situation liegt.«

»Gib her!«, fordert sie im gleichen Moment, in dem sie mir das Handy aus der Hand nimmt. »Hey, Esther.«

»Hannah?«, höre ich meine Mutter über die Lautsprecherfunktion fragen.

»Hey, Lia ist gerade unter der Dusche.«

»Ich habe mich bereits gewundert. Geht es euch gut?«

»Alles bestens. Wir müssen uns zwar noch etwas einleben, doch für den Anfang ist es super!«

Und wie! Wenn sie wüsste, wie es wirklich ist, säße sie vermutlich im nächsten Flieger und würde mich wieder mit nach Seattle nehmen. Wäre vielleicht gar nicht die schlechteste Idee.

Aber dann würdest du Levent nicht mehr sehen.

Perfekt!

Du bist eine miserable Lügnerin.

Bin ich nicht.

Und wie!

»Lia wird sich die Tage noch mal in Ruhe bei dir melden, ich sage ihr, dass du angerufen hast.«

»Ich danke dir, meine Liebe. Habt eine gute Zeit und meldet euch mal ab und zu.«

»Versprochen!« Hannah straft mich mit einem halbbösen Blick. Dafür bin ich ihr auf jeden Fall etwas schuldig.

»Bis dann. Grüß Lia von mir.«

»Klar, mache ich. Bis dann!«, erwidert sie und legt auf.

»Danke, Hannah!« Ich falle meiner besten Freundin um den Hals.

»Du weißt, dass ich das nicht noch einmal mache? Ich habe deiner Mutter versichert, dass ich mich um dich kümmern werde.«

»Und das tust du auch. Meine Mom muss nicht wissen, dass alles anders gekommen ist, weil sie das nur beunruhigen würde. Sie kann es ohnehin nicht ändern, also muss sie vorerst nichts davon erfahren.«

»Das nächste Mal sprichst trotzdem du mit ihr!«

»Versprochen!«

Auf dem Rückweg ins Zimmer versuche ich, mich darauf einzulassen, dass Levent für die kommenden Tage bei uns wohnen wird. Doch ganz egal, was ich mir einrede, es funktioniert nicht. Wie soll ich auch nur ein Auge zu tun können, wenn dieser Typ bei uns ist?

Als wir schließlich vor der Tür sind und ich die vielen Stimmen höre, überkommt mich erneut Panik. Zögerlich drücke ich die Türklinke hinunter und betrete gefolgt von Hannah den Raum.

Ian sieht uns mit einem freundlichen Grinsen an, Kim und Levent diskutieren nach wie vor.

»Willkommen bei den Dawns«, scherzt er und lässt sein Grinsen noch breiter werden.

»Ist das immer so?«, fragt Hannah und zeigt dabei auf Kim und Levent.

»Fast. Zum Glück seid ihr jetzt da, dann kann ich schnell in meine Wohnung und ein paar Unterlagen besorgen. Also bis gleich.«

»Bis gleich«, murmeln Hannah und ich gleichzeitig.

Wenn das die ganze Zeit so ist, werde ich es keine zwei Stunden mit ihnen ertragen. In Kombination mit ihrem Bruder ist Kim tatsächlich noch unerträglicher.

»Ich bin gleich wieder da!« Levent geht an uns vorbei. Sein Blick ruht dieses Mal nur für einen kurzen Moment auf mir.

»Verdammt, bin ich froh, euch zu sehen. Hätte ich auch bis vor wenigen Stunden nicht für möglich gehalten!«, prustet Kim und lässt sich auf ihr Bett fallen. Sie trägt eine hellgraue Schlafshorts, die in meinen Augen etwas zu knapp ist.

»Er kann hier nicht ewig bleiben«, wende ich mich an sie und hoffe inständig auf Einverständnis.

»Wem sagst du das? Aber ich kann ihn nicht umstimmen.«

»Ich werde hier nicht schlafen können, wenn Levent in dem Zimmer ist.«

»Ähm, also er wird dir schon nicht an die Wäsche gehen.«

»Ich meine es ernst!«, beharre ich auf meinem Standpunkt.

»Verdammt, was hast du eigentlich für Probleme?«

»Wolltest du nicht netter sein?«, fragt Hannah hinter mir.

»Und wolltet ihr mir nicht helfen, um es vor Levent zu verheimlichen?«

»Du bist echt blöder, als ich dachte. Wir hätten das nicht vor deinem Bodyguard verstecken können! Außerdem stand er schon auf der Matte, bevor wir uns überhaupt Gedanken machen konnten, wie wir es vor Levent unter den Teppich kehren könnten«, kontert Hannah.

»Levent wird hier schlafen, das kann ich nicht ändern.«

»Doch, indem du zu ihm gehst«, widerspreche ich mit angehaltenem Atem.

»Du willst mich aus meinem eigenen Zimmer werfen?«

»Bitte!« Mir kommt dieses Wort nicht gerade leicht über die Lippen, dennoch würde ich es ein zweites Mal sagen, wenn sie mir dann den Wunsch erfüllt.

»Ich kann nicht zu ihm.«

»Und wieso nicht?«

»Weil ich mit dem ganzen Geld und Protz nichts mehr zu tun haben will. Ich musste da lang genug wohnen.«

»Du musst ja nicht gleich wieder einziehen, außerdem gibt es nun wirklich Schlimmeres, als bei *Sex on legs* zu wohnen«, mault Hannah stöhnend.

Kim sieht angesichts dieser Bezeichnung verstört in mein Gesicht. Ich zucke nur mit den Schultern und hoffe immer noch auf ein Wunder.

»Ihr habt ja keine Ahnung. Ich bin die Einzige aus der gesamten Anwaltsfamilie Dawn, die keinen Bock auf das alles hat. Ich passe nicht in die Welt der Reichen und Schönen, deswegen lebe ich in einem Wohnheim und nicht in einem eigenen Appartement. Ich bin extra auf die BU gegangen, damit mir Levent nicht den ganzen Tag an den Fersen hängt und dreimal dürft ihr raten, was er getan hat. Der Vorzeigeschüler hat sein Studium an der Harvard University abgebrochen und hierher gewechselt. Er hat sich für ein schlechteres Jurastudium an der beschissenen BU entschieden, nur um mich den lieben, langen Tag *beschützen* zu können. Ich habe ihm aus gutem Grund nicht gesagt, auf welche Uni ich gehe und dennoch hat er es herausgefunden. Ich werde nicht wieder zu ihm in die Wohnung zurückgehen, weil er mich sonst nie wieder in dieses Zimmer lassen wird! Levent will bloß auf mich aufpassen, das ist mir klar, trotzdem ...«, endet sie.

Heilige Scheiße! Das war dann offenbar das Wort zum Freitag. Ich hatte ja wirklich keine Ahnung, aber ich muss wohl oder übel zugeben, beeindruckt zu sein. Levent scheint seine Rolle als großer Bruder vielleicht doch etwas ernster zu nehmen, als ich dachte. Und die Art und Weise, mit der Kim plötzlich ihren Satz beendete, hat mir gezeigt, dass in ihrer gemeinsamen Vergangenheit doch mehr passiert ist, als sie uns bisher anvertraut hat.

Hannah starrt mich mit offenem Mund an.

»Stell dich besser darauf ein, dass er die nächste Woche bei uns schlafen wird.« Kims Blick schießt zur offenstehenden Tür, als dort ein mir unbekannter Student stehen bleibt.

»Verpiss dich, Bex!«, keift Kim durch den Raum.

Mich überkommt ein eisiger Schauder und in meinem Körper zieht sich innerhalb einer halben Sekunde alles zusammen. Dieser Bex sieht mich mit einem gefährlichen Ausdruck an. Seine Blicke sind so scharf wie Rasierklingen und mit jedem weiteren Augenblick in seinem Sichtfeld wird der Würgereiz größer. Da ist etwas in seinen blauen Augen, das mir unheimliche Angst einjagt. Etwas, das anzusehen ich nicht ertrage. Etwas, das mir den Angstschweiß den Rücken hochklettern lässt. Mein ganzer Körper versteift sich. So, wie er es immer tut, wenn ich Männern gegenüberstehe.

Nicht bei Levent, führt sie mir sofort vor Augen.

Ja, bei Levent war es anders.

»Lia?«, fragen mich Kim und Hannah gleichzeitig. Ich kann ihnen nicht antworten. Erst als Levent neben diesem Bex auftaucht und meinen Blick einfängt, kann ich mich ein wenig entspannen.

»Verzieh dich, ich will dich hier nicht mehr sehen!«, schnauzt Kims Bruder ihn an.

»Hübsches Mädchen!«, faucht der Typ mit dem rasierten Kopf, den kantigen Gesichtszügen und der spitzen Nase. Er dreht den Ring am oberen Ende seines rechten Ohres, sieht noch ein letztes Mal in meine Richtung und schleicht den Flur davon, als ihn Levents Blick umzubringen droht.

»Nehmt euch vor dem ja in Acht. Das ist ein ganz widerlicher Typ!« Kims Warnung erreicht mich kaum, auch Hannahs leichte Berührung kann mich nicht wirklich beruhigen. Levents Anwesenheit hingegen schafft wieder einmal etwas, was mir vollkommen unmöglich erscheint. Je näher er mir ist, desto sicherer fühle ich mich. Und das, obwohl ich mich so dagegen wehre.

»Was hatte der hier zu suchen?«, fragt Levent in den Raum hinein. Hannah zuckt nur mit den Schultern, mir hat es immer noch die Sprache verschlagen.

»Er stand auf einmal da und hat uns angeglotzt«, antwortet Kim schließlich. Es scheint, als wären wir alle plötzlich froh, dass Levent in diesem Zimmer ist. Spätestens jetzt werde ich nicht zur Verwaltung gehen und ihn melden. Denn in seiner Nähe geht es mir besser, auch wenn ich das nicht gerne zugebe. Aber Levent ist es, der mir die Angst nimmt und der es schafft, dass ich mit einem Mal wieder durchatmen kann.

Als er die Tür hinter sich schließt und die Bücher, die er bislang unter seinem Arm geklemmt hatte, auf dem Stuhl neben Kims Bett ablegt, kann ich endlich ausatmen. Mit wenigen Schritten steht er vor mir, legt die Hände an meine Arme und sieht mich selbstsicher an. Mit dem grünen Stich in seinen Augen dringt er bis zu meiner Seele vor und aus unerklärlichen Gründen empfinde ich das als sehr angenehm.

»Euch passiert nichts.«

Mein Blick wandert von seinen dunklen Augen zu dem ebenfalls dunklen Muttermal und verharrt auf Levents vollen Lippen. Ich glaube ihm sofort. Die Entschlossenheit und Ehrlichkeit machen es mir unmöglich, mich nicht in seinem Ausdruck zu verlieren. Die Brauen ziehen sich verdächtig langsam zusammen und dann ist da wieder dieser Drang in mir. Meine Finger wollen durch sein Haar gleiten, meine Augen möchten für einen weiteren Moment von ihm gefangen genommen werden.

Kim räuspert sich angesichts der Nähe zwischen ihrem Bruder und mir. »Gut, dann können wir ja jetzt festhalten, dass wir alle dicke Freunde sind und endlich aufräumen und putzen.« Leicht beschämt zeigt sie auf den Saustall vor ihren Füßen.

»Wie bitte?«, fragt Hannah aufgrund des plötzlichen Themenwechsels verwirrt.

»Das sollte abschrecken. Es hat mich fast den ganzen Vormittag gekostet, um den Raum derart zu verwüsten. Ich hatte die Hoffnung, dass ihr das Zimmer wieder fluchtartig verlassen würdet. Ich wollte es für mich allein haben.«

Hannah und ich sehen uns schockiert an, Levent schüttelt den Kopf und legt ihn lachend in den Nacken. Sein Adamsapfel hüpft dabei langsam nach oben.

»Ich fasse es nicht! Eines kannst du uns glauben, denk ja nicht, dass du vom Putzen verschont bleibst, nur weil du jetzt ein neues Accessoire am rechten Fuß trägst!«, schimpft Hannah mit wedelnden Händen und zeigt auf das Tape.

Levent sieht mich kurz an, anschließend seine Schwester und dann Hannah.

»Wow!« Kim ist fassungslos.

»Wie war das noch gleich? Ihr seid also dicke Freunde?«, fragt er und bekommt prustendes Gelächter als Antwort. Sein Blick ruht wieder auf mir und trotz der lockeren und eigentlich positiven Stimmung denke ich immer noch an diesen Bex. Levent scheint das zu spüren und kommt auf mich zu. »Du brauchst keine Angst haben!«, raunt er mir ins Ohr und beschwört eine kribbelnde Gänsehaut herauf, die mir einmal quer über den Rücken läuft.

Warum tut er das?

Kapitel 5

»Alles klar?«, höre ich es hinter mir mit einem Mal fragen. Kim und Hannah starren mich und Levent an und als Ian die Tür ins Schloss fallen lässt, ist uns sein verwirrter Gesichtsausdruck ebenso sicher.

Ich trete einen Schritt zurück, räuspere mich und bitte meine beste Freundin um Hilfe, wenn auch nur mit stummen Blicken.

»Bex war hier«, antwortet Levent knapp. Seine Augen brennen sich wie zwei heiße Steine in meine Haut, nur dass sich das ungewöhnlich gut anfühlt. Wie macht er das nur?

»Bex? Verdammt, haltet euch bloß von dem fern!« Ians Warnung erreicht mich nur wie durch einen Nebelschleier, denn in meinem Kopf dreht sich alles nur um eine Sache.

Montag beginnen unsere Kurse und schon jetzt kann ich mich kaum noch darauf konzentrieren. Als es erneut an der Tür klopft, ruckt mein Kopf sofort in die Richtung des Geräusches. Rote Fingernägel greifen um das Holz und scheinen durch den ganzen Raum. Dann schiebt sich eine junge Frau mit leicht gewellten, blonden Haaren ins Zimmer und zwei blaue Augen strahlen, als diese Levents Gesicht vernehmen.

»Levent!«, ruft sie voller Vorfreude und marschiert mit ihrem perfekten Körper herein. Sie ist eine der vielen Studentinnen, die uns bereits am ersten Tag über den Weg gelaufen sind. Typ Model!

»Meg!«, stellt er eher nüchtern fest. Ich muss insgeheim

zugeben, dass mich die weniger euphorische Reaktion freut.

»Was machst du denn hier?«, erkundigt sie sich.

»Und du?«, kontert er mit einer Gegenfrage, ohne ihre zu beantworten.

»Ach, ich wollte bloß nach Kim schauen. Hab gehört, was passiert ist.« Ihre liebliche Stimme legt sich wie ein klebriger Schaum auf meine Haut und der süße Duft nach Vanille nimmt mir die Luft zum Atmen. Ich hasse den Duft von Vanille! Und dieser Singsang, mit dem jedes Wort ihre Lippen verlässt, lässt den Geruch noch süßer erscheinen. Er ist unausstehlich!

Hannah und ich wechseln einen kurzen, aber eindeutigen Blick. Wir können sie auf Anhieb nicht leiden. Was mich jedoch viel mehr wundert, ist, dass sie allem Anschein nach eine Freundin von Kim ist. Von Kim, die nun wirklich überhaupt nicht ins perfekt gestylte Modepüppchen-Leben passt. Zwar legt sie durchaus Wert auf ihr Outfit und auf ihr Äußeres allgemein, allerdings sieht sie deutlich düsterer und abgerockter aus.

»Es geht schon wieder, danke«, entgegnet Kim und lässt sich von ihrer sogenannten Freundin die Schulter tätscheln. Diese Meg kann ihre Augen für keine Sekunde von Levent nehmen. Der hingegen schaut irgendetwas in seinem Rechtsbuch nach, beachtet sie im Grunde kaum.

Ein Punkt für uns!

Es gibt keine Punkte zu sammeln.

Ein Punkt für mich!

Am liebsten würde ich dieses Biest in den Keller sperren und sie erst dann wieder befreien, wenn … nein! Ich würde sie für immer verbannen, wie geplant!

Ian guckt kurz in meine Richtung, verdreht wieder einmal

die Augen und setzt sich anschließend neben Levent. Auch er beginnt, in einem seiner dicken Bücher zu wälzen. Sie haben viel zu lernen. Am Titel kann ich erkennen, dass sie im gleichen Buch lesen, sie sind mit Sicherheit im selben Kurs.

»Also, wie sieht's aus?«, quakt Megs sirenenartige Stimme durch den Raum. Es ist ein wahres Kreischen, das sich von der rechten Seite in meinen Kopf drängt und vergeblich nach dem Ausgang auf der linken Hälfte sucht.

Zu gerne würde ich ihr jedes weitere Wort verbieten, nur fehlt mir dazu das Recht oder vielmehr das nötige Selbstbewusstsein.

»Die Party findet nicht statt!«, gibt Kim bockig zum Ausdruck und schießt giftige Blicke in die Richtung ihres Bruders. Der lässt sich davon jedoch kein bisschen beirren und liest weiter in seinem Buch.

»Wieso?«, platzt es erschrocken aus Meg heraus.

»Warum wohl? Besonders hell scheint die Hohlbratze ja nicht zu sein!«, flüstert mir Hannah ins Ohr. Wenn sie damit nicht sofort aufhört, muss ich lachen.

»Wir könnten doch ins *Greenz* gehen!«, schlägt Ian vor. Kim verzieht angewidert das Gesicht.

»Was denn? Gestern hat es dir dort auch gefallen?« Ian kann ihr Missfallen offenbar nicht nachvollziehen.

»Ja, aber nicht an meinem Geburtstag. Ich werde nicht in ein Studentencafé gehen, mir einen Burger reinziehen und mich dann wieder brav in meinem Wohnheimzimmer verschanzen. Ich dachte, das *Greenz* ist eine Bar, ein richtiger Club.«

»Es ist eine Studentenbar, kein Szene-Club«, gibt Ian belustigt von sich.

»Doch in genau so einem Szene-Club werde ich meinen

Geburtstag feiern, ich will nicht ins *Greenz*«, meckert Kim wie ein kleines, bockiges Mädchen. Fehlt nur noch, dass sie die Lippen zu einem Schmollmund verzieht und die Hände in die Hüften stemmt.

»Das *Greenz* oder aber du bleibst ganz in deinem wunderschönen Wohnheimzimmer! Abgesehen davon kommst du sowieso in keinen Szene-Club. Du wirst neunzehn, nicht volljährig«, mischt sich Levent ein, ohne den Blick von seiner Buchseite abzuwenden.

»Ja, ist vielleicht wirklich besser mit dem *Greenz*«, plappert Meg nach. Ich glaube, sie würde alles sagen oder tun, nur, damit es Levent gefällt. Bloß scheint sie überhaupt nicht zu bemerken, dass ihn das wenig bis gar nicht interessiert.

Hannah zieht sich die Unterlippe zwischen die Zähne und rückt ein Stück näher. »*Sex on legs* ist wohl nicht besonders scharf auf die Hohlbratze!«

»Nenn ihn nicht so!«

»Weil?«

»Weil ...«

»Aha! Also findest du ihn heiß!« Ihr triumphierendes Lächeln gefällt mir nicht und doch kann ich dem nichts entgegnen. Als ich auch noch spüre, dass er mich ansieht, muss ich mich wirklich beherrschen, nicht knallrot anzulaufen. Hoffentlich hat er von dem Gespräch nichts mitbekommen. »Er beobachtet dich!«

»Kannst du bitte aufhören?«, wispere ich warnend und fahre mit meinem Kopf in Hannahs Richtung. Ihr Gesichtsausdruck lässt nicht gerade darauf schließen, dass sie meinem Wunsch nachkommen möchte.

»Gut, dann eben im *Greenz*. Das wird ein Spaß, ich kann es kaum erwarten!« Kim lässt sich demonstrativ auf den Rücken fallen und pustet den angehaltenen Atem hörbar aus. Es ist mehr ein Stöhnen und Aufjapsen, als reines Ausatmen. Jeder in diesem Raum weiß, dass sie damit die Aufmerksamkeit ihres Bruders auf sich lenken will, doch der reagiert nicht.

»Kommt ihr mit?«, fragt Ian und sieht dabei Hannah und mich an. Hannah natürlich wieder einmal länger und vor allem intensiver.

»Vielleicht ist das mein Geburtstag?«, mischt Kim sich entrüstet ein.

»Vielleicht haben dir die beiden geholfen?«, schießt Ian zurück. Sein verwunderter Ausdruck zeigt, dass er Kims Einwand nicht versteht. Ich mag ihn immer mehr.

»Ich glaube nicht«, beantworte ich Ians Frage und ziehe damit direkt böse Blicke von Hannah auf mich.

»Sollte das nicht unser Neustart werden? Du weißt schon, mit der Vergangenheit abschließen, Freunde finden und so?«, wispert sie mit glühenden Augen.

Ich habe wirklich keine Lust, aber als mich Levent kurz ansieht und mir das Gefühl gibt, als würde er sich freuen, wenn ich dabei wäre, ändert sich meine Meinung.

»Er wird auch da sein!« Hannah lässt ihren Blick in die Richtung von ihrem sogenannten *Sex on legs* wandern.

Kim wirkt immer noch nicht begeistert, dennoch entweicht ihrem Blick mit jeder weiteren Sekunde etwas mehr Härte.

»Kommt ruhig mit«, knickt sie schließlich ein und zuckt mit den Schultern. Es ist nicht so, als dass sie uns unbedingt dabei haben will, aber ich glaube, dass sie sich mehr freuen würde, als sie gerade den Anschein erwecken möchte. Und dann sieht ihr Bruder mich wieder an. Wieso kann ich nur noch auf dieses Muttermal starren und mich fragen, wie sich seine Haut unter meinen Fingerspitzen anfühlen würde?

»Okay«, sage ich vollkommen unerwartet und ernte ein breites Grinsen meiner besten Freundin.

Seit *damals* war ich nie wieder auf einer Party.
Das wird doch keine richtige Party.
Ich war auch seitdem auf keiner halben Party.
Es wird Zeit, dass du deinen Neustart auch wirklich lebst.
In diesem Neustart hast du nichts verloren!

»Dafür bist du mir etwas schuldig!«, zischele ich Hannah zu, die mir nur mit einem Kichern antwortet. Ian und sie tauschen Blicke aus, die keine Worte brauchen, um bereits jetzt schon unmissverständliche Signale zu senden.

Dann steht das Model auf und geht direkt auf Levent zu. Was tut sie?

»Ich freue mich auf dich!«, haucht sie und beugt sich in ihrem hautengen Kleid, das gerade einmal ihren Hintern bedeckt, zu ihm. Er löst seinen Blick von dem Buch, das bisher meine Rettung darstellte.

»Und ich mich erst mal!«, gibt er mit einem arroganten Lächeln von sich und widmet sich wieder seinem Lernstoff. Verdammt! Sie haben etwas miteinander.

Ist das schlimm?
Nein.
Du bist so eifersüchtig!
Bin ich nicht.

»Lass uns gehen, Meg«, schlägt Ian auf einmal vor, klappt das schwere Buch zu und hält ihr mit einer schwungvollen Bewegung die Tür auf.

»Dann habt noch einen schönen Abend«, haucht uns ihre vulgäre Stimme entgegen, bevor sie endlich verschwindet.

»Das ist doch echt ein schlechter Scherz! Kannst du nicht wenigstens nur zum Schlafen kommen? Musst du ernsthaft den gesamten Tag bei uns hocken?«, fragt Kim und sieht Levent provokant an, als die Tür ins Schloss gezogen wird. Kim hört sich an, als hätte ihr diese Frage schon die ganze Zeit auf der Zunge gelegen.

»Heute ist dein Glückstag, ich muss tatsächlich noch mal in die Wohnung.«

»Danke!«, stößt sie laut aus und hält ihre Hände in einer betenden Haltung in die Luft. Hannah und ich müssen schmunzeln.

»Lass dir ruhig Zeit«, gibt sie mit gekünsteltem Lächeln von sich.

Ihr Bruder verdreht seine Augen. »Es könnte spät werden«, meint er. Kim schaut ihn fragend an. »Ich denke, es wäre besser, wenn ich einen Zimmerschlüssel bekäme«, schlägt er vor.

»Könnt ihr ihm einen Schlüssel geben? Ihr hockt sowieso ständig zusammen, dann reicht euch doch einer, oder?« Hannah sieht mich an, als würde sie kein Wort verstehen.

»Es ist dein Bruder, nicht unserer«, merkt Hannah an. Das ganze Hin und Her nervt, weshalb ich kurzerhand in meinen Rucksack greife und Levent meinen Schlüssel gebe.

»Danke«, sagt er und verschwindet kopfschüttelnd. Es ist merkwürdig, dass ich mich sofort etwas unsicherer, beinahe verlassener fühle.

»Ähm«, macht Hannah und beugt sich vor. Ich zucke mit den Schultern.

»Bevor das noch Stunden dauert, habe ich ihm einfach meinen gegeben. Wo ist der Unterschied, ob er nun Kims oder meinen Schlüssel bekommt?« Hannah antwortet nicht, das muss sie auch nicht. Wir beide wissen, dass das gerade nicht normal für mich war und doch habe ich es getan. Einfach so. Ich habe Levent meinen Zimmerschlüssel überlassen.

»Und jetzt zu dir, Rosington!«, spuckt Kim in einem Zug aus, richtet sich auf und zeigt mit ihrem rechten Zeigefinger auf mich. »Was läuft da zwischen dir und meinem Bruder?« Dann setzt sich Hannah auch noch in ihren bekannten Schneidersitz, in den sie sich immer begibt, sobald es beginnt interessant zu werden. Ich komme mir vor, als würde ich ins Verhör genommen werden. »Hm?«, hakt Kim mit hochgezogener Augenbraue nach. Verdammt, die beiden könnten echt gute Partnerinnen werden. Wie kann das sein, dass sie auf einmal einer Meinung sind?

»Gar nichts!«

»Das stimmt nicht!«, gesteht Hannah kleinlaut. Kims Augen wittern Großes!

»Hannah!«, rufe ich fassungslos. Dass ausgerechnet sie mir in den Rücken fällt, hätte ich nicht gedacht.

»Was denn?«, fragt sie mit Unschuldsmiene und zuckt die Schultern.

»Hab ich es doch gewusst!«, triumphiert Kim.

»Es ist nichts«, wehre ich mich. Hannah kann mir nicht länger in die Augen sehen, besser so.

»Also, mein Bruder kann kaum die Augen von dir lassen und dass er jetzt in meinem Zimmer übernachtet, ist selbst für den Oberbeschützer Levent Dawn etwas übertrieben. Normalerweise würde er sein Königreich nämlich nur sehr ungern verlassen.«

»Ich sage doch, da ist nichts!«, verteidige ich mich.

»Dein Bruder ist scharf! Wir nennen ihn übrigens *Sex on legs*«, gesteht Hannah mit geröteten Wangen.

»Okay, stopp! Ich wollte ganz sicher nicht mit euch über eure heißen Träume mit Levent sprechen. Falls ihr es vergessen habt, er ist mein Bruder!«, kreischt sie zugleich angewidert als auch lachend. Hannah und ich verfallen ebenfalls in gackerndes Lachen.

Irgendwas muss sich innerhalb der letzten Stunden geändert haben, auch wenn ich nicht weiß, was. Vielleicht können wir ja doch noch Freunde werden, oder so etwas in der Art? Im Vergleich zu gestern kommen wir heute fast schon gut miteinander aus.

»Er will dich!«, fokussiert sie sich mit einem Mal auf mich.

Ihre Worte lassen Hannah und mich verstummen.

»Ich möchte nur kurz hinzufügen, dass ausschließlich Hannah den Ausdruck *Sex on legs* verwendet und sagen, dass ich mich nicht auf deinen Bruder einlassen werde«, entgegne ich.

»Das heißt nicht, dass du ihn nicht magst.« Kim lächelt zuckersüß.

»Nein, das tut es nicht«, gestehe ich. Beide starren mich mit offenen Mündern an. Ich erschrecke mich ebenfalls über meine ehrlichen Worte.

»Aber?«, fragt Kim und scheint damit die Frage zu stellen, deren Antwort alles verändern könnte.

»Ich kann es einfach nicht.«

»Es hat etwas mit deiner Panikattacke zu tun, richtig?«, trifft sie zielsicher ins Schwarze.

»Ja, und mehr möchte ich nicht sagen.« Hannah legt ihre Hand auf meine. Ich habe mich gerade mehr geöffnet, als in den vergangenen zwei Jahren. Und dann auch noch gegenüber jemandem, den ich bis vor Kurzem bis auf den Tod nicht ausstehen konnte. Was haben diese Dawns nur an sich, dem ich nicht widerstehen kann?

»Okay«, gibt Kim auf.

»Man könnte meinen, wir sind Freunde«, wirft Hannah belustigt ein.

»Bildet euch nicht zu viel ein, das ist reine Dankbarkeit!«, kontert Kim und zeigt auf den getapten Fuß. Als hätten wir das auch nur für eine halbe Sekunde vergessen.

Durch den Raum fliegt leises Schmunzeln.

Den Abend haben wir damit verbracht, uns ein wenig besser kennenzulernen. Wir haben unserer Mitbewohnerin erzählt, dass ich mich für *Englische Komposition und Künste* entschieden habe und Hannah das Fach *Amerikanistik* belegen wird. Von ihr haben wir erfahren, dass sie *Journalismus* ab kommenden Montag studieren wird. Außerdem hat sie sich tatsächlich für ihr biestiges Verhalten entschuldigt. Wir konnten unseren Ohren kaum trauen, als sie zugegeben hat, etwas übertrieben zu haben. Im Grunde ist sie in Ordnung und wenn sie fortan nicht mehr die Super-Zicke spielt, wird es vielleicht sogar ganz lustig mit ihr.

Gegen Mitternacht beenden wir unseren ersten gemeinsamen Abend unter *Freundinnen*. Kaum zu fassen, wie schnell sich die Stimmung zwischen uns geändert hat.

»Lasst uns schlafen, es ist schon spät.« Hannah und ich sehen gleichzeitig auf die Uhr oberhalb der Eingangstür und stellen mit Erstaunen fest, dass der Tag mit ziemlicher Geschwindigkeit an uns vorbeigerauscht ist.

Möglicherweise werde ich es in dem Zimmer aushalten können, jetzt, wo wir uns langsam besser verstehen. Bleibt nur noch das Problem mit dem Gemeinschaftswaschraum.

Als ich mich über den Koffer beuge und meinen Pyjama heraushole, frage ich mich, ob ich mich einfach so umziehen könnte. Ohne Sichtschutz, ohne Kratzdecke?

»Wir brauchen noch einen Schrank«, meint Kim.

»Allerdings!«, antwortet Hannah, die sich bereits das Oberteil ausgezogen hat. »Darüber hinaus einen Wasserkocher und Kühlschrank«, fügt sie hinzu, als sie die Jeans zu Boden sinken lässt und halb nackt vor uns steht.

»Ähm, wofür das? Es gibt eine Gemeinschaftsküche im Erdgeschoss.« Kims Miene ist verständnislos.

»Gemeinschaftsräume sind nicht so unser Ding«, sage ich und schaue in ein belustigtes Gesicht mit blauen Augen und schwarzen Locken, die vor Lachen auf und ab wippen. So locker erkenne ich Kim fast nicht wieder.

»Einverstanden! Schrank, Wasserkocher und einen Kühlschrank. Sonst noch etwas, die Damen?«, fragt Kim, die sich mit dem Finger Notizen in ein unsichtbares Heft kritzelt.

»Tassen vielleicht? Den Tee habe ich schon.«

»Du hast deinen eigenen Tee dabei?«, gibt sie gackernd von sich.

Hannah und mir entfahren glucksende Geräusche. Ich erkläre ihr den englischen Hintergrund meiner Mutter und den daraus resultierenden hohen Anspruch. Ich bin mir sicher, dass sie das versteht, doch dann lässt sie sich lachend auf ihr Bett fallen.

»Scheiße, seid ihr bescheuert!« Hannah und ich müssen ebenfalls prusten und halten uns die Bäuche vor lauter Lachen. Nachdem sich meine beste Freundin angezogen hat, ziehe ich den Beutel Tee aus dem Koffer und sorge damit für noch schallenderes Aufjaulen.

»Okay, okay! Ihr seid echt die Schrägsten, mit denen ich mir jemals ein Zimmer geteilt habe.«

»Du hast noch nie mit jemand anderem das Zimmer geteilt«, merkt Hannah irritiert an.

»Stimmt. Aber trotzdem. Selbst wenn ich mir irgendwann mit anderen Studentinnen ein Zimmer teilen muss, bescheuerter als ihr zwei können sie nicht sein!«, kreischt sie lachend.

Wir stimmen ihr kichernd zu, obwohl wir uns keineswegs für bescheuert halten.

»Jetzt muss ich schlafen, das ganze Lachen bereitet mir sonst noch Falten«, sagt sie und zieht sich mit geöffnetem Mund das Gesicht glatt. Ihr Anblick ist zum Schreien. Doch sie hat recht, es ist spät und allmählich sollten wir wirklich zu Bett gehen.

»Soll ich abschließen?«, fragt Kim plötzlich. Ich muss zugeben, dass sie mich immer wieder überrascht. »Das hat etwas mit deiner Angst zu tun, oder?«, hakt sie nach. Mit einem stummen Blick antworte ich und sie versteht zum Glück sofort, dass ich noch nicht darüber sprechen kann. Als Kim das Zimmer schließt und sich wegdreht, gibt sie mir das Gefühl, dass es okay ist, wenn ich mich nicht vor ihr ausziehen kann. Doch sie zeigt mir auch, dass ich ihr vertrauen kann, und keine Angst haben muss, dass sie sich zu mir umdreht. Ich bedanke mich mit einem erleichterten Ausdruck bei ihr.

Diese Nacht ist zum einem gut, weil ich keinen Albtraum habe und zum anderen schlecht, da ich kein Auge zu tun kann. Seitdem ich im Bett liege, warte ich darauf, dass Levent zurückkommt. Doch er kommt nicht. Die letzten drei Stunden habe ich aus dem Fenster gesehen, mich gefragt, wann er wieder hier ist und was ich tun soll, wenn er denn dann wirklich da ist. Seither wälze ich mich von der einen auf die andere Seite und hoffe, dass die Nacht endlich ein Ende findet.

In Gedanken rede ich mir ein, dass ich müde bin und schlafen sollte, doch mein Körper hört nicht darauf. Stattdessen denke ich über alles Mögliche nach. Ich bin froh, dass wir uns inzwischen besser mit Kim verstehen. Als ich mir die vergangenen Stunden ins Gedächtnis rufe, merke ich, wie mir ein Lächeln über die Lippen huscht. Kim mag uns, das kann sie nicht abstreiten, egal wie gemein sie anfangs zu uns war. Und ich kann nicht leugnen, dass ich mich darüber freue.

Das Revue passieren lassen macht mich müde, aber als mein Körper langsam in den Ruhemodus fahren möchte, erreichen mich auch schon erste Erinnerungen, die ich bereits lange in einem Karton ganz tief in mir versteckt halte. Ehe mich das übliche Zucken durchfährt und mit einem erschrockenen Keuchen aus dem Schlaf reißt, öffne ich meine Augen.

Diese Nacht werde ich nicht schweißgebadet wach und ringe vergeblich nach Luft! Heute nicht.

Allerdings nur, weil ich keinen Schlaf finde. Außerdem muss ich seit über einer Stunde auf die Toilette. Doch es ist halb vier, ich kann nicht jedes Mal Hannah wecken, wenn ich in den Gemeinschaftswaschraum muss. Sollte ich es versuchen? Um diese Uhrzeit sind sicherlich nicht viele Studenten dort. Außerdem muss ich mich früher oder später sowieso an die Situation gewöhnen, schließlich werde ich hier die nächsten Jahre meines Lebens verbringen.

Leise schleiche ich mich aus dem Zimmer und gehe mit hämmerndem Herzschlag den Flur entlang. Je näher ich dem Raum komme, desto deutlicher vernehme ich wildes Stimmengewirr. Leider herrscht mehr Trubel auf den Gängen, als angenommen. Viel mehr. Als ich dann tatsächlich die Tür öffne, trifft mich ein Schock. Und was für einer!

Ich befinde mich weder in einem Gemeinschaftswaschraum noch in einem leeren Großraumbadezimmer. Das, was mich mitten in der Nacht erwartet, ist eine Party. Wildfremde Studenten tanzen miteinander, lachen, trinken, rauchen und knutschen. Meine Hand krallt sich im Türrahmen fest, als ich am Eingang stehe und zulasse, dass das Blut in meinen Adern gefriert. Mein Körper versteift sich zunehmend. Es ist, als würde ich auf der Stelle festwachsen und die Angst wieder einmal die Macht über mich gewinnen. Das kräftige Pochen unter meiner Brust breitet sich aus, drängt sich in meinen Hals, nimmt mir die Luft zum Atmen und bringt mich dazu, dass ich mich keuchend an den Rahmen lehne. Das kühle Holz lässt einen Schwall aus Gänsehaut und Schweiß über mich fließen. Wellenartig zieht es mich zurück. Meine Knie werden weicher und ich fühle mich, als würde man mich mit aller Gewalt zu Boden reißen, als würde meine Kraft jeden Moment nachgeben.

Die laute Musik, die tanzenden und grölenden Studenten wecken Bilder in meinem Kopf, die ich nicht sehen will. Sie beschwören Erinnerungen in mir herauf, die längst in Vergessenheit hätten geraten sollten.

Doch ich bin nicht stark genug, *damals* nicht und jetzt auch nicht. Von der einen auf die andere Sekunde habe ich nur noch ein Bedürfnis. Ich muss weder auf die Toilette noch irgendetwas anderes tun, was mit diesem Raum in Verbindung gebracht werden könnte. Alles, was ich nun noch will, ist, mich in Luft aufzulösen. Das unkontrollierte Ringen nach Atem überkommt mich, vor meinen Augen läuft die Party im Schnelllaufmodus ab und der Gestank nach süßem Alkohol sowie ausgestoßenem

Zigarettenqualm umhüllt mich. Alles erinnert mich an *damals*. Das Grau legt sich wie eine Schlinge um meinen Hals und schnürt sich langsam fest.

Ich muss hier raus, ganz schnell! Erst muss ich mich beruhigen, bloß ein wenig und dann weg, doch ich kann es nicht.

Die Musik ist ohrenbetäubend laut, als wir ankommen und tanzende Menschen vor uns sehen.

»Komm«, sagt Hannah und zieht mich mitten ins Geschehen. Wir tanzen und lachen und haben Spaß. Es ist die Nacht unseres Lebens. »Ich hol uns etwas zu trinken«, kreischt meine beste Freundin durch das Dröhnen hindurch. Ich nicke eifrig und gebe mich den lauten Klängen hin. Das Adrenalin fließt wie Blut durch meine Adern, als zwei Hände um mich herumgreifen. Das Gefühl, von einem Unbekannten angetanzt zu werden, habe ich mir oft vorgestellt, als ich in der Welt von Yellow House verschwand, aber ich habe mir nie ausmalen können, wie gut es sich in Wirklichkeit anfühlt. Es ist, als würden heute gleich mehrere Wünsche in Erfüllung gehen.

»Yeah!«, schreit jemand neben mir, als er sich von seinem Freund mit Bier begießen lässt. Doch das interessiert mich nicht, dafür genieße ich die Empfindungen, die von den fremden Händen auf meinem Körper ausgelöst werden, zu sehr. Wir tanzen inniger und mit einem Mal fühlt es sich an, als wäre ich in der Welt von Kira und Dylan. Ich koste mein Highschool Leben aus, lerne vielleicht die Liebe meines Lebens kennen und bin auf einer richtigen Party. Genau wie in der Geschichte von Yellow House.

Die Hände wandern an mir hinab. Sie wollen mehr. Schneller und heftiger, als ich es in meiner Vorstellung je

wollte. Sie führen mich in ein anderes Zimmer.
Der Raum dreht sich und das Aroma von süßem Alkohol auf meinen Lippen schmeckt falsch, als seine Hände zwischen meine Beine gleiten und fest zudrücken. Und plötzlich verwandelt sich dieser Traum in einen Albtraum.
Der Zigarettenqualm, das Dröhnen und Rauschen in meinem Kopf – alles hämmert auf mich ein. Er zerrt an mir, will mehr – viel mehr. Ich winde mich, keuche und bettele, doch das erregt ihn nur noch weiter. Ich trete, weine, schreie und versuche, mich zu wehren und ...

An meiner Schulter vernehme ich eine leichte Berührung, die mich erschrocken zusammenfahren lässt, die mich aus der Angst befreit. Ich drehe mich so schnell um, dass mir schwindelig wird, und pralle gegen etwas verdammt Hartes. Erst, als ich es schaffe, meine Augen wieder zu öffnen, sehe ich, dass es ein Oberkörper und nicht der Türrahmen ist. Mein Kopf pocht so sehr, als wäre ich mit Höchstgeschwindigkeit gegen eine Wand gelaufen. Alles dreht sich, doch urplötzlich entweicht mir jegliches Angstgefühl.

Es ist nicht nur ein Oberkörper.

Es ist *sein* Oberkörper!

Seine Haare stellen ein noch größeres Durcheinander dar, als sie es bei unseren bisherigen Begegnungen getan haben. Levents Blick ist dunkel. Am liebsten würde ich mit meinen Fingern durch sein Gesicht fahren, seinen Dreitagebart berühren und an diesem Muttermal links oberhalb seiner Lippe zum Stehen kommen, nur um sicher sein zu können, dass er real ist. Die dunklen Augenbrauen, der schwarze Wimpernkranz, der wilde Blick. Levent bricht über mich hinein wie ein Tornado. Was mich daran jedoch am meisten verunsichert, ist die Tatsache, dass mich das keinesfalls verängstigt. Ganz im Gegenteil. Levent schenkt mir Sicherheit und das, obwohl ich mich so dagegen wehre. Je länger ich vor ihm stehe und den leicht holzigen, moschusartigen Duft inhaliere, desto mehr verliere ich mich in Kims Bruder. Passiert das gerade tatsächlich?

Ich weiß nicht, wie lange ich bereits in seine Augen schaue, die wirklich nicht verhängnisvoller sein könnten. Seine Augenbrauen ziehen sich merkwürdig langsam zusammen und sein Blick wirkt plötzlich weniger wild, stattdessen vielmehr verwirrt. Als ich das begreife, kann ich endlich einen klaren Gedanken fassen – zumindest einen klareren – und mich aus meiner Schockstarre lösen. War er es, der mich aus der Panikattacke geholt hat?

Er hat mich gerettet, schon wieder.

»Levent!«, stoße ich atemlos hervor.

»Was machst du hier?«

»Ich muss hier weg.« In meiner Verzweiflung greife ich nach seiner Hand. Was tue ich da?

»Du zitterst ja.«

»Kannst du mich einfach ins Zimmer bringen?«

Wenn wir noch länger in der Nähe dieses Raumes sind, werde ich in seinen Armen ohnmächtig, und das darf unter keinen Umständen passieren!

»Bist du in Ordnung?«, fragt er mich mit diesem hypnotisierenden Ausdruck, als wir endlich den Gemeinschaftswaschraum verlassen haben. Die Wirkung seiner Blicke ist gefährlich. Sie lassen mich Dinge vergessen, die mich selbst nachts sonst heimsuchen. Die mir Angst einjagen.

Das Raue in seiner Stimme vibriert durch meinen ganzen Körper und das Wilde in seinen Augen wütet wie ein Sturm durch meine Brust.

Scheiße, was tut er da?

»Lia?«, hakt er nach und beugt sich leicht zu mir.

»Alles bestens.« Ich kann nichts anderes sehen, als ihn. Die tätowierten Arme, der furchtlose Ausdruck und alles, was ich jetzt noch rieche, ist der betörende Duft nach Moschus.

Levent nimmt mich ein, ohne, dass ich ihn davon abhalten kann.

Wieso kann ich nicht von ihm lassen, obwohl er doch alles verkörpert, was mir seit *damals* schlaflose Nächte beschert? Levent ist dunkel, geheimnisvoll, groß, durchtrainiert und ein Mann – genau das, was ich meide. Und dann sind da auch noch die Tattoos. Ich hasse Tätowierungen, obwohl sie mich nicht an *damals* erinnern. Aber sie verkörpern trotzdem etwas, das mich annehmen lässt, es könnte böse sein. Und ich fürchte alles, was potenziell böse sein könnte, was eine Gefahr für mich bedeuten könnte, so wie Tattoos. Eigentlich …

»Komm mit!«, fordert er mich auf und bringt damit das Gedankenkarussell in meinem Kopf zum Anhalten. Levent greift nach meiner Hand und führt mich den halbdunklen Flur entlang.

Ich kann nicht glauben, dass ich die Berührung zulasse, sogar genieße. Dabei kenne ich ihn doch gar nicht.

Du weißt, dass er Kim beschützt, mit Haut und Haar, und dass er da ist, wenn du Hilfe brauchst. Levent hat dich wieder einmal gerettet.

Wie verdammt recht sie hat! Und dennoch darf das alles nicht passieren. Er würde nicht verstehen, dass ich ihm nicht die Nähe geben könnte, die er von mir verlangen würde. Die Levent bräuchte! Nur ist es so, dass egal, wie sehr ich mich gegen den düsteren Typen wehre, er weckt eine Sehnsucht in mir, die ich vor ihm noch nicht einmal kannte. Trotzdem weiß ich instinktiv, dass es die tiefste Sehnsucht in mir ist, die ich wohl jemals spüren werde.

Vor dem Zimmer kommen seine schweren Boots zum Stehen.

»Beruhig dich, dir wird nichts geschehen.« Er kann sich gar nicht denken, wie viel mir seine Worte bedeuten. Levent kann sich nicht im Ansatz vorstellen, welche Hoffnung ich seinem Versprechen entnehme. Wie gern ich mich in seine Arme werfen möchte. Dass er der Erste seit *damals* ist, bei dem ich sein und dem ich mich öffnen will.

»Danke.«

»Hübsches Outfit übrigens«, gibt er mit einem leichten Schmunzeln von sich und sieht sich meinen rosafarbenen Einhorn-Overall an.

O Gott! Das darf ich nicht wirklich tragen!

Nein, nein, nein. Bitte nicht!

Ich spüre, wie mir die Schamesröte ins Gesicht klettert und immer mehr davon in Besitz nimmt. Die Hitze verteilt sich in meinem ganzen Körper und mit einem Mal kann ich mir nichts vorstellen, was noch peinlicher sein könnte, als dieser Moment.

»Bleibt unser Geheimnis, versprochen!« Sein Augenzwinkern macht es noch schlimmer. Kann ich nicht einfach im Erdboden versinken?

»Levent!«, höre ich es überraschend aus dem Hintergrund sagen. Die Stimme legt sich wie ein schmieriger Film über meine Kopfhaut und lässt unwillkürlich Gänsehaut über meinen Körper wandern. Es ist dieser Bex! Für den Bruchteil einer Sekunde stehe ich wieder vor dem Gemeinschaftsbad und spüre, wie mir die Luft zum Atmen ausgeht. Dann aber fühle ich Levent und das Zittern wird weniger.

Levent legt seinen Arm um mich und stellt sich mit einem Schritt schützend vor mich. Zunächst war es die Angst, die mich durchflutete, doch jetzt ist es nur das sichere Gefühl, von Levents starken Muskeln umfasst zu werden. Die Wärme seiner Hand überträgt sich auf mich und sein sinnlicher Geruch vertreibt auch den letzten Hauch von Panik. Es fühlt sich irgendwie gut an, verdammt gut sogar. So, als könnte mir nichts passieren, solange ich nur bei ihm bin.

»Was hast du nachts auf den Fluren zu suchen?«, entgegnet Levent bloß und behält den Typ mit den gefährlichen Augen im Blick.

»Und du? Nächtlicher Kuschelkurs mit deiner neuen Freundin? Hübsche Augen hat sie, die Kleine! Eine Mischung aus hellgrau und grün.«

Seine Worte lassen Ekel in mir hochsteigen. Was will er nur von mir?

»Ich glaube, du solltest jetzt besser verschwinden.«

»Wir sehen uns!« Es ist vielmehr eine Drohung als ein Versprechen, dass er eigentlich Levent gibt und doch erreicht er mich damit. Seine Augen funkeln und lassen mich schon wieder erstarren. Levents Griff wird fester und als sein Duft präsenter wird, sich in den Vordergrund drängt und die Angst in den Hintergrund verjagt, kann ich endlich durchatmen.

»Langsam bist du mir etwas schuldig!«

»Bitte?«, frage ich vollkommen verwirrt.

Ein Lächeln legt sich schief auf seine Lippen und in Levents Miene ist etwas wahrzunehmen, eine solche Tiefe und Sehnsucht, dass mich plötzlich ein Verlangen überkommt, dessen Kraft mich völlig überfordert.

»Ein Date! Nicht jetzt und auch nicht morgen, aber irgendwann!«, antwortet er.

Meint er das ernst?

Als seine linke Hand meine Wange streichelt, er schwer ausatmet und den Blick über meinen Mund gleiten lässt, befreie ich mich hektisch aus dieser innigen Berührung.

»Können wir dann endlich ins Zimmer?«

»Klar!«, sagt er, greift an mir vorbei und lässt mir den Vortritt. Als wären die letzten Sekunden überhaupt nicht passiert.

Heilige Scheiße!

Kapitel 6

Samstagmorgen ergießt sich die helle Sonne über den Raum und kitzelt meine Lider. Doch als ich meine schweren Augen öffne, raubt es mir den Atem.

Levent steht mit dem Rücken zu mir, mit nacktem Rücken! Das breite Kreuz ist vollständig tätowiert und die Muskeln ziehen sich wie stählerne Stränge über seinen Körper.

Hannah und Kim schlafen noch und selbst wenn ich ihnen folgen möchte, nach diesem Anblick ist es mir nicht mehr möglich.

Meine anfängliche Vermutung bestätigt sich. In seinem Nacken ist ein Pokal, um dessen Seiten ein Lorbeerkranz rankt. Den größten Teil des Rückens nimmt jedoch ein Schild ein, das wie bei einem Ritterschild nach unten spitz zuläuft. Es wird von zwei gefiederten Flügeln getragen und weist im Inneren eine gebrochene Struktur auf. Das Muster erinnert mich an einen Wüstenboden, der vor lauter Dürre aufgeplatzt ist.

Die vielen aufwendig gezeichneten und detaillierten Federstränge und die schweren Gliederketten, die kreuz und quer über Levents Rückseite verlaufen, lassen ihn noch breiter wirken. Ich liege ganz stumm auf der Seite und hoffe, bei meiner heimlichen Beobachtung nicht erwischt zu werden. Das wappenähnliche Tattoo zieht meinen Blick beinahe magnetisch an. Ich schaue über den muskelbepackten Rücken und fahre die gebogenen Linien der Lorbeerblätter mit den Augen nach. Sie ragen bis unter Levents Ohren und erst in dem Moment, in dem ich mir den Nacken ein weiteres Mal ansehen möchte, fällt mir die römische Zahl auf. Sie ist mittig unterhalb des Pokals eintätowiert. Der zwei Zentimeter breite Rahmen, der das Schild einmal umläuft, bildet am oberen Wirbel eine gerade Linie, auf der XV VI geschrieben steht.

Ich würde gerne die Bedeutung des Tattoos kennen, da sie aufgrund der Aufwendigkeit enorm sein muss. Aber da kratzt seine Hand über das linke Schulterblatt und Levent dreht sich plötzlich zu mir um. Sein Blick erreicht mich sofort und lässt die Hitze unter meiner Decke unerträglich werden.

»Morgen!«, raunt er und zeigt keinerlei Anstalten, dass er sich anziehen möchte. Die Situation überfordert mich und doch verspüre ich wieder einmal keine Angst. Vielmehr Scham, als wäre ich bei etwas erwischt worden, das man nicht tun sollte.

»Hey.« Das Wort kommt kaum hörbar aus meinem Mund. Levent fährt sich mit der Zunge über die Unterlippe, ehe er sie sich zwischen die Zähne zieht. In dem Moment, in dem er leicht zubeißt, krampft es in meinem Unterbauch. Nur ist es kein unangenehmes Krampfen, es ist ein prickelndes Spannen, das ein Bedürfnis in mir heraufbeschwört, das ich bislang noch nicht kannte.

Gestern Nacht hat sich etwas verändert. Levent ist irgendwie mein persönlicher Held geworden, er hat mich bereits das zweite Mal aus einer Panikattacke befreit und mich auch noch vor diesem ekelhaften Bex geschützt. Wieso tut er das?

Weil er dich mag!

Und was, wenn nicht?

»Wir sehen uns später!«, murmelt er und verlässt das Zimmer. Erst jetzt merke ich, dass ich die wenigen Stunden in der letzten Nacht vollkommen albtraumfrei verbracht habe. Lag das daran, dass er bei mir war?

Neben mir regt es sich und kurz darauf schauen mich die wieder einmal verschlafenen Augen meiner besten Freundin an.

»O Gott! Ist schon Samstag?«

»Ja.«

»Wie viel Uhr ist es?«, fragt sie und sieht mit zugekniffenen Lidern gen Tür. Vermutlich kann sie keine einzige Zahl auf dem Zifferblatt erkennen.

»Es ist fast sieben.«

»Und wieso bist du bereits so fit?« Es hört sich nach einem Vorwurf an und wenn ich in Gedanken nicht ganz woanders wäre, würde ich jetzt wahrscheinlich grinsen. Stattdessen schaue ich sie unschuldig an und zucke mit den Schultern.

»Keine Ahnung.«

»Ich hab es genau mitbekommen. Du und Levent, ihr seid gestern Nacht heimlich ins Zimmer geschlichen!«, höre ich es vollkommen unerwartet aus Kims Bett tönen. Ihr triumphierender Blick vertreibt die Überraschung aus meinem Gesicht.

»Musst du uns immer so erschrecken?«, kontere ich etwas pikiert.

»Moment mal, was ist passiert?«, erkundigt sich Hannah und befreit sich augenblicklich aus ihrer Decke. Sie und Kim mustern mich wieder einmal mit diesem Blick, den ich eigentlich nur von Kim gewohnt bin. Anscheinend hat sie den an Hannah übertragen, denn mittlerweile bedenken mich beide mit dem *Du-entkommst-uns-nicht-Ausdruck*.

Von der anfänglichen Müdigkeit ist nichts mehr zu sehen.

»Ich wollte auf die Toilette und vor der Zimmertür haben wir uns zufällig getroffen.« Das ist zwar nur die halbe Wahrheit, aber alles andere würde ich jetzt nicht aussprechen können, ohne dabei erneut in eine Schockstarre zu verfallen oder knallrot anzulaufen.

»Hm und wieso hat sich Levent dann die halbe Nacht von links nach rechts gedreht und kaum ein Auge zu getan?«, verhört Kim mich, als sei sie Sherlock Holmes persönlich.

»Das weiß ich doch nicht, hast du ihn bis eben beobachtet, oder was?«

»Und wenn, möchtest du uns vielleicht etwas erzählen?«, erwidert sie zuckersüß.

»Okay, das reicht! Ich werde dazu gar nichts mehr sagen.«

»Nicht ohne deinen Anwalt? Levent steht kurz vor seinem Durchbruch!«, gibt Kim mit zweideutigem Blick von sich.

Hannah und sie verfallen in kicherndes Gegacker. Mein Gott! Was ist nur mit der griesgrämigen Kim geschehen?

»Ich muss duschen!«, wechsele ich das Thema und suche die Aufmerksamkeit meiner besten Freundin.

»Zu zweit?« Kim betrachtet uns verwundert. Mit einem Mal ist die Stimmung völlig anders.

»Ich kann in Gemeinschaftsbädern nicht duschen«, erkläre ich knapp.

»Aber wusstest du nicht, dass es nur Gemeinschaftsräume gibt?«, entgegnet Kim. In ihren Augen ist weder Spott noch Witz zu sehen, sie interessiert sich wirklich für meine Antwort.

»Doch, nur war ich mir nicht bewusst, wie sehr mich dieser Umstand überfordert«, gestehe ich. Mit dem Bademantel über dem Arm stehe ich auf und suche in der gleichen Zeit nach meinem Kulturbeutel sowie frischen

Klamotten.

»Scheiße! Hat Levent dich in dem Outfit gesehen?«, kreischt Kim lachend.

»Sehr lustig, aber ja!« Von dem tiefgründigen Moment ist nichts mehr übrig. Anstatt den unausgesprochenen Fragen zu lauschen, erfüllt jetzt lautes Gekreische den Raum.

»Und er hat sich jeglichen dummen Spruch verkniffen?«

»Nein.«

Hannah, Kim und ich müssen lachen. Wenn sie wüssten, dass die Situation, die mich gleich danach erwartete, nur halb so witzig war, würde ihnen das Grinsen vergehen.

Auf dem Weg zum Gemeinschaftswaschraum erzähle ich Hannah etwas mehr über die gestrige Nacht.

»Er ist also dein Held?«, hakt meine beste Freundin vorsichtig nach.

»Er ist zumindest immer da, wenn ich Hilfe brauche.«

»Du kannst es nicht mehr verbergen, ich sehe, dass zwischen euch was ist.«

»Dieser Bex macht mir Angst und ich wäre vermutlich über jeden froh gewesen, der mir in diesem Moment geholfen hätte.«

»Ja, ja. Nur Levent war noch mal besonders toll, richtig?«

»Du bist blöd!«, schimpfe ich in einer für mich vollkommen untypisch lockeren Art und boxe Hannah spielerisch gegen die Schulter.

»Wusste ich es doch!«

»Können wir dann bitte duschen?«

»Klar, oder wäre es dir lieber, wenn *Sex on legs* vor dem Vorhang steht und auf dich aufpasst?«

»Hannah!«, warne ich sie und bedenke sie mit einem Blick, der hoffentlich so dunkel und gefährlich wirkt, wie er es in meiner Vorstellung tut. Nach ihrem Lachen zu urteilen, muss ich wohl dringend am Nachdruck meiner *bösen Blicke* arbeiten.

Es ist die kürzeste und wohl ruppigste Dusche, die ich in meinem ganzen Leben je genossen habe. Wobei man nicht wirklich von *genießen* sprechen kann. Es hat sich eher wie ein Wettlauf gegen die Zeit angefühlt, als nach einer Erfrischung. Nach wenigen Minuten stehe ich angezogen vor meiner besten Freundin.

»Wow, also das ging schnell!«
»Es war der absolute Horror!«
»Ist es okay, wenn ich auch noch eben dusche?«
»Klar, ich putze mir noch rasch die Zähne, würde dann aber wieder ins Zimmer gehen, in Ordnung?«
»Natürlich, bis gleich.«
Nachdem ich fertig bin, sprinte ich beinahe zum Ausgang und über den Flur in unseren Raum. Mit einem tiefen Atemzug schließe ich die Tür hinter mir und blicke direkt in seine Augen.

»Hey.« Die kratzige Stimme durchbricht das Durcheinander in meinem Kopf. Levent steht mit verschwitztem Shirt und kurzer Hose vor mir. Er kommt vom Sport. Sein Anblick sollte mir nicht so gut gefallen und schon gar nicht dieses Kribbeln in meinem Bauch verursachen.

»Hey«, entgegne ich knapp und denke darüber nach, wie ich wohl gerade aussehe. Meine Haare hängen mir klitschnass an den Seiten hinab, das Oberteil schmiegt sich an meinen feuchten Körper und Levent steht einfach nur da und sieht mich an. Im Hintergrund sehe ich auch noch Ian, der mir freundlich zuwinkt.

»Du siehst gut aus!«, flüstert Levent mir ins Ohr. Er ist mir so nah wie noch nie und dann ist da wieder sein

Geruch, der mir nicht mehr aus der Nase gehen will. Obwohl er eben vom Sport kommt, rieche ich nur seinen unverwechselbaren Duft nach holzigem Moschus und Levent.

»Ich war duschen.« Was rede ich denn da?

»Ich habe mir schon gedacht, dass du so etwas in der Art gemacht hast«, neckt er mich und zeigt auf mein nasses Oberteil. »Nur frage ich mich, ob du diesen Bademantel überhaupt benutzt hast.«

»Es musste schnell gehen.« Augenblicklich legt sich etwas anderes über seinen Blick. Zuerst war da Belustigung, doch nun steht er mir mit Besorgnis gegenüber und ich kann sehen, dass es in seinem hübschen Kopf zu rattern beginnt. Nur weshalb?

»Wovor hast du Angst?«, fragt er so leise, dass nur ich ihn verstehen kann. Aus dem Hintergrund schauen mich immer noch Kim und Ian an.

»Ich muss mich jetzt auf Montag vorbereiten«, weiche ich ihm aus.

»Du lenkst ab.«

»Und du stehst mir im Weg«, sage ich schnell und dränge mich an seinem muskulösen Körper vorbei.

Ich habe das Bett kaum erreicht, da öffnet sich die Tür erneut und Hannah steht vor Levent.

»Hi!«, begrüßt sie ihn mit einem verschmitzten Grinsen. Ian sieht eifersüchtig in ihre Richtung.

»Da bist du ja, können wir dann endlich gehen?«, frage ich, greife nach meiner Tasche, verstaue ein paar Notizbücher darin und verlasse vor Hannah das Zimmer, ehe sie, in welcher Weise auch immer, reagieren kann.

»Ähm, Lia?«

»Nicht jetzt!«, fertige ich sie ab und haste die Stufen nach unten.

»Charles River?«, ruft sie mir hinterher und folgt mir noch im gleichen Moment.

»Charles River!«

»Nun warte doch mal! Was ist denn überhaupt passiert?«

Je näher wir dem Fluss kommen, desto ruhiger werde ich. Wir müssen nur noch über die Brücke und sind dann auch schon am Ufer.

Hannah setzt sich atemlos neben mich und sieht mich fragend an. »Also?«

»Ich kann das mit Levent nicht.«

»Was genau meinst du?«

»Er hat mir gestern Nacht gesagt, dass ich ihm ein Date schuldig bin und vorhin hat er mir ein Kompliment gemacht.«

»Okay, und was ist daran so schlimm?«

»Ist das dein Ernst? Ich kann das nicht. Levent würde das nicht verstehen.«

»Spätestens jetzt hat er ohnehin gemerkt, dass mit dir etwas nicht stimmt. Dein Abgang war echt extrem. Eben haben wir doch noch festgehalten, dass er dein Held ist und du ihn magst.«

»Ich mag ihn ja auch, aber …«

»Aber?«, höre ich ihn hinter mir. Beim Klang seiner Stimme erstarre ich. Hannah dreht sich um und es legt sich ein Lächeln über ihr Gesicht.

Als er dann neben mir sitzt und auf das Wasser vor uns blickt, frage ich mich, wie er uns überhaupt finden konnte.

Weil ihr vielleicht laut und deutlich über den Flur geschrien habt?

Mist!

»So einen Spruch hätte ich dir gar nicht zugetraut, aber

süß!«, ergreift er das Wort.

»Bitte?«, hake ich verwirrt nach.

»*Kraul mich und ich schnurr für dich!*« Als er diesen Spruch vorliest, bleibt jegliches Blut in meinen Adern stehen. Hannah kann sich ein leises Kichern nicht verkneifen, mir hingegen wird kotzschlecht. Erst jetzt, da er es vorgelesen hat, wird mir die Zweideutigkeit bewusst.

Die Tasche muss weg, sofort!

»Ich lasse euch dann mal allein«, sagt Hannah und sieht mich mit einem Blick an, der innerhalb einer Sekunde herausfindet, ob sie tatsächlich verschwinden kann. Am liebsten würde ich ihr verbieten, zu gehen.

»Ian wartet auf dich«, gibt Levent zwinkernd von sich.

Und plötzlich sind es nur noch er und ich. Mein Herz schlägt so schnell, dass es beinahe weh tut.

»Der Spruch ist echt süß.«

»Ist er nicht.« Müssen wir darüber sprechen?

»Stimmt, eigentlich ist er ziemlich eindeutig und so gar nicht dein Stil.« Wenn er mich nur noch einmal mit diesen dunklen Augen ansieht, werde ich verrückt. Warum möchte ich nach seiner Hand greifen und ihm näher sein, als es gut für mich wäre?

Die Zeit verfliegt förmlich und es kommt mir gar nicht so vor, als säßen wir inzwischen schon eine ganze Weile in einvernehmlichem Schweigen am Fluss. Ich weiß nicht, wie er es macht, aber bei ihm vergesse ich alles andere. Es ist, als würde er all das Durcheinander in meinem Kopf durchstreichen und mit seinem Bild ersetzen.

In Gedanken habe ich so vieles, was ich ihn fragen möchte, doch wenn ich direkt neben ihm sitze und seinen Atem höre, dann verschwinden die Fragen. Gemeinsam schauen wir auf das Wasser vor uns.

»Du magst es hier, oder?«

»Ja«, antworte ich und blicke in sein Gesicht. Seine Lippen sind voll und sehen weich aus und … ich sollte nicht über solche Dinge nachdenken. Als er den Blick über meinen Körper huschen lässt, wird mir ganz warm. Je länger ich bei ihm bin, desto mehr bekomme ich das Gefühl, ihm zu gehören. Wie ist das nur möglich? Nach dieser kurzen Zeit, nach *damals*?

»Ich war hier noch nie so lange«, gesteht er und grinst. Levents Zähne blitzen weiß hervor und das Muttermal schießt wieder hoch.

»Am Fluss?«

Er nickt. »Wir sitzen bereits den halben Vormittag hier«, erklärt er und zeigt auf seine schwarze Armbanduhr. Es ist schon gleich Mittag, wo ist nur die Zeit geblieben? Aber dann ändert sich sein Blick. »Hast du nachgedacht?«

»Worüber?« In meinem Kopf gehe ich alles Mögliche durch, doch mir fällt nicht ein, was er meinen könnte.

»Über das Date.«

»Das funktioniert nicht«, wehre ich ihn ab, während ich überlege, weshalb er nun so schnell wieder davon anfängt.

»Stimmt. Du magst mich, aber?«

Ich schaue ihn mit großen Augen an. Meint er das wirklich ernst?

Ehe ich ihm antworten kann, spüre ich seine Hand in meinem Nacken. Himmel! Er darf so etwas nicht tun, denn das weckt Gefühle in mir, die ich mir verboten habe, zuzulassen.

»Wir werden uns treffen!«

Ich bekomme keine Luft mehr, doch nicht aus Angst, oder weil sich eine erneute Panikattacke auftut.

»Morgen, auf Kims Geburtstag«, erwidere ich, warum

auch immer. Meine Lippen sind staubtrocken und alles in mir drängt mich dazu, sie zu befeuchten. Wäre da nicht der Umstand, dass Levent diese Geste anders deuten könnte.

Levent zieht seinen linken Mundwinkel leicht nach oben und bringt das Muttermal damit etwas zum Tanzen. »Ich spreche nicht von einer Gelegenheit, bei der wir uns über den Weg laufen.«

Oh nein! Levent hat Absichten, die ich nicht erfüllen kann. Ich kann ihm nicht einmal erklären, weshalb. Am besten sollte ich ihm das sagen und ihm gleich jede Hoffnung nehmen, wäre da nicht nach wie vor seine Hand in meinem Nacken. Und leider wird es noch viel schlimmer. Levent lässt sie meinen Rücken ganz langsam hinabwandern, um sie mir dann mit einem festeren Griff um die Taille zu legen.

»Ich will dich kennenlernen«, raunt er mit kehliger Stimme in mein Ohr. Die Einladung hat er sehr charmant formuliert, trotzdem verstehe ich natürlich, was er in Wirklichkeit damit meint.

»Levent …«

»Ich mag es, wenn du meinen Namen sagst.«

»Ich muss gehen!«, presse ich atemlos hervor und springe im selben Moment auf. Die Hitze in meinem Körper darf auf keinen Fall noch tiefer wandern.

Er ist dein Held!

Das heißt nicht, dass er noch mehr als das werden muss!

Meine Beine tragen mich immer schneller ins Wohnheim und auch wenn ich zu gerne noch einmal über meine Schulter sehen würde, tue ich es nicht. Die Angst ist zu groß, dabei von ihm erwischt zu werden.

Gegen ein Uhr mittags verlasse ich die Bibliothek. Nach

dem Treffen mit Levent musste ich erst einmal für mich sein und versuchen, wieder klar im Kopf zu werden. Doch der Rundgang hat mir nicht wirklich geholfen.

Wie in Trance gehe ich ins Zimmer und lehne mich erschöpft gegen das starke Holz der Tür.

»Lia!«, vernehme ich Ians warme Stimme. Kim starrt mich mit ihrem *Ich-weiß,-was-da-eben-lief-Blick* an und Hannah versucht, etwas aus meinem Gesicht abzulesen, das ich unmöglich laut aussprechen kann.

»Lia?« Ian sieht mich verwundert an und ist kurz davor, aufzustehen und zu mir zu kommen.

»Hey.«

»Geht es dir gut?«

»Ja.«

»Setz dich doch«, bittet er mich und zeigt auf das Bett. Die drei scheinen sich bis gerade unterhalten zu haben und ich fühle mich, als sei ich ab sofort der neue Mittelpunkt in ihrer Gesprächsrunde. Wenn jetzt auch noch Levent ins Zimmer kommt, werde ich vollkommen durchdrehen. In meinem Kopf beginnt es zu kreisen und immer wieder höre ich seine Stimme Dinge sagen, die mir leider viel zu gut gefallen. Dinge, denen ich keinen Glauben schenken darf, die mir zu wichtig sind, als dass es mir egal sein könnte, wenn er sie nicht so meinen würde.

Als ich neben Ian und Hannah Platz nehme, bin ich immer noch leicht außer Atem.

»Also, wir waren gerade dabei, uns etwas besser kennenzulernen.«

»Besser kennenzulernen?«, wiederhole ich seine Worte und blicke sofort in das Gesicht meiner besten Freundin. Sie gibt mir Entwarnung und doch kann ich mich nicht entspannen.

Du brauchst ihn!
Ich brauche ihn nicht!
»Hannah hat mir gesagt, dass ihr schon seit dem Kindergarten befreundet seid.«
»Hm.«
»Woher kommt ihr denn überhaupt? In Boston habe ich euch noch nie gesehen.«
Was wird das hier?
»Aus Seattle«, sage ich vorsichtig und sehe selbst in Kims Miene Misstrauen wachsen.
»Seattle? Das ist ja lustig.« Ian schmunzelt, aber sein Lachen ist nicht echt. Das bemerke ich daran, dass seine Augen unverändert in mein Gesicht blicken.
»Wieso das?«
»Na ja, weil wir auch aus Seattle kommen, ursprünglich jedenfalls.«
»Wer ist wir?«, fragt Hannah neugierig.
»Kim, Levent, Meg und ich.«
Wie bitte? Man muss mir das Erstaunen deutlich ansehen, denn Ian bestärkt seine Worte mit einem kräftigen Kopfschütteln. Wir kommen aus der gleichen Stadt?
»Du hast Bex vergessen!«, fügt Kim mit einem angewiderten Ausdruck hinzu.
Der Widerling ist auch aus Seattle? Mir kommt das alles wie ein schlechter Scherz vor, wieder einmal.
»Wir haben euch dort nie gesehen … aber gut, die Stadt ist riesig, so ungewöhnlich ist das wohl nicht.« Hannah spricht aus, zu welchem Schluss ich gerade selbst gekommen bin.
»Wir wohnen schon seit fünf Jahren hier«, erklärt Kim und füllt damit nur eine kleine Lücke in meinem Kopf.
»Und warum seid ihr in Boston?«, fragt Hannah Ian. Ich

sitze mal wieder stumm daneben und bekomme keinen einzigen klaren Gedanken gefasst. Nur einer schwirrt mir im Kopf umher: Wieso will er das alles wissen?

»Die Dawns sind damals hergezogen und haben mir meinen besten Freund genommen, da stand für mich fest, dass ich nach der Highschool nach Boston ziehe und dort mit ihm studieren werde«, antwortet er und schnieft beleidigt die Nase. Kim und Ian müssen lachen.

»Unser Vater ist zu dieser Zeit gestorben und meine Mutter wollte nicht länger in der gemeinsamen Anwaltskanzlei arbeiten. Also entschied sie sich, hier eine noch größere Kanzlei zu eröffnen«, erklärt Kim. So viel Offenheit hätte ich gar nicht erwartet. Mir bleibt mal wieder die Sprache verschlagen, angesichts der kurzen Zeit, die wir uns nun kennen.

»Das tut mir leid«, kommt es irgendwie aus meinem Mund heraus, obwohl mein Körper immer noch steif ist und sich das Karussell in meinem Kopf dreht.

»Das ist schon lange her. Ich war vierzehn und Levent ist zu der Zeit gerade sechzehn geworden.« Hat er deswegen diesen ausgereiften Beschützerinstinkt?

»Dann lebt deine Mutter also hier bei euch?«, erkundige ich mich und merke, wie sich Kims Haltung verändert. Ihr Blick wirkt genauso starr, wie es ihre Beine mit einem Mal sind. Habe ich irgendetwas Falsches gesagt?

»Ja, aber wir haben keinen all zu guten Kontakt.« Ihre Tonlage verrät, dass sie nicht länger über dieses Thema sprechen möchte und so lasse ich von weiteren Fragen ab, obwohl es mich bis in die Fingerspitzen juckt. Wieso haben sie keinen guten Kontakt zu ihrer Mutter? Hat es etwas mit dem Tod des Vaters zu tun? Mir schwirren so viele Fragen durch den Kopf, dass ich mich kaum noch auf den eigentlichen Moment konzentrieren kann.

Doch dann sehe ich Ian, er ist angespannt. Sein Blick huscht immer wieder zwischen mir und Kim hin und her. Er fährt sich durch sein Haar und versucht meinem Eindruck nach, mich mit unschuldigem Lächeln vom Thema abzulenken.

»Und was haben Meg und Bex damit zu tun?«, hake ich nach, weil ich nur zu gerne wissen würde, was das hier überhaupt soll.

»Bex, Levent und ich waren früher gut befreundet, aber das hat irgendwann nicht länger funktioniert. Meg würde vermutlich bis nach Timbuktu fliegen, um in Levents Nähe zu sein.« Ian muss über seinen Witz lachen und wenn mich der Inhalt seiner Worte nicht so stutzig werden lassen würde, müsste ich wahrscheinlich ebenfalls schmunzeln. Es hat nicht mehr funktioniert? Weshalb? Mit jedem Satz aus Ians Mund wird meine Neugierde größer. Ob Kim uns mehr verraten würde, wenn wir allein wären?

»Und wieso seid ihr jetzt in Boston?«, klinkt sich Ian zurück ins Gespräch ein.

»Warum fragst du?«, wende ich ein, ehe Hannah ihm die Antwort gibt, die er hören möchte. Kim und Hannah sehen zunächst mich und dann Ian verwundert an. Sie scheinen endlich gemerkt zu haben, dass diese Frageunde etwas merkwürdig ist.

»Darf man das nicht wissen?«, verteidigt er sich mit hochgezogenen Augenbrauen.

»Doch, nur kommt mir das eher wie ein Verhör vor.«

»Scheiße! Sie hat recht!«, stellt Kim mit offenem Mund fest. Ihre Faust schlägt gegen seine rechte Schulter. Ian will die Situation noch mit einem lockeren Abwinken entschärfen, aber ganz gleich, was er jetzt sagen wird, ich glaube ihm nicht. »War das Levents Idee?«, wirft sie mit funkelnden Augen ein und bringt Ian dadurch sichtlich ins Schwitzen. Seine Hände reiben immer kräftiger über den rauen Stoff seiner Jeans.

»Quatsch! Levent hat damit nichts zu tun. Ich wollte euch bloß besser kennenlernen. Sorry, falls das zu viel war.«

»Ach, verdammt! Du warst schon immer ein schlechter Lügner. Er hat dich auf sie angesetzt!« Kim setzt sich aufrechter hin und das Blau ihrer Iriden wird mit jeder weiteren Information, die sie aus ihm herauskitzelt, ein bisschen dunkler.

Zwar kaufe ich Ian ab, dass es ihm leidtut und vermutlich auch ziemlich unangenehm ist, doch dem anderen Teil seiner Antwort schenke ich keinen Glauben.

»Also?«, hakt Kim nach und beugt sich noch etwas näher vor. Ian würde wahrscheinlich am liebsten aus dem Zimmer rennen, das sieht man ihm zumindest deutlich an.

»Er hat damit nichts zu tun!«, wiederholt er seine Lüge.

»Stimmt, das habe ich vergessen. Du warst nicht nur schon immer ein verdammt schlechter Lügner, sondern auch ein verflucht loyaler Freund.« Kim zieht eine Grimasse und verdreht die Augen.

»Ich werde dazu nichts mehr sagen, außerdem muss ich jetzt lernen.« Mit diesen Worten steht Ian auf.

»Dein Studium wird dich nicht ewig retten und sag ihm, dass wir nicht darauf reingefallen sind!«, ruft sie Ian noch hinterher, ehe die Tür hinter ihm ins Schloss fällt. »Typisch Levent!«, faucht sie fassungslos vor sich hin und sieht Hannah und mich kopfschüttelnd an.

»Macht er das also öfter?«, frage ich.

»Bisher hat er Ian noch kein Mädchen ausfragen lassen, aber er hat dieses Spiel schon mit mir gespielt, damit er

Infos bekommt, die er sonst nicht bekommen hätte. Dass du jetzt ausgefragt werden solltest, bedeutet, du musst ihm ziemlich wichtig sein«, gibt sie mit lieblicher Stimme von sich. Ihre helle Tonlage legt sich wie leichte Wolken um meine Ohren, doch ich darf ihr nicht glauben. Ich kann mich ihm nicht noch mehr öffnen, nicht, solange ich nicht ganz sicher sein kann, ob er es ernst meint.

Dass ich ihn in meiner Nähe akzeptiere und mich ihm in Stresssituationen vertraut fühle, ist bereits so viel mehr, als ich jemals dachte, zulassen zu können.

»Verdammt, das wird ja richtig spannend!«, meint Hannah ehrfürchtig, reibt sich die Hände und sieht mich mit wackelnden Augenbrauen an. Kim stimmt sofort mit ein.

Ich will mir gar nicht vorstellen, was sie mit *spannend* meinen.

Kapitel 7

Ein dumpfes Geräusch reißt mich aus dem Schlaf. Als ich die Nachtlampe anknipse, blicke ich in Levents Augen.

»Schlaf weiter.« Levents Stimme ist leise und trotzdem klar und deutlich zu verstehen. Als er sich die Lederjacke auszieht und sie als Kissen unter seinen Kopf schiebt, tut er mir beinahe leid. Levent schläft tatsächlich lieber auf dem Fußboden, als in der Wohnung, die von Kim liebevoll Protzbude genannt wird.

»Wie lange willst du eigentlich noch hierbleiben?«, frage ich, als er sich bereits umgedreht hat. Seine Boots streifen über den Boden, während er sich in meine Richtung dreht.

»Bis Freitag, ich möchte erst die Nachkontrolle abwarten.«

»Sie wird schon nichts Dummes anstellen.«

Levent lacht halblaut. »Ich glaube, da kenne ich meine kleine Schwester etwas besser.« Sofort erinnere ich mich an Kims Worte. Er war sechzehn, als er seinen Vater verloren hat. Denkt er seither, die Rolle des Beschützers übernehmen zu müssen? »Worüber denkst du nach?«

»Über nichts«, schwindele ich rasch.

»Lüg mich nicht an, das steht dir nicht.«

»Ich lüge nicht.«

»Hm«, murrt er besserwisserisch.

»Gute Nacht, Levent.«

»Nacht, Baby!«, raunt er und verschränkt die durchtrainierten Oberarme unter seinem Kopf.

Baby? Hat er das gerade wirklich gesagt? Nervöses

Zucken durchfährt meinen Körper.

»Mach das Licht aus«, sagt er kehlig in meine Gedanken hinein. Der erneute Klang seiner Stimme lässt mir jedes noch so feine Nackenhaar zu Berge stehen. Doch dann gehorche ich, ohne auch nur ein weiteres Wort zu sagen.

Als Dunkelheit den Raum flutet, atme ich leise aus. Wieso verursacht dieses eine Wort, dieser eigentlich alberne Kosename, solch ein starkes Kribbeln in meinem Bauch? Ob er sich dessen bewusst ist?

Es vergehen mehrere Stunden, in denen ich mich von der einen auf die andere Seite drehe, bis Levents Stöhnen die Stille durchbricht.

»Was ist los?«, bohrt er beinahe genervt nach. Das Grün in seinen dunklen Augen funkelt mich an, als ich die kleine Lampe an meinem Bett zum Leuchten bringe.

»Ich kann nicht schlafen.«

»Ach was! Musst du aufs Klo?«

»Bitte?« Wieso fragt er mich so etwas?

»Was ist dann?« Was soll ich ihm erzählen? Etwa die Wahrheit? Dass er mich mit diesem Kosenamen völlig nervös gemacht hat? Dass ich mich bei ihm sicher fühle, obwohl ich das sonst bei keinem Mann kann? Dass er mir nicht mehr aus dem Kopf geht? »Hallo?«

»Ja, ich muss mal.« Die Lüge erscheint mir einfacher, als ihm die Wahrheit zu sagen. Nur muss ich jetzt wieder in diesen Gemeinschaftswaschraum, aus dem er mich das letzte Mal gerettet hat. Als ich mich nicht bewege, höre ich ihn räuspern.

»Soll ich etwa mitkommen?« Er klingt belustigt.

Mist! Ich kann ihn unmöglich darum bitten, andererseits kann ich Hannah nicht wegen einer Notlüge wecken. Es wundert mich ohnehin, dass die beiden immer noch schlafen.

Levent lehnt auf seinen Unterarmen und schaut mich wartend an. »Okay, ich komme mit!«, gibt er genervt von sich und erhebt sich. Levent sieht aus, als käme er gerade aus einer Vorlesung. In Jeans und T-Shirt steht er vor mir und wartet darauf, dass ich endlich aufstehe. »Schaffst du es noch allein aus dem Bett?«

»Ja«, antworte ich hastig. Am besten ich bringe es schnell hinter mich. Also schlage ich die Kratzdecke auf und stelle mich meinem Schicksal.

»Wo ist das Einhorn hin?«, flüstert er mir ins Ohr und zieht dabei amüsiert eine seiner dunklen Augenbrauen hoch. Die Röte schießt mir augenblicklich in die Wangen und bringt sie zum Glühen.

»Und du schläfst immer in Jeans, T-Shirt und Lederboots?«, kontere ich und bin etwas stolz auf mich. Kim und Hannah machen noch eine selbstbewusste Lia aus mir.

»Nein, eigentlich schlafe ich ganz gerne nackt.« Als ich ihn das sagen höre, entweicht mir jegliches Selbstbewusstsein und meine Wangen glühen erneut auf. Er schläft also nackt? In meiner Brust wird es eng, warm und ...

Bis wohin die schwarze Tinte wohl reichen mag?

Hör sofort damit auf!

Ich verbiete mir, mir Levent weiterhin nackt vorzustellen und Junes verruchten Kommentaren zu lauschen. Hoffentlich ist mein Gesicht nicht so rot, wie es sich anfühlt.

»Können wir?« Ich gehe in meinem hellblau gepunkteten Zweiteiler an ihm vorbei und hoffe, dass er einfach gar nichts mehr sagt. Als er die Tür hinter sich geschlossen hat und sich zu mir umdreht, schießen mir Dinge durch den

Kopf, die dort nicht sein dürften.

Meine Hand möchte durch sein zerzaustes Haar fahren, in mir ist etwas, das danach verlangt, noch einmal in seinem Arm zu stehen und an seinem Oberteil zu riechen. Und dann ist da auch noch dieses verfluchte Bild von ihm, wie er nackt in seinem Bett liegt. Ich verstehe absolut nichts von alledem und trotzdem gibt es in diesem Moment nichts, was ich lieber herausfinden würde.

Mit einem Mal steht er direkt vor mir und bedenkt mich mit einem seiner dunklen Blicke. »Lia?«

»Ja?«

»Musstest du nicht auf die Toilette?«

»Doch!«, gebe ich hektisch zur Antwort. Was macht dieser Kerl nur mit mir?

Vor dem Eingang bleibt er abrupt stehen. Ich möchte ihn nach dem Grund fragen, als mir einfällt, dass es sich um einen Gemeinschaftswaschraum für Mädchen handelt.

»Ich beeile mich.« So schnell ich kann, verschwinde ich hinter der Tür. Als ich mich mit dem Rücken dagegen lehne, schließe ich peinlich berührt die Lider und versuche, die Röte mit heftigem Ausatmen aus meinem Gesicht zu vertreiben. Was soll Levent nur von mir denken?

Ist das denn wichtig?

Ja, ich meine, nein!

Als ich meine Augen wieder öffne und auf einen leeren Raum blicke, atme ich ein letztes Mal erleichtert aus.

Ich weiß nicht, wie lange ich nun an der Tür lehne, aber ich kann nicht mehr in dem Gemeinschaftswaschraum sein und verlasse ihn schließlich, ohne den eigentlichen Zweck dieser Einrichtung genutzt zu haben.

Levent lehnt mit verschränkten Armen an der rechten Flurwand und sieht augenblicklich in meine Richtung, als mich das Knarzen der Tür verrät. Ich schaue für einen kurzen Moment auf die dunkle Tinte an seinem Handgelenk und denke darüber nach, wie viel Sport er treiben muss, um solche Muskeln zu bekommen. Und dann ist da schon wieder die Vorstellung von seinem nackten, tätowierten Oberkörper, den düsteren Augen und der weißen Bettdecke über seinen durchtrainierten Beinen.

Ich muss sofort damit aufhören!

Als er sich mit einer lässigen Bewegung von der Wand abstößt, werde ich endlich in meinem Gedankengang unterbrochen.

»Ich würde alles dafür geben, um zu erfahren, was in deinem hübschen Kopf vorgeht.«

Besser nicht!

Anstatt ihm genau das zu sagen, ringe ich mir ein scheues Lächeln ab und bedanke mich schüchtern. Seine Gegenwart verunsichert mich, das Unzähmbare in Levents Blick hat etwas Magisches und sogar die Tattoos verzaubern mich. Das muss aufhören!

Mit nur einem intensiven Blick quer über den Flur bringt er mein Herz dazu, dass es Purzelbäume schlägt und ich nicht länger weiß, wo oben und unten ist. Er sieht gierig an mir hinab, als würde ich etwas Aufreizendes tragen, dabei stehe ich in einem Pyjama und verdammten Kuschelsocken vor ihm!

»Also spätestens nach der Klo-Nummer eben bist du mir mindestens ein Date schuldig!«

»Ein Date?« Will er direkt mehrere?

»Und am besten bleibst du gleich über Nacht!«, meint er und kommt auf mich zu. Jetzt kriecht zum ersten Mal in seiner Gegenwart Angst meinen Rücken hoch und lässt mich zur Salzsäule erstarren. »War nur ein Spaß!«, setzt er rasch nach und zieht sich die Unterlippe zwischen die Zähne.

Die Art und Weise, mit der er seine Worte zum Ausdruck bringt, verrät mir, dass er das nur aufgrund meiner Reaktion hinzugefügt hat. Wenn ich bleiben wollen würde, wäre er wohl der Letzte, der sich dagegen wehrt. Nur kann ich das nicht. Bloß wie soll ich ihm das erklären, ohne sofort alles erzählen zu müssen?

»Hey! Das war nur ein Scherz, also das mit der Übernachtung. Das Date bist du mir allerdings auf jeden Fall schuldig!«, ergänzt er mit einer verschmitzten Art, die mir gar keine andere Möglichkeit lässt, als zu schmunzeln. Seine Hände umfassen mein Gesicht und wieder einmal kann er meinen zitternden Körper kontrollieren. Mit pochendem Herzen sehe ich in das funkelnde Schwarz, diese verdammten Augen werden noch mein sicherer Tod sein. »Auf das Date freue ich mich, dann habe ich dich endlich für mich!« Normalerweise würden mir solche Worte den Boden unter den Füßen wegziehen, mich in eine Panikattacke schleudern und den absoluten Abgrund meines persönlichen Schicksals darstellen. Doch wenn es aus seinem Mund kommt, hört es sich eher nach einem Versprechen an. Nach einer süßen Vorstellung, nach etwas, von dem man nicht genug bekommen kann.

Wie er mein Verhalten beeinflusst, ist unheimlich. Ich spüre, dass es ein Spiel mit dem Feuer sein wird, das ich verlieren werde und dennoch kann ich nicht leugnen, damit endlich anfangen zu wollen.

»Donnerstag!«, beschließt er plötzlich.

»Donnerstag?!«

»Nach Kims Geburtstag lade ich dich zum Essen ein.« Levent macht mich sprachlos und obwohl er etwas über meinen Kopf hinweg bestimmt, kann ich nicht anders, als mich darauf zu freuen. Das wird das erste Mal sein, dass ich mich mit jemanden treffe. Und dann auch noch mit ihm!

Donnerstagabend! Das heißt, ich habe noch fünf Tage, um mich auf unsere Verabredung vorzubereiten! In mir herrscht so viel Chaos und Unruhe, dass ich gar nicht weiß, ob es Aufregung, Angst oder alles zusammen ist.

»Ich werte das mal als ein *Ja*.«

»Ich weiß nicht«, wispere ich, obwohl alles in mir schon zugestimmt hat. Gerade passiert etwas, dessen Stärke ich mir nur im Ansatz bewusst bin und dessen Ausgang ich nicht vorhersehen kann.

»Es ist nur ein Essen, mehr nicht.« Ist es nicht. Es ist nicht nur ein harmloses Essen. Dieses Date bedeutet, dass ich mich auf jemanden einlasse, den ich im Grunde überhaupt nicht kenne und an den ich trotzdem nicht zu denken aufhören kann.

In seinen Augen lauert etwas, das ein teuflisch anziehendes Grinsen über sein Gesicht wandern lässt. Und genau das ist es, dass mich dazu bringt, meine Ängste in den Hintergrund zu drängen.

»Ich freue mich!«, haucht er und senkt seinen Kopf an meine Halsbeuge. Zuerst ist da der inzwischen eingeübte Reflex, vor ihm zurückzuschrecken, doch dann erinnere ich mich daran, dass es Levent ist, und bleibe stehen.

Seine Lippen berühren die Haut unterhalb meines linken Ohres nur ganz kurz, dennoch ist es das intensivste Gefühl, das mir je durch den Körper geschossen ist. Als die Berührung endet und er sich von mir lösen will, streifen die dunklen Haare meinen Hals und jagen mir ein Kitzeln durch den Bauch. Am liebsten würde ich ihn wieder zu mir ziehen und darum bitten, dass er nicht aufhört, aber dazu bin ich noch nicht in der Lage. Dafür ist es noch zu früh.

»Ich mich auch«, flüstere ich und schaue noch einmal in die zwei verhängnisvollsten Augen, in die ich jemals gesehen habe.

Die erste Woche an der Uni war nervenaufreibend und chaotisch. Sie war komplett anders als gedacht. In den Vorlesungen bin ich kaum hinterhergekommen und die Dinge, die immer bis zum nächsten Seminar vorbereitet werden sollen, beanspruchen fast den restlichen Tag. Um ehrlich zu sein, bin ich es nicht gewohnt, viel lernen zu müssen, da mir bisher die Schule gut von der Hand ging. Doch hier merke ich, was es bedeutet, für seine guten Noten zu arbeiten.

Ich habe mich so sehr auf mein Studium konzentriert, dass ich kaum Zeit mit Hannah und Kim verbringen konnte. Levent habe ich ebenfalls kaum zu Gesicht bekommen, weil er entweder genauso viel mit seinem Studium zu tun hatte oder beim Sport war. Nur nachts, wenn er sich heimlich ins Zimmer geschlichen hat, wurde ich wach und fühlte mich augenblicklich besser.

Am Morgen begrüßt uns halblautes Gerumpel, als Hannah und ich vom Frühstück zurückkommen. Im Gegensatz zu sonst, erwartet mich jetzt ein anderer Anblick. Es ist ihr Geburtstag, an dem sie uns ein Geschenk macht. Neben Kims Schrank steht ein weiterer Kleiderschrank, in der linken Ecke vom Fenster sehe ich einen kleinen weißen Kühlschrank und auf der Fensterbank wartet ein Wasserkocher aus Edelstahl auf seinen ersten Einsatz. Ich habe keine Ahnung, wie sie das gemacht hat, doch der komplette Raum ist penibel aufgeräumt und blitzeblank geputzt. Der frische Zitrusduft steigt mir wolkenartig in die Nase. Das hat sie unmöglich allein geschafft. Ob Levent ihr dabei geholfen hat? Wo ist er überhaupt? Mit fällt ein, dass er schon bald nicht mehr hier schlafen wird. Wenn Kims Nachkontrolle ergibt, dass es ihrem Zeh wieder besser geht, dann wird er in seine Wohnung zurückgehen. Anfangs wollte ich nicht, dass er bei uns schläft, jetzt will ich nicht, dass er mich verlässt.

Von rechts erreichen mich zwinkernde Blicke. Hannah sieht immer wieder zu Kim und formt mit ihren Lippen ein lautloses *Geburtstag*.

Ich zähle mit den Fingern von drei runter. Als wir bei der Eins angelangen, nehmen wir einen großen Atemzug und beginnen zu singen.

Happy birthday to you,
Happy birthday to you,
Happy birthday liebe Kim,
Happy birthday to you!

Am Ende unseres kleinen Ständchens klatschen wir in die Hände und umarmen das Geburtstagskind, das bis vor wenigen Tagen noch unseren Albtraum auf zwei Beinen darstellte. Eigentlich mag ich keine Geburtstage, weil sie mich immer an einen Tag erinnern, an den ich mein ganzes Leben verloren habe. Doch in dem Moment, in dem ich Kim in den Armen halte, schwöre ich mir, dass sich das fortan ändern wird. *Damals* hat keinen Platz mehr in meinem neuen Leben und es wird mir nie wieder Geburtstage oder andere Tage kaputtmachen – das wünsche ich mir zumindest.

»Danke!«, sagt sie und umarmt uns beide gleichzeitig.

»Das war unser Geschenk, mehr gibt's nicht!«, verkündet Hannah mit ihrem charmantesten Lächeln.

Kim lacht sofort. »Verstanden!« Sie stellt sich kerzengerade vor uns und nickt mit dem Kopf. Kaum zu glauben, dass wir uns inzwischen so gut verstehen. Sie ist trotz der kurzen Zeit schon irgendwie eine Freundin geworden.

»Wann hast du das denn alles gemacht?«, frage ich verwundert.

»Als ihr beim Frühstück wart.«

»Du, allein?«, mischt sich Hannah ungläubig ein.

»Ich gebe zu, etwas Hilfe in Anspruch genommen zu haben.« Kim grinst uns mit ihren weißen Zähnen an.

»Danke.« Ich nehme sie gleich noch mal in die Arme.

»Wann geht es los?«, erkundigt sich Hannah und sieht auf die Uhr über der Tür.

»Levent kommt gegen Nachmittag.« Als sie seinen Namen sagt, fährt mir wieder einmal heißes Prickeln über den Körper. Ich habe mich tatsächlich auf ein Date mit ihm eingelassen. Was hat mich nur dazu getrieben?

Sein Aussehen, das Verlangen zwischen deinen Schenkeln, sein Blick, das Muttermal, seine Lippen, die ...

Sei still! Ich würge die Stimme ab.

»Eigentlich wollten wir ja erst abends ins *Greenz*, aber da hat er wohl schon etwas vor!«, fügt sie mit einem wissenden Blick in meine Richtung hinzu. Mist! Er hat es ihr gesagt.

Hannah starrt mich sofort mit großen Augen an. Natürlich wollte ich ihr davon erzählen, doch im Stress der letzten Woche ist mir das irgendwie durchgegangen. Ich möchte ihnen gerade sagen, dass ich mich erst umziehen muss, da stellen sich mir die zwei in den Weg und drücken mich mit ihren Armen in die Matratze.

»Wir wollen alles wissen!«, befiehlt meine beste Freundin.

»Also die sexy Szenen kannst du auslassen, immerhin sprechen wir noch über meinen Bruder, aber den Rest will ich ebenfalls erfahren!«, fügt Kim kichernd dazu. Die beiden lassen mir wirklich keine Verschnaufpause.

»Okay, okay!«, gebe ich mich geschlagen und hebe die Arme abwehrend nach oben. »Ich werde mich dem Quiz stellen.«

»Fang am Anfang an und hör am Ende auf!« Hannah grinst über das ganze Gesicht. Während ich versuche, die richtigen Worte zu finden, ziehe ich mich um. Als ich tatsächlich jedes noch so kleine Detail ausgeplaudert habe, starren mich die zwei mit offenem Mund an.

»Du hast dich einfach umgezogen«, kommt es fassungslos und zugleich stolz aus Hannah heraus. Sie hat recht. Die eine Woche mit ihr und Kim hat mich selbstbewusster gemacht.

»Scheiße! Was hast du mit meinem Bruder gemacht und wohin verdammt noch mal hast du den Kotzbrocken Levent Dawn geschickt?«, spuckt gleichzeitig Kim aus. Jetzt muss auch ich lachen, denn im Grunde habe ich nicht mehr getan, als mich zu ergeben.

»Und was mache ich nun?«

»Du schaffst das, Lia«, redet mir meine beste Freundin gut zu und sorgt damit für Verständnislosigkeit bei Kim.

»Er wird dich schon nicht ans Bett fesseln und die halbe Nacht knebeln.« Kims Worte sollten lustig sein und doch gefriert mir das Blut in den Adern.

Als sie merkt, dass der vermeintlich lockere Spruch nicht ganz so lässig bei uns angekommen ist, versucht sie, sich aus mit einem Räuspern aus der Situation zu retten. »Das war nur ein Spaß, Leute«, wispert sie verhalten.

»Ich hab so etwas nur noch nie gemacht«, gestehe ich und sehe Hannah an, um herauszufinden, ob ich das Richtige gesagt habe.

»Du willst mir sagen, dass du noch nie ein Date hattest?« Kim mustert mich erstaunt.

»Ja.«

»Und dann suchst du dir ausgerechnet Levent aus?«

»Eigentlich habe ich ihn mir nicht ausgesucht ...«, setze ich an und möchte ihr erklären, dass er mir gar keine andere Wahl gelassen hat, werde allerdings von Kim unterbrochen.

»Ganz egal, wie es nun dazu gekommen ist, du hast scheinbar eine echt verkorkste Vergangenheit, Levent ist auch nicht gerade normal und ihr werdet heute euer erstes gemeinsames Date haben. Eins muss ich dir sagen, mein Bruder ist nicht wirklich unschuldig. Stell dich darauf ein, dass du es mit jemanden zu tun hast, auf den die halbe Uni abfährt.«

Mir bleibt die Spucke im Hals stecken.

»Dennoch trefft ihr euch heute. Ach, und zieh dich später noch um«, gibt sie mit einem kritischen Blick von sich. »Kreuz bloß nicht mit diesen Lumpen auf«, setzt sie nach. Mir kommt ein nicht definierbares Geräusch über die Lippen. Lumpen? Es sind etwas weitere Klamotten, aber keine Lumpen! Ich blicke verwirrt an mir hinab und überlege automatisch, ob Levent das ebenfalls so sieht? Seit *damals* verstecke ich mich eben gerne unter locker fallenden Oberteilen, doch als das, was Kim gerade gesagt hat, habe ich es noch nie angesehen.

»Hast du auch schöne Sachen?«, hakt Kim nach und sieht hoffnungsvoll in Hannahs Gesicht.

»Ist es echt so schlimm?« Hilfe suchend schaue ich in die

Augen meiner beiden Freundinnen.

»Schlimmer! Du bist diejenige von uns, die die geilste Figur hat und versteckst sie unter so Oma-Sachen«, platzt es aus Kim heraus.

»Also Oma-Sachen würde ich jetzt nicht sagen«, verteidigt mich Hannah.

»Das sind ganz normale Klamotten für die Uni«, verteidige ich mich, finde jedoch kein Gehör.

»Ach, Hannah. Das sagst du doch nur, weil du ihre Verbündete bist. Ich habe da nicht so viele Gewissensbisse und kann vollkommen ehrlich zu dir sein.«

»Gut, ich muss jetzt los. In meinen Lumpen«, betone ich extra stark und ernte gespielt böse Blicke seitens Kim.

»Bis wann hast du heute Vorlesungen?«, möchte Hannah wissen.

»Bis drei. Keine Sorge, ich werde noch genügend Zeit haben, um mich umzuziehen«, antworte ich. Sie lachen.

»Bis später«, rufen sie, ehe ich die Tür hinter mir ins Schloss ziehe. Mir wird warmer Regen ins Gesicht gepustet, als ich über den Parkplatz gehe. Ausgerechnet heute bin ich ohne Jacke losgegangen. Bis ich im Hörsaal ankomme, schaue ich vermutlich aus wie ein übergossener Pudel. Ich beeile mich, bis ich links von mir einen großen Wagen heranfahren sehe. Hastig blicke ich in die Richtung, als er langsamer wird und das Fenster auf der Beifahrerseite herunterfährt. Levent sitzt in einem schwarzen SUV von BMW. Er scheint wirklich nicht gerade arm zu sein.

»Kann ich behilflich sein?«, fragt seine dunkle Stimme und bringt mein Herz dazu, dass es schneller schlägt.

»Möglicherweise?« Levent lacht, als ich sein Angebot annehme und wenige Augenblicke später neben ihm sitze. Auch im Inneren ist alles schwarz und glänzend. »Du warst heute Morgen früh weg«, sage ich schüchtern, damit er nicht denkt, ich würde ihn beobachten. Sein Blick huscht kurz zu mir, ehe er sich wieder auf die Straße konzentriert.

»Hast du noch Zeit für einen Kaffee?«

»Für einen Tee, Kaffee mag ich nicht.«

Er schmunzelt. »Einverstanden, dann eben einen Tee.«

»Danke, dass du mich mitnimmst.«

»Gerne doch.« Seine Stimme raunt durch den Wagen, direkt in meinen Bauch und verursacht warmes Kribbeln. Wie macht er das nur?

Levent lenkt das Auto geschickt in eine Parkbucht vor dem *Greenz* und wartet im Regen auf mich. Am liebsten würde ich ewig hier sitzen und dabei zusehen, wie die Regentropfen von seinen Haaren auf den Boden fallen.

»Soll ich dir den Tee vielleicht rausbringen?«, fragt er ironisch und schließt die Autotür hinter mir, nachdem ich ausgestiegen bin.

»Kim hat das Zimmer aufgeräumt«, erzähle ich ihm, als wüsste er nichts davon. Eine seiner vollen Augenbrauen schießt hoch.

»Warte hier.« Er deutet auf einen der Tische, und geht an die Theke. Von meinem Platz habe ich eine hervorragende Sicht auf seinen Rücken. Die Lederjacke sitzt perfekt und als er mit der Hand das nasse Haar nach hinten kämmt, stelle ich mir vor, es wären meine Finger gewesen. Mit einem dunklen Grinsen kommt er zurück.

»Du hast toll ausgesehen.«

»Wann?« Das Wort ist schneller über meine Lippen gekommen, als es sollte.

Er schmunzelt. »Immer, aber gerade meinte ich den Moment, in dem ich dich im Regen sah«, erwidert er und macht mich ganz durcheinander mit seinen tiefgründigen

Augen. Er kann mir doch nicht einfach Komplimente machen. Ich meine, was soll ich denn jetzt sagen?

»Danke«, kommt es verlegen über meine Lippen.

»Ich habe dir den Tee in einen Pappbecher füllen lassen, weil du sicher gleich in die Vorlesung musst.«

»Ja, ich sollte besser nicht zu spät kommen.« Ich nicke eifrig, während ich antworte, auch wenn ich gar nicht weiß, weshalb. Levent scheint das zu amüsieren. So viel wie heute habe ich ihn noch nie grinsen gesehen. »Ich muss los.«

»Wir sehen uns später«, gibt er mit rauchiger Stimme von sich. Ich spüre, dass er mir hinterher sieht und wäre ich nicht so schüchtern, dann würde ich mich jetzt umdrehen und ihn anlächeln. Stattdessen verlasse ich das *Greenz* fluchtartig und versuche, mit schnellem Gehen mein Herzrasen unter Kontrolle zu bekommen. Das ganze Gegenteil passiert.

Als ich eine Stunde früher als gedacht wieder in unserem Zimmer bin, hat Kim daraus einen ganzen Beauty-Salon gemacht.

»Ach du Scheiße!« Die Worte haben meine Lippen verlassen, ohne auch nur einen einsekündigen Zwischenstopp in der Abteilung *Verstand* einzulegen.

»Bereit?« Sie präsentiert mir ihren soeben aufgebauten Schönheitssalon mit einer einladenden Handbewegung.

»Nein.«

»Doch!«, widerspricht mir Hannah und schiebt mich auch schon nach vorne. Ich habe mich kaum darauf einlassen können, dass ich mich heute Abend mit Levent treffe, da muss ich bereits den nächsten Schock verarbeiten. Als ich mich dann trotzdem geschlagen geben möchte, klingelt mein Handy. Oh nein! Ich habe vollkommen vergessen, meine Mutter anzurufen, dabei habe ich versprochen, mich regelmäßig zu melden. Doch es ist nur ein kurzer Signalton und kein Anruf. Außerdem steht nicht wie erwartet *Mom* auf dem Display, sondern eine unbekannte Nummer.

Unbekannt: *Ich freue mich!* L

Ich lese den Text laut vor und Kim zwinkert mir mit einem frechen Augenaufschlag zu.

»Hast du ihm meine Nummer gegeben?«

»Vielleicht?«

Mir fällt die Kinnlade herunter und meine Augen dehnen sich bis auf das Äußerste.

Hannah lacht sich kaputt.

»Ich konnte nicht anders, er hat damit gedroht, sonst bis zum Ende des Semesters bei uns zu wohnen«, verteidigt unsere Mitbewohnerin sich.

»Das ist keine Ausrede!«, widerspreche ich und bin immer noch fassungslos.

»Aber eine Erklärung? Oder Verteidigung?«

»Auch nicht.«

»Dann eine Entschuldigung, das zählt doch wohl.« Ich bestrafe sie mit einem finsteren Blick. »Nenn es meinetwegen Verrat! Sei endlich still, wir haben einiges zu tun.« Ich schaue immer noch völlig schockiert auf das Handy in meinen Händen, anschließend zu Hannah und gleich danach wieder auf den Text mit dem geheimnisvollen *L* als Unterschrift. Verdammt! Wie kann es sein, dass mir ein einziger Buchstabe feuchte Handflächen und zitternde Knie beschert?

Weil sich hinter diesem L etwas Magisches verbirgt!

Sie muss dringend aus meinen Gedanken verschwinden.

»Lia???«, kreischt Kim ungeduldig und zappelt auf der

Stelle herum, mit dem gesunden Bein jedenfalls. Hannah steht mittlerweile auf ihrer Seite. In den letzten Tagen hat sich offenbar etwas ganz Gravierendes verändert.

»Es ist gerade einmal kurz nach zwei«, versuche ich, die sich anbahnende Make-up-Orgie noch abzuwenden.

»Wir haben ja auch viel zu tun«, gibt sie mit einem abschätzenden Blick von sich, tippt sich auf die Armbanduhr und deutet mir nochmals an, dass ich mich endlich setzen soll.

»Eins muss ich noch klären«, verkünde ich.

»Mein Gott, was denn noch?«

»Ich werde danach immer noch ich sein, okay?«

»Ja, eben nur in hübsch.« Kims zynischer Ton könnte beinahe lustig sein, wenn ich nicht wüsste, wie verdammt ernst sie das meint. Trotzdem breitet sich Gackern im Zimmer aus.

Hannah und Kim frisieren, schminken, stylen und begutachten mich, als sei ich ihr persönliches Meisterwerk. Ich bin mir wirklich nicht sicher, ob ich mich danach noch erkennen, geschweige denn mögen werde.

Eine Stunde später bin ich kurz davor, durchzudrehen.

»Seid ihr endlich fertig? Ich gehe schließlich nicht auf einen Staatsempfang.«

»Ja, ja. Einen Moment noch«, murmelt Kim mit Haarklammern zwischen den Lippen. Hannah hat den Mund offen, die Zunge leicht nach vorne gestreckt und scheint tief und fest in ihrer Konzentrationsphase zu stecken. Himmel!

Und dann sagen sie das erlösende Wort: »Fertig!«

Ich atme einmal kräftig aus. Es kam mir vor, als hätte ich die vergangene Stunde die Luft angehalten, damit auch ja kein einziges Haar verrutscht.

»Fast!«, fügt Kim hinzu und lässt die Erleichterung

genauso schnell aus mir entweichen, wie sie zu mir gefunden hat. Wie einen Ballon, den sie mit einer Nadelspitze zum Platzen bringt.

»Was denn noch?«, frage ich verzweifelt. Mittlerweile mache ich wirklich alles, nur, damit ich danach fertig bin und meine Ruhe habe.

»Na, willst du etwa dein Ausgehoutfit anlassen?«, neckt sie mich und zeigt dabei auf die sogenannten Oma-Sachen. Hannah und ich müssen ebenfalls lachen.

»Einverstanden, ich ziehe mich um.«

»Hast du was für sie?«, fragt Kim Hannah.

»Falls es dir nicht aufgefallen ist, wiege ich doppelt so viel wie sie!«, prustet Hannah sarkastisch. Ich rolle angesichts ihrer Übertreibung mit den Augen.

»Stimmt! Dann bekommst du etwas von mir. Ich bin zwar auch breiter als du, aber das passt schon irgendwie.«

»Ich werde doch nichts von seiner Schwester tragen!«

»Wo sie recht hat, hat sie recht«, stimmt mir Hannah mit ihrer Agentenhaltung zu. Zeigefinger und Daumen umschließen ihr Kinn und reiben kräftig daran.

»Vielleicht brauche ich gar nichts von euch.«

»Ach, ja?«, stottert Kim ungläubig. Ich suche in meinen Sachen nach dem Jumpsuit, den ich mir vor einigen Monaten gekauft habe. Zu diesem Zeitpunkt dachte ich nicht, dass ich in Boston ein Date haben werde und trotzdem passt es jetzt perfekt.

»Wow, Rosington. Wo hast du das denn her?«, kreischt Kim begeistert. Auch Hannah sieht mich verwundert an.

»Aus Seattle, weil ich …«

»Jaaa?«, zieht Kim extra in die Länge.

»Jetzt gib schon her«, unterbricht sie Hannah und schnappt nach dem schwarzen Einteiler. »Heilige Scheiße, das ist ja der Hammer«, wispert sie.

»Wuhuu!«, freut sich Kim. »Gut, zieh das an. Ich gehe mich in der Zwischenzeit frisch machen«, setzt sie an und verschwindet.

»Ich würde mal sagen, sie mag uns«, murmelt Hannah mir zu.

»Vielleicht etwas zu viel inzwischen«, antworte ich mit gerunzelter Stirn.

»Du siehst toll aus«, wechselt sie das Thema.

»Ich habe Angst.«

»Vor heute Abend?«

»Davor, ihm nicht zu genügen. Was soll ich denn machen, falls er mehr will? Ich weiß ja noch nicht einmal, ob ich schon bereit für einen schüchternen Kuss bin. Levent ist mit Sicherheit ganz andere Frauen gewöhnt.«

»Jetzt hör doch mal auf. Scheiß doch darauf, welche Tussen er sonst gedatet hat. Er will dich treffen und keine andere. Und wenn er der Richtige ist, wird er mit dir nicht gleich in die Kiste hüpfen wollen. Ich bin wirklich stolz auf dich.«

»Ehrlich?« Ich selbst bin immer noch völlig überfahren davon, wie schnell das alles gegangen ist. Hätte mir jemand bei meiner Abreise aus Seattle gesagt, dass ich kurz darauf ein Date haben würde, hätte ich hysterisch gelacht.

»Ehrlich! Das ist das erste Mal seit zwei Jahren, dass du aus dir herauskommst. Und dann auch noch mit *Mr. Sex on legs* persönlich!«

»Hannah!«, rufe ich empört und ernte lautes Lachen. Sie bekommt sich kaum noch ein. Ehe wir unser Gespräch vertiefen können, kommt Kim zurück und grinst breit.

»Das sieht toll aus«, sagt sie und zeigt dabei auf den Jumpsuit. Das Bein reicht glücklicherweise bis zum Knöchel und die Ärmel bedecken zumindest die Ellenbogen. Es gibt weder einen tiefen Ausschnitt, noch würde man meinen Hintern sehen, sofern ich mich zu hastig bewegen würde. Ich drehe mich einmal um die eigene Achse, um mich den andern zu zeigen. Als ich meine Rückseite im Spiegel sehe, bleibe ich abrupt stehen. Als ich das Outfit näher betrachte, muss ich feststellen, dass es einen ziemlich tiefen Rückenausschnitt hat. Ich kann nicht glauben, dass mir das beim Kauf nicht aufgefallen ist.

»Ähm?«, stottere ich und zeige Hannah den Bereich, an dem meiner Meinung nach definitiv zu wenig Stoff ist.

»Bist du eine Nonne oder gehst du heute auf ein Date mit dem heißesten Typen der ganzen BU?«, fragt Kim energisch. Sie hat recht und dennoch legt sich ein ungutes Gefühl über meine Kopfhaut. Das Kribbeln fühlt sich keineswegs gut an und doch überlege ich, ob ich mich eventuell überwinden könnte. »Du siehst mega aus!«, ruft sie. Hannah stimmt ihr mit kräftigem Kopfschütteln zu. »Bereit?« Kim mustert mich und beißt sich vor Aufregung auf die Unterlippe. Sofort sehe ich seine vollen Lippen vor mir. Ich schüttele das Bild aus meinem Kopf und nicke ihr nervös zu. Als ich den Schock verdaut habe, gehe ich einen Schritt auf den Spiegel zu und bleibe verdattert davor stehen. Das bin doch nicht ich!

Ich gehe verwundert noch einen Schritt näher heran und betaste mein Gesicht vorsichtig. Tatsächlich! Wie haben die das gemacht? Nach der gefühlt stundenlangen Prozedur hätte ich erwartet, wie ein Clown auszusehen. Aber das komplette Gegenteil trifft zu. Meine Haare haben sie in leichte Wellen gelegt, sodass sie bis zur Mitte meines Rückens fallen und in meinem Gesicht kann ich nur einen Hauch von Make-up entdecken. Trotzdem sehe ich so frisch aus, wie schon lange nicht mehr. Vermutlich wie noch nie!

»Wow!«

»Sag ich doch«, stimmt mir Kim selbstverliebt zu.

»Das hätte ich nicht gedacht.«

»Unterschätze nie wieder meine Stylingfähigkeiten!«

»Versprochen!«, sage ich immer noch verwundert. Selbst der Jumpsuit sieht gut aus. Der Rückenausschnitt wirkt kein bisschen billig. Außerdem kommen mir die langen Haare gelegen, da so etwas von der nackten Haut verdeckt wird. Ich fühle mich wohl, auch wenn ich das zuerst für unmöglich gehalten habe. Als es an der Tür klopft, schauen wir alle erschrocken auf. Das ist doch nicht schon Levent?

»Ja?«, ruft Kim durch die Tür.

»Kim? Weshalb ist abgeschlossen?« Meg!

»Ich stecke in Vorbereitungen, ich kann jetzt nicht!«, fertigt sie ihre vermeintliche Freundin ab. Meg verzieht sich, ohne etwas zu erwidern. Welche wahre Freundin würde das tun?

»Wieso hast du sie nicht reingelassen?«, fragt Hannah.

»Die ist doch nur mit mir befreundet, weil sie was von Levent will.«

»Ich dachte, das würdest du nie checken«, murmele ich vor mich hin, während ich immer noch mein Spiegelbild begutachte.

»Ich bin nicht blöd, auch wenn das die anderen annehmen.«

»Warum denkt man das?«, möchte Hannah wissen.

»Ich bin die Einzige aus dem ganzen Dawn-Klan, die nicht Anwältin oder so etwas werden möchte. Die denken, ich studiere Journalismus, weil ich für Jura nicht gut genug bin, dabei habe ich einfach nur keinen Bock auf den Mist.

Nur, weil ich nicht jeden Furz mit einem ultraschlauen Kommentar quittiere, heißt das nicht, dass ich das nicht könnte. Aber ich lasse die anderen gerne in diesem Glauben – dem Unterschätzten gilt wahrer Triumph!«, meint sie und hält siegessicher den Finger in die Luft. Ich höre aus ihren Worten heraus, dass sie mit *anderen* nicht Levent meint.

»Du und Anwältin«, prustet Hannah los und bringt uns alle zum Lachen. Die Vorstellung ist wirklich genial!

»Aber jetzt haben wir keine Zeit für weitere Familiengeheimnisse, wir müssen uns schließlich auch noch fertig machen!« Hannah und Kim wirbeln durch den Raum, ich bin beim Wort *Familiengeheimnisse* stehen geblieben. Es sollte vermutlich lustig sein, doch irgendetwas sagt mir, dass hinter den Dawns tatsächlich unentdeckte Seiten lauern.

Ich setze mich auf mein Bett und beobachte Kim und Hannah bei ihrem eigenen Wettlauf gegen die Zeit. Um fünf Uhr wollten wir uns auf dem Parkplatz treffen, bis dahin ist nicht mehr viel Zeit. Was er wohl tragen wird? Werde ich seine Tattoos sehen? Wird sich das Sonnenlicht auf seiner leicht gebräunten Haut reflektieren, wird sein Haar zerzaust sein? Ob er wieder die Sonnenbrille aufhaben wird? Wie ferngesteuert beginne ich, kleine Kreise auf meinen linken Unterarm zu zeichnen.

»Ich will nicht wissen, wo du gerade mit deinen Gedanken bist!«, spricht Kim mich an, als sie in ihren Lederrock schlüpft.

»Ist das nicht der, den du letztes Mal schon ausziehen musstest?«, hake ich nach.

»Lenk nicht ab. Außerdem habe ich heute Geburtstag, da werde ich tragen, was ich möchte. Levent wird ohnehin von einer gewissen Person abgelenkt sein!«, haucht sie zweideutig und bedenkt mich mit einem frechen Blick über den Spiegel.

Ich schüttele nur mit dem Kopf und krame nach einem Paar Turnschuhen in meinem Koffer.

»Stopp! Was tust du da?« Kim reißt beide Arme in die Luft.

»Ich ziehe mir Schuhe an?«

»Aber sicher nicht diese Dinger!«

»Das sind Sneakers.«

»Richtig und die wirst du doch wohl nicht tragen? Nimm High Heels oder so.«

»Erstens habe ich keine High Heels. Zweitens kann ich darauf überhaupt nicht laufen, drittens gehe ich nicht auf einen roten Teppich und viertens soll Levent nicht auf falsche Gedanken kommen. Das ist sportlich-schick. Geht doch«, sage ich, als ich mir das Endergebnis ansehe.

»Levent hat immer falsche Gedanken!« Ich bedenke sie mit einem warnenden Blick über meine Schulter. »Dann schlag wenigstens das Hosenbein einmal um«, murrt Kim und sieht mürrisch zu Hannah. Ich kann nicht glauben, mich gegen die beiden Styling-Königinnen durchgesetzt zu haben.

Als ich nach meiner Tasche greifen möchte, fällt mir der Spruch ein. Kurzerhand leere ich sie und verbanne die Glückskralle in den Mülleimer. Hannah gibt Kim mit einem unmissverständlichen Blick zu verstehen, dass sie mich besser nicht darauf ansprechen sollte. Und ein Glück, sie hält sich daran.

Auf dem Weg nach unten zwinkert mir Hannah frech zu. »Du siehst echt toll aus.«

»Meinst du?«, frage ich unsicher und sehe noch einmal

an mir hinab.

»Ganz sicher. Levent werden die Augen aus dem Kopf fallen.«

»Aber das möchte ich doch gar nicht.«

»Hey! Du brauchst keine Angst haben, wenn du später nicht willst, dann werden wir ihm das so sagen. Du musst nicht mit ihm essen gehen, wenn du dich unwohl fühlst.« Hannah sieht mir tief in die Augen.

»Du brauchst dich wirklich nicht vor ihm zu fürchten«, spricht mir Kim gut zu.

»Danke«, murmele ich mit zittriger Stimme und lasse mich von ihr in den Arm nehmen.

»Bereit?«, will Kim wissen und drängt sich zwischen uns. »Wer hätte gedacht, dass ich euch so schnell in mein Herz schließen werde?«

»Jetzt werd bloß nicht sentimental!«, gibt Hannah mit rollenden Augen von sich und kassiert dafür im Gegenzug einen festen Schlag gegen die Schulter.

»Okay, ich revidiere. Wer hätte gedacht, dass ich dich so schnell in mein Herz schließen werde?«, stößt Kim lachend aus und hält nur noch mich in ihrem Arm. Hannah drückt die Tür auf und überlässt uns beiden den Vortritt.

Levent lehnt an seinem Auto und trägt wieder seine Sonnenbrille, die er in diesem Augenblick ganz langsam von seiner schlanken Nase nimmt.

»Bekomme ich keine Umarmung vom Geburtstagsteufel?«, ruft er und hält seine starken Arme von sich gestreckt. Levent hat ein weißes Hemd an, das er bis zum letzten Kopf geschlossen hat. Dennoch ragen die Tattoos über den Kragen hinaus. Den Saum hat er in der schwarzen Jeans versteckt. Der Stoff spannt sich um seine Muskeln und wenn ich nicht endlich woanders hinsehe, werde ich noch sabbern.

»Scheiße, sieht der gut aus!«, keucht mir Hannah ins Ohr. Ich wische ihre anzüglichen Worte mit der Hand weg, nur leider verschwinden sie deswegen nicht aus meinen Gedanken. Verdammt, sie hat so recht!

Dann geht Kim zu ihm und lässt sich von ihm in den Arm schließen. Levents Hände nehmen beinahe ihren gesamten Rücken ein. Der Anblick lässt Gänsehaut über meinen Körper wandern, weil ich mir sofort vorstelle, wie es sich an seiner Seite angefühlt hat. Wie stark er um mich gegriffen und mich vor diesem Bex beschützt hat.

»Der Rock ist immer noch zu kurz!«

»Heute ist mein Geburtstag, ich darf tun und lassen, was ich will!«, antwortet sie ihm frech und kichert hemmungslos. Levent verdreht bloß die dunklen Augen. Als er mich durch seine schwarzen Wimpern ansieht, muss ich augenblicklich wegsehen. Der Drang, ebenfalls in seine Arme zu rennen, ist mit einem Mal so groß, dass ich ihn kaum noch kontrollieren kann. Wieso muss er nur so gut aussehen?

»Können wir?«, möchte er wissen, nachdem er etwas aus seinem Auto herausgeholt hat. Anstatt ihm zu antworten, sehe ich ihn an, als stünde er heute zum ersten Mal vor mir. Allmählich habe ich das Gefühl, bei mir setzten sämtliche Funktionen im Gehirn aus, sobald dieser zwei Meter große Mann in meiner Nähe ist.

Mit wackeligen Beinen gehe ich auf ihn zu und versuche mit aller Kraft, ruhig zu atmen. »Du siehst gut aus!«, schnurrt er. Mit wenigen Schritten hat Levent die Lücke zwischen uns gefüllt. Er ist mir so nah, dass ich bereits seinen unverkennbaren Geruch wahrnehmen kann. Als er dann seine warme Hand auf meinen unteren Rücken legt, muss ich aufpassen, nicht aufzuschrecken. Doch was mich am meisten verwundert, ist, dass ich in keiner Sekunde darüber nachdenke, mich aus seiner Berührung zu lösen.

»Haben das Kim und Hannah aus dir gemacht?«, fragt er schmunzelnd.

»Ja«, gestehe ich ebenfalls grinsend und ignoriere die neugierigen Blicke von vorne.

»Das wird mir Kim ewig nachtragen!«

»Was?«

»Dass ich ein Date auf ihrem Geburtstag habe.«

Ich schaue flüchtig in seine Augen. Das Funkeln in ihnen ist zu gefährlich, als dass ich es mir länger erlauben könnte. Doch ehe ich herausfinden kann, was genau hinter dem Schwarz lauert, packt er meine Hand. Ich bin so überwältigt, dass ich völlig vergesse, zu atmen.

»Hunger?«, fragt er mit tiefer Stimme und setzt sich seine schwarze Sonnenbrille wieder auf.

»Geht«, entgegne ich ehrlich, um nicht zu sagen, dass ich vermutlich keine Gabel herunter bekommen werde. Obwohl mich sein Anblick etwas anderes glauben lassen möchte. Anstatt mir zu antworten, legt er seine Hand in meinen Rücken, dieses Mal direkt auf den entblößten Bereich zwischen den Schulterblättern. Ich muss sofort scharf einatmen. Zum Glück sehe ich bereits die grünen Lettern des *Greenz'* aufleuchten. Lange werde ich die intime Berührung nicht mehr aushalten müssen.

Müssen?

Sei still!

Levent greift nach dem Griff und hält uns die Tür der Studentenbar mit den roten Fensterrahmen auf.

Als ich Hannah folgen möchte, lächelt er mich breit an und entblößt seine makellosen, weißen Zähne.

Kapitel 8

Ich habe den Innenraum des *Greenz'* kaum betreten, da höre ich auch bereits mehrere Stimmen durcheinander rufen.

Ian, Dan und diese Meg springen auf und umarmen Kim. Ich spanne mich sofort an. Obwohl ich mich in Levents Nähe wohlfühle, kann ich gar nicht anders, als mich zu verkrampfen, wenn ich sie in seiner Nähe sehe.

»Alles in Ordnung?«, fragt Levent mich mit tiefer Stimme. Seine Augenbrauen ziehen sich zusammen. Er scheint ernsthaft besorgt zu sein.

»Ja, alles okay.« Hannah sieht sich sofort nach mir um, doch ich gebe ihr zu verstehen, dass ich es schon irgendwie schaffen werde. Immerhin habe ich es Kim versprochen und mittlerweile sind wir zu gut befreundet, als dass mir das Versprechen egal sein könnte.

Die Musik ist jetzt lauter als heute Morgen. Menschen wirbeln um mich herum, lachen, tanzen, schaffen dieses Durcheinander in meinem Kopf, das ich nur zu gerne kontrollieren würde. Ich weiß, dass es nichts mit *damals* zu tun hat und trotzdem fühle ich mich nicht wohl. Das alles passiert bloß in meinem Kopf, doch Levent bemerkt meine Veränderung, bevor ich sie ungeschehen machen kann.

»Es passiert nichts, du bist sicher, hörst du?«, versichert er mir mit dunkler Stimme.

»Ja«, antworte ich und glaube tatsächlich daran, wenn ich in seine Augen schaue.

In seiner Nähe kann mir nichts passieren, Levent wird auf mich aufpassen! Alles wird gut, es ist nur ein Nachmittag unter Freunden, mehr nicht.

»Levent!«, kreischt es und kurz darauf sehe ich ihre Hände an seinem Hals. Mir wird kotzschlecht.

»Meg!«, gibt er mit gepresster Stimme von sich. Sie klammert sich an ihn wie ein Äffchen, zerdrückt ihn beinahe. Merkt sie denn gar nicht, dass er kaum Luft bekommt? »Das reicht!«, verkündet er plötzlich und stößt sie fast von sich.

»Endlich bist du da.«

»Ja, nur ist es nicht *mein* Geburtstag.«

Meg versteht überhaupt nicht, wie sehr sie ihn mit ihrem Verhalten nervt. Und nicht nur ihn!

Als wir an den Tisch gehen, möchte ich mich eigentlich zu Hannah setzen, als mich seine Hand berührt und auf die gegenüberliegende Bank führt. Levent setzt sich direkt neben mich. Meine beiden Freundinnen haben mir gegenüber Platz genommen und grinsen mich unverhohlen an. Und obwohl mit Ian, Levent und mir die Seite vollkommen ausgefüllt ist, quetscht sich diese Meg auch noch dazu. Es würde mich nicht wundern, wenn sie es sich einfach auf seinem Schoß gemütlich macht.

Ian atmet hörbar aus, anscheinend ist jeder von ihrer Schwärmerei genervt.

»Sie wird nie checken, dass er nichts von ihr will«, spricht mir Ian leise ins Ohr. Ich sehe ihn mit großen Augen an. »Wenn es nach ihr geht, würde sie ihn auf der Stelle heiraten«, setzt er nach und verdreht dabei seine Augen. Eigentlich dürften mich seine Worte nicht sonderlich schocken und doch verschlucke ich mich an meiner eigenen Spucke. Der Reiz wird so stark, dass ich husten muss. Levent dreht sich sofort zu mir.

»Geht es dir gut?« Er legt seine Hand auf meinen linken Oberschenkel. Diese Berührung fühlt sich so nah und intim an, dass ich von der einen auf die nächste Sekunde aufhöre, zu atmen. Alles, was ich noch tun kann, ist, auf die Stelle zu starren, an der mich seine Finger streicheln.

Unter dem Tisch bekomme ich von Kim einen heftigen Tritt verpasst, der mich ins Hier und Jetzt zurückholt. Verdammt! Das wäre wirklich nicht nötig gewesen. Ich möchte sie mit einem bösen Blick strafen, doch sie sieht mich an, als wäre sie sich keiner Schuld bewusst.

Blöde Kuh!

»Aber das Date hat er mit dir!«, flüstert mir Ian schon wieder ins Ohr. Ich schaue bloß vor mich hin, weil ich einfach nur diesen Nachmittag überstehen will.

»Gut, dann könnt ihr mich nun endlich beschenken!«, sagt Kim in der für sie typisch direkten Art. Alle lachen, nur ich kann lediglich ein leichtes Schmunzeln über die Lippen bringen. Obwohl ich mich immer besser in meinem neuen Leben zurechtfinde und mit Kim eine neue Freundin gewonnen habe, überfordert mich die Situation.

Levent merkt, dass ich mich unwohl fühle, auch wenn er den Grund dafür nicht kennt. »Ist wirklich alles in Ordnung?«

Mir geht es blendend! Es schwirren nur Dinge durch meinen Kopf, die mich in eine Zeit zurückwerfen, in die ich nie wieder reisen wollte. Und ich muss mir ansehen, wie sich diese Meg in ihrem durchsichtigen Blüschen und der viel zu kurzen Shorts an dich heranmacht. »Ja, mir geht es gut!«, lüge ich und schaue Hannah und Kim hilflos an.

Ein junger Kellner kommt an unseren Tisch, nimmt die Bestellung auf und kehrt bereits wenige Minuten später zurück. Im Schlepptau hat er nicht nur die gewünschten Getränke, sondern einen Kollegen, der eine Schokoladentorte trägt. In der Mitte der glasierten Oberfläche brennt eine Eins und eine Neun, beide Zahlen sind rosa und haben feine, weiße Streifen. Kims Augen weiten sich sofort, wodurch sich das Kerzenlicht noch mehr darin reflektiert. Sie formt ein lautloses *Danke* in Levents Richtung, der ihr mit einem zwinkernden Lächeln antwortet.

Sie stellen die Torte direkt vor das Geburtstagskind, verteilen die Getränke und gratulieren Kim.

»Auspusten und etwas wünschen!«, fordert Dan und stößt auf nickende Zustimmung bei den anderen. Als der helle Rauch nach oben steigt, klatschen wir.

Danach beginnt das große Beschenken. Von ihrer angeblichen Freundin Meg bekommt sie ein neues Lidschatten-Set. Geht es noch unpersönlicher?

Dan und Ian haben ihr eine Jahreskarte für den Zoo geschenkt. Kim sieht die beiden vollkommen verwirrt an.

»Damit kannst du deine Freunde im Affenhaus besuchen«, erklärt Dan. Es vergehen keine zwei Sekunden, bis Kims Faust an seinem Arm landet und er sich lachend zusammenkrümmt.

»Oder die im Reptilienhaus. Da soll es giftige Spinnen und Schlangen geben«, fügt Ian ebenfalls lachend hinzu. »Oh, verdammt!«, flucht er Sekunden später und greift nach seinem linken Bein. Kim muss ihn wohl getreten haben.

»Ihr seid solche Mistkerle! Trotzdem, danke.«

Hannah und ich hätten ihr gerne etwas Schönes zum Anziehen besorgt, nur leider hatten wir hierzu nicht genügend Geld. Also haben wir ihr ein Buch besorgt. Es geht um die Techniken einer wahren Detektivin. Wir waren uns sofort einig, dass das perfekt zu ihr passt. Dazu haben wir ihr eine persönliche Botschaft in die Innenseite des Buchumschlags geschrieben.

Kim hat nach unserer morgendlichen Ankündigung mit keinem Geschenk gerechnet, wodurch sie vollkommen überrascht ist. Als sie den Buchtitel liest, bricht sie in lautes Lachen aus. Das ebbt jedoch schnell ab, als sie sich die handschriftlichen Glückwünsche durchliest. Tränen schleichen sich in ihre sonst so frechen Augen. Sehe ich richtig?

»Danke!«, flüstert sie, nimmt Hannah in die Arme und drückt meine Hand, die ich ihr über den Tisch hinweg reiche. Es macht mich glücklich, dass wir ihr damit eine Freude machen konnten.

Dann sieht sie ihren Bruder an. »Wir dürfen alle gespannt sein!«, verkündet sie mit einem Trommelwirbel ihrer Finger an der Tischplatte. Levent holt ein kleines Päckchen aus seiner Jackentasche hervor.

»Bitteschön.«

Kim schaut ihn zuerst noch einmal intensiv an, bevor sie sich seinem Geschenk widmet. Ihre Finger ziehen den Deckel vorsichtig nach oben und die blauen Augen leuchten auf, als sie den Inhalt zu Gesicht bekommen. Die rechte Hand schießt mit einem Mal in die Luft und wird kräftig gegen Mund und Nase gedrückt. Weint sie? Ich bin vollkommen verwundert. Was hat er ihr nur geschenkt?

»Gefällt sie dir?«

»Danke, Levent!«, haucht sie und greift mit der anderen Hand über den Tisch.

»Jetzt zeig schon!«, fordert Ian ungeduldig. Na, endlich. Ich möchte auch wissen, was ihr erneut die Tränen in die Augen getrieben hat. Und dann zeigt sie uns eine roségoldene Halskette mit einem ovalen Anhänger, dessen Gravur das überdimensionale Tattoo auf Levents Rücken darstellt. Es muss also eine größere Bedeutung haben, als ich anfangs dachte. Vielleicht ein persönliches Symbol unter den Geschwistern? Es ist der gleiche Pokal, der Lorbeerkranz, die feinen Federn, das Schild und die Ketten. Nur die römischen Zahlen fehlen.

Dan, Hannah, Ian und Meg sagen kein Wort. Es werden nur noch lautlose Blicke ausgetauscht, die so viele Fragezeichen beinhalten, dass die Stille kaum auszuhalten ist.

»Soll ich sie dir anlegen?«, fragt er seine kleine Schwester.

»Unbedingt!« Zum ersten Mal habe ich das Gefühl, dass sie ihn mehr liebt, als sie es uns glauben lassen möchte.

Levent geht einmal um den Tisch, holt die zarte Kette aus der Box und legt sie Kim um. Als er sie geschlossen hat und sich eigentlich wieder auf seinen Platz setzen möchte, verändert sich die Stimmung. Ich versuche, den Grund dafür ausfindig zu machen, bis ich den rasierten Kopf und das Piercing links von mir sehe.

»Dich will hier keiner haben!«, faucht Kim los, ehe er auch nur einen Mucks von sich geben kann. Gerade bin ich ihr wegen ihrer unverschämten Art dankbar, denn ich würde wirklich sehr erleichtert sein, wenn er genauso schnell verschwindet, wie er aufgetaucht ist.

Als er zu mir sieht, gefriert das Blut in meinen Adern, mein Rücken verkrampft sich so heftig, dass es in meiner linken Schulter zieht, und meine Beine lassen sich keinen winzigen Zentimeter bewegen. Levent bemerkt das sofort und versucht, mich mit seinem Blick zu erreichen, aber ich kann selbst diesen nicht erwidern. Meine gesamte

Aufmerksamkeit richtet sich auf diesen Typen, obwohl ich mich darauf konzentrieren sollte, wieder ruhig zu atmen.

»Wieso wurde ich denn zu dieser netten Feier gar nicht eingeladen?«, fragt er mit einem stechenden Ausdruck in den Augen.

»Verpiss dich, Nick!«, knurrt Levent und beißt die Zähne so fest aufeinander, dass es in seinem Kiefer zuckt. Nick? Ich dachte, er würde Bex heißen?

»Lia! Du bist ja ebenfalls dabei«, sagt er jetzt eine ganze Tonlage höher, obgleich er mich längst bemerkt hat. In meinem Kopf gehen alle Alarmglocken an, grelles Licht schießt wie Blitze an meinem inneren Auge vorbei.

»Du sollst verschwinden, verstanden?«, geht er ihn an. Levents Stimme ist nicht sonderlich laut, doch der Ausdruck in seiner Miene ist von einer Brutalität gezeichnet, die es mir eiskalt den Rücken hinunterlaufen lässt.

»Sie hat so schöne Augen«, zischt dieser Nick oder Bex, oder wie auch immer er nun wirklich heißt. Kim und Hannah sehen sich nervös an, danach mich und dann direkt zu Levent.

Plötzlich rammt Levent ihn mit nur einer Hand gegen die Wand, Dan ist kurz davor, ihm zu Hilfe zu eilen. Ian winkt ihn mit einer einfachen Handbewegung zurück. Anscheinend hat Levent noch alles unter Kontrolle, obwohl ich bereits knapp vor meiner nächsten Panikattacke stehe.

»Du wirst ihr nicht zu nahe kommen, sonst wirst du nie wieder Tageslicht zu Gesicht bekommen. Hast du das endlich kapiert?«

»Man sieht sich!«, gibt Bex mit einem Grinsen von sich, das mich zum Würgen bringt. Es kostet mich viel Kraft, um dem nicht nachzugeben. Alle Kraft, die ich habe.

»Da steht wohl jemand kräftig für dich ein«, meint Ian

mit einem leichten Schmunzeln. Wäre ich nicht so sehr in meiner Schockstarre gefangen, würde ich dieses Lächeln vielleicht sogar erwidern, doch das ist mir derzeit nicht möglich.

Bex schaut zu Meg, die den Blickkontakt zu ihm jedoch um jeden Preis meidet. Und dann drängt Levent ihn endlich aus dem Laden. Es ist, als könnte ich wieder atmen, als hätte man mich gewaltsam unter Wasser gedrückt und in dieser Sekunde an die Oberfläche zurückgelassen.

»Ist er weg?«, fragt Kim, als Levent zu uns kommt.

»Ja, ist alles gut bei euch?«, erkundigt er sich sofort, wobei er nur mich ansieht.

»Ja!«, antwortet Hannah für die übrigen Anwesenden gleich mit. Ich würde ihr nur zu gerne zustimmen.

Als sich Levent neben mich setzt und seine Hand erneut auf mein Bein legt, begreife ich erst, dass er mich schon wieder gerettet hat. Vor diesem Bex und vor einem Flashback, der mich unter normalen Umständen längst überrollt hätte.

Wie macht er das immer?

»Bringst du Kim und die anderen ins Wohnheim?«, bittet er Ian, der ihm mit einem Nicken antwortet. Er hat alles kaputt gemacht. Sein Auftauchen hat den magischen Moment zwischen Kim und Levent zerstört und jedem hier die Lust genommen, weiterhin ihren Geburtstag zu feiern.

»Möchtest du auch zurück?«, erkundigt sich Levent und überrascht mich damit ziemlich.

»Nein!«, antworte ich.

»Sehr gut!«, haucht er zufrieden und greift nach meiner Hand.

Kapitel 9

Als Ian mit ihnen zurück zum Wohnheim läuft, stehe ich ganz allein neben Levent. Megs dummer Gesichtsausdruck war es bereits jetzt schon wert, dass ich meine Angst überwunden und mich auf das Treffen eingelassen habe.
»Geht es wieder?«
»Hm.«
»Du brauchst keine Angst vor ihm zu haben.« Levent weiß ja nicht, wovon er redet. Und er wird nicht immer da sein, um mich zu retten.
»Wieso hast du ihn Nick genannt?«
»Bex ist bloß sein Spitzname.« Nur an ihn zu denken, versetzt mich in Angst. »Lia?« Levent legt seine Hand auf meine Schulter und sieht mich bereits zum zweiten Mal am heutigen Tag mit besorgter Miene an.
»Alles gut«, gebe ich hastig von mir.
»Ich hab dir schon mal gesagt, dass es dir nicht steht, wenn du lügst.« Ich kann ihm nicht die Wahrheit sagen! »Du willst nicht darüber sprechen?«
»Ja.« Ich bin so einsilbig, dass es mich nicht wundern würde, wenn er unsere Verabredung nun doch abbricht.
»Gehst du trotzdem noch etwas mit mir essen?«, überraschen mich seine nächsten Worte.
»Ja.«
»Richtige Antwort«, erwidert er zwinkernd und geht mit mir zu seinem Fahrzeug.
»Wohin fahren wir?«

»Nach Back Bay. Da gibt es das beste Essen in ganz Boston«, erklärt er und zieht seine linke Augenbraue in die Höhe.

»Ich bin gespannt.« Mit aufgeregtem Flattern im Magen steige ich in seinen Wagen und werde wie schon beim ersten Mal von einem kalten Lederpolster begrüßt.

Levent läuft elegant um die glänzende Motorhaube, setzt sich neben mich und startet den Motor. Tiefes Röhren erfüllt den Raum.

»Bereit?«, fragt er und umschließt das Lenkrad. Levent pustet den angehaltenen Atem aus und huscht mit seinem Blick immer wieder über meine Lippen.

Ist er nervös? Irgendwie passt das gar nicht zu ihm.

»Ja.«

Er lächelt und fährt los.

Es vergehen einige Minuten, in denen wir stumm nebeneinandersitzen. Als uns eine rote Ampel zum Stehen bringt, sehe ich einen kleinen Spielwarenladen auf der rechten Straßenseite. Ich muss kichern, als mir der Hase im Schaufenster auffällt.

»Hero?«, durchbricht seine Stimme die Stille. Er schaut auf das Kuscheltier mit goldenem Glitzer-Umhang. Auf dem Oberteil, das eher einem Latz ähnelt, ist in Großbuchstaben HERO geschrieben. Das Häschen trägt ebenfalls eine schwarze Sonnenbrille, genau wie Levent. Allerdings würde der weder einen Umhang noch ein pinkfarbenes Röckchen anziehen.

Hinter uns wird lautstark gehupt, als uns das Plüschtier von dem grünen Ampellicht ablenkt. Levent zeigt dem Fahrer hinter uns den Mittelfinger durch den Rückspiegel und fährt so schnell los, dass ich in den Sitz gepresst werde.

»Unglaublich, dass mich das hässliche Ding dermaßen

abgelenkt hat.« Levent schüttelt sich bei seinem Gedanken.
»Ich fand es süß.«
»Ich muss dich ja auch nicht daran erinnern, welche Tasche du bis vor Kurzem noch getragen hast, oder?«
»Die gibt es schon lange nicht mehr!«
»Dafür bald das Superheldenhäschen mit Möhre im Mundwinkel? Von der Katze zum Hasen?« Levent muss mit einem Lachen als Antwort leben. Als er die Einfahrt einer Tiefgarage nimmt, schaue ich ihn fragend an.
»Ein Privatlokal.«
»Essen wir bei dir?«
»Ist das schlimm?«
»Nein«, sage ich und verlasse das Fahrzeug rasch. Ich hätte nicht damit gerechnet, dass unser erstes Date bei ihm zu Hause stattfindet. Ein leichter Anflug von Angst schleicht sich heran, doch als er seine Hand nach mir ausstreckt, verfliegt diese ebenso schnell. Ich weiß nicht, was mich dazu treibt, aber ich steige bedenkenlos mit ihm in den Fahrstuhl, in dem ich Levent eigentlich vollkommen ausgeliefert wäre. Doch in der letzten Woche hat er mir mehrfach gezeigt, dass ich mich nicht vor ihm fürchten muss. Dass er auf mich aufpasst.
»Bist du aufgeregt?«, fragt er und drückt die oberste Taste.
»Ja.«
»Ich auch.« Sein Geständnis kommt unerwartet, doch dann ertönt auch schon ein leises *Ping*, das unsere Unterhaltung stoppt. Levent verlässt die Kabine zuerst und geht auf die Tür direkt gegenüber vom Aufzug zu.
»Herzlich willkommen«, wendet er sich an mich und wartet mit geöffneter Tür auf mich. Kim hat wirklich kein bisschen übertrieben. Das ist nicht nur eine Protzbude, das ist der absolute Wahnsinn.

»Ist das ein Penthouse?«

»Loft mit Dachterrasse!«, korrigiert er stolz. Levent merkt gar nicht, wie absurd das ist.

Auf der gegenüberliegenden Seite sehe ich einen offenen Küchenbereich, in dem eine Kochinsel vor einer in den Boden eingelassenen Fensterfront steht. Direkt vor mir liegt ein dunkelroter Perserteppich, der so teuer aussieht, dass ich mich nicht traue, ihn mit Schuhen zu überqueren. Als Levent jedoch mit seinen schweren Boots darüber läuft, wird mir die Ehrfurcht ein wenig genommen.

»Möchtest du etwas trinken?«

»Was kannst du anbieten?« Vermutlich alles, was das Herz begehrt!

»Alles, nur kein Alkohol.«

»Du trinkst nicht?«

»Nein.« Levent wird mir immer sympathischer.

»Ich nehme ein Glas von dem, was mir der Hausherr empfehlen kann.« Er grinst mich frech an und verschwindet in seiner Küche. Ich folge ihm nur langsam. Als ich nach rechts blicke, entdecke ich einen offenen Wohnzimmerbereich. Eine schwarze Ledercouch steht mittig vor einer smaragdgrün gestrichenen Wand, davor ein gleichfarbiger Glastisch. Und schon wieder liegt mir ein gemusterter Perserteppich in dunklen Rottönen zu Füßen. Das Echtholz des Bodens ist so dunkel und sauber, dass ich mich darin spiegle. Auf der rechten Seite sehe ich ein Bücherregal neben dem anderen. Hier sieht es aus wie in einem Möbelhaus für Designerstücke.

»Bitte sehr!«, haucht er an meinem Nacken und direkt in meine Gedanken. Seine Hand hält mir ein bauchiges Glas vor die Brust.

»Wasser?«, frage ich amüsiert.

»Mit einer frischen Scheibe Zitrone.«

»Also da hätte ich etwas mehr Extraklasse erwartet.« Levent zieht zeitgleich die perfekt geschwungenen Augenbrauen in die Höhe und seine Unterlippe zwischen die strahlenden Zähne. »Schön ist deine Protzbude und so bescheiden.«

Levent lässt seinen Kopf in den Nacken fallen und gibt ein grollendes Geräusch von sich. Das Wilde darin bringt mich zum Erschauern und mit einem Mal kommt es mir vor, als könnte ich das Wasser in meinem Mund nicht nach unten befördern.

»Wie kannst du dir das alles leisten?« Ich bin gespannt, was er mir sagen wird.

»Weißt du das nicht längst?«

»Also hat Ian dir gesagt, dass seine Fragerunde aufgeflogen ist?« Levents Kiefermuskeln zucken, sein Blick wird starr und in den Hosentaschen formen sich die Hände zu festen Fäusten. Habe ich etwas falsch gemacht? »Das war nicht so gemeint«, rudere ich ein wenig zurück.

»Sondern?«

»Na ja, Ian war nicht gerade gut.«

»Hunger?« Levent lenkt vom Thema ab. Was ist, wenn ich verneine? Muss ich dann gehen? Er verschwindet wieder in seiner Küche und zieht die unterste Schublade der Kochinsel auf. Levent holt einen Kessel heraus, ohne meine ausstehende Antwort abzuwarten.

»Es gibt Pasta all'arrabbiata.«

»Okay«, erwidere ich und kralle mich mit beiden Händen an meinem Glas fest. Wieso ist er auf einmal so schlecht gelaunt? »Du hättest mich das auch einfach selbst fragen können.« Ich muss etwas sagen, diese Stille halte ich nicht aus. Als uns nur noch die Kochinsel voneinander trennt, sieht er mir endlich wieder in die Augen.

»Das sollte nicht wie ein Verhör rüberkommen.«

»Aber?«

»Ich wollte lediglich herausfinden, wer du bist.«

»Und das weißt du jetzt?« Bitte, sag nein!

»Nein.«

Erleichterung durchflutet meinen Körper und lockert die Anspannung ein wenig. »Was willst du wissen?«

»Alles!« Seine Offenheit bringt mich immer wieder ins Stocken. Das kann er doch nicht einfach so sagen!?

»Und ich möchte alles über dich erfahren«, entgegne ich.

Endlich!

Ich ignoriere die Stimme.

Levent sieht mich mit einem Blick an, der Schlimmes ahnen lässt. Bloß wieso? Die Besorgnis in seiner Miene weckt ein Bedürfnis in mir, das ich überhaupt nicht kenne. Gerade würde ich alles dafür geben, um zu ergründen, was ihm diese Angst in die Augen treibt. Ich möchte für ihn da sein, der Grund sein, weshalb es ihm wieder gut geht und das so sehr, dass ich es kaum verstehe. Schon gar nicht, wenn man bedenkt, dass wir uns erst seit einer Woche kennen.

»Levent?«

»Frag mich.« Bitte? Die Geschwindigkeit, mit der er seine Stimmung wechselt, ist etwas zu schnell für mich. »Aber erst nach dem Essen!«, fügt er hinzu und gibt Nudeln ins sprudelnde Wasser.

»Okay«, sage ich atemlos. Mir gehen so viele Fragen durch den Kopf, dass ich gar nicht weiß, welche ich als erste stellen soll. Dann zwinkert er mir mit diesem selbstbewussten Augenaufschlag zu. Gott sei Dank! Er ist wieder der arrogante Typ, den ich kennengelernt habe.

Eigentlich müsste ich mich zu der zweifelnden und nachdenklichen Version von ihm näher hingezogen fühlen und dennoch ist es genau andersherum. Ich brauche jemanden an meiner Seite, der stark und selbstsicher ist, der mir die Ängste und Erinnerungen an *damals* nimmt, der so ist, wie der Kerl, der mir als Levent Dawn vorgestellt wurde. Manchmal fehlt mir die unverschämte Art beinahe ein wenig.

Während Levent mit dem Essen beschäftigt ist, sehe ich mich ein wenig im offenen Wohnzimmer um. Neugierig fliegen meine Augen über die vielen Buchrücken. Ich liebe es hier.

Heißer Dampf steigt vor seinem Oberkörper empor, als er die Nudeln abgießt und in eine weiße Porzellanschüssel gibt. Mit großen Schritten bringt er sie an mir vorbei und stellt sie in die Mitte eines dunklen Esstisches aus Holz. Es ist vielmehr eine Tafel, als ein gewöhnlicher Tisch und doch werden wir nur zu zweit daran sitzen. Die Penne sind feuerrot und der intensive Geruch nach Chili lässt mich vermuten, dass ich danach einen Feuerlöscher benötige.

Das Esszimmer befindet sich auf der linken Seite der Küche. Hinter seinem Rücken hängt ein großes Bild an der Wand. Es zeigt ihn, Kim, einen Mann, der Levent sehr ähnelt, eine ebenfalls dunkelhaarige Frau und eine ältere Dame mit den gleichen blauen Augen, die Kim offenbar von ihr vererbt bekommen hat.

»Wer sind die anderen auf dem Foto?«, spreche ich ihn an und bringe ihn dazu, dass er sich umdreht.

»Meine Eltern und meine Großmutter.«

»Ihr seht glücklich aus.«

»Das waren wir auch.« In seinen Worten schwingt Wehmut mit. Waren?

»Es tut mir leid, dass dein Vater so früh gestorben ist.«
»Danke.«

»Ich kann mich an meinen Dad gar nicht erinnern«, murmele ich. Wieso habe ich das gesagt? Levent antwortet mit einem stummen Blick. »Er hatte Spielschulden und ist schließlich betrunken in den Tod gerast.« Warum sage ich die ganze Zeit Dinge, die ich besser für mich behalten sollte? Die ich sonst noch nie jemanden anvertraut habe?

»Das tut mir leid.«

»Ja.« Ich kann immer noch nicht glauben, dass ich ihm das erzählt habe. Konnte ich nicht einfach still sein? Was soll Levent denn jetzt von mir denken? Er hat diese reiche Anwaltsfamilie und ich einen spielsüchtigen Vater, der den Tod meiner Mutter und mir vorgezogen hat.

»Bist du schon satt?« Ich kann gar nicht in Worte fassen, wie sehr ich es schätze, dass er jedes Mal vom Thema ablenkt, sobald er merkt, dass ich darüber nicht sprechen möchte.

»Es ist etwas scharf«, keuche ich mit Tränen in den Augen und sehe, wie ihn das amüsiert. Lachfalten breiten sich in seinem Gesicht aus und ein dunkles Lachen erfüllt die ganze Wohnung. Es ist so tief und klar, dass es mich glauben lässt, es käme direkt aus seinem Herzen. Levent verleiht diesem Moment eine gewisse Magie, wie ich sie noch nie zuvor gespürt habe.

»Warte!«, fordert er mich auf und holt aus der Küche ein Stück Baguette.

»Danke.« Nach dem ersten Bissen verschwindet das Brennen zwar noch nicht von meiner Zunge und die Hitze, die sich unter meiner Brust ausbreitet, kann leider auch nicht aufgehalten werden. Aber den Hustenreiz, den kann ich mit dem wohltuenden Brot lindern. »Wolltest du mich umbringen?«

»Verdammt, nein!«, stößt er lachend aus und schiebt sich gleich die nächste Gabel Gift in den Mund. Er schlingt die Nudeln herunter, als würden seine Geschmacksknospen gar nichts anderes kennen.

»Also ich kann das nicht essen, tut mir leid.«

»Soll ich dir etwas anderes machen?«

»Ich bin mit dem Baguette eigentlich ganz glücklich.«

»Ich habe noch mehr«, erwidert er und möchte in dem Moment bereits Nachschub holen.

»Das reicht.«

»Sicher?«

»Ja. Um ehrlich zu sein, habe ich nicht damit gerechnet, dass du kochen kannst.«

»Weil ich aus einem reichen Elternhaus komme?«

»Nein …«, setze ich an und werde sofort von ihm unterbrochen.

»Ich bin zwar finanziell ganz gut gestellt, aber nicht verwöhnt. Stell dir vor, ich kann sogar waschen, bügeln und auch noch putzen.«

»Es tut mir leid. So sollte das nicht rüberkommen. Ich habe es einfach nur nicht erwartet.«

»Dann wirst du dich wundern, was ich als Nachtisch vorbereitet habe.«

»Nachtisch? Bitte nichts mit Chili.«

Levent spuckt mir vor Lachen fast sein Wasser ins Gesicht. »Versprochen!«

Als er das restliche Essen in die Küche bringt, schaue ich ihm heimlich dabei zu. Er bewegt sich selbstsicher und gibt mir das Gefühl, hier bei ihm zu Hause endlich etwas hinter seine Fassade blicken zu können.

»Komm mit.« Er bietet mir seine Hand an. Mitkommen?

Wohin? »Keine Angst, ich werde dich nicht in mein Schlafzimmer schleppen.« Für ihn mag das vielleicht witzig klingen, für mich stellt das ein mittelgroßes Horrorszenario dar. Nein, kein mittelgroßes. Ein riesengroßes!

»Es ist schon ziemlich spät«, gebe ich zu bedenken und betrachte durch das Panoramaglas das nächtliche Boston.

»Ich möchte dir nur den Nachtisch zeigen, danach kannst du entscheiden, ob du bleiben oder gehen willst.« Nach diesen Worten ergreife ich doch seine Hand, die er mir bereits die ganze Zeit anbietet. Als ich meine Hand in seine lege, umschließt er sie sofort und führt mich in einen Bereich der Wohnung, in dem ich bisher noch nicht war. Erleichterung legt sich über sein Gesicht. Für gewöhnlich wehren sich seine Dates wohl nicht so sehr gegen Levents verführerischen Augenaufschlag.

»Falls du es dir anders überlegst, hier ist mein Schlafzimmer.«

»Wie charmant!«

Levent grinst mich wieder frech an.

»Hier ist das Bad und da entlang geht's zum Nachtisch.« Er zeigt zuerst auf eine Tür direkt neben seinem Schlafzimmer und dann auf einen Treppenaufgang, dessen Ende geschlossen ist. Ist das die Dachterrasse?

»Und was ist dort?«, hake ich nach und zeige auf eine verschlossene Tür. Sie befindet sich neben dem Badezimmer. Meine Frage lässt ihn kurz innehalten.

»Das ist nur mein Arbeitszimmer«, wimmelt er mit einer Handbewegung ab, die locker wirken soll. Ich glaube ihm nicht. Irgendetwas verkrampft sich für mich sichtbar in ihm und gibt mir das Gefühl, das sich hinter der Tür alles befinden kann, nur nicht sein Arbeitszimmer.

Lautlos fragt er mich noch ein letztes Mal um Erlaubnis,

die ich ihm mit einem leisen Ausatmen und leichtem Nicken gebe. Levent geht voraus und hält mir die gläserne Luke auf. Als ich bei ihm angekommen bin, erwartet mich eine Dachterrasse der Extraklasse. Ich bin derart geplättet, dass ich ausblende, wie hoch es ist.

»Augen zu.«

»Mach die Augen zu!«, knurrt er.

Diese zwei Worte rufen Erinnerungen in mir hoch, die nicht zu mir finden dürfen. Nicht jetzt und auch sonst nie wieder. Sie beschwören Bilder herauf, die mich in die eine Nacht zurückwerfen, in die ich nie wieder hineinfallen wollte. Anders als sonst, kommt der befürchtete Flashback nicht. Ich weiß nicht, wie er das tut, doch Levent ist da, sagt Dinge, die mir normalerweise den Angstschweiß von der Stirn tropfen lassen und trotzdem verhindert er den Zusammenbruch.

»Du verbindest sie mir aber nicht?«

»Nein, wenn du mir versprichst, dass du nicht guckst.«

»Okay«, sage ich mit zittriger Stimme. Wieder einmal überwinde ich eine meiner größten Ängste und lege mein Schicksal in seine Hände. Als Levent mein Haar zur Seite schiebt und die empfindliche Haut unterhalb meines Ohres küsst, schießt Adrenalin durch meinen Körper.

Danach nimmt er meine Hand und führt mich in die entgegengesetzte Richtung. Levent positioniert mich vor sich und stellt sich ganz dicht hinter mich.

»Augen auf!«

Ich befolge seine Anweisung sofort und werde mit einer Aussicht belohnt, mit der ich niemals gerechnet hätte. Links vor mir ist ein Pool in den Boden eingelassen, auf dessen Grund wieder einmal dieses Zeichen zu sehen ist. Es ist das gleiche Symbol, das er Kim in die Kette eingravieren lassen hat und als Tattoo auf seinem Rücken trägt.

Das Wasser schimmert durch die grünlichen Kacheln smaragdgrün und erinnert mich augenblicklich an die Wand hinter der Ledercouch. Rechts von mir erstreckt sich ein Loungebereich aus schweren Ohrensesseln und selbstverständlich dunkelroten Orientteppichen. Und direkt vor mir wartet die eigentliche Überraschung.

»Bleibst du?«

Levent hat uns ein Freilichtkino aufgebaut, nur das unsere Leinwand nicht eine gespannte Fläche darstellt. Wir sehen uns den nächtlichen Zauber Bostons an.

Auf der ganzen Terrasse sind weiße Lilien, Rosen und Orchideen verteilt. Sie strahlen im Kerzenlicht und scheinen mit den Sternen über uns in unmittelbarer Konkurrenz zu stehen.

Und dann küsst er erneut meinen Nacken. Ich kann gar nicht anders, als mit einem klaren *Ja* zu antworten.

Kapitel 10

Levent breitet eine Decke über unsere Beine aus und legt seinen Arm um mich.
»Wie versprochen, ohne Chili!«, raunt er und bringt mich damit gleich zum Lachen.
»Das ist wirklich schön.« *Wirklich schön* war wohl das Dümmste, was ich hätte erwidern können, mir ist bloß nichts Besseres eingefallen.
Er hat eine Art orientalisches Picknick aufgebaut und legt dir die Stadt zu Füßen!, meckert June in einer kreischenden Tonlage.
Stimmt ja, aber das kann ich doch nicht sagen!
Wieso nicht?
Weil … weil halt!
»Entspann dich.«
»Das ist leichter gesagt, als getan.« Das wollte ich überhaupt nicht laut aussprechen.
»Was macht dir solche Angst?« Nein! Er darf mich das nicht fragen.
»Etwas, über das ich nicht sprechen kann.«
»Kannst oder willst du nicht?«
»Beides.«
Levent blickt nach vorne und scheint sich auf einen bestimmten Punkt zu fokussieren. Hoffentlich überlegt er sich nicht, wie er mich vom Gegenteil überzeugen kann.
»Hat dieses Etwas mit letztens zu tun?«, fragt er leise und guckt weiter geradeaus. Mein Magen verkrampft

sich, weil ich sofort weiß, dass er den Flashback vor dem Gemeinschaftsbad meint.

»Ja«, antworte ich kratzig.

Levent nickt und betrachtet mich, als würde er für mich die Welt anhalten, wenn es mir helfen würde, dieses Etwas vergessen zu können. Doch das kann er nicht, egal, wie sehr mich sein Gesichtsausdruck berührt.

»Und bei dir?«, stelle ich eine Gegenfrage.

»Bei mir? Ich habe keine Angst.«

»Doch, um Kim.« Es scheint, als habe ich einen wunden Punkt getroffen, denn mit einem Mal sieht er mich mit ernsten Augen an. Er sagt *Nein* und dennoch sehe ich, dass er etwas völlig anderes meint.

»Unser Vater ist früh gestorben, da ist es verständlich, dass ich auf sie aufpasse.«

»Stimmt, aber das ist sicher nicht die ganze Wahrheit.«

»Da kann ich nicht drüber sprechen«, presst er schmallippig hervor.

»Kannst oder willst du nicht?«

»Beides?« Wir schmunzeln.

»Hat dieses Symbol auf deinem Rücken etwas damit zu tun?«

»Ja.« Seine Stimme ist fest und entschlossen, doch als er nach meiner Hand greift, legt sich Wärme über sein Gesicht und vertreibt die Härte. »Darüber habe ich noch nie gesprochen.« Ich fühle mich, als würde ich in seiner Schuld stehen, als müsste ich den nächsten Schritt gehen. Aber sein Blick verspricht mir, dass er mich nicht dazu drängen wird.

»Es hat eine wichtige Bedeutung für dich, oder?«

»Ja.«

»Kannst du es mir sagen?«, bohre ich weiter nach.

Levent sieht nachdenklich auf Boston hinab. »Es ist eine Art Sinnbild für meine Vergangenheit, Gegenwart und Zukunft.« Ich denke über seine Worte nach, spüre die Ernsthaftigkeit dahinter und doch verstehe ich es nicht ganz. »Die Feder steht für Macht und Stärke und ist das Symbol der Seele. Sie verbindet das Überirdische mit dem Irdischen.«

»Als Gedenken an deinen Vater?«

»Ja.«

»Und wofür stehen der Pokal und der Lorbeerkranz?«

»Sie erinnern mich daran, dass ich nach dem Sieg streben soll.«

»Welchen Sieg?«

»Ich möchte eine eigene Kanzlei, mich mit Ian selbstständig machen und erfolgreicher Anwalt werden.« Levent lässt den Kopf zur Seite rollen und sieht mich aus glühenden Augen an. Er bringt die Luft zum Knistern – mit seinen Worten, mit den Blicken, selbst mit dem Unausgesprochenen, das zwischen uns herrscht. Ich muss schnell etwas sagen, irgendetwas, Hauptsache er mustert mich nicht länger mit diesem sehnsüchtigen Ausdruck.

»Und der Rest?«, frage ich, weil er mich bisher mit jeder Antwort überraschte. Mit so viel Offenheit und Tiefgründigkeit hätte ich einfach nicht gerechnet. Darüber hinaus kann er mir nicht länger Hitze durch den Körper jagen, wenn er spricht. Jedenfalls hoffe ich das.

»Das Schild soll mir Stärke schenken, mich motivieren, zu kämpfen, und die Ketten halten das zusammen, was mir am wichtigsten ist.«

»Deine Familie?«

»Ja und die Vorsätze, die ich mir selber setze.«

»Und die aufgebrochene Mitte steht für deine innere

Zerrissenheit?«

»Bist du jetzt unter die Hobbypsychologen gegangen?«, neckt er mich.

Wir müssen beide lachen, obwohl ich weiß, dass er mir damit indirekt zugestimmt hat.

»Und die Zahl?«

Levent wird ganz still.

Zu still.

»Das ist der Teil, über den ich nicht reden kann.«

»Du meinst, nicht kannst und nicht willst?«

»Richtig.« Seine verhärtete Miene lockert sich ein wenig, als er merkt, dass ich nicht weiter nachhake. Obwohl ich nichts lieber täte als das, halte ich mich zurück, denn ich kann ihn verstehen.

»Und jetzt bist du mir ein paar Antworten schuldig.«

»Einverstanden«, hauche ich mit einem mulmigen Gefühl im Magen.

»Wieso bist du in Boston?«, fragt er und bringt mich damit so sehr aus dem Konzept, dass ich mich darauf einlasse, ihm etwas von mir zu erzählen, dass ich bisher niemandem sagen konnte. Jedenfalls niemandem, der von *damals* nichts weiß.

»Ich bin gewissermaßen vor meiner Vergangenheit geflohen. Boston soll mein Neustart sein, ich will vergessen. Für immer.« Die Worte haben mich so rasch verlassen, dass es mir gar nicht schwer vorkam. Ich habe es einfach gesagt, habe mich Levent anvertraut. Wieder einmal!

»Vergessen hört sich gut an.« Seine Augen wandern dabei über mein Gesicht. Immer schneller sieht er zwischen meinen Augen und meinen Lippen hin und her.

Als er sich langsam zu mir beugt und sich mit der einen Hand an meiner Taille abstützt, beschleunigt sich meine

Atmung und seine auch. Vorsichtig fährt er mit dem Finger von meinem Hals weiter hoch, umfasst mein Kinn und zieht mich zu sich. Levent verspricht mir mit jedem Blick, mit jeder Berührung und jedem noch so winzigen Lächeln Sicherheit. Trotzdem schrillen die Alarmglocken lauter in meinem Kopf. Bevor sich unsere Lippen treffen, rücke ich weg und schaue verlegen zur Seite.

Er atmet schwer aus und dreht meinen Kopf mit einer sanften Berührung zu ihm. »Hey, es ist alles in Ordnung«, versichert er mir. Ich sehe es in seinem Blick, ich höre es in seinen Worten, aber ich spüre etwas ganz anderes, wenn ich mir die Gefühle eingestehe, die sich brodelnd in mir ausbreiten. »Wir unterhalten uns noch ein wenig und genießen den Moment, bevor es zurück ins Wohnheim geht. Einverstanden?«

Ich nicke und rufe mir in Erinnerung, dass es unsere letzte gemeinsame Nacht sein wird. Morgen wird er wieder hier sein und dann verspüre ich eine solche Sehnsucht, dass ich mich an ihn schmiege. Die Nähe zu ihm verspricht mir etwas, was ich mir nie wagte, zu wünschen. Nicht in den Armen eines Mannes.

Die vergangenen zweieinhalb Wochen waren stressig. Kim, Hannah und ich haben uns im Grunde nur zwischen den Vorlesungen oder abends im Zimmer gesehen. Das Lernen schlaucht mich ziemlich, zumal ich nicht davon ausging, mit Beginn des Studiums für die Prüfungen büffeln zu müssen. Das Programm der Dozenten sagt etwas anderes voraus.

Außerdem ist Levent jetzt schon gefühlt eine Ewigkeit nicht mehr bei uns und auch wenn ich es vor den anderen nicht zugebe, wünsche ich mir jede Nacht, dass die Tür aufgeht und er da ist. Doch nach dem positiven Kontrolltermin seiner Schwester hat er uns verlassen, wie vorab angekündigt.

Außer den zufälligen Treffen in der Unibibliothek haben wir uns ein paarmal mittags in der Mensa getroffen und gemeinsam die Pause verbracht. Levent hat mich zwischendurch für einen Tee ins *Greenz* entführt und mir immer mal wieder Nachrichten geschrieben, aber seit dem Moment auf seiner Terrasse waren wir nicht mehr allein. Nicht so richtig.

Ich schließe gerade den Spind, als es in meiner Tasche summt.

L: *Du siehst toll aus.*

Meine Mundwinkel bewegen sich von allein nach oben, ehe ich den Gang absuche und nur wenige Augenblicke später in seine Augen schaue.

»Hey«, begrüßt er mich mit dunkler Stimme.

»Ich werde beobachtet«, gebe ich mit einem breiten Grinsen von mir. Er erwidert es sofort.

»Den nehme ich mir zur Brust.«

»Was tust du hier?«, möchte ich wissen.

»Ach, weißt du, ich wollte mich literarisch weiterbilden«, scherzt Levent.

»Sehr lustig.«

»Ich will dich sehen.«

Ich schlucke schwer.

»Freitag?«

»Okay«, hauche ich und könnte vor Glück hochspringen.

»Bis dann, Baby«, verabschiedet er sich und gibt mir einen Kuss auf die Wange, ehe er mich verlässt. Mein Herz schlägt doppelt so schnell und in meinem Bauch sprühen Funken.

Kapitel 11

Die letzte Woche war wohl die längste meines Lebens. Jeden Abend ging ich ungeduldig ins Bett und jeden Morgen hoffte ich, am Freitag aufzuwachen. Heute ist es endlich soweit. Ich treffe mich mit Levent.

Als ich nach draußen sehe und den Blättern dabei zuschaue, wie sie langsam zu Boden rieseln, kann ich es kaum glauben, dass ich bereits fünf Wochen in Boston lebe. Anfang September kamen wir an und jetzt ist es schon Oktober.

»Aufgeregt?«, höre ich Hannahs Stimme eine Oktave höher fragen. Sie und Kim sitzen wie die Erdmännchen in ihrem Bett und schauen mit großen Augen zu mir rüber. Das Grinsen verrät mich, ehe ich es abstreiten kann.

»Nicht zu fassen, mein Bruder hat tatsächlich ein zweites Date.«

»Aber erst heute Abend, bis dahin muss ich noch in die Uni«, erkläre ich. Nachdem ich mir den Kulturbeutel und Bademantel geschnappt habe, warte ich am Eingang. Hannah ergibt sich und auch Kim kommt mit.

Den Vormittag habe ich mehr oder weniger konzentriert in der Uni verbracht. Jetzt, wo ich eigentlich lernend über dem Buch vor mir sitzen sollte, starre ich Löcher in die Luft. Ich zähle die Bücherregale, beobachte die Bäume dabei, wie sie ihr Laub verlieren – ich tue alles – nur nicht lernen. Als es endlich fünf Uhr ist, mache ich mich auf den

Weg zu Hannah und Kim.

Sie warten bereits und legen synchron ihre Unterlagen zur Seite.

»Du bist spät«, merkt Kim an.

»Wieso? Levent kommt doch erst in zwei Stunden«, sage ich irritiert.

»Du musst dich fertig machen«, antwortet sie ebenso verwundert. Hannah schüttelt nur den Kopf.

»Ich werde mich heute nicht in eine andere Person verwandeln. Ich ziehe mir eine frische Bluse und eine neue Jeans an.«

»Richtig so«, bestärkt mich meine beste Freundin. Kim dreht sich mit rollenden Augen zur Seite. Dann hebt sie die Arme abwehrend nach oben und sagt: »Einverstanden, aber bitte etwas Make-up«, fleht sie mit aneinandergelegten Händen. Hannah und ich lachen und schließlich ergebe ich mich.

Der Gurt rastet mit einem leisen Klicken ein, dass ich in meinem Bauch spüre.

»Geht es dir gut?«

»Ja«, antworte ich ehrlich. Ich habe mich die ganze Woche auf diesen Tag gefreut und auch wenn sich die Angst immer wieder in den Vordergrund drängen möchte, so lasse ich ihr in Levents Nähe nicht die Möglichkeit, mir alles kaputtzumachen. Mit einem dunklen Grinsen lenkt er den Wagen in die Tiefgarage und führt mich nach oben.

»Hunger?« Er lässt die Schlüssel in eine gläserne Schale neben den Eingang fallen und streift die Boots im Gehen aus.

»Meinetwegen, aber nichts mit Chili«, merke ich hastig an. Levent beginnt sofort, zu lachen. Ich stimme mit ein und als ich ihm plötzlich ganz nah bin, ihn riechen und beinahe schmecken kann, ist mein Appetit auf etwas Essbares verschwunden. Sein Blick glüht und in meinem Hals wird es trocken. Ich räuspere mich verlegen und trete einen Schritt beiseite.

»Ich bereite eine Kleinigkeit vor, wenn du möchtest, kannst du hierbleiben oder nach oben gehen. Außer dir ist zu kalt.« Levents Stimme summt über meine Haut und hinterlässt eine prickelnde Gänsehaut.

»Ich warte auf der Terrasse«, sage ich atemlos und verschwinde, ehe es noch peinlicher für mich wird. Die kühle Luft ist genau das Richtige. Mit einem tiefen Atemzug heiße ich sie willkommen und mit wackeligen Knien setze ich mich an die Stelle, an der wir bereits beim ersten Mal saßen. Es dauert nicht lange, bis ich seine Schritte hinter mir vernehme.

Lässig setzt er sich zu mir und stellt eine Antipasti-Platte zwischen uns. Als er sich eine Olive nimmt und in den Mund schiebt, muss ich wegsehen. Eine kochende Hitze jagt durch mich hindurch und in dem Augenblick, in dem er sich zu mir beugt, weiß ich nicht, was ich tun soll.

Sehnsüchtig lehne ich die Stirn gegen seine. Aufregung durchzuckt mich, Verlangen fließt durch meine Adern. Und als er den Kopf zur Seite dreht und mich durch halb geöffnete Lider hervor ansieht, will ich nichts mehr, als dass er das tut, was ich beim letzten Mal verhindert habe.

Mit den Fingern fährt er meine Kinnlinie entlang und legt seine Hand im Anschluss sanft in meinen Nacken. Vorsichtig zieht er mich zu sich und als uns nur noch wenige Millimeter voneinander trennen, bin ich es, die den letzten Schritt wagt.

Ich schmecke Levents Atem auf meiner Zunge und

spüre, wie sich meine Wangen mit einer glühenden Masse füllen. Die Luft zwischen uns wird heißer, prickelnder. Ich möchte die Finger über seine Haut gleiten lassen, möchte ihm näher sein – viel näher. Als er mir ein letztes Mal in die Augen sieht und tief ausatmet, zieht er mich noch ein Stück weiter zu sich.

Warm und sehnsüchtig legen sich Levents Lippen auf meine. Kribbeln breitet sich in meinem Bauch aus und meine Lider schließen sich ganz von allein. Alle Bedenken und Ängste rücken in den Hintergrund und was bleibt, ist ein Gefühl, das meinen gesamten Körper mit einer Macht durchströmt, wie ich es noch nie zuvor gespürt habe. Es ist, als würde jede Pore mit Glück gefüllt werden.

Als seine Zunge mit meiner zu tanzen beginnt und ich die salzige Note der Olive gepaart mit der Sehnsucht, die von ihm ausgeht, schmecke, schießt Verlangen durch mich hindurch. Mein Verstand kann meine Emotionen nicht in Worte verpacken, denn auf einmal atme ich schneller und fliege höher.

Levents Küsse lassen mich glauben, dass alles gut wird, solange er bei mir ist. Mit dem Daumen fährt er über meine geschwollene Unterlippe und stößt ein tiefes, raues Geräusch aus. Dieser Laut zieht sich wie ein Blitz durch mein Innerstes und beschert mir einen wohligen Schauer, der prickelnd über meine Wirbelsäule läuft. Das angenehme Brennen bahnt sich seinen Weg nach unten, bis zwischen meine Beine und endet in einem erstickten Stöhnen, als er genüsslich in meine Lippe beißt.

Levent schenkt mir Juniregen, er ist mein Juniregen und in diesem Moment, als seine Zunge ein weiteres Mal mit meiner tanzt, gestehe ich mir ein, dass ich mich in Kims Bruder verliebt habe. In Levents arrogante Art und sogar in die Geheimnisse hinter seinen dunklen Augen.

Als sich seine rechte Hand von meiner Wange löst, möchte ich zunächst protestieren, merke jedoch schnell, dass sie an meine Hüfte wandert und mich ein Stück näher an ihn heranzieht. Dieser Augenblick ist besonders, magisch und vor allem etwas, dessen Bedeutung ich noch gar nicht richtig begreife.

Und dann trifft mich der erste Tropfen und gleich noch einer.

»Sollen wir rein?«, fragt er ganz dicht an meinen Lippen. Ich schüttele bloß mit dem Kopf, weil ich keinen einzigen klaren Satz herausbringen kann.

Levents Mund verzieht sich zu einem zufriedenen Lächeln und danach zieht er endlich meine Lippe zwischen seine Zähne. Das Ziehen überträgt sich direkt in meine Körpermitte und löst eine solche Sehnsucht aus, die mich blind werden lässt. Ich weiß nicht, was gleich passieren wird, nur, dass ich Angst habe, es zuzulassen. Sehnsüchtig legt er meine Hände um seinen Hals.

Der Regen wird stärker und mit ihm Levents Verlangen. Als er mich auf seinen Schoß ziehen will, versteife ich mich. Ich konnte mir eingestehen, dass ich mich Hals über Kopf in diesen tätowierten Typ verliebt habe, aber ich werde noch nicht mit ihm schlafen können.

»Okay, verstanden!«, raunt er und lässt von seinem Vorhaben ab.

»Tanz mit mir!«, fordere ich atemlos.

»Tanzen?« Er legt seine Stirn in breite Falten. Levent kennt mich bereits so gut, um zu merken, dass ich ihm das *Warum* nicht erklären kann und so steht er wortlos auf und fordert mich mit ausgestreckter Hand auf. »Würden Sie mir die Ehre erweisen?« Der Regen hat sich schon auf seinem weißen Hemd verteilt, es durchsichtig werden lassen. Ich kann kaum von Levents durchtrainierter Brust wegsehen.

Mit einem heftigen Schwung zieht er mich zu sich, schließt mich in seine Arme und beginnt, sich leicht von rechts nach links zu wiegen. Levents Hände greifen nach meiner Hüfte und pressen mich noch etwas näher an seinen nassen Körper. Als mich seine heißen Lippen finden und im Sturm erobern, ist es um mich geschehen. Er vertreibt den Schmerz aus mir, schafft es, dass ich endlich wieder durchatmen kann, daran glaube, glücklich werden zu können. In diesem Augenblick tanzt mein Verstand, atmet mein Herz und meine Augen lieben.

Levent ist mein Neubeginn!

Mit jeder Bewegung sehne ich mich nach einer weiteren und nach jedem Kuss spüre ich das Verlangen, ihn gleich noch einmal schmecken zu wollen.

»Ist es das, was du willst?«, fragt er und dreht mich mit einer fließenden Bewegung um die eigene Achse. Sein Blick ist so intensiv und voller Leidenschaft, dass mir ein leises Keuchen entfährt. Ich fühle mich ohnmächtig, machtlos und dennoch so verdammt gut. Bevor ich ihm antworten kann, zieht er mich erneut an sich heran und tanzt mit mir im Regen. »Vertrau mir!«, flüstert er und greift fester um meine Hüfte. Ich will ihm sagen, dass ich ihm mehr vertraue als jedem anderen. Doch da hebt er mich hoch und bringt mich mit dem tiefschwarzen Ozean in seinen Augen dazu, dass ich automatisch beide Beine um ihn schlinge.

Von den Haarspitzen tropft es in sein Gesicht. Der Regen rinnt ihm über die Schläfe, den schmalen Nasenrücken und versiegt in einer der Rillen seiner vollen Unterlippe.

Levent packt an meinen Hintern und bevor ich begreife, was ich tue, fahre ich ihm mit den Händen durch das nasse Haar. Ich berühre seine stoppeligen Wangen und komme am Muttermal oberhalb seiner Lippe zum Stehen, wie ich es bereits so oft in meinen Gedanken getan habe.

Was macht er nur mit mir? Ich lasse zu, dass er mich hochhebt, mich im Rhythmus seines Herzschlages wiegt. Ich tanze durch die Nacht, mit einem Mann, den ich eigentlich nicht kenne und trotzdem nicht aus meinen Gedanken verbannt bekomme. Ich lege den Kopf in den Nacken, spüre glitzernden Regen auf meinem Gesicht und als ich wieder in seine Augen sehe, löse ich mein Versprechen ein, das ich meiner Mutter am Tag der Abreise gegeben habe.

Ich bin glücklich und habe meinen Juniregen gefunden! Levent ist so viel mehr, als ich mir jemals zu wünschen gewagt habe. Er löst das größte Gefühl in mir aus, das ich mir nur vorstellen kann und er ist es, an den ich mein Herz verloren habe, obwohl ich mich mit aller Kraft dagegen gewehrt habe. Endlich begreife ich die Stärke des Wortes *Juniregen*. Und das viel früher und intensiver als gedacht.

In dem Moment, in dem er keuchend ausatmet, ist mein Verlangen größer, als es die Vernunft je sein könnte. Das tiefe Stöhnen erreicht mich, treibt mich dazu, Dinge tun zu wollen, die ich niemals tun zu können dachte.

Meine Hände greifen an die Seiten seines Gesichtes und es scheint, als würde er das Flehen in meinen Augen sehen. Levent legt die Lippen erneut auf meine und küsst mich voller Hingabe. Immer wieder atmet er in meinen Mund, lässt damit die Sehnsucht nach ihm nur größer werden und tanzt mit mir, im Regen! Als er eine Hand an meinem Hinterkopf hochwandern lässt, zaubert er mir Kribbeln in

den Bauch.
»Geh nicht!«, keucht er und küsst mich ein weiteres Mal.
Ich kann nicht. Levent hat mich viel zu schnell in seinen Bann gezogen und ich brauche ihn jetzt schon mehr, als es gut für mich ist. Ich habe Angst, dass ich nie wieder gehen kann, wenn ich nun bleibe.
Als er sich von meinen Lippen löst, presst er seine Stirn gegen meine. Sein Blick glüht und strömt wie heiße Lava über meinen Körper.
Heilige Scheiße!

Kapitel 12

Als er den Motor ausschaltet, rauscht uns ohrenbetäubend laute Stille um die Köpfe. Es ist bereits nach Mitternacht und doch kam mir die Zeit zu kurz vor. Levent nimmt meine Hand und bringt mich auf mein Zimmer, dabei ist er genauso still wie während der Autofahrt. Ich möchte nicht, dass unser Abend endet! Aber ich kann noch keine ganze Nacht mit ihm verbringen, so sehr ich es mir wünsche.

»Schlaf gut«, sagt Levent in meine Gedanken hinein.

»Du auch.« Mein Herz schlägt schnell, die Nervosität lässt meine Handflächen feucht werden und vor meinem inneren Auge schießen helle Blitze vorbei. Wird er mir noch einen Abschiedskuss geben, oder soll ich einfach gehen? Er nimmt mir wieder einmal die Entscheidung ab und greift nach dem Türgriff. Ich wundere mich darüber, dass sich das Zimmer öffnen lässt. Ehe ich mich fragen kann, wieso es nicht abgeschlossen ist, funkeln uns Kims, Hannahs und Ians Augen an. Sie sitzen in einem Kreis auf dem Fußboden und ihre neugierigen Gesichter verraten mir, dass sie den ganzen Abend nur auf diesen Moment gewartet haben.

»Ihr seid wach?«, fragt selbst Levent verwirrt. Kim sieht auf die sich allmählich zu unseren Füßen bildende Pfütze.

»Ähm?«, wirft sie in den Raum und zeigt auf unsere nassen Körper.

»Dann kann ich euch ja jetzt allein lassen«, gibt Ian angestrengt von sich, weil er sich vom Boden abdrückt.

»Bis dann«, verabschiedet sich Levent und wendet sich bereits von mir ab, bevor ich mich überhaupt entscheiden konnte, wie ich ihm auf Wiedersehen sagen möchte. Wieso ist er denn plötzlich so abweisend? Das leichte Brennen auf meiner Haut verschwindet, zurück bleibt nur noch Ratlosigkeit und Enttäuschung. Liegt es daran, weil ich nicht geblieben bin?

»Setz dich, wir wollen alles wissen!«, meint Hannah und klopft auf den Platz zwischen sich und Kim, nachdem die Jungs fort sind und die Tür hinter sich geschlossen haben. Wo soll ich bloß anfangen?

»Wieso bist du nass?« Kim betrachtet mich sichtlich verwirrt.

»Ähm, also ...«, stottere ich und bewege mich langsam auf sie zu. Wie von allein sinke ich zu Boden und setze mich im Schneidersitz zu Hannah und Kim.

»Was war das denn?«, möchte Kim wissen. Ich zucke leicht mit den Schultern und atme tief aus.

»Ja«, murmele ich und versuche, allmählich zurück in den Raum zu finden. Vielleicht hat ihn die Situation auch einfach nur überfordert und er wusste sich nicht anders zu helfen?

»Aalsooo, was habt ihr gemacht?«, setzt Kim nach.

»Wir waren bei ihm.«

»Dieses Mal gab es wohl keinen Chilibrand, oder?«, merkt Hannah verdattert an und greift an den nassen Stoff meiner Bluse.

»Nein«, gebe ich immer noch etwas gedankenverloren von mir.

»Was habt ihr gemacht?«, haken beide nach und sehen mich mit großen Augen an. Mit jeder weiteren Minute, die ich mit diesen neugierigen Hobbydetektiven verbringe, entspannt sich mein verkrampfter Rücken und ich verdränge den kühlen Abschied von Levent. Je länger ich an die vergangenen Stunden mit ihm denke, desto einfacher fällt es mir. Denn dann sind da wieder Bilder in meinem Kopf, die ihn warm und liebevoll zeigen und die kalten Worte von eben vergessen.

»Wir waren bei ihm«, druckse ich herum, wiederhole meine Worte von gerade eben, um noch ein wenig Zeit zu schinden.

»Schon wieder«, stellt Hannah fest. Kim blickt erwartungsvoll in mein Gesicht.

»Ihr wart also wieder in seiner Protzbude?«, will Hannah noch mal wissen. Ich nicke.

»Ich konnte schon beim ersten Mal nicht glauben, dass er dich tatsächlich mit zu sich genommen hat.« Hannah und ich sehen Kim verwundert an.

»Kim?«, spreche ich sie vorsichtig an, weil die Verwirrung inzwischen den gesamten Raum eingenommen hat.

»Niemand darf zu ihm, also außer Ian und seine heilige Familie.«

»Wieso das denn nicht?«, möchte Hannah wissen und spricht damit meinen eigenen Gedanken aus.

»So richtig weiß ich es auch nicht. Er sagt immer bloß, dass er gerne allein an seinem persönlichen Rückzugsort ist.« Kim kann sich nicht vorstellen, wie mich ihre Worte beruhigen, vielleicht sogar bestätigen. Die Enttäuschung von eben ist verschwunden, jetzt erreicht mich nur noch Stolz. Ich spüre die Wärme in meine Wangen zurückkommen.

»Scheiße! Du hast dich voll verknallt!«, stellt Kim mit offenem Mund fest. Als ich sehe, dass mich Hannah mit dem gleichen Gesichtsausdruck ansieht, merke ich, dass ich über beide Wangen grinse und egal, wie sehr ich es mir zu verbieten versuche, es gelingt mir einfach nicht. »Ich halte fest: Mein Bruder – wir sprechen immer noch von dem Vorzeigearschloch und Herzensbrecher der gesamten BU, der sich gleichzeitig als Beschützer des Jahrhunderts aufführt – hat dich mit in seine heilige Protzbude genommen und du strahlst bis über beide Ohren. Was hat er mit dir gemacht? Und was noch viel interessanter ist, was hast du mit ihm gemacht?«

»Nichts«, lüge ich.

»Oh, nein. Das letzte Mal, als ihr euch bei ihm getroffen habt, kamst du nicht als Honigkuchenpferd zurück. Was hat sich geändert?«, erörtert Kim siegessicher.

»Nun sag schon!«, fügt Hannah ungeduldig hinzu.

»Ich habe gar nichts getan«, verteidige ich mich und verstecke mein Gesicht hinter meinen Handflächen.

»Nein, nein, nein! Du musst diese harte Schale irgendwie gebrochen haben, sonst hätte er dich niemals ein zweites Mal mit in seine Wohnung genommen. Was habt ihr den ganzen Abend getrieben? Und was hat *das* überhaupt zu bedeuten?« Kims dunkle Augenbrauen krausen sich und haben selbst jetzt immer noch diesen perfekt geschwungenen Bogen. Ihre rechte Hand greift an den nassen Stoff, der durch den Regen wie eine zweite Haut an mir klebt und sagt erneut: »*Das!?*«

»Na ja, wir waren bei ihm und eigentlich wollten wir nur eine Kleinigkeit essen.«

»Und danach?« Kim wird immer ungeduldiger. Hannah wippt aufgeregt nach vorne und dreht ihre Hände umeinander, womit sie mir zu verstehen geben möchte, dass ich fortfahren soll.

»Anschließend ist er mit mir auf die Dachterrasse. Wie

schon beim ersten Mal, haben wir uns Boston angesehen und dann ...«

»Jaaa?«, ziehen beide in die Länge.

Ich räuspere mich und sage: »Wir haben im Regen getanzt.« Die Worte habe ich besonders leise ausgesprochen, da ich Angst hatte, sie würden andernfalls ihre Bedeutung verlieren.

»Nein!«, ruft Hannah fassungslos, wirft sich ihre linke Hand vor den Mund und greift mit der anderen um mich herum. In den Armen meiner besten Freundin atme ich zum ersten Mal an diesem Abend richtig aus.

»Okay, ist das jetzt etwas Besonderes?«, fragt Kim und sieht zwischen uns hin und her. Hannah schaut mich grinsend an, weil sie genau weiß, was in mir vorgeht.

»Hallo? Ich verrate euch die ganze Zeit Geheimnisse des Dawn-Klans und ihr macht dicht?« Kim stemmt beide Arme in ihre Seiten.

»Ich habe schon immer davon geträumt, im Regen zu tanzen«, gestehe ich.

»Wieso?« Ihre Frage bringt mich für einen kurzen Moment ins Schwanken, aber dann bin ich mir sicher, dass ich es Kim anvertrauen kann.

»Meine Mutter bezeichnet das größte Glück, das intensivste Gefühl und die bedingungsloseste Liebe als Juniregen. Als sie mich nach Boston gehen ließ, musste ich ihr versprechen, dass ich glücklich werde und meinen Juniregen finde.«

»Ich verstehe das nicht wirklich, das kann ich vermutlich auch nicht, weil es irgend so ein Familiending ist, richtig? Doch ich habe begriffen, dass du die Einzige bist, die Interesse an meinem Bruder und nicht an seinem Erbe, dieser Protzbude oder an seinem Aussehen hat. Jetzt müssen wir nur noch herausfinden, was er in dir sieht, dass er bisher in keiner anderen gesehen hat.« Hannah boxt sie schnaubend gegen die Schulter.

»Wir haben uns geküsst.« Das Geständnis verlässt meine Lippen, ehe ich darüber nachgedacht habe. Jetzt sind beide still. Keine sagt auch nur ein einziges Wort.

»Lia!«, kommt es ergriffen über Hannahs Lippen und sie schließt mich erneut in ihren Arm.

»Nur geküsst?« Wir reißen unsere Köpfe in Kims Richtung. Meint sie das ernst?

»Für mich ist das bereits ziemlich viel«, gestehe ich verlegen.

»Na ja, das müssen wir bei deinen Panikattacken nun wirklich nicht diskutieren, aber für Levent ist das extrem ungewöhnlich.« Kims Art ist schonungslos und direkt, doch es ist genau das, was ich brauche. Ich bin hergekommen, um nicht länger dem Mitleid der anderen ausgesetzt zu sein. Bei Kim kann ich sicher sein, dass mir das nicht passieren wird. Und dafür habe ich sie jetzt schon in mein Herz geschlossen.

»Ihr habt euch also nur geküsst, auf seiner Dachterrasse, ich fasse es nicht. Levent wird noch zum Softie!« Wir müssen erneut lachen, bis mein Blick auf die Uhr über unserem Eingang huscht.

»O Gott! Es ist bereits zwei Uhr nachts!«, stelle ich erschrocken fest.

»Für euch zwei Spießer eine ganz schön unchristliche Zeit! Husch husch, ins Bett.« Kim kann es einfach nicht lassen, sie muss uns immer wieder einen reinwürgen. Ihr Blick ruht mit einer Intensität auf uns, die uns automatisch in eine Art Verteidigungsmodus befördert.

»Ich muss mir nur noch die Zähne putzen«, informiere

ich die beiden. In diesem Moment fühle ich mich stark genug, um mich allein in den Gemeinschaftswaschraum zu trauen. Ich habe heute so viele Grenzen überschritten, meine Ängste in den Hintergrund gedrängt und so viel Kraft gewonnen, dass ich das auch noch schaffen werde.

»Bist du dir sicher?«

»Ja«, antworte ich und lächele Hannah zuversichtlich an.

Am nächsten Morgen mache ich mich voller Zuversicht samt Kulturbeutel auf den Weg ins Gemeinschaftsbad. Kim und Hannah wollten gleich nachkommen.

Nach wenigen Metern höre ich ihn, bevor ich mein eigentliches Ziel erreicht habe. Levent? Ich frage mich, was er so früh im Wohnheim macht. Der reine Klang seiner dunklen Stimme reicht aus, um mir eine Gänsehaut einmal quer über den Rücken zu jagen. Er muss im Gang hinter mir sein. Als sie lauter wird und ich eine weitere Person vernehme, lehne ich mich an die Wand und lausche. Meine Atmung wird immer flacher und ich bemühe mich, keinen Mucks von mir zu geben. Ich komme mir vollkommen bescheuert vor, weil ich weiß, dass ich das nicht tun sollte.

»Gehört sie dir?«

»Mach dich nicht lächerlich.« Das Witzeln in Levents Worten gefällt mir nicht. Als ich den anderen lachen höre, spüre ich, dass es dieser Nick ist und mit einem Mal habe ich Angst, etwas herauszufinden, das ich nicht verkraften könnte. Sie stehen direkt hinter der Ecke, nur wenige Meter von mir entfernt.

»Du hast sie hergebracht.«

»Beobachtest du mich jetzt?«, kontert Levent.

»Du hast mir Meg genommen, dafür würde ich so ziemlich alles tun, um dir zu schaden.«

»Bitte? Du bist doch nicht immer noch eifersüchtig? Meg ist mir scheißegal! Das war vor Jahren und zudem eine einmalige Sache.«

»Ich weiß und das macht es nur noch schlimmer, weil sie sich aus unerklärlichen Gründen in dich verliebt hat.« Nick wirkt inzwischen emotionaler, nicht mehr so kalt und unberechenbar wie sonst. Und obwohl ich es nicht für möglich gehalten hätte, die aufgewühlte Version von ihm bereitet mir sogar noch größere Angst. »Aber weißt du was?«

»Was?«, fragt Levent arrogant. Ich habe das Gefühl, dass er mit seiner selbstgefälligen Art Nicks Stimmung erneut auf den Gefrierpunkt bringt.

»Ich werde dir zeigen, wie es ist, wenn einem das genommen wird, das man mit aller Macht zu beschützen versucht. Wenn man plötzlich nicht länger die Nummer eins im Leben einer Person ist, für die man alles tun würde.«

»Wenn du Kim etwas antust, dann verspreche ich dir, werde ich dich umbringen.«

»Oh nein, nicht doch. Ich rede nicht von der lieben Kim.«

»Nimm ihren Namen nicht in deinen dreckigen Mund.«

Mein Herz pocht. Ich presse meinen Rücken immer kräftiger gegen die Wand, umklammere den Kulturbeutel und bete, dass sie mich nicht entdecken.

»Jetzt sag schon, ich habe keinen Bock, noch Stunden herumzuraten.«

»Ich spreche von Lia.« Nick spricht meinen Namen mit einer solchen Kaltherzigkeit und Entschlossenheit aus, dass es das Blut in meinen Adern zum Gefrieren bringt. Es fühlt sich an, als würde er mit einer Messerspitze über meine Kehle fahren. Langsam und zielsicher.

»Lia?«, fragt Levent ungläubig. Die Gleichgültigkeit in

seiner Stimme ist noch viel schlimmer als der Hass in Nicks Worten. So, als würde die Messerspitze noch fester in meine Haut gedrückt werden. So fest, dass ich keine Luft mehr bekomme.

»Ja, ich werde sie dir nehmen. Ich hatte mich dir anvertraut. Du wusstest, dass ich mich in Meg verliebt habe und hast trotzdem mit ihr geschlafen. Das wirst du noch bitter bereuen!«

Er hat was?

Nein, das darf nicht sein.

Er darf nicht mit ihr geschlafen haben. Nicht mit ihr.

»Lia bedeutet mir nichts.« Und dann bricht alles über mir ein. Seine Worte verlieren ihren Zauber, der Moment auf der Terrasse versprüht nicht länger Magie und der Juniregen entweicht meinem Körper innerhalb weniger Sekunden. Das Glück, das für kurze Zeit meine Seele nährte, wird von einer kalten, dunklen Leere ersetzt. Die Hoffnung, die ich seinetwegen wieder spürte, verpufft in schwarzen Wolken.

»Oh doch, sie bedeutet dir alles. Seit Wochen weichst du ihr nicht von der Seite. Ich habe dich beobachtet und gesehen, wie sich dein Blick verändert, wenn sie in deiner Nähe ist. Du hast sie in dein Loft gelassen, dort wo sonst niemand sein darf. Du hast um ein Treffen mit ihr gekämpft. Mal sehen, wie lange sie dich noch mit diesen schönen Augen anhimmelt, wenn sie erst einmal weiß, wer du wirklich bist!« Seine Worte lassen den Ekel in mir wachsen. Meine Knie werden weich, die Erniedrigung wächst mit jedem weiteren Satz und in mir zerbricht jegliche Hoffnung. Ich muss mich konzentrieren, um nicht in Tränen auszubrechen und den Kampf gegen das Zittern in meinen Beinen nicht zu verlieren.

»Halt deine Fresse.«

»Hast du dir ihre Augen genau angesehen?«

»Du sollst deine verdammte Fresse halten!«, flucht Levent und presst Nick scheinbar an die Wand. Der Aufprall ist so hart, dass das Vibrieren bis in meinen Körper vordringt.

Sein flaches Keuchen und das rauchige Lachen verursachen Angstschweiß auf meiner Stirn. Innerhalb kürzester Zeit verteilt sich die Panik wie ein kalter Film über meiner Haut. Levent und Nick stehen nur wenige Meter von mir entfernt und wenn Levent dieses Wohnheim verlassen möchte, muss er an mir vorbeigehen. Ich werde mich nicht verstecken können, er wird mich entdecken und was noch viel schlimmer ist, er wird merken, wie sehr mich seine ehrlichen Worte verletzt haben. Er wird sehen, wie nah ich ihn an mich herangelassen habe und was das mit mir angestellt hat.

Die verräterischen Tränen laufen meine Wangen stumm hinab und versiegen im Stoff des Pyjamas.

»Sag ich doch, du liebst sie!«

»Ich liebe sie nicht und mein Blick verändert sich ganz sicher nicht, wenn sie in meiner Nähe ist. Lia ist mir egal und je schneller du das begreifst, desto besser stehen deine Chancen, morgen früh nicht im Krankenhaus aufzuwachen.« Nick lacht wieder einmal.

Hinter mir öffnet sich plötzlich eine Tür und erst in diesem Moment fallen mir Kim und Hannah ein. Zum Glück sind sie es nicht.

»Ist das ein Versprechen?«, fragt Nick amüsiert.

»Nein. Nenn es lieber Drohung, denn die gehen öfter in Erfüllung.«

Nick lacht erneut. Kalt, gewissenlos, unberechenbar.

»Deine Drohungen sind mir egal. Du hast mir bereits alles

genommen, was mir je etwas bedeutet hat. Ob du mich jetzt verprügelst oder nicht, ändert rein gar nichts. Ich habe absolut nichts zu verlieren, ganz im Gegensatz zu dir!«

»Ich warne dich!« Levents Stimme ist nicht mehr als ein Flüstern, doch es trieft geradezu vor Abneigung und Hass. In dem Moment öffnet sich meine Zimmertür und Kim und Hannah stehen vor mir. Sie sehen sofort, dass etwas nicht mit mir stimmt.

»Keine Angst, dein Geheimnis ist bei mir gut aufgehoben!«

»Welches Geheimnis?«, will Kim wissen und geht in den Gang, aus dem die unheilbringenden Worte kommen.

»Das ist etwas zwischen deinem Bruder und mir, meine Süße«, presst Nick hervor, ehe ein dumpfes Geräusch ertönt. Hat Levent ihn geschlagen?

Ich halte mir immer fester die Hand vor den Mund, um jegliches Schluchzen zu unterdrücken. Doch als Hannah weiter zu mir kommt und so aussieht, als würde sie mich vor ihm beschützen wollen, steht er vor mir.

»Lia?« Sein verschleierter Blick sieht ins Leere, als er mich in Augenschein nimmt.

»So schöne Augen, so traurig!«, ätzt Nick, der wenige Sekunden später hinter Levent auftaucht.

Levent dreht sich mit einer energischen Bewegung zum blutenden Nick und möchte auf ihn zugehen, als sich Kim in seinen Weg stellt.

»Wovon spricht er? Hat es etwas mit Mom zu tun?«

»Geh ins Zimmer!«, herrscht Levent sie an. Kims Augen weiten sich und als er sich mir nähern will, versperrt sie ihm wieder einmal seinen Weg. »Du verdammter Mistkerl! Du hast ihr diesen Juniregen-Moment geschenkt und nun hast du alles versaut. Merkst du eigentlich nicht, dass du dich ändern musst?«, kreischt sie.

Kims Worte bedeuten mir mehr, als sie es tun sollten. Denn spätestens jetzt weiß er, dass er etwas ganz Besonderes für mich war.

Ist, korrigiert mich eine ehrliche Stimme.

»Was habe ich dir geschenkt?«, spricht er mich über die Schulter seiner Schwester hinweg verwundert an.

Nicks selbstgefällige Miene jagt mir Angst ein. Als Hannah ihren Arm fester um mich legt, bebt mein Körper noch mehr, das Zittern wird so stark, dass es mich bestimmt und dann kann ich nicht länger in Levents Augen sehen. Der Schmerz überkommt mich und wenn ich nicht gleich endlich verschwinden kann, werde ich zusammenbrechen.

»Lia? Was meint sie mit diesem Juniregen-Moment?«, wiederholt er mit verwirrtem Gesichtsausdruck.

»Nicht!«, rutscht es mir über die Lippen, als er nach meiner Hand greifen möchte. Jede Berührung würde den Schmerz in mir verstärken. Das Brennen in meiner Brust ist unerträglich und da kommen mir Kims Worte in den Sinn.

Er ist ein Vorzeigearschloch und Herzensbrecher. Für mich ist er noch viel mehr als nur das. *Damals* hat mich nicht nur traurig und einsam werden lassen, es hat den Menschen zerstört, den ich bis zu diesem Zeitpunkt gewesen bin. In jener Nacht ist ein Teil von mir gestorben und seither füllte Leere meinen Körper, bis ich Levent traf. In den vergangenen zwei Jahren konnte ich kein einziges Mal weinen, nicht richtig jedenfalls. Ich weinte, viele Male, aber ich wusste nie so wirklich wieso. Eigentlich wollte ich nicht weinen, doch *damals* ließ mich sterben und obwohl ich dem Monster die Genugtuung nicht schenken wollte, konnte ich mich nicht wehren. Immer wieder habe ich das Schluchzen und Beben zugelassen, auch wenn es mich derart in den Abgrund gezogen hat. Außer dem Brennen von Tränen auf meiner Haut fühlte ich nichts mehr. Es war das Einzige, was ich zu der Zeit noch spürte. Und es war grausam und ekelerregend. Aber gerade wünsche ich mir genau dieses Gefühl zurück, denn der Schmerz, der sich jetzt in mir ausbreitet, der mit jedem weiteren Blick in Levents Augen wächst, ist noch viel schlimmer als jedes Taubheitsgefühl. Als jeder Ekel. Als jede Erinnerung an *damals*.

»Was hast du nur getan?«, fragt Kim ihren Bruder, der sie mit keinem einzigen Blick würdigt. Als er erneut auf mich zukommen möchte, weiche ich instinktiv einen Schritt zur Seite. Ich wünschte, ich könnte ihn hassen, verachten oder zumindest nicht ausstehen, doch nichts davon liegt im Bereich des Möglichen.

Wie konnte er sich in so kurzer Zeit nur so schnell in mein Herz schleichen? Mir das Gefühl geben, ich könnte wirklich noch einmal von vorne beginnen? Mir Juniregen durch den Körper strömen lassen und alles innerhalb weniger Minuten kaputtmachen? Ich habe mich tatsächlich innerhalb weniger Wochen in Levent Dawn verliebt! Mein Herz gehört einem Mann, der sich einen Spaß daraus macht, mit den Gefühlen anderer zu spielen, der im Grunde nichts über mich weiß und der mich trotzdem kennt, wie niemand sonst. Levent gibt mir trotz allem genau das, wonach ich so lange gesucht habe.

In den letzten Stunden hat sich zwischen uns etwas verändert. Ich weiß nicht, wie, ich weiß nur, dass ich mir wünsche, es würde mir nicht so gut gefallen. Dann könnte ich jetzt in mein Zimmer gehen und diesen verdammten Levent Dawn mit seinen Tattoos und dem dunklen Blick vergessen.

Er ist nicht gut für mich und je schneller ich das begreife, desto besser ist es. Desto größer ist die Chance, dass ich eines Tages glücklich werde.

»Das wird schon wieder«, höre ich aus Nicks Mund kommen und als ich sehe, wie nah er mir ist, stelle ich mich sofort hinter meine beste Freundin.

»Verzieh dich endlich!«, giftet Kim ihn an, greift nach meiner und Hannahs Hand und bringt uns ins Zimmer. Als sie die Tür verschließt, sinke ich kraftlos auf mein Bett und vergrabe mein Gesicht in beiden Händen.

Die Gefühle übermannen mich, übernehmen die Kontrolle und reißen mich zu Boden. Ich hatte ganz vergessen, wie viel Schmerz man fühlt, wenn man mit dem gesamten Körper weint, wenn das Zittern und Schluchzen so stark wird, dass du zusammenbrichst. Es ist wie beim letzten Mal. Nein, es ist noch viel schlimmer als vor zwei Jahren. Heute hätte ich kommen sehen müssen, ich hätte mich darauf vorbereiten können, aber ich habe zu viel Hoffnung und Vertrauen in einen Menschen gelegt, dem ich nicht genug bedeute.

Hannah und Kim knien vor mir, streicheln meinen bebenden Körper, schließen mich in ihre Arme. Nichts davon hilft. Wie konnte ich nur so dumm sein und glauben, er würde auch nur für den Bruchteil einer Sekunde das Gleiche empfinden?

Kapitel 13

Ich liege mit dem Rücken zur Tür und starre auf die Struktur der Tapete. Die gesamte Nacht habe ich kein Auge zu getan. Wie schon am Wochenende. Obwohl ich es immer wieder versucht habe, konnte ich nicht schlafen. Seine Worte hallen in meinem Kopf nach, die vielen Nachrichten, die er mir geschickt hat, Nicks kalter Blick ruht auf mir und der Schmerz in mir lässt mich nicht durchatmen. Ich bin vermutlich nicht die Erste, deren Herz Levent herausgerissen hat und darauf herumgetrampelt ist. Und doch fühlt es sich gerade danach an, als könnte niemand nachvollziehen, wie es mir geht. Nicht im Entferntesten!

In wenigen Stunden muss ich in die Uni und ich weiß nicht, wie ich den Weg dahin schaffen soll. Aus Kims Bett dringt leises Räuspern in meine Richtung.

»Hast du nicht geschlafen?«, fragt sie.

»Nein.«

»Darf ich?« Sie deutet an, dass sie zu mir kommen möchte. Mit einem stummen Nicken erlaube ich es ihr.

»Wieso bist du eigentlich auf einmal so nett?«

Kim muss kichern. Dann legt sich Ernsthaftigkeit über ihren Blick. »Weil ihr die Ersten seid, die mit mir befreundet sein wollen. Alle anderen hatten nie Interesse an mir, sondern immer nur an meinem Bruder.«

»Wer sagt, dass wir mit dir befreundet sein wollen?«, murmelt Hannah unerwartet. Kim und ich müssen lachen. »Weshalb seid ihr denn schon wach? Es ist gerade mal sechs Uhr.« Als sie sich aufrichtet und die Lampe auf ihrem Nachttisch anknipst, sehen wir eine aus dem Schlaf gerissene Hannah. Ihre Haare liegen wie ein Vogelnest auf ihrem Kopf, die Augen sind klein und rot unterlaufen und ihr Gesicht schmückt ein großes Gähnen. Sie reißt die Arme in die Luft, streckt sich und zeigt uns ihren durchgedrückten Bauch samt Piercing.

»Du siehst heiß aus!« Kims Kommentare sind jedes Mal gleichermaßen unpassend wie lustig, und so müssen wir auch dieses Mal wieder lachen. Inzwischen brennen sämtliche Nachttischlampen und tauchen den Raum in ein warmes, gelbes Licht.

»Ich habe nachgedacht«, beginnt Kim und sieht zuerst in Hannahs und danach in mein Gesicht.

»Und?«, hake ich nach, weil sie keinerlei Anstalten macht, mit ihrer Überlegung fortzufahren.

Doch dann hebt sie ihren Zeigefinger vor die Lippen und zeigt auf die Tür. Wir schauen alle im gleichen Moment an das dunkle Holz. Kim erhebt sich wie eine Agentin und tapst mit leisen Schritten an die Tür. Als sie ihren Kopf anlehnt und lauscht, breitet sich Genugtuung in ihrer Miene aus. Mit einer einzigen Bewegung dreht sie den Schlüssel um und reißt die Tür auf.

»Ian!«, begrüßt sie ihn mit gefährlicher Stimmlage.

»Wow! Musst du mich so erschrecken?«, ruft er, springt zurück und hält sich die Hand auf die Brust.

»Ich dich? Warum stehst du vor unserer Tür? Hast du uns belauscht? Hat Levent dich geschickt? Sollst du uns bespitzeln? Du kannst ihm sagen, dass er mich später nicht abholen braucht, ich werde nicht mit ihm in die Uni gehen!« Kim wirft Ian all die Fragen an den Kopf, gibt ihm noch einen Auftrag mit auf den Weg und knallt die Tür ebenso schnell zu, wie sie sie aufgerissen hat. »Wahnsinn! Das bestärkt mich doch nur in meiner Idee!« Mit einem fassungslosen Gesichtsausdruck schließt sie ab und kehrt zu uns zurück. »Kommt her!« Kim ruft uns wie zu einer Teambesprechung zusammen, auch wenn ich dafür eigentlich überhaupt keine Kraft habe. »Ich habe euch nicht alles gesagt, also über Levent.«

Dachte sie, wir wären davon ausgegangen?

»Dann mal los!«, antwortet Hannah gewissermaßen für uns beide.

»Als mein Vater starb, hat er die Rolle des Beschützers eingenommen, das war aber alles noch hinzunehmen. Er war nicht extrem, wie er es inzwischen ist. Als wir schließlich nach Boston zogen, wurde die Verbindung zwischen uns und unserer Mutter immer dicker, bis vor etwas über zwei Jahren. Da sind wir nach Seattle geflogen, um den 70. Geburtstag meiner Großmutter zu feiern. Ian, Nick und Meg lebten zu diesem Zeitpunkt noch dort. Es war der letzte Sommer in ihrem Heimatort, sie hatten gerade den Abschluss an der Highschool geschafft und wollten dann zum Herbst ebenfalls nach Boston gehen. Alle studieren hier, damit sie wieder bei ihrem alten Freund sein können.«

»Und?«, fragt Hannah dazwischen.

»Danach ist irgendetwas passiert. Levent wurde immer komischer. Er hat sich tätowiert und mit jedem weiteren Tag wurde er mehr der, der er heute ist. Meine Mutter hat den neuen Levent nicht ausstehen können. Sie haben sich fürchterlich gestritten, immer wieder. Und dann ist ihr geliebter Vorzeigesohn und Nachfolger der Anwaltsdynastie ausgezogen. Er sollte das Familienerbe weiterführen, aber Levent ist gegangen und seitdem haben sie keinen Kontakt mehr.«

»Warum hat er das gemacht?«, platzt es aus mir heraus, weil auch bei mir die Neugierde wächst.

»Das ist das große Geheimnis. Nie im Leben wäre ich darauf gekommen, dass er seinen Freund hintergangen und sich deswegen so verändert hat. Ich habe mich damals auf seine Seite gestellt, obwohl mir keiner den Grund für den Bruch nannte. Seither geht sein Beschützerinstinkt mit ihm durch. Er hat sich vollkommen verändert. Er hat noch mehr Sport getrieben, wurde der sexy Badboy der BU, den alle für sich gewinnen wollten. Levent hat sich distanziert, hat sich diesen Schutzraum, den er als sein Zuhause bezeichnet, geschaffen und lässt eigentlich niemanden mehr an sich heran. Bis er dich kennengelernt hat.« Bei ihren Worten muss ich kräftig schlucken.

»Wieso hast du dich gegen deine Mutter entschieden?«, löchern wir sie gleichzeitig.

»Weil Levent immer für mich da ist. Ich kann ihm blind vertrauen und ich weiß, wenn ich in Gefahr bin oder Hilfe brauche, dann kann ich auf ihn zählen. Levent war schon immer mein Fels in der Brandung und obwohl er meiner Meinung nach inzwischen etwas zu sehr auf mich aufpasst, ist mir bewusst, dass er alles für mich tun würde. Er war immer der Einzige, der an mich geglaubt hat.« Wir sehen sie ratlos an. »Ich hätte niemals gedacht, dass er den Kontakt zu Mom abbricht, weil er seinen Freund betrogen hat«, murmelt sie durcheinander. »Nein, ich glaube nicht, dass das der Grund ist. Da muss noch etwas anderes gewesen sein.«

»Und was ist jetzt dein Plan?«, hakt Hannah nach. Das hätte ich beinahe vergessen.

»Bisher hat es mich nie gestört, dass ich den Grund für

den Bruch innerhalb unserer Familie nicht kannte. Levent hat mir jedes Mal gesagt, dass es besser so ist und er mich damit nicht unnötig belasten möchte. Doch nach letzter Nacht sehe ich das anders. Ich glaube nicht länger daran, dass es besser ist, wenn ich im Dunkeln tappe.«

»Wieso willst du es auf einmal wissen?«, frage ich.

»Weil unsere Mom nicht nur den Kontakt zu ihm abgebrochen hat. Sie spricht kaum noch mit mir, eigentlich reden wir nur an Geburtstagen miteinander. Selbst da hat sie mich dieses Jahr nicht angerufen. Ich möchte endlich herausfinden, was zwischen ihnen passiert ist. Er hat damit alles riskiert. Seinen Rang in der Familie, seine Zukunft, den Kontakt zu unserer Mutter, alles. Und er hat verloren. Ihm wäre die Kanzlei sicher gewesen, denn ich wollte nie ins Familienbusiness einsteigen. Levent hat das Studium an Harvard abgebrochen, nur um in meiner Nähe zu sein, und er hat sich diesen Bunker gekauft, in dem er sich versteckt, wenn ihm alles zu viel wird. Wir haben eigentlich nur noch uns und Liz, unsere Großmutter, doch im Grunde sind es wir zwei. Ich liebe Levent und ich war immer auf seiner Seite, inzwischen bin ich mir jedoch sicher, dass ihm geholfen werden muss. Er denkt, dass er alles kontrollieren kann und für jedes Problem eine Lösung hat, dass er auf mich aufpassen und für mich da sein muss. Nun muss ich für ihn da sein und auch wenn sich das vielleicht komisch anhören mag, aber er muss endlich glücklich werden und dazu muss man ihn anscheinend zwingen. Ich werde die Wahrheit herausfinden und ich werde für ihn da sein, egal, was es ist.«

»Verdammte Scheiße! Das wird ja ein Monsterprojekt.« Hannahs Worte durchzucken mich, denn es scheint, als würde ich erst jetzt begreifen, worum uns Kim eigentlich bittet.

»Ich werde das nicht können«, wende ich ein.

»Doch!«, widerspricht Kim.

»Nein«, entgegne ich mit heftigem Kopfschütteln.

»Lia, du bist unsere einzige Chance.«

»Unsere? Du willst doch wissen, was war.«

»Du nicht? Lia, du bist in Levent verknallt und ich weiß, dass du ebenso erfahren musst, was passiert ist, um dich auf ihn einlassen zu können.«

Hannah sieht sie mit weit aufgerissenen Augen an. »Erpresst du sie gerade?«, empört sie sich.

»Hey! Ist es nicht so, dass ich herausfinden will, was mit meinem Bruder ist, du wissen musst, in wen du dich verliebt hast und du sicher gehen möchtest, wem du deine beste Freundin anvertraust?«, fragt sie und zeigt dabei zuerst auf sich, dann auf mich und anschließend auf Hannah.

»Du verdammte Überzeugungskünstlerin!«, stößt Hannah schockiert aus. Wieso muss sie immer recht haben?

»Also?«

»Es stimmt, doch ich kann das nicht.« Ich spüre bereits, wie die Schutzmauer vor mir aufsteigt, ich mich wieder dahinter verstecke und nichts und niemanden an mich herankommen lasse.

»Lass das nicht zu, Lia!«, redet mir Hannah gut zu.

»Du bist nicht allein!«, sagt Kim ruhig und legt mir ihre Handflächen auf die Oberschenkel. Mein Blick wandert sofort auf ihre zierlichen Finger.

»Du hast ja keine Ahnung.«

»Ich weiß nicht, was dir passiert ist, aber ich würde mich nicht zum ersten Mal auf die Seite eines Menschen stellen, ohne den eigentlichen Grund dafür zu kennen.« Meint sie das ernst? Kim kann doch nicht solche Sachen zu mir sagen, wenn ich standhaft bleiben und nicht nachgeben möchte! »Wir sind jetzt Freunde und da steht man zueinander. Wenn das bedeutet, dass ich meinem Bruder vorerst etwas vorspielen muss, dann werde ich das tun. Er hat die letzten Jahre nichts anderes getan. Er denkt, ich würde nicht begreifen, dass unter seiner harten Schale eine einsame Seele lebt und Levent glaubt ebenfalls, dass ich immer noch die kleine Schwester bin, die er um seinen Finger wickeln kann. Aber er unterschätzt mich und das ist unsere Stärke.«

»Wow! Das klingt ja nach einer richtigen Verschwörung!«, gibt Hannah schnaubend von sich.

Mir schnürt sich die Kehle allmählich zu. »Nach Freitagnacht kann ich nicht einfach so tun, als wäre nichts passiert.«

»Sollst du auch nicht. Sei so, wie du sein musst. Gib mir nur die Chance, ihn zu beobachten. Ich möchte wissen, ob er um dich kämpft, denn wenn er das tut, dann läuft er geradezu in meine Falle. Er würde damit zeigen, dass du ihm etwas bedeutest. Levent kämpft nur, wenn ihm etwas wichtig ist!«

»Für mich ist das hier kein Spiel, ich habe mich in deinen gottverdammten Bruder verliebt und das schneller und heftiger, als ich es für möglich gehalten hätte.«

Beide starren mich wortlos an. Der plötzliche Ausbruch kam so unerwartet, dass ich nicht nur sie erschrocken habe.

»Er sich in dich auch.«

»Ach ja? Und was war das dann auf dem Flur?«

Kim verstummt.

»Kim, ich bin mir wirklich nicht sicher, ob wir das schaffen«, mischt sich Hannah ein, als sie endlich ihre Stimme wiedergefunden hat.

»Ich verlange nichts von ihr, was sie nicht früher oder später selbst von sich verlangen würde«, verteidigt unsere Mitbewohnerin sich.

»Du hast recht. Wenn ich mich noch nicht in ihn verliebt hätte, würde ich das vielleicht anders sehen. Leider habe ich diese Möglichkeit nicht mehr. Wenn ich mich noch einmal auf ihn einlasse, ihm wieder vertraue, dann werde ich es herausfinden wollen. Ich kann nicht mit Levent zusammen sein, ohne die Wahrheit zu kennen.«

Hannah sieht mich an, als würde ich ihr erklären, dass die Erde keine Scheibe ist. »Ist das dein Ernst?«

»Wir sind nach Boston gekommen, um neu anzufangen, und das werde ich mir nicht so schnell kaputtmachen lassen. Ich möchte mich nicht länger in meinem eigenen Körper gefangen fühlen, ständig diese Albträume und Ängste haben und mich schon gar nicht von Liebeskummer unterkriegen lassen.«

»Du kannst dir gar nicht vorstellen, wie glücklich du mich damit machst«, murmelt Hannah und zieht mich im gleichen Moment in ihre Arme.

»Wir schaffen das, ob mit oder ohne Levent!«, fügt Kim hinzu und legt ihre Arme um uns herum. »Macht euch besser jetzt fertig, in einer Stunde sind die Gemeinschaftsbäder wegen Überfüllung geschlossen.« Und so begeben wir uns zu dritt auf den Weg.

Kapitel 14

Seitdem ich erfahren habe, dass Levent mit Meg geschlafen hat, ist eine Woche vergangen.

Eine schreckliche Woche. Eine voller Albträume und Sehnsucht.

Ein intensiver Kokosnussgeruch fliegt durch den Raum, als Kim sich eine dickflüssige Creme ins Haar knetet.

»Für die Locken, die sind sonst immer so trocken«, gibt sie rechtfertigend von sich, als Hannah und ich zu ihr sehen.

Gegen acht Uhr klopft es an der Tür, ein paar Sekunden darauf öffnet sie sich und Megan streckt ihren perfekt geschminkten und frisierten Kopf hinein.

»Bist du fertig?«, fragt sie mit ihrer quietschenden Stimme und tritt ungefragt ins Zimmer. Kim würdigt sie keines Blickes. Ihr kurzer Minirock und das hautenge und viel zu tief ausgeschnittene Oberteil erinnern eher an ein Partyoutfit, als an einen Tag in der Uni. Wenn ich sie heute sehe, stelle ich mir automatisch vor, wie sie ihre Finger auf seiner Haut hatte, wie …

»Ich komme erst zur dritten Vorlesung.« Kim antwortet ihr in einem zackigen und abgehackten Ton, aber Meg scheint das nicht zu bemerken.

»Wie geht es Levent?« Seinen Namen aus ihrem Mund zu hören, lässt mich erschaudern. Kim und Hannah sehen sofort in meine Richtung, ich hingegen versuche, mir nichts anmerken zu lassen.

»Ich weiß, dass du mit ihm was hattest.« Kim ist genervt. Meg starrt sie an und tut so, als wüsste sie nicht, wovon gesprochen wird. Ich frage mich, wie sie das so lange mit ihr ausgehalten hat? Bevor sie noch etwas quaken kann, schiebt Kim sie raus und knallt ihr die Tür vor den Kopf.

Ihr Vanilleduft hat sich im ganzen Zimmer verteilt. Ich kann den Drang, alles herauszuwürgen, gerade noch so unterdrücken.

Der Kloß in meinem Hals wird größer, das Kratzen schärfer und der Ekel wächst mit jeder weiteren Vorstellung von ihr auf seinem Schoß. Ihre Worte ziehen wie ein sich anbahnender Krampf durch meinen Bauch. Der Schmerz wird so heftig, dass ich bereits Stiche in meinem Rücken spüre. In meinem Kopf tun sich die wildesten Bilder auf. Ehe ich daran zerbreche, lenke ich mich damit ab, sämtliche Unterlagen fein säuberlich zu sortieren, meine Tasche zu packen und einfach an etwas anderes zu denken, ganz egal, an was! Hannah und Kim beobachten mich hilflos.

Als es erneut klopft und Dan ins Zimmer kommt, kann ich für eine Sekunde das Gesicht mit den roten Lippen vergessen. Doch dann stelle ich mir vor, wie sie Levent mit diesem Mund küssen wird. Die Säure brennt so sehr in meinem Hals und je länger ich mir dieses Szenario vorstelle, desto schwieriger wird es, den Ekel herunterzuschlucken.

»Fertig?«, fragt er und durchbricht so glücklicherweise das wirre Chaos in meinem Kopf.

»Ja«, antwortet Kim und schaut prüfend in meine Richtung. »Bis später.«

»Okay«, murmele ich geistesgegenwärtig und packe noch mehr Stifte und Blöcke in meine ohnehin schon überfüllte Tasche.

»Das reicht langsam«, ermahnt mich Hannah leise, als die

Tür ins Schloss fällt. Ich folge ihrem Blick und schaue auf einen Haufen von Notizbüchern, Blöcken und Unmengen an Stiften.

»Ich schaffe das nicht.«

»Doch, wir schaffen das!«, bestärkt mich Hannah und legt ihre Hände auf meine Schultern. Ihr Blick durchdringt mich und auch wenn ich mit aller Macht etwas Hoffnungsvolles in ihren braunen Augen ausmachen möchte, es gelingt mir im Moment einfach nicht. Ich kann nur an Levent denken und an die schrecklichen Worte, die alles Positive aus mir vertrieben haben.

Nachdem ich die Unterlagen neu sortiert und meine Tasche final gepackt habe, ziehe ich mich um und versuche, das Beste aus mir zu machen. Hannah zaubert mir ein leichtes Make-up, das die Spuren der vergangenen Nächte verschwinden lässt. Um Punkt neun Uhr erfüllt energisches Klopfen den Raum. In meinem Bauch tun sich ungute Gefühle auf und obwohl ich befürchte, gleich in sein Gesicht zu sehen, kann ich mich auf den Anblick trotzdem nicht richtig vorbereiten.

Als er die Tür öffnet und in seiner ganzen Pracht vor mir steht, muss ich wegsehen. Kleine Sternchen tanzen vor meinem inneren Auge wild durcheinander, lassen die Wirklichkeit verschwimmen und mich völlig schwindelig werden. Wie in Trance sinke ich auf den Bettrand, atme leise ein und aus und setze alles daran, nicht in seine Richtung zu schauen. Und doch tue ich es!

Sein Blick verunsichert mich, weil er mich Dinge glauben lässt, die unmöglich sind, wenn man bedenkt, wie er letzte Woche über mich gesprochen hat.

Meine Arme umgreifen mich und ziehen den Stoff des Cardigans immer fester nach vorne, sodass er beinahe wie

eine Decke um mich gewickelt ist. Hannahs Miene drückt Besorgnis aus. Sie weiß mindestens genauso gut wie ich, dass ich die alten Verhaltensmuster nicht so schnell ablegen kann, wie ich es mir wünsche. Dafür habe ich mich die vergangenen Jahre viel zu sehr hinter meiner Schutzwand verschanzt, mich quasi vor jeglichem Kontakt abgeriegelt. Für Levent wird es nicht leicht, genau diese Schutzmauer zu durchbrechen, wobei ich das vor dem ersten Mal auch dachte. Er hat mich bereits einmal für sich gewinnen können, wieso sollte er das also nicht noch ein weiteres Mal schaffen? Nur wer sagt mir, dass er das überhaupt will?
Kim!
Vielleicht irrt sie sich.
Vielleicht auch nicht!, flüstert June. Das Flüstern schenkt mir Hoffnung, der ich mich nicht hingeben darf und doch wünsche ich mir, dass sie recht hat.
»Lia«, kommt es ungewohnt zaghaft über seine Lippen.
»Nicht«, zische ich mit Tränen in den Augen, als er auf mich zukommen möchte. Er atmet frustriert aus.
»Ich habe dir die letzten Tage immer wieder geschrieben, dich angerufen. In der Uni habe ich auf dich gewartet, bin hergekommen, um nach dir zu sehen und du hast alles abgeblockt. Ich möchte doch nur mit dir sprechen.« Ich fertige ihn mit einem spöttischen Lachen ab. Das kann er doch wohl nicht ernst meinen. Als er merkt, dass er auch heute keinen Erfolg hat, schüttelt er bloß seinen Kopf. »Habt ihr Kim gesehen?«, erkundigt er sich und durchbricht damit das Gedankenkarussell in meinem Kopf. Ich kann ihm nicht antworten.
»Sie ist nicht hier.«
»Witzig, Hannah. Ob du es glaubst oder nicht, aber das sehe ich auch.«

»Dann kannst du ja jetzt gehen«, giftet sie zurück. Ich schaue aus dem Fenster, auf das Bett, nur nicht in sein Gesicht. Wie konnte ich überhaupt annehmen, dieser Mann würde es ernst mit mir meinen?

Ausgerechnet Levent.

»Ist sie in der Uni?«, bemüht er sich, ruhig zu fragen.

»Ja, doch wenn sie es dich hätte wissen lassen wollen, ständest du wohl nicht hier.«

»Was ist eigentlich dein beschissenes Problem?«, faucht er nun weniger ruhig. Inzwischen hat sich mein Verstand zurückgemeldet, die Panik hat sich in ein dunkles Loch verkrochen und der Verteidigungsmodus ist eingeschaltet.

»Du bist das Problem!«, platzt es in der Wut aus mir heraus. Er hat kein Recht, Hannah derart anzugehen.

»Verdammt, Lia! Wir haben getanzt und uns einmal geküsst, mehr nicht! Ich werde dich nicht gleich heiraten, nur weil du dich in mich verliebt hast.« Seine Worte vertreiben jegliches Gefühl aus meinem Körper. Ich kann weder reagieren noch kontern. Stattdessen stehe ich einfach nur da und versuche, zu verstehen, ob er das gerade wirklich gesagt hat.

»Es ist besser, wenn du jetzt gehst!«, ertönt Kims Stimme hinter ihm.

»Was tust du denn hier?«, fragt Hannah.

»Ich habe etwas vergessen«, antwortet sie und behält ihren Bruder dabei weiterhin im Auge. Levent ist so offensichtlich falsch für mich, dass ich es nicht gesehen habe. Diese Erkenntnis lässt jeden Anflug von Hoffnung in mir zerplatzen, wie Nägel, die mit einem Hammer ins Eis geschlagen werden. Er ist alles, was ich will und nichts, was gut für mich, richtig oder auch nur annähernd okay wäre. Levent ist exakt das, wovor ich mich schützen sollte, was schlecht für mich ist und vor allem ist er jemand, der mir vermutlich keine einzige Nacht nachtrauern wird. Er ist genau das, wovor ich mich seit *damals* fürchten sollte.

»Wieso hast du mir nicht geschrieben?«, geht er seine Schwester an, als wäre das, was er noch vor wenigen Sekunden gesagt hat, niemals passiert. Ich kann gar nicht sagen, was ich gerade am liebsten tun würde. Weinen, schreien, kreischen, brechen? Vielleicht alles gleichzeitig?

»Du hast es nicht verstanden, oder? Du sollst gehen, ich habe keine Lust mehr auf deine Beschützer-Nummer.«

»Wie bitte?«

Je länger ich an seine Worte denke, desto schlechter wird mir. Mit einem Mal wird die Übelkeit so schlimm, dass ich ihnen nicht länger zuhören kann. Keuchend zwänge ich mich an Kim vorbei, renne in den Gemeinschaftswaschraum und übergebe mich. Er kann sich nicht vorstellen, wie viel mir dieser Abend bedeutet hat, wie schwer es für mich war, mich ihm zu öffnen, und er wird wahrscheinlich nie begreifen, wie wichtig er für mich geworden ist. Ich will nicht glauben, dass ich mich in jemanden verliebt habe, den ich überhaupt nicht kenne. In jemanden, dem ich egal zu sein scheine und der sich vermutlich nicht einmal mehr an mich erinnert, wenn ich in Gedanken immer noch bei ihm bin. Bei ihm, auf der beschissenen Dachterrasse, tanzend in seinen Armen!

Vor lauter Anstrengung und Erschöpfung steigen mir Tränen in die Augen und laufen meine Wangen hinab. Dafür, jemanden zu wollen, den beinahe jede an der BU will, hasse ich mich. Ich möchte mir nicht eingestehen, ihn zu vermissen, obwohl er meine Gedanken nicht wert ist und ich verdränge den Wunsch, diesem tätowierten, eingebildeten Typen gehören zu wollen. Als mich ein weiterer Schwall durchzuckt und ich wieder einmal in die Schüssel vor mir blicke, öffnet sich die Tür.

»Lia?«, höre ich Hannah rufen. Bevor ich ihr antworten kann, tut es mein Würgen und nur wenige Sekunden später spüre ich sie hinter mir. »Scheiße! Lia, beruhige dich.« Ihre Hände streicheln meinen Rücken immer wieder, versuchen, mich zu entspannen, mir den nächsten Schwall zu nehmen, aber es gelingt ihr nicht. Ich verfalle schneller in alte Verhaltensmuster als gedacht, wenn auch unabsichtlich. Wie *damals* bin ich heute zu schwach, um dem Drang zu widerstehen. Der Schmerz gewinnt. Er zieht mich zu Boden, lässt das Brennen in meinem Hals so stark werden, dass ich aufgebe und erneut versage. Ich breche den Kummer aus mir heraus, wieder und wieder und doch verschwindet er nicht.

»Ich wollte das nicht«, keuche ich und zeige auf den Inhalt vor mir. Hannah nickt verständnisvoll. »Ich kann das nicht, ich kann ihn nicht jeden Tag sehen.«

»Ich weiß.«

»Ist er noch da?«, frage ich bebend und gehe an eines der vielen Waschbecken. Das Wasser kann den bitteren Geschmack nicht verbannen, die Erinnerung an seine Worte nicht verschwinden lassen.

»Keine Ahnung.«

»Kannst du mir bitte die Tasche holen? Ich warte hier auf dich.«

»Klar, ich komme sofort wieder.«

»Danke.«

Als sie den Raum verlässt, schaue ich in den Spiegel und muss mit Erschrecken feststellen, dass ich noch furchtbarer aussehe als befürchtet. Unter meinen Augen hängen tiefe Ringe, die Lippen sind rau und aufgerissen und meine

Haut ist vor Anstrengung leicht gerötet. Eigentlich war das immer mein Traum, endlich mit Hannah in eine andere Stadt ziehen und studieren, neu anfangen. Inzwischen hat sich diese Vorstellung in einen Albtraum verwandelt. Wieso musste ich mich auch ausgerechnet in jemanden wie ihn verlieben? Und weshalb muss er mich immer wieder retten, mir das Gefühl geben, er sei gut für mich, wo er doch das ganze Gegenteil ist?

»Lia?«, höre ich Hannah von der Tür aus. Ich gehe sofort zu ihr.

»Ist er noch hier?«

»Im Zimmer.«

»Dann schnell weg«, erwidere ich und laufe mit Hannah direkt in Ian hinein. Bitte nicht!

»Alles gut bei euch?«

»Alles bestens«, murmele ich und möchte an ihm vorbeischleichen, als hinter uns die Tür geöffnet wird und Ian nach meinem Arm greift. Sein Blick wirkt ehrlich und aufrichtig, doch ich habe gerade wirklich keine Nerven, mit ihm zu sprechen. »Lass mich los!«, presse ich atemlos hervor und sehe Nachsicht in seinen Augen. Als er den Griff lockert und uns gehen lässt, bedanke ich mich mit einem verzweifelten Augenaufschlag.

Vor dem Haupteingang taucht auf einmal Kim auf. Wie hat sie das denn gemacht? War sie nicht im Zimmer?

»Hier bist du!«, höre ich Hannah.

»Ist er immer noch oben?«, möchte Kim wissen und hält uns die Tür offen. Hannah gibt ihr die Antwort, die ich nicht wage, auszusprechen.

Kapitel 15

Sein Blick durchquert den gesamten Raum und trifft mich sofort. Er hat die Arme vor der Brust verschränkt. Die provokante Art setzt mich unter Druck und das Schwarz, das mich aus seinen Augen erreicht, erhitzt meinen Körper noch im gleichen Moment. Am liebsten würde ich umkehren und den Rest des Tages im Hörsaal verbringen.

Verfluchte Gefühle! Obwohl er mich so sehr verletzt hat, spüre ich Verlangen, wenn er mich ansieht. Wie macht er das nur? Levent müsste gerade in einer Vorlesung sitzen, lernen, sich auf Prüfungen vorbereiten, oder was auch immer tun, nur nicht hier sein. Und trotzdem ist er es. Meine Beine tragen mich ganz langsam nach draußen. An Levent vorbei, direkt in meinen nächsten Kurs. Ich gehe bis ans Ende des Flures und biege rechts ab.

Und dann taucht Nick plötzlich vor mir auf und ich fahre erschrocken zusammen. »*Bearbeitung literarischer Texte* lag mir schon immer am Herzen und dieses Semester habe ich endlich einen zeitlichen Puffer einbauen können, um den Kurs zu belegen. Toll, oder?« Nein! Das darf er nicht ernst meinen. »Wir haben uns noch gar nicht richtig vorgestellt. Ich bin Nick, aber meine Freunde nennen mich Bex. Ich freue mich, dich bald besser kennenzulernen«, gibt er anzüglich von sich und kommt mir dabei immer näher. Als ich nicht weiter ausweichen kann, weil ich gegen die Wand hinter mir pralle, steigt mir sein Geruch in die Nase.

Mit einem Schritt füllt er die Lücke zwischen uns

und auf einmal kommt es mir vor, als würde man mich unter Wasser drücken. Sein Gewicht presst mich in den Erdboden, lässt mir keine Chance, bringt mich mit seiner Hand zum Schweigen. In Wirklichkeit kommt er mir nur nahe, aber das reicht, damit sich der Rest in meinem Kopf zusammenfügen kann. Ich bin wehrlos, wie erstarrt.

Am liebsten würde ich wegrennen, mich unter einer Decke zusammenkrümmen und die Augen erst wieder öffnen, wenn der Albtraum ein Ende hat. Doch stattdessen stehe ich hier und muss mich dazu zwingen, ruhig ein- und auszuatmen. Unter meiner Haut schmerzt es, als würden Nadelspitzen durch mein Blut fließen, als würden sie bedingungslos in mein Innerstes stechen.

Die Panik breitet sich wie ein eisiger Film in mir aus, füllt jede noch so kleine Pore und als ich kurz davor bin, davon übermannt zu werden, legen sich zwei warme Hände um meine Oberarme. Diese zarte Berührung ist so intensiv, dass ich scharf einatme und mich aus der Schockstarre befreien kann. Das Zittern nimmt ab, meine Atmung normalisiert sich und dann steht Levent plötzlich vor mir.

»Was hast du hier verloren?«, zischt er in Nicks Richtung.

»Schön dich zu sehen, Levent. Dieses Semester werde ich endlich mal neue Welten betreten. Zum Beispiel die der *Bearbeitung literarischer Texte*«, entgegnet er mit zuckenden Kiefermuskeln.

»Ist klar, Bexter«, erwidert Levent spöttisch.

»Nein, ehrlich. Ich wollte schon immer meine literarische Seite kennenlernen«, kontert er und zwinkert mir kalt zu. Bexter, daher der Spitzname Bex.

»Verzieh dich lieber wieder.« Levents Griff wird fester.
Nick lacht.

»Geht es dir gut?«, wendet er sich an mich.

Seine Stimme ist ruhig, in seinen Augen wütet jedoch ein Sturm. Instinktiv schrecke ich vor ihm zurück. Er hat mich gerettet und doch war er es, der heute Morgen dafür gesorgt hat, dass ich mich übergeben musste. Levent kann nicht immer wieder meinen Retter spielen, Zeit mit mir verbringen, wenn er es möchte und mich dann wie Dreck behandeln, sobald er eben keine Lust mehr auf mich hat. Das schaffe ich nicht, dafür ist er mir viel zu wichtig.

Alles gerät ins Wanken, der Boden, die Wände, die Decke, vor meinen Augen dreht es sich.

»Lia?« Das Raue in seiner Stimme lässt mich fast vergessen, dass ich noch vor weniger als zwei Minuten wieder einmal knapp einer Panikattacke entkommen konnte. Seit ich in Boston bin, habe ich beinahe mehr Albträume und Flashbacks als in Seattle. Dabei sollte hier doch alles gut werden.

Ich nicke und erst als ich mich umsehe, überlege ich, wo Nick ist. Ob er bereits im Kursraum auf mich wartet?

Bevor sich die Angst ein weiteres Mal anschleicht, durchkreuzt Levents dunkle Stimme einen bevorstehenden Zusammenbruch. »Es wird alles gut, glaub mir.«

»Du weißt nicht, wovon du redest. Du kennst mich gar nicht!« Kaum ausgesprochen frage ich mich, ob ich das gerade tatsächlich gesagt habe? Das sollte nicht über meine Lippen kommen. Das Erlangen meiner starken Seite lässt mich wohl übermütig werden. Nur weil ich mir vorgenommen habe, dass ich mich von nun an wehre, muss ich ihm nicht gleich Dinge anvertrauen, die er nicht mit der nötigen Ernsthaftigkeit wahren würde.

»Nach deinem Verhalten zu urteilen, willst du daran auch nichts ändern.« Meint er das ernst?

»Kann dir das nicht egal sein? Wir hatten einen schönen

Abend, mehr nicht. Ich muss jetzt los.«

»Lia, was erwartest du von mir?«

»Von dir? Gar nichts mehr!« Die Worte brennen sich wie Säure in meine Seele und zerfressen mich. Langsam und schmerzvoll.

»Du musst einfach lockerer werden, deine verschlossene Art tut dir nicht gut«, ertönt seine Stimme, als ich ihm bereits den Rücken gekehrt habe und auf direktem Weg in den Kursraum bin. Zum Glück ist die Dozentin noch nicht da.

»Du hast keine Ahnung, was ich alles durchmachen musste, also erkläre mir nicht, was gut und was schlecht für mich ist!«, fauche ich verärgert und gehe. Wie kann er davon ausgehen, er wüsste, was richtig für mich ist? Ausgerechnet er! Wenn dem so wäre, hätte er mir diese eine Nacht und heute Morgen erspart, dann würde er uns nicht verspotten und mich nicht immer wieder vor einen inneren Konflikt stellen. Ich kann nicht jedes Mal von ihm gerettet und gleich danach wieder fallengelassen werden.

»Setz dich doch.« Beim Klang von Nicks Stimme fahre ich erschrocken zusammen. Er ist tatsächlich in meinem Kurs. Ich ignoriere ihn, durchquere den Raum und wähle den äußersten Platz, den, der am weitesten von dem Typen mit den drei Millimeter kurzen Haaren und den eisigen Augen entfernt ist.

Die Vorlesung beginnt nicht pünktlich, aber das stört mich im Moment nicht besonders. Vielmehr tut es dieser Nick. Immer wieder erreichen mich seine Blicke, obwohl ich mit aller Macht versuche, nicht in seine Richtung zu schauen. Ich spüre sie auf mir, als wären es zwei starke Hände, die mich packen und in eine Ecke drängen. Nicks Anwesenheit bereitet mir Angst und wenn mir dieses

Studium nicht so wichtig wäre, wenn es nicht symbolisch für mein neues Leben stehen würde, dann wäre ich jetzt schon nicht mehr in diesem Raum.

Der Vormittag verläuft schrecklich. Ich kann mich kaum auf den Vortrag konzentrieren, weil ich die ganze Zeit nur an Levent denken kann. Kurzerhand nehme ich mir meinen Block zur Hand, der eigentlich zur Mitschrift dienen sollte, und notiere mir meine Gedanken.

Wunschzettel:
- Am Rockefeller Center Schlittschuhlaufen
- In London im Regen tanzen
- In Irland die Klippen von Moher und Burren besichtigen
- In Schottland durch Wälder spazieren
- Noch einmal in seine Augen sehen und Juniregen spüren

Ich reiße das Blatt aus dem Block heraus, falte es und verstecke es in meiner Hosentasche. Diesen Wunschzettel sollte ich schnellstmöglich vergessen, da dessen Inhalt vermutlich niemals Realität wird. Und vor allem muss ich mich auf die Vorlesung konzentrieren.

Ab jetzt gibt es keine Flashbacks, Panikattacken oder sonstige Situationen, die mich in meine Vergangenheit schicken. Das habe ich mir bereits am Tag meiner ersten Vorlesung gesagt, doch heute will ich es in die Tat umsetzen. Dieses Studium, das mich die letzten Jahre hoffen ließ und in das ich so viel Zuversicht gesteckt habe, kann ich nicht aufgeben, bevor es überhaupt begonnen hat.

Am Ende der ersten Vorlesung packe ich alles ein, nehme mir einen der Stapel Papiere mit, die bis zur kommenden Sitzung vorzubereiten sind, und verlasse fluchtartig den Raum. Bloß an Nick zu denken, reicht aus, damit ich orientierungslos durch die Flure husche. Ich weiß nicht, in welchen Gang ich gehen muss, um meinen nächsten Kursraum zu erreichen – ob ich überhaupt noch eine Vorlesung habe – doch das ist im Augenblick nicht wichtig. Als ich wieder einmal mit voller Geschwindigkeit in jemanden hineinlaufe und in die Augen sehe, in die ich nicht blicken sollte, spüre ich nervöses Flattern in Regionen meines Bauches, in denen es nicht zu flattern beginnen sollte.

»Kann ich helfen?«

»Nein!«, sage ich sofort und haste an Levent vorbei.

Jetzt beruhig dich mal, er ist schließlich nicht in dich hineingelaufen.

Wieso ist er überhaupt immer dort, wo ich gerade bin?

Ihr studiert an der gleichen Uni?

Wann hat dieses Biest eigentlich Sendepause?

»Lia!«, ruft Ian vom anderen Ende des Flures. Ich winke ihm flüchtig.

»Geht es dir besser?«

»Hm.« Es ist immer dieses stille *Hm*, das mir entfährt, wenn ich am liebsten gar nichts erwidern möchte.

»Es ist wegen Levent, richtig?«, fragt er leise, als er bei mir angekommen ist. Er ist sein bester Freund. Ian wird wohl kaum davon ausgehen, dass ich denke, er würde das, was ich ihm sage, für sich behalten.

»Alles gut.«

»Ich weiß, dass du gebrochen hast.«

»Tut man das öfter in Levents Gegenwart oder wie kommst du sonst darauf, dass er etwas damit zu tun haben könnte?«, entgegne ich mit einem für meine Verhältnisse reichlich sarkastischen Unterton.

»Lia, jetzt warte mal.« Er greift nach meinem Arm, als

ich mich auf den Weg in die Bibliothek machen möchte. »Ich bin zwar sein bester Freund, das heißt allerdings nicht, dass ich gleich zu ihm renne und petze.« An der Tonlage erkenne ich, dass Ian ein wenig beleidigt zu sein scheint. Doch was soll ich anderes denken? »Er mag dich.«

»Ach ja? Nenn mich anspruchsvoll oder wie auch immer, aber er hat mir das Gegenteil bewiesen.«

»Er meint das nicht so.«

»Ich bin nicht Meg, die ihm das halbe Leben hinterherrennt und ich werde mich nicht wie einen Spielball hin und her werfen lassen.«

Wow!
Allerdings.

»Nein, du bist nicht Meg. Das bist du ganz und gar nicht!«

»Was soll das denn heißen?«

»Du bist die Erste, die er mit zu sich nach Hause genommen hat und du bist die Einzige, um die er kämpft. Er verbringt jetzt fast schon zwei Monate Zeit mit dir. Vielleicht kannst du ihm ja doch noch eine zweite Chance geben.« Mit einem Augenzwinkern verabschiedet sich Ian und lässt mich mit offenem Mund zurück. Seine Worte bringen mich zum Nachdenken, aber selbst, wenn er recht hat, kann ich Levent nicht einfach so verzeihen. Dafür schmerzt es zu sehr in meinem Herzen.

Kapitel 16

Die letzte Woche habe ich penibel darauf geachtet, Levent nicht öfter als notwendig über den Weg zu laufen. Es kam mir beinahe vor, als hätte er jede Gelegenheit ausgenutzt, nur um in meiner Nähe zu sein. Seit den vernichtenden Worten sind fast drei Wochen vergangen und trotzdem denke ich immer noch jeden Tag an sie. Doch dann sind immer noch Ians Worte da. Bedeute ich Levent doch etwas?

»Es ist schon elf Uhr. Was machst du noch hier?«, fragt Kim, als sie in den Raum kommt. Hannah ist bereits in der Uni und ich liege auf dem Bett und gehe die Unterlagen für später durch.

»Meine erste Vorlesung beginnt in einer Stunde. Was ist mit dir?« Ich deute auf den Haufen vor mir, den ich schon längst in meinem Gedächtnis verankert haben sollte.

»Ich muss jetzt in die Bibliothek und am Nachmittag fängt der nächste Kurs an«, jammert Kim theatralisch. »Was Levent angeht ...«, fängt sie an, aber ich unterbreche sie.

»Ich möchte nicht über ihn sprechen!« Egal, wie sehr ich mich bemühe, ich kann nicht einfach vergessen, was er über mich gesagt hat und vor allem werde ich die Erinnerungen an den Abend auf seiner Terrasse nicht los.

»Er wird gleich kommen und Bücher abholen.«

»Meinetwegen.« Ich versuche, die Aufregung mit einer lässigen Handbewegung zu besänftigen.

»Wirst du es mir irgendwann sagen?«

»Was meinst du?«

»Na ja, was dir diese Angst einjagt und dich dazu zwingt, dass du dich immer hinter deiner Schutzmauer verriegelst.«

Ich brauche einen Moment, um meinen Herzschlag herunterzufahren. »Vielleicht.«

»Okay.« Von Kims kratzbürstiger Art, die uns in den ersten Tagen in den Wahnsinn getrieben hat, ist heute nichts mehr zu merken. Ich kann nachvollziehen, dass sie gerne mehr von mir wissen möchte, schließlich kennen wir uns jetzt schon eine ganze Weile. Außerdem hat sie uns schließlich auch schon so viel von sich und ihrer Familie anvertraut. Am Anfang hätte ich nicht gedacht, dass wir uns einmal so gut verstehen werden. Womöglich wird sie mich also auch ein weiteres Mal überraschen und dazu bringen, meine Grenzen zu überschreiten. Irgendwann kann ich mich ihr möglicherweise anvertrauen. »Bis später!«, verabschiedet sie sich von mir.

»Bis dann.« Ich winke ihr vom Bett aus zu.

Kulturelle Gegensätze in der Kontroverse ist wohl das langweiligste Fach, das ich belege. Allerdings ist es auch einer der beiden Kurse, die ich mit Hannah gemeinsam besuche. Die Informationen wollen einfach nicht in meinem Kopf bleiben und die Tatsache, dass Levent jeden Moment hier auftauchen könnte, stärkt mein Konzentrationsvermögen nicht gerade. Wenn er erst einmal wieder verschwunden ist, werde ich besser lernen können. Anstatt mir die Unterlagen durchzulesen, rede ich mir weiter ein, dass Levent an dem Durcheinander in meinem Kopf schuld ist. Als es dann an der Tür klopft, richte ich mich sofort auf.

»Es ist offen.« Doch als der Griff durchgedrückt wird, tritt nicht wie erwartet Levent ins Zimmer, sondern mein schlimmster Albtraum. Nick! »Was willst du?« Panik klettert mir ins Gesicht.

»Ich übergehe den aggressiven Tonfall mal, aber nur, weil ich dich mag.« Allein die Art und Weise, wie er im Türrahmen steht, ekelt mich an. Nicks Hände stecken lässig in seinen Hosentaschen und als er die Tür mit einem einfachen Schubs ins Schloss fallen lässt, schalten sich alle Alarmglocken in meinem Kopf an.

»Verschwinde!«, fordere ich panisch und rücke noch weiter nach hinten. Mein Herzschlag beschleunigt sich innerhalb von Sekunden auf die dreifache Geschwindigkeit.

»Ich wollte dich nur abholen, unser Kurs beginnt in einer halben Stunde.« Die blauen Augen wandern über meinen Körper, bis nach ganz unten und dann wieder zurück. Jeder Blick ist eine Drohung. Als er mit der Zunge über seine Unterlippe leckt, wird mir schlecht. In meinem Hals schmecke ich bereits das säuerliche Kratzen und hinter den Lidern spüre ich heißes Brennen.

»Du sollst gehen!«, bringe ich gerade noch so heraus, ehe ich weiter ins Innere des Bettes krieche. Meine Haut schmerzt.

»Du hast wirklich schöne Augen.« Was hat er nur mit meinen Augen? Immer wieder lässt er diesen Satz fallen. Nur ist mir das plötzlich vollkommen egal, denn Nick kommt mir näher und als er den Rand des Bettes erreicht, steigt mir ein weiteres Mal der stechende Geruch nach Ammoniak in die Nase. Der beißende Gestank sticht mir mitten ins Herz, lässt mich erstarren und bewegungsunfähig werden. Ich muss automatisch würgen. »Zeig mal her!«, fordert er fast schon keuchend. Mit festem Griff zerrt er mein Gesicht zu sich. Er zwängt mich in die Matratze. Mit einem Mal bin ich erneut sechzehn, wehrlos und schwach. »Du bist jetzt still!«, befiehlt er gefährlich, presst seine Hand auf meinen Mund und drückt meinen zitternden Körper mit seinem ganzen Gewicht nach unten. Ich möchte schreien, ihn treten oder beißen. Mir gelingt nichts davon. Auch wenn er nicht das Monster ist, fühle ich mich genau diesem gerade sehr nahe. Nicks strenger Körpergeruch katapultiert mich an einen Ort, an dem ich Schreckliches erleben musste, an den ich nie wieder zurückkehren wollte und der mir den Angstschweiß über den Rücken laufen lässt. Mir stellen sich alle Haare auf, der Ekel verteilt sich wellenartig in mir und ich fühle mich, als würde man mir erneut diese Jacke auf das Gesicht pressen. Der süßliche Alkohol und Rauch und Schweiß. Ich spüre den Bass in meinem Bauch und vernehme das Keuchen in meinem Ohr. Es ist das Keuchen, das ich nie wieder hören und der Bass, den ich nie wieder spüren wollte.

Als würde man Feuer mit Feuer löschen wollen. Als würde man einen Schlag mit einem Weiteren zu dämpfen versuchen. Als würde man vergossene Tränen mit einer einzigen weiteren Träne trocknen wollen. Das Gefühl der Machtlosigkeit überrollt mich und dann spüre ich wieder den schweren Stoff von *damals* auf meinem Gesicht.

Seine Faust trifft mich mitten ins Gesicht. Kurz darauf schneidet kaltes Silber in meine empfindliche Haut. Der Schmerz zieht sich durch meinen ganzen Körper. Langsam und quälend.

»Sei still«, keucht das Monster und presst die Jacke noch fester auf mein Gesicht, während es seine Hände eiskalt zwischen meine Schenkel drängt. Die Angst lähmt mich, zuerst meine Beine, dann die Arme – schließlich meine Seele. Ich möchte mich verstecken, wegrennen oder schreien, aber es lässt es nicht

zu.

Jedes Keuchen, jeder Atemzug fühlt sich wie ein Tritt ins Gesicht an. Ich will den Schmerz vergessen, will die Furcht nicht zulassen und stark sein – doch ich sehe das unerlaubte Eindringen bereits kommen, bevor ich es spüre. Bevor es mich in den Abgrund zieht und dort allein lässt. Bevor es mein Leben ein weiteres Mal zerstört.

»Du sollst ruhig sein!«

Ich würde ihn am liebsten von mir schubsen, aber er ist zu kräftig. Mehr als hilfloses Herumzappeln gelingt mir nicht. Und dann greift er nach meiner Hand, steckt sie unter den Bund seiner Hose und reibt sein feuchtes Fleisch daran. Ich wusste, dass dieser Moment kommt und ich wusste, dass ich mich dafür nicht wappnen kann. Mein Verstand sagt, dass ich mich wehren muss, mein Herz schreit, dass ich ums Überleben kämpfen muss, doch die Angst flüstert, dass ich keine Chance haben werde. Alles, was ich höre, ist dieses verfluchte Flüstern. Ich fühle mich, als würde man mich mit Säure übergießen.

Nicks erregtes Keuchen widert mich an. Es gefällt ihm, dass ich wehrlos unter ihm liege und darum bettele, dass er endlich aufhört. Nur wird er mir diesen Wunsch nicht erfüllen. Das Gegenteil passiert. Er reibt sich immer schneller an mir und als Nick nach meinem Hosenbund greift, schreie ich so laut, dass Magensäure meinen Hals hochsteigt.

Innerhalb einer Sekunde trifft mich seine Faust. Die Wucht, mit der er mich schlägt, lässt mich glauben, ich würde in ein Meer aus Nadeln fallen. Das Pochen wird so stark, dass ich denke, ohnmächtig zu werden.

»Halt deine Fresse!«, flucht er und fährt mit seiner Folter

fort.

Die gequälten Geräusche, die mir entfahren, spornen ihn nur an und ich weiß nicht, wie ich die nächsten Minuten überstehen soll. Mit einem Mal ist alles wieder da. Der Schmerz, die Erniedrigung, die Scham, der Ekel, das schwarze Loch, aus dem ich so schwer herausgefunden habe.

»Das gefällt dir doch!«, stöhnt er.

Sein heißer Atem verteilt sich wie ein schmieriger Film auf meinem Hals und es ist, als würde er mich durch eine gefrorene Schicht ins Eiswasser tauchen. Aus meinen Lungen entweicht jegliche Luft, aus meinem Körper jeder Tropfen Blut und aus meiner Seele jeder noch so kleine Funke Hoffnung. Ich gebe auf, habe den Kampf verloren, lasse zu, dass das Monster wieder da ist und mein Leben ein zweites Mal zerstört. Und in diesem Augenblick wünsche ich mir, sein Schlag hätte mich ins Jenseits befördert. Dann müsste ich all das nicht miterleben, nicht noch einmal!

In dem Moment, in dem er seine Tat vollenden möchte, öffnet sich die Tür und Nick wird von mir gerissen. Levents Fäuste schlagen immer wieder auf sein blutendes Gesicht ein.

Die Säure bahnt sich ihren Weg nach draußen und ehe ich sie zurückhalten kann, drehe ich mich zur Seite und übergebe mich. Kalter Schweiß rinnt mir die Schläfen hinunter und versiegt im Ausschnitt meines Pullovers. In mir herrscht Einsamkeit, Stille … nichts. Was vor mir passiert, nehme ich gar nicht richtig wahr, denn alles, was in diesen Sekunden zu mir findet, ist ein Gefühl von Taubheit. Ich bin verloren, schon wieder.

Leere durchzuckt mich, lässt meine Hände zittern und meine Beine verwandeln sich in Blei. Das Stechen wird nicht weniger, durchfährt mich und erinnert mich daran, was gerade noch verhindert wurde. Levent hat mich gerettet, dieses Mal im letzten Moment. Das werde ich niemals vergessen!

»Komm mit!«, presst er hervor.

Levents Blick glüht vor Wut, sein Körper ist angespannt und dennoch greifen seine Arme sehr vorsichtig nach mir, heben mich hoch und drücken mich leicht an seine Brust, in der ich sein Herz wild pochen spüre. Die Dankbarkeit in mir ist zu groß, als dass ich mich gegen die Nähe wehren könnte. Ich brauche ihn und den Schutz in seinen Armen.

Levent trägt mich aus dem Zimmer. Wir lassen einen am Boden liegenden, blutenden Nick zurück, doch das ist mir gerade vollkommen egal. Fremde Studenten, Wände, Zimmertüren, alles rauscht nur so an mir vorbei. In mir breitet sich eine derartige Panik aus, dass ich mich wie gelähmt fühle. Als würde warmer Kleber anstelle von Blut durch meinen Körper fließen. Alles zieht sich zusammen, die klebrige Masse nimmt mich ein, bringt mich dazu, dass ich quälende Laute von mir gebe und mich zitternd nach vorne krümme. Irgendwann setzt Levent mich auf seinen Beifahrersitz, schnallt mich an und sitzt nur wenige Augenblicke später neben mir.

»Wohin fahren wir?« Alles geschieht wie von allein.

»Zu mir.« Dann startet er den Motor und fährt. Das Sitzen, Schweigen, Atmen, es passiert einfach. Als würde mich jemand fernsteuern. Ich wünschte, Nicks Schlag hätte mich gleich für mehrere Stunden außer Gefecht gesetzt, mir diese verzweifelte Leere erspart. Ich möchte aufwachen und schweißgebadet um Luft ringen. Aber es ist kein Albtraum, heute leider nicht. Der Dreck klebt an meinen Fingern, verteilt sich mit jeder weiteren Sekunde bis in mein Innerstes und macht mir einmal mehr bewusst, dass ich selbst Tausende von Meilen von Seattle entfernt von meiner Vergangenheit eingeholt werde. Und wie *damals* kann ich nicht weinen, loslassen, schreien oder bloß verdrängen. Die Einsamkeit in mir drängt jedes andere Gefühl in den Hintergrund. Sie lähmt mich und vertreibt jegliches Empfinden.

»Ich muss Hannah Bescheid geben.«

»Das mache ich schon.«

»Und Kim muss ich auch sagen, dass ich bei dir bin.«

»Lia! Du musst jetzt gar nichts.«

»Ich habe meine Unterlagen vergessen und sollte eigentlich in der Vorlesung sein und ...«

»Lia! Beruhig dich!«, sagt er langsam, fährt rechts an den Straßenrand heran und umschließt mein zitterndes Gesicht mit seinen warmen Händen. Die Berührung ist zu viel. Ich kann nicht länger im Autopilotmodus fliegen, reiße die Autotür auf und breche auf den Bordstein. Levent steht blitzschnell vor mir.

»Wir werden das alles schon regeln, aber nun fahren wir zuerst zu mir nach Hause, okay?«

Ich nicke, zittere und krümme mich zusammen. Alles gleichzeitig.

Kapitel 17

Es hat mehrere Stunden gedauert, bis ich mich etwas beruhigt hatte. Und jetzt stehe ich hier und die ganze Technik verwirrt mich. Ich schaue immer wieder die vielen Tasten an, bis ich erkenne, dass ich zwischen Regendusche und normaler Brause wählen kann. Diese Dusche gleicht einem Cockpit.

Als ich mit dem Finger über das rechte Feld fahre, regnet es auf mich hinab. Das warme Wasser spült den Dreck von mir und massiert die Verspannung ein wenig aus den Schultern heraus. Mit kreisenden Bewegungen verteile ich sein klares Duschgel in den Handinnenflächen. Levents Geruch schmiegt sich wie eine zweite Haut an mich und vertreibt den bitteren Schmerz, den das Monster aus den Tiefen meiner Seele heraufbeschworen hat. Nick hat alle Wunden aufgerissen, die dunkelsten Dämonen zum Leben erweckt und die Einsamkeit ins Zentrum meines Seins getrieben. Ich fühle mich wie *damals*. In gewissem Maße bin ich eben fast ein zweites Mal gestorben, doch anders als *damals* kann ich mich heute halten lassen. Ich bin sicher, hier bei ihm. Egal, was war, jetzt zählt nur, dass er bei mir ist.

Das Wasser perlt an den schwarzen Kacheln ab und verschwindet unter dem glänzenden Abflussdeckel. Während weißer Schaum von mir gespült wird, schaue ich mir Levents Bad durch die in den Boden eingelassene Glasscheibe an. Das Licht spiegelt sich in den schwarzen

Fliesen, wodurch sie aussehen, als würden sie glitzern. Das Funkeln zu beobachten, lenkt mich ab und bringt mich auf etwas bessere Gedanken.

Das Klingeln an der Haustür lässt mich jedoch gleich wieder zusammenschrecken. Dann klopft es an der Tür.

»Lia? Ich bin es, Kim, ich habe frische Klamotten für dich.« Kim? Hat Levent sie angerufen?

Ich wickele mich in ein großes, weißes Handtuch und öffne vorsichtig das Badezimmer. Das Blau in ihren Augen ist wärmer als das von Nick. Eigentlich sind sie überhaupt nicht zu vergleichen, weil mich Herzlichkeit, Rücksicht und Freundschaft anspringt, wenn ich in das Gesicht mit den schwarzen Locken schaue. Aber die Angst ist noch immer so groß, dass ich sofort an ihn denke, wenn ich in blaue Augen sehe.

»Darf ich?« Mit einem stummen Nicken lasse ich sie eintreten. »Levent hat mir gesagt, dass du neue Klamotten gebrauchen könntest.«

»Danke.«

Kim straft mich mit einem bösen Blick. »Dafür brauchst du dich nicht bedanken.«

»Kannst du Hannah Bescheid geben?«

»Hab ich schon.« Ihre lockere Art entschärft die angespannte Situation etwas. »Du solltest heute Nacht bei ihm bleiben. Hannah und ich schlafen in Ians Wohnung.«

»Kim, ich weiß nicht, ob ich das schaffe.«

»Wenn du möchtest, kannst du auch mit zu Ian«, schlägt sie vor. Ich mustere ihr Gesicht in einer Weise, als würde ich dadurch die Lösung meiner Probleme erlangen. »Also … ich glaube, Levent würde sich freuen, wenn du bleibst«, fügt sie mit einem leisen Räuspern hinzu. Ich denke über ihre Worte nach, als sich mein Herz auf einmal mehr wünscht, als es dürfte.

»Er hat mich gerettet.«

»Und er würde es immer wieder tun.« Vielleicht hat Kim recht und ich sollte heute Nacht bei ihm bleiben.

»Du meinst, ich soll ihm eine Chance geben?«

»Euch.« Es ist nur ein Wort und doch bedeutet es viel mehr, als ich mir eingestehen möchte.

»Ich bin froh, dass dir so etwas nicht noch einmal passiert ist.«

Meine vor Panik aufgerissenen Augen antworten ihr, ehe ich auch nur ein einziges Wort herausbringe. »Sag es bitte nicht weiter.«

»Du kannst dich auf mich verlassen«, versichert sie mir und schließt mich ungefragt in ihre Arme. Vielleicht hätte ich eine so enge Umarmung lieber abgelehnt, mag sein, dass es aber genau das ist, was ich jetzt am dringendsten brauche.

Vor allem brauchst du ihn!, kreischt June in die ohnehin schon lauten Gedanken.

»Möchtest du ihn anzeigen?«, kommt es zögerlich aus ihr heraus. Wie *damals* stehe ich vor diesem Punkt und wie vor zwei Jahren verharre ich an Ort und Stelle, anstatt mich für den richtigen Weg zu entscheiden. Mein klarer Menschenverstand schreit *Ja*, alles andere sagt *Nein*. Dann müsste ich die schrecklichen Momente ein weiteres Mal zum Leben erwecken. Man würde mich nach Details fragen, mich ins Kreuzverhör nehmen. Und wofür? Dafür, dass er am Ende ohnehin davonkommt? Die Angst ist zu groß, größer als der Verstand. Kim löst sich wenige Zentimeter von mir.

Ich schlucke und sie sieht mich an, als hätte sie soeben meinen Gedanken gelauscht. »Du musst dich nicht rechtfertigen«, versichert sie mir und schließt mich wieder in ihren Arm.

»Danke, Kim. Gib Hannah einen Kuss von mir.«

»Mit oder ohne Zunge?«, murmelt sie anzüglich in mein linkes Ohr.

»Sehr witzig!«, gebe ich mit einem leisen Schnauben von mir. Wieso müssen die Dawns eigentlich immer alles in Ordnung bringen?

»Ich bin jederzeit erreichbar, nur für den Fall, dass du doch lieber bei uns schlafen möchtest.«

»Es hat mich an *damals* erinnert.«

»Bitte?«, fragt sie und löst sich aus der Umarmung.

Bis vor wenigen Wochen hätte ich niemals über dieses Thema sprechen wollen. Boston, Kim und vor allem Levent haben mich verändert und so fühle ich mich in gewisser Weise befreit, als mich die ehrlichen Worte verlassen. Levent hilft mir, das Geschehene zu verarbeiten, auch wenn mich das Monster glauben lassen will, dass ich das nicht dürfte. Es will mir einflüstern, dass ich die guten Gefühle nicht zulassen und mich nach so einer Sache nicht gut fühlen darf. Doch Levent gibt dieser Stimme keine Chance. Er ist da und sorgt für Ordnung, dafür, dass ich gesund werden kann.

»Nick?«

Gänsehaut wandert von meinem Nacken über die Kopfhaut bis in mein Gesicht. »Ich konnte mich wieder nicht wehren.«

»Ach, Lia«, flüstert sie traurig.

»Ich war in dem Moment dort … ich wollte nie wieder da sein.«

»Hast du Angst vor einer Anzeige?«

»Um ehrlich zu sein, spreche ich zum ersten Mal darüber.

Na ja, mit jemandem außer Hannah.«

»Lass dir Zeit und finde heraus, was dir am meisten helfen würde.«

Es gäbe da einen verdammt gutaussehenden, tätowierten, muskelbepackten Typen, der helfen könnte!

Dieses vorlaute, unachtsame, aufdringliche Stück!

»Das bleibt unter uns, versprochen!«, ergänzt Kim.

»Danke!«

»Kannst du endlich aufhören, dich ständig zu bedanken?« Meine Augen schließen sich und mit einem Mal bin ich es, die sie in den Arm nimmt. »Ich werde jetzt gehen.«

»Okay.«

»Bis dann!«, sagt sie mit einer zuckersüßen Stimme, die eigentlich überhaupt nicht zu dem aufmüpfigen Wesen passt, das sie so gerne nach außen hin präsentiert.

Als sie die Tür schließt und ich immer noch in seinem Handtuch vor dem Spiegel stehe, beginne ich, darüber nachzudenken, ob ich wirklich bei ihm bleiben kann. Immerhin hat er mich in Sicherheit gebracht. Ohne Levent wäre ich vermutlich immer noch in der Gefangenschaft dieses Irren. Ich schlüpfe in meine weiße Baumwollunterwäsche, die nicht unbedingt sexy, aber sehr bequem ist. Mein Blick erreicht die Hose, die ich bis vor wenigen Minuten trug. Neben der bitteren Erinnerung denke ich an meinen Wunschzettel, den ich in genau dieser Hosentasche versteckt, seither jedoch nicht herausgeholt habe. Meine Hand fährt in die rechte Gesäßtasche, doch ich spüre kein gefaltetes Papier, auch nicht, als ich in der linken Tasche nachschaue. Habe ich ihn woanders hingetan?

Das abrupte Anklopfen reißt mich aus der Überlegung. Ich greife hektisch nach dem Handtuch und verstecke meinen halb nackten Körper darunter.

»Alles in Ordnung bei dir?«, vernehme ich Levents Stimme durch die verschlossene Tür.

»Ja, ich bin gleich fertig.« Das Herzrasen lässt nach, als mir bewusst wird, dass er nicht ins Badezimmer kommen wird. Ich stehe noch einige Sekunden still da und warte mit großen Augen auf eine mögliche Antwort. Es kommt keine.

Als ich mir sicher bin, dass er nicht länger vor der Tür steht und auf mich wartet, ziehe ich mir meinen geliebten Pullover an. Hannah muss Kim gesagt haben, dass dieses besonders hässliche Stück – Kims Meinung nach – mein Liebstes ist und wenn ich mir ihren angewiderten Gesichtsausdruck dabei vorstelle, muss ich unweigerlich schmunzeln. Der hellgraue, weiche Stoff legt sich schützend über mich und bietet mir Geborgenheit. Nasse, kalte Haare fallen mir auf die Schultern, als ich sie aus dem Handtuch befreie. Anders als sonst, binde ich sie mir nicht sofort zusammen, sondern rieche an ihnen. Levent ist in meinen Haaren, an meinem Körper, überall. Sein Duft hüllt mich ein und es ist merkwürdig, dass mir das so gut gefällt. Denn jetzt ist nicht mehr das Monster da, bloß er. Levent hat es vertrieben und ist bei mir, egal wohin ich gehe. Er passt auf mich auf.

Ich laufe leise an seinem Schlafzimmer vorbei und an dem Zimmer, dessen Tür bereits beim ersten Besuch verschlossen war.

»Dein Haar ist offen!«, stellt er mit tiefer Stimme fest und erschreckt mich beinahe etwas mit seiner plötzlichen Anwesenheit.

»Ja, ich …«, stammele ich.

»Gefällt mir.« In meinem Bauch verteilt sich ein warmes

Gefühl und obwohl ich mir das am liebsten verbieten möchte, funktioniert es nicht. Ich mag die Vorstellung, ihm zu gefallen.

»Wenn das für dich in Ordnung ist, würde ich auch eben duschen.«

»Klar.« Das Wort kommt so schnell aus meinem Mund heraus, dass sich kleine Grübchen in seine Wangen drängen und ihm ein verstohlenes Lächeln über die vollen Lippen huscht.

»Ich beeile mich.«

»Hm.« Wieder dieses *Hm*, dass mir immer dann entfährt, wenn sich mein Kopf eine völlig andere Antwort zurechtgelegt hat, Bilder vor meinem geistigen Auge erscheinen, die ich mir nicht ansehen sollte und das Herz mehr will, als der Verstand zulässt. Mit großen Schritten geht er an mir vorbei und verschwindet hinter der dunklen Tür seines Badezimmers.

In diesem Moment spüre ich, dass ich etwas zulasse, wofür ich vielleicht noch nicht bereit bin. Als im Hintergrund Wasserrauschen ertönt, drehe ich mich dem Geräusch entgegen und sehe erneut auf das geschlossene Zimmer. Ob ich meinem Drang nachkommen und nachschauen soll? Ich entscheide mich dagegen. Ich bin die Einzige, die er in sein Zuhause lässt. Levent vertraut mir, das möchte ich nicht durch meine Neugierde kaputtmachen.

Er ist dir wichtig!

Ja, geht es dir jetzt besser?

Ja!

Gut, dann lass mich für den restlichen Abend in Ruhe!

Kaum zu glauben, dass sie immer noch in mir herumspukt, wo ich sie doch in Seattle zurücklassen wollte.

Ich lasse meine Finger über das kalte Porzellan des

Waschbeckens gleiten, als ich aus dem Panoramafenster der Küche blicke. Ein leicht gräulicher Schleier legt sich über die Stadt, der nur hin und wieder durch die hohen Gebäude durchbrochen wird und meine neue Heimat zum Schweben bringt.

»Du hättest dich auch setzen können«, ertönt es aus dem Hintergrund.

Das weiße Handtuch sitzt tief auf seinen Hüften und ist das Erste, was ich wahrnehme, als ich mich zu ihm umdrehe. Das Wasser läuft den muskulösen Körper perlenartig hinunter, bis es in dem Stoff unterhalb des Nabels versiegt. In kleinen Rinnsalen fließt es Levents Brust hinab und ich stelle mir vor, wie sich die feinen Haare unter meinen Fingern anfühlen würden. Sie bilden eine schmale Linie von seinem Bauch bis unter das Frottee des Handtuchs.

»Lia?«, hakt er verwirrt nach.

»Geht schon!«, antworte ich hastig, während ich das Pochen in meiner Brust zu besänftigen versuche. Levents Bauchmuskeln tanzen unter der tätowierten Haut, als er sich die Haare trocken rubbelt. Heilige Scheiße!

Ich sollte ihn nicht beobachten.

Meine Wangen glühen, in meinem Magen setzen die Schmetterlinge zum Sturzflug an und die Purzelbäume, die mein Herz schlägt, lassen mich ganz schwindelig werden.

»Bin gleich wieder da.« Die raue Stimme durchbricht die himmlische Vorstellung und hinterlässt eine Mischung aus Entsetzen und Erregung. Wieso prickelt es in meinem Bauch und weshalb gefällt mir das so gut? Mein Blick verharrt auf dem durchtrainierten Rücken, bis Levent im Flur verschwindet.

Wie kann ich mich nach so einem schrecklichen Erlebnis derart angezogen fühlen? Ehe ich näher darüber nachdenken kann, kommt Levent in grauen Calvin Klein Boxershorts und einem schwarzen T-Shirt zurück. Sein Anblick ist die reinste Sünde und doch verbiete ich mir, ihn weiterhin anzustarren.

»Möchtest du etwas essen?«

»Nein.«

»Trinken?«

»Auch nicht.«

»Dann wenigstens reden?«

»Nicht unbedingt.« Ich versuche, die vergangenen Stunden zu vergessen oder zumindest zu ignorieren.

»Lia, ich verstehe das, aber …«

»Tust du nicht!«, werfe ich ihm vor. Mein Ton ist schärfer als beabsichtigt. Levent ist mein Held und doch verfalle ich in Angriffsmodus, sobald jemand sagt, er könnte mich verstehen. Es ist eine Art Automatismus, der sich ganz von allein anschaltet.

»Lass uns nach oben gehen.« Sein Vorschlag erinnert mich an das letzte Treffen und daran, was er darüber gesagt hat. Ich möchte nur an den traumhaften Moment mit ihm denken, nur reicht mir das nicht. Was ich brauche, ist mehr als einen Augenblick. Als eine schöne Erinnerung.

Trotzdem folge ich ihm auf die Dachterrasse. Wir setzen uns an die gleiche Stelle, an der wir unser erstes Date hatten und wieder einmal rauschen die Bilder durch meinen Kopf. Levent legt eine Decke um mich. Stumm sehe ich auf die Hochhäuser, deren Fassaden in der frühabendlichen Sonne schimmern.

»Danke.«

Levents Augen funkeln mich dunkelgrün an. »Schon gut.«

»Ich hätte mich nicht wehren können.« Das Geständnis kommt mir unerwartet über die Lippen, und auch nur, weil ich ihm nicht länger in die Augen sehe. Andernfalls würde ich mich in dem Anblick, der sich darin reflektierenden Lichter, verlieren.

Die angespannten Kiefermuskeln sprechen dafür, dass ihm dieses Thema beinahe noch unangenehmer ist als mir. Es erinnert mich an den intimen Moment bei unserem ersten Date. Levent wirkte nervös und hatte einen ähnlichen Gesichtsausdruck wie gerade.

»Kann ich dich etwas fragen?«, ergreife ich erneut das Wort.

Seine Arme verschränken sich und das Dunkelgrün in seinen Augen verwandelt sich in Schwarz, weil sich seine Pupillen weiten. »Klar.«

»Wolltest du mir sagen, dass du mit ihr geschlafen hast?« Ich habe meine Frage nicht ganz ausgesprochen, da sieht er mich an, als würde er Schmerzen leiden.

»Vielleicht.« Er lügt. In Levents Kopf setzen sich für mich wahrnehmbar die ersten Rädchen in Bewegung, er sucht geradezu nach einer plausiblen Erklärung und doch weiß ich, dass es vollkommen unwichtig ist, was er sagt. Wie er mir antworten wird, ist viel entscheidender.

»Kann ich dich noch etwas fragen?«

»Wird das jetzt ein Interview?«, witzelt er gekünstelt.

»Ich bin nicht Ian.«

Levent atmet mit geschlossenen Augen aus. »Ich habe es verstanden! Ich lasse dich nicht mehr aushorchen.«

»Also?«

»Ja, meinetwegen. Was willst du wissen?« Die Fragerei gefällt ihm nicht, mir hingegen zeigt es nur, dass Kim recht hatte, ich muss wissen, wer er ist. Außerdem lenkt es mich ein wenig ab. Als ich seine Finger an meiner Hand spüre, schlägt mein Herz schneller. »Ist etwas Ähnliches wie heute der Grund gewesen, weshalb du aus Seattle geflohen bist?« Jetzt ist er es, der die Fragen stellt.

Mein Blick gibt ihm die Antwort, die ich mich laut auszusprechen nicht wage. Levent schluckt und wendet zuerst seine Hand und dann die Augen von mir ab. Ich hätte es ihm niemals freiwillig erzählt, weil ich Angst hatte, meine Vergangenheit könnte uns auseinanderbringen. Und jetzt kann er mich nicht einmal mehr ansehen, wo er weiß, was mir passiert ist. In meiner Brust pocht es wie verrückt, Brennen jagt mir den Hals hinauf.

»Du musst dieses Schwein anzeigen«, knurrt er und sieht mich mit großen Augen an. Schwer schlucke ich den Kloß hinunter und wende den Blick ab. Levent atmet frustriert aus, obgleich er nichts weiter sagt. Nachdem er sich mehrfach das Haar durchfahren hat, starrt er grübelnd nach vorne. Ich folge der Richtung, in die er sieht und schaue den Bäumen dabei zu, wie sie ihr Laub in ein sattes Orange und ein warmes Rot färben. Die Sonne bringt sie zum Leuchten.

»Ich liebe den Herbst«, stelle ich vollkommen aus dem Kontext gerissen fest. Doch ich musste einfach etwas sagen, bevor er mir sein Mitleid schenkt oder weiter nachfragt. Bevor er gar nichts mehr sagt. Bevor er länger darüber nachdenken kann, ob ich noch gut genug für ihn bin.

»Und den Regen?« Levent antwortet zum Glück, nimmt die neue Wendung in unserer Unterhaltung an und vermittelt mir so das Gefühl, ich dürfte entscheiden, wann ich darüber sprechen möchte.

»Ja.« Jetzt schaut er wieder in mein Gesicht und es ist, als könnte ich sehen, was sich hinter seinen schönen Augen versteckt. Allerdings gibt sich Levent größte Mühe, es mich nicht erkennen zu lassen. Ich denke automatisch an das Gespräch zwischen Kim, Hannah und mir, an ihren verrückten Plan und besonders an ihre Worte. Sie hatte die ganze Zeit recht. Er hat mich in seinen Bann gezogen. Ich möchte alles über Levent wissen. Egal, wie schlimm es sein mag. Ich werde seine Geheimnisse herausfinden müssen, ich kann gar nicht anders.

»Geht es dir gut?«, fragt er mit besorgter Stimme. Und so seltsam es auch ist, obwohl es eben beinahe zum zweiten Mal passiert wäre, geht es mir gut. Jedenfalls fühle ich mich in seiner Gegenwart sicher und das ist mehr, als ich die letzten zwei Jahre gespürt habe.

»Ich bin okay.«

»Bleibst du?«

»Ich würde auf der Couch schlafen, wenn das für dich in Ordnung ist.«

»Du kannst mein Bett haben.«

Sein Angebot anzunehmen, würde bedeuten, einen Schritt zu machen, für den ich noch nicht bereit bin. Ich kann nicht in seinem Bett schlafen, ohne an seinem Kissen zu riechen. Ohne Levents Decke um meinen Körper zu schlingen und mir anstelle des Stoffes seine Hände einzubilden. Ich kann nicht in seinem Bett liegen, ohne ihn neben mir haben zu wollen. Ohne ihm einzugestehen, dass ich mich in ihn verliebt habe. Nicht, wenn ich mir nicht sicher sein kann, wie er für mich empfindet.

»Ich schlafe dann natürlich auf der Couch«, fügt er mit einem frechen Grinsen hinzu. Da ist er wieder, der durchtriebene Levent.

»Ich würde wirklich lieber im Wohnzimmer übernachten.«

»Okay.« Als er erneut nach meiner Hand greift, bekomme

ich das Gefühl, dass etwas beginnt, dessen Ende ich nicht ausmachen kann.

Was ist, wenn ich mich auf eine Sache einlasse, der ich nicht gewachsen bin?

Kapitel 18

Dunkelheit ergießt sich durch die bodentiefen Fenster ins Wohnzimmer. Ich hatte Levent extra darum gebeten, die Vorhänge nicht zu schließen.

Es ist bereits halb vier, als ich die Decke zurückschlage und mich dazu entscheide, aufzugeben. Die immer wieder zurückkehrenden Albträume lassen mich nicht zur Ruhe kommen und so schlendere ich durch seine Wohnung. Ich gehe in den offenen Esszimmerbereich und schaue mir das Familienfoto an.

Levent sieht zu diesem Zeitpunkt noch so unschuldig aus, was mich schmunzeln lässt, wenn ich an die heutige Version von ihm denke. In Kims Augen waren allerdings damals schon erste Giftpfeile zu sehen. Die beiden wirken so leicht und frei und grinsen mit ihren weißen Zähnen in die Kamera. Sie scheinen sich vor nichts und niemanden zu fürchten.

Der Vater steht direkt hinter Kim und hat die gleichen dunklen und durchdringenden Augen wie Levent. Es ist merkwürdig, wie jung er auf diesem Foto aussieht, weil er auf mich so erwachsen und besonnen wirkt. Vielleicht ist er das auch erst seit dem Tod seines Dads? Die Dawns sind elegant gekleidet. Alle, bis auf Kim. Sie befindet sich mit einem bauchfreien Top und zerrissenen Jeansshorts neben ihrem Bruder und sticht aus der Masse heraus, wie immer. Dann blicke ich aber doch wieder in sein Gesicht, in die dunklen Augen und auf die gebräunte Haut. Levent hat kein einziges Tattoo auf diesem Familienfoto. Es würde mich interessieren, wer er einmal war, bevor er zu dem düsteren *Sex on legs* geworden ist.

Die Hände ihrer Mutter liegen schützend auf den Schultern der beiden, so wie es Liz, die Großmutter, wiederum bei ihrer Tochter tut. Angesichts der glücklichen Mienen frage ich mich, was so schlimm gewesen sein muss, dass er den Kontakt zu ihr abgebrochen hat? Mit einem Mal überkommt mich ein Verlangen, das ich noch nie zuvor gespürt habe. Es ist, als würde jemand in mir sein und mich mit aller Kraft zu Levent drücken.

Ich rede mir ein, dass ich nur ins Badezimmer möchte, bleibe dann aber doch an der angelehnten Schlafzimmertür stehen. Eigentlich sollte ich das nicht tun und dennoch bin ich auf einmal im Zimmer und beobachte Levent beim Schlafen. Das stetige Heben und Senken seiner Brust hypnotisiert mich. Am liebsten würde ich mit den Fingern über die dunkle Tinte fahren, herausfinden, wie sich die Muskeln anfühlen und das Negative endgültig aus meinem Leben verbannen. Mir ist bewusst, dass er dazu in der Lage wäre und ich weiß ebenfalls, dass ich es bin, die das noch nicht zulassen kann.

Ich wollte mich nicht in ihn verlieben und schon gar nicht so schnell. Levents Anziehungskraft ließ mich machtlos werden. Das Ziehen in meinem Bauch, die Magie, die ich jedes Mal in seiner Gegenwart spüre und die Sicherheit, die er mir schenkt, das alles hat mich in seine Arme getrieben. Er macht das Unmögliche möglich. Ich habe keine Ahnung, wie er das tut, doch er schafft es, dass mich das schwarze Loch nicht noch einmal verschlingt. Er drängt das Monster fort und lässt mich glauben, dass irgendwann alles wieder gut sein wird.

Das starke Gefühl der Verbundenheit sprengt jegliche Vorstellungskraft, überrumpelt mich und stürzt mich in ein Kapitel meines Lebens, das ich bis vor wenigen Wochen nicht vorhersehen konnte. Ehe er etwas von meiner Anwesenheit bemerkt, möchte ich mich herausschleichen, doch da ist es schon zu spät.

»Was tust du?«, fragt er verschlafen, knipst das Licht an und sieht mich mit zerwühlten Haaren an. »Ist alles okay?«, setzt er nach, obwohl ich auf die erste Frage noch gar nicht geantwortet habe. Als Levent sich aufsetzt, zappele ich verhalten herum. »Nur für dich!«, haucht er mit belegter Stimme und zeigt auf seine Boxershorts. Ich muss schmunzeln, weil ich mich daran erinnere, als er sagte, dass er eigentlich nackt schläft. »Komm her.« Ohne weiter darüber nachzudenken, tue ich es. »Kannst du nicht schlafen?«

»Nicht wirklich«, gestehe ich. Levent nimmt meine Hand und geht mit mir ins Wohnzimmer.

»Besser?« Ich kann ihm nicht antworten, aber das brauche ich auch nicht. Gemeinsam setzen wir uns mit einer Decke auf den Boden. Ich lehne mich an die Rückseite der Couch und sehe aus dem Panoramafenster. »Worüber denkst du nach?« Soll ich ihm sagen, dass ich immer noch über seine Worte nachdenke? Dass mich die Tatsache, dass er mit Meg geschlafen hat, bis jetzt erschüttert? Ich kann ihm nicht gestehen, dass ich mir wünsche, er würde mir anvertrauen, was er für mich empfindet.

»Du hast mit ihr geschlafen«, flüstere ich dann doch.

»Das war ein Fehler.« Ja, das war es. Er atmet frustriert aus.

»Seid ihr deswegen nicht mehr befreundet?« In seinem Gesicht verhärten sich alle Muskeln. Ich spüre förmlich, wie sich die Anspannung in Levents restlichem Körper ausbreitet.

»Ja.« Er sagt mir nicht alles, das merke ich. »Lia ...«, setzt er an und möchte nach meiner Hand greifen, als ich sie wegziehe. Er sieht mich verwundert an.

»Und jetzt will Nick Rache?«

»Ich mag es nicht, wenn du diesen Namen aussprichst«, knurrt er und kann mir dabei nicht einmal mehr in die Augen sehen.

»Was ist das hier eigentlich für dich?«, möchte ich wissen und zeige zwischen uns hin und her. Mein Herz pocht wie wild gegen meinen Brustkorb. Aus Angst vor der Antwort und voller Hoffnung auf das, was ich so gerne aus seinem Mund hören würde.

»Es tut mir leid, was ich da gesagt habe«, weicht er aus. Mir reicht es. Ich will endlich wissen, was ich überhaupt für ihn bin. Mit wackeligen Knien versuche ich, aufzustehen, als er mich davon abhält. »Bleib«, bittet er leise.

»Dann sag mir, was los ist.« Er schweigt. »Levent, was tue ich hier?«, frage ich und sehe voller Hoffnung in seine Augen. Und er schweigt erneut. Dieses Mal sind meine Knie weniger instabil.

»Lia, warte.«

»Nicht.«

Er atmet frustriert aus. »Ich habe dir nie unendliche Liebe versprochen, wenn es das ist, was du hören willst, wieso bist du dann noch hier?«, fragt er und steht mit bebender Brust vor mir.

»Weil ich dumm genug war, zu glauben, du wärst es wert.« Die Tränen laufen mir verräterisch über die Wangen.

»Wie bitte? Ich versuche nur, alles richtig zu machen.«

»Und warum tust du das?«

»Wieso ich nichts falsch machen möchte?«, fragt er mit hochgezogenen Augenbrauen und verschränkten Armen vor dem nackten Oberkörper.

»Ja.«

Levent sagt kein Wort. Die Stille legt sich wie eine Schlinge um meinen Hals und mit jedem Moment, in dem er weiterhin schweigt, schnürt sie sich ein kleines Stück enger. »Keine Ahnung.« Hätte er doch weiterhin geschwiegen. Es sind wohl die zwei schlimmsten Worte, die er bisher zu mir gesagt hat.

»In dem Fall kann ich ja gehen.« In dem Moment hole ich mein Handy und schreibe Kim.

»Und wohin?«, ruft er mir nach.

»Kann dir doch egal sein«, erwidere ich. Wäre da bloß nicht der Wunsch, er würde mich vom Gegenteil überzeugen, mich aufhalten, mir einmal ehrlich sagen, was er für mich empfindet, stände ich vermutlich bereits im Fahrstuhl.

Und er tut es nicht. Bis es klingelt, sitze ich auf seinem Bett und starre auf meine ineinandergelegten Hände.

»Was ist passiert?«, fragt Kim in das Gefühlschaos in meinem Kopf hinein und sieht erst mich und dann ihren Bruder an.

Ich schweige.

»Levent?«

»Halt dich da raus, Kim.« Er sieht mich aus traurigen Augen an, doch wenn er mir nicht wenigstens einmal sagen kann, was ich überhaupt für ihn bin, dann kann ich nicht bleiben. Wenn er mir selbst jetzt nicht anvertrauen kann, ob er etwas für mich empfindet – was tue ich dann noch hier? Levent hat mich gerettet und ich bin bei ihm geblieben, aber jetzt weiß ich nicht mehr, ob das die richtige

Entscheidung gewesen ist.

Als ich mit ihr die Wohnung verlassen möchte, umschließt er meinen rechten Oberarm. »Das mit Meg ist schon ewig her.«

»Darum geht es doch gar nicht mehr.« Sein Blick ist so intensiv, zu trügerisch, als dass ich ihn weiterhin ertragen könnte.

»Scheiße, Levent. Sie ist die Erste, die dich und nicht deinen beschissenen Ruf gut fand. Nach der Sache im Wohnheim ist sie hiergeblieben und was tust du?«, schimpft Kim und führt mich zum Fahrstuhl.

»Wohin geht ihr?«, ruft ihr Bruder uns hinterher.

»Zu Dan«, antwortet sie knapp und drückt endlich die Taste, die dafür sorgt, dass sich die Türen schließen.

Ich bin Kim dankbar, dass sie nichts sagt und mich einfach nur nach unten bringt. Als ich Ian und nicht Dan auf dem Fahrersitz sehe, drehe ich mich fragend zu Kim um.

»Schnell, bevor Levent Verdacht schöpft«, treibt sie ihn an, nachdem wir eingestiegen sind.

»Ich kann euch nicht ewig in meiner Wohnung verstecken.«

»Er wird es ihm sagen«, murmele ich vor mich hin.

»Werde ich nicht, aber Levent kommt regelmäßig zu mir. Da kann ich ihm nicht andauernd eine andere Lüge auftischen.« Durch den Rückspiegel sucht er den Blickkontakt, den ich absichtlich unterbinde.

»Warum tust du das?«, bohre ich an Ian gewandt nach.

»Weil ich Kims Meinung bin. Levent muss man zu seinem Glück zwingen.«

Nur sehe ich mich mittlerweile nicht mehr als Teil davon. Ehe ich antworten kann, klingelt Ians Handy. Levents

Name leuchtet auf und mir steigt urplötzlich Säure die Speiseröhre hinauf.

»Heb nicht ab«, mischt sich Kim ein und greift nach seiner Hand. Ian straft sie mit einem dunklen Blick und nimmt den Telefonanruf doch an.

»Was gibt es?«

»*Lautsprecher*!«, formt Kim fast wortlos und er gehorcht.

»Ich habe ein Problem.«

»Lass uns das nicht jetzt besprechen.« Kim sieht ihn mit weit aufgerissenen Augen an. Ich wusste, dass er uns nicht wirklich helfen wird. Ian ist sein bester Freund und wie Kim selbst einmal gesagt hat, ist er verdammt loyal. Natürlich wird er ihn nicht ins offene Messer laufen lassen.

»Habe ich dich geweckt, oder wieso möchtest du nicht sprechen?«

Ian sagt nichts.

»Scheiße! Sie sind bei dir, richtig?« Kim schlägt sich die Hand an den Kopf und atmet schnaubend aus.

»Wer?«, stellt Ian sich dumm.

»Du bist ein so verdammt schlechter Lügner.«

»Ich muss jetzt auflegen«, entgegnet er hektisch und tut es im gleichen Moment.

»Ist das dein Ernst?«, kreischt Kim, als Ian den Wagen parkt.

»Ich habe euch gesagt, dass ich ihn nicht andauernd anlügen kann.«

»Andauernd? Ein einziges Mal hätte uns bereits geholfen.«

»Lass gut sein, Kim.« Ich versuche, sie zu beruhigen, weil ich ohnehin nicht vorhatte, die restliche Studienzeit bei Ian zu verbringen. Außerdem tut er mir leid. Ich hätte mich nicht anders verhalten, wenn es um Hannah gegangen wäre.

Mit einem mitfühlenden Blick gebe ich ihm zu verstehen, dass er sich nicht rechtfertigen muss, und folge Ian hinein. Er hat eine der vielen schönen Wohnungen in Beacon Hill, dem Stadtteil, in den ich mich schon am ersten Tag unseres Neustarts verliebt habe. Ich erinnere mich an die Taxifahrt, bei der noch alles okay war. Mehr als okay, weil ich mich auf einen Neuanfang freute, Hannah und ich uns ansahen und vor Glück bloß strahlen konnten.

»Lia?«, ruft Hannah. Sie kommt aus dem rechten Teil des Appartements und nimmt mich in ihre Arme. »Was ist los?«

»Erzähle ich dir später, okay?«

»Klar.« Sie sollte mich nicht mit solch traurigen Augen ansehen. Das steht ihr überhaupt nicht.

»Möchtest du schlafen?«, fragt mich Ian und ich verneine. Wir gehen in die Küche, die eher einer Studentenküche ähnelt, als die aus Levents Loft. Sie suchen in meinen Augen nach meinem Gemütszustand und sie finden ihn.

Das erneute Klingeln seines Handys hindert die anderen daran, mir weiter Mitleid zu schenken. Es ist schon wieder Levent.

»Du wirst jetzt mit ihm sprechen, per Lautsprecher, und so tun, als seien wir nicht in deiner Nähe.« Kims Drohung klingt ernst und wenn ich sie inzwischen nicht besser kennen würde, könnte man glatt Angst vor ihr bekommen.

»Levent, ich dachte, es wäre gut, wenn sie bei mir sind«, nimmt er das Gespräch an.

»Ist es auch.«

Mir stellen sich automatisch die Nackenhaare auf und über meine Kopfhaut wandert ein Schauder aus Angst und Schmerz.

»Was ist passiert?«

»Sage ich dir, wenn sie nicht länger lauschen. Ich bin nicht blöd, Kim!«, wendet Levent sich jetzt direkt an seine Schwester. Die legt nur den Zeigefinger über ihre Lippen und tut weiterhin so, als wären wir gar nicht da. »Frag sie, ob sie mit mir sprechen möchte.« Levents Stimme durchfährt mich und obwohl er meinen Namen nicht erwähnt, weiß jeder, dass er mich damit meint. Ehe mich mein Schluchzen verrät, stehe ich auf und verlasse seine Küche.

Kapitel 19

Die letzten Tage waren im Grunde eine ständige Wiederholung einer gleichen Abfolge und so habe ich den Übergang in den November beinahe nicht mitbekommen. Morgens bin ich in die Uni gegangen, habe in den Vorlesungen an Levent gedacht, obwohl ich genau das vermeiden wollte. Danach bin ich in die Bibliothek, um zu lernen und so wenig Zeit wie möglich in meinem Wohnheimzimmer zu verbringen. Nachmittags war ich mit Hannah und Kim am Fluss und am Abend habe ich gehofft, dass mich in der kommenden Nacht nicht schon wieder ein Albtraum aus dem Schlaf reißen wird.

Inzwischen gehe ich Levent bereits sechs Tage mehr oder weniger erfolgreich erneut aus dem Weg. Nur in meinen Gedanken spukt er Tag und Nacht herum, dort kann ich ihm nicht ausweichen.

Bleib!, flüstert er in mein Ohr. *Ich liebe dich!*, haucht er. Doch in Wirklichkeit ist von beidem nichts passiert. Dabei ist es das, was ich mir so sehr wünsche, zu hören.

»Lia?«, dringt die Stimme meiner besten Freundin in meine Gedankengänge.

»Ja?«

»Du träumst«, erwidert Hannah und geht in den Kursraum. Wir haben wieder einmal eine gemeinsame Vorlesung und während die anderen Studenten an mir vorbeigehen, wird mir bewusst, dass ich tatsächlich mehr träume, als dass es gut für mich wäre. Als ich ihr folge, vibriert es in meiner Tasche.

L: *Können wir reden?*

Meine Hände werden sofort feucht. Für mich gibt es nichts zu bereden, wenn er nicht endlich offen sein kann und doch freue ich mich über seine Nachricht. In den letzten Tagen hat er mich nämlich nur mit stummen Blicken darum gebeten.

»Und?« Hannah wirft einen neugierigen Blick auf das Display meines Smartphones.

»Ich kann das nicht. Levent weiß überhaupt nicht, wie viel Überwindung mich das gekostet hat. Ich bin bei ihm geblieben, ich meine, über Nacht und habe mir eingestanden, dass ich mich in ihn verliebt habe.«

»Ich weiß.«

»Und er kann mir nicht einmal sagen, was er für mich empfindet.«

»Muss er das denn laut aussprechen, sieht das nicht jeder?« Kann sie aufhören, so etwas zu sagen? Damit bringt sie mich noch mehr durcheinander, als ich es ohnehin bereits bin.

Der erneute Eingang einer Nachricht unterbricht mich in meinem wirren Gedankengang.

L: *Ich warte vor dem Ausgang.*

»Mir gefällt sein Kampfgeist.« Ich atme tief aus. »Lia, ich kenne dich. Ich weiß, dass du dir das wünschst und noch enttäuschter wärst, wenn er dich nicht erobern wollen würde.« Ich sage nichts dazu. »Aha!«

»Ich werde ihm nicht antworten.«

»Brauchst du ja auch nicht, wenn er vor der Tür auf dich wartet.«

Die restliche Kurszeit verläuft schrecklich langweilig und außerdem kommt es mir vor, als würde die Fläche unter mir immer heißer werden. Ich kann kaum noch still sitzen. Meine Haut brennt und kribbelt vor Sehnsucht.

»Noch fünf Minuten.«

»Hannah!« Die Ermahnung stoppt sie nicht in ihrem Countdown.

»Vier.«

»Ich kann selber zählen.«

»Gibst du ihm eine Chance?«

»Habe ich eine Wahl? Er fängt mich ja ab.«

»Lia, ich meine, ob du dich darauf einlässt.«

»Ich wünschte, ich würde es nicht tun.«

»Wieso?«, lässt sie nicht locker. Manchmal verwünsche ich meine beste Freundin für ihre Hartnäckigkeit.

»Das mit Levent ist kompliziert und ich fühle mich, als würde ich mit dem Feuer spielen. Er kämpft nicht fair und auch wenn ich weiß, dass ich sein Spiel nur verlieren kann, schafft er es, mich immer wieder davon zu überzeugen.«

»Hör dir seine Worte an, vielleicht ändern sie deine Meinung.«

Die Dozentin erklärt die Vorlesung für beendet, legt einen Stapel Papiere aus, bittet um Mitnahme und verlässt den Raum. Mein Herz schlägt direkt schneller als ich zur offenen Tür blicke. Mit einem heftigen Rasen in der Brust atme ich aus und versuche, mich für die bevorstehende Levent Dawn Begegnung zu wappnen, während ich hinausgehe. Als Meg jedoch vor mir steht, stockt mir der Atem.

»Fuck! Warte, Lia.« In dem Moment, in dem er nach mir greifen möchte, entreiße ich mich seiner Berührung und laufe die Stufen hinunter. Levent folgt mir, doch dieses Mal empfinde ich keine Sehnsucht oder Verlangen. All das ist verschwunden, geblieben ist nur die Enttäuschung.

Wieso muss sie ausgerechnet jetzt da sein? Konnte er sie nicht wegschicken?

Er bat mich um ein Gespräch und dann steht sie da?

»Lia!«, ruft er durch die Studenten, doch ich laufe einfach weiter.

Draußen kommen mir Kim und Ian entgegen, die die Situation schneller begreifen, als mir lieb ist. Dann sind Hannah, Meg und Levent auch noch da.

»Warte!« Kim sieht ihren Bruder wieder entsetzt an.

»Ist es nicht egal, dass sie hier ist? Mir ist sie egal.«

»Mir aber nicht.« Meine Augen füllen sich ganz von allein mit Tränen. Und je größer der Kloß in meinem Hals wird, desto fester umklammere ich meinen Rucksack. Alles in mir war so still und leer, dass ich nicht einmal mehr weinen konnte. Die letzte Zeit hat mich fertiggemacht.

Es ist Trauer, Schmerz, Hass und alles knallt in meinen Ohren, so laut, dass ich schreien könnte.

»Lia, das ist etwas kompliziert.«

»Ach ja?«

»Ja, ich habe das zu Nick doch nur gesagt, damit er sein Interesse an dir verliert.« Ich stoße ein schnaubendes Geräusch aus. »Jetzt hör mir mal zu!«, sagt er und legt seine Hand auf meine Schulter. »Als du mitten in der Nacht gegangen bist, habe ich mich schrecklich gefühlt.« Ich möchte verschwinden, die Berührung lösen, wegrennen. Am besten alles gleichzeitig und doch ist da dieser verfluchte Wunsch, er würde die Worte ernst meinen.

»Wieso?«, frage ich mit zitternder Stimme.

Doch Levent schweigt, wieder einmal.

Vor meinen Augen läuft ein Film im Vorspulmodus ab, einer, den man nicht einmal in normaler Geschwindigkeit sehen will. Einer, der dein Leben verändert. Der dich nachts nicht schlafen lässt und dir selbst am Tag Angst einjagt.

Nur ist es kein Film.

»Scheiße, du machst es immer schlimmer«, sagt Kim völlig verzweifelt. »Jetzt sag schon was«, fordert sie. Aber er ist immer noch stumm. Levent sieht mir in die Augen und sagt kein Wort.

Das kann einfach nicht sein! Ich darf mich nicht wirklich in ihn verliebt haben, nicht in Levent! Wie spitze Nadeln treffen mich seine Blicke. Ich kann nichts sagen, nicht einmal blinzeln, ohne den Kampf gegen den aufkommenden Zusammenbruch zu verlieren. Hannah und Ian sehen sich das Schauspiel mit offenen Mündern an.

»Lia, warte! Geh nicht.«

»Lass mich los.«

»Nein.« Ich entreiße mich seiner Hand, sehe bereits alles vor meinen Augen verschwimmen und wünschte, in den Tränen zu ertrinken, die jeden Moment über meine Wangen fließen werden.

»Bitte!« Sein Flehen macht es nur noch schlimmer. Die Erniedrigung wächst mit jedem Atemzug. »Verdammt, Lia!«

»Was Levent! Was willst du mir sagen?«, brülle ich so laut, dass alle Beteiligten zusammenzucken.

Er sieht mich an, als würde er die Welt nicht mehr verstehen. Levent hat kein Recht, mich mit derart traurigen Augen anzusehen. Er darf nicht einmal so empfinden. Nicht, wenn er mir gegenüber nicht gestehen kann, wie er für mich empfindet.

»Was, verdammt noch mal?«, schreie ich zitternd.

Die Luft zwischen uns vibriert in schnellen Wellen.

»Ich liebe dich!«

Mir fällt der Rucksack aus der Hand.

Meine Kehle schnürt sich zu.

Ian lässt seine Autoschlüssel fallen.

Kim atmet scharf ein.

Hannah presst sich beide Hände vor den Mund.

Megan steht kurz vor einem Nervenzusammenbruch.

Es ist das Schlimmste, was er mich je glauben lassen wollte. Er kann sich nicht vorstellen, wie viel mir der Inhalt seiner Worte bedeuten würde, wenn er sie denn auch so meinte. Aber seine Augen sind leer. Er fühlt nicht das, was er eben lautstark gesagt hat und das halte ich schlichtweg nicht aus.

Und dann entrinnt mir doch die erste Träne. Verräterisch läuft sie über die brennende Haut meiner Wange und tropft vom Kinn in den Halsausschnitt.

Andauernd beißt er auf seine Unterlippe, fährt sich mit den Händen durch sein Haar und atmet hörbar aus. »Verdammt, ja! Ich liebe dich. Ich liebe alles an dir. Den Einhorn-Overall, die dämliche Katzentasche, die von heute auf morgen verschwunden ist, deine verschlossene Art und sogar, dass du Wunschzettel schreibst.« Seine Liebeserklärung lässt mich erstarren. Er hat meinen Zettel! »Meinetwegen erfülle ich dir jeden einzelnen Punkt deiner Liste, wenn du mir dann glaubst.« Doch ich antworte ihm nicht, dazu bin ich überhaupt nicht mehr in der Lage. »Baby, bitte!« Der Würgereiz wird von Minute zu Minute stärker.

Kann er sich denn nicht vorstellen, wie sehr ich mir wünsche, er würde all das ernst meinen? Wieso tut er mir das an? Reicht es ihm nicht, dass er es ist, der mich in der Hand hat? Muss er es auch noch mit einer theaterreifen

Vorführung allen Anwesenden beweisen?

»Lia?«, höre ich Hannah vorsichtig fragen und drehe mich wie von allein in die Richtung ihrer Stimme.

»Bring mich weg.«

»Lia?«, ruft Levent ungläubig. Ich ertrage seine Anwesenheit nicht länger. Wenn er mich wirklich lieben würde, dann hätte er sich nach unserem Date Nick gegenüber nicht so abfällig geäußert. Und dann hätte er mich auch nicht mitten in der Nacht aus seiner Wohnung gehen lassen. Nicht nachdem mich Nick fast vergewaltigt hat.

»Lass dich nicht von ihm kaputtmachen«, redet mir Hannah zu.

»Das hat er doch schon längst geschafft«, antworte ich beinahe teilnahmslos. Dann steht Kim auf einmal mit Ians Autoschlüssel vor uns, schließt den Wagen auf und schiebt uns hinein.

»Kim, nein!«, ruft Levent und rennt auf mich zu.

»Fahr!«, sage ich panisch, verriegele meine Tür und zucke erschrocken zusammen, als seine Faust gegen das Glas schlägt. Hannah rastet den Gurt ein und kurz darauf startet Kim den Motor.

»Ich liebe dich, Lia!« Levents erneutes Liebesbekenntnis reißt alle Dämme ein und so breche ich unter Tränen zusammen, als Kim endlich davonfährt. In diesem Moment hasse ich mich dafür, jemals nach Boston gekommen zu sein.

Kapitel 20

Der Regen wird von dem Wind gegen die Fenster der Bibliothek geworfen. Ich beobachte das Schauspiel bereits seit einer Stunde, obwohl ich eigentlich lernen sollte.

Die vergangenen zwei Tage waren schrecklich. Hannah und Kim haben immer wieder probiert, mich aufzumuntern, sind jedoch kläglich gescheitert. Ich weiß, dass sie es nur gut meinen und doch bin ich derzeit am liebsten allein. Wie gestern sitze ich auch heute vor dem Bücherstapel, den ich durchzugehen hätte, schaue aus dem Fenster und versuche, seine Worte zu vergessen. Meine Hoffnung war, dass es allmählich besser wird und das Sprichwort *Zeit heilt alle Wunden* Wirkung erzielt. Leider habe ich davon bisher noch nichts gemerkt. Im Gegenteil, es ist eher so, als würde es nur schlimmer werden.

Levent fehlt mir so sehr, dass mein Hals vom vielen Weinen brennt und die Einsamkeit in mir so groß wird, dass ich bereits um Fassung ringen muss, wenn ich nur an ihn denke.

Als mich Mom heute Vormittag anrief, habe ich es einfach klingeln lassen, weil ich keinen Satz ohne Schluchzen hervorbringen konnte. Sie weiß nichts von Levent und inzwischen bin ich mir nicht einmal mehr sicher, ob ich ihr jemals von ihm erzählen werde. Was soll ich ihr schon sagen? Dass er mir immer wieder das Leben rettet, allerdings auch das Herz gebrochen hat? Dass ich ihn vermisse, obwohl ich wissen müsste, dass es mir ohne ihn besser geht? Ich kann ihr nicht verraten, wieso ich bereit wäre, mich erneut auf ihn einzulassen, wenn ich wüsste, dass er seine Worte ernst gemeint hat. Das kann ich mir nicht einmal selbst erklären.

Levents Art brachte mich auf andere Gedanken, er hat es geschafft, dass ich nicht bloß an *damals* denke und trotzdem leide ich jetzt noch viel mehr, als je zuvor. Ich hätte es nicht für möglich gehalten, dass ich mich jemals noch schlimmer fühlen könnte, doch die Trennung von ihm hat es mir bewiesen.

Und obwohl ich mich zwischenzeitig dafür gehasst habe, dass ich nach Boston gekommen bin, muss ich mir eingestehen, dass ich nie wieder zu dem *davor* zurückwill. Ich weiß, wenn er den Schmerz in meinem Herzen heilt, kehre ich zu ihm zurück. So sehr ich mir auch das Gegenteil befehlen möchte.

Da außer mir nur zwei weitere Studentinnen in der Bibliothek sitzen, und das am anderen Ende des Raums, entscheide ich mich dazu, meine Mutter zurückzurufen, ehe sie vor Sorge umkommt. Es klingelt nur ein einziges Mal, bevor ich ihre helle Stimme höre. »Lia, da bist du ja!«

»Hey, Mom.«

»Was ist denn los? Ich habe schon so lange nichts mehr von dir gehört.« Der Anruf war keine gute Idee, nicht in meiner derzeitigen Verfassung.

»Ich hatte viel um die Ohren.«

»Lia, was ist wirklich los?« Die Besorgnis in ihrem Tonfall macht den Kloß in meinem Hals noch größer.

»Nichts«, lüge ich.

»Hat es mit diesem Jungen zu tun?«, höre ich sie völlig unerwartet fragen.

Bitte? Woher weiß sie das? Bevor ich etwas sagen kann,

tut es mein Atem, der von einem rasenden Herzen dazu angestachelt wird, noch schneller zu gehen. Ich bekomme kaum Luft, als ich mir nur vorstelle, sie könnte wissen, was es mit *diesem Jungen* auf sich hat.

»Hör mir zu. Ich war gestern Abend bei Carol, als sie mit Hannah telefoniert hat.« Hannah hat ihre Mutter angerufen? Meinetwegen? Wegen Levent? »Lia?«

»Ja?«

»Ich dachte, du hättest aufgelegt.«

»Nein, ich frage mich nur …«, setze ich an.

»Sie haben nicht über dich gesprochen, Carol hat es nur gewundert, dass Hannah so kurz angebunden war«, sagt sie in meinen Satz hinein. Ich schließe beide Augen. Bitte nicht! Hoffentlich hat sie Hannah nicht ausgequetscht. Immerhin weiß ich, wie schlimm sie sein kann, wenn sie etwas herausfinden möchte.

»Mom …«, versuche ich, mich zu erklären und werde sofort unterbrochen.

»Er ist es nicht wert. Halt dich fern von ihm. Lia, merkst du denn nicht, wie sehr er dich verändert?« Natürlich tue ich das. »Er ist nicht gut für dich, lass ihn los!« Moment mal! Hat sie das gerade wirklich gesagt? Ausgerechnet Mom, die sich für Dad gegen ihre eigenen Eltern gestellt hat und für den sie von England nach Seattle gezogen ist?

»Stellst du mich jetzt vor die Wahl?«, stelle ich erschrocken fest.

»Lia, das würde ich nie tun.«

»Gut, denn ich werde vermutlich anders entscheiden, als dir lieb wäre.« Verteidige ich Levent tatsächlich vor meiner Mutter?

»Lia?!«, stößt sie erschrocken aus, doch ich erwidere nichts. »Ich bitte dich inständig, lass ihn los. Du hast dich verändert. Wir telefonieren kaum und wenn, bist du immer in Eile und jetzt lässt du auch noch zu, dass sich irgendjemand zwischen uns stellt?« Irgendjemand? Er hat mich gerettet, mehr als nur einmal. Levent ist mein Held und ich liebe ihn, egal, wie sehr er mich verletzt hat.

»Ich muss auflegen.«

»Lia, bitte.«

»Bis dann, Mom«, murmele ich und lege auf. Es war nicht nur keine gute Idee, meine Mutter zurückzurufen, es war die dümmste Idee seit langem!

Als ich das Gespräch beende und mich von meinen Gedanken an Levent und das Telefonat verabschiede, bekomme ich eine Nachricht.

Unbekannt: *Jeder hat seine Geheimnisse, die irgendwann rauskommen ...*

Eine unbekannte Nummer hat mir diese Worte geschrieben, die wohl nicht rätselhafter sein könnten und die ein unwohles Gefühl in mir hervorrufen. Ist Levent damit gemeint? Und wer schreibt mir solche mysteriösen Dinge? Dann summt mein Handy erneut, dieses Mal ist es kein anonymer Absender. Ich sehe das *L*, unter dem ich seine Nummer nach der allerersten Nachricht abgespeichert hatte. Immer wieder fuhr ich mit dem Finger über das *L*, mit dem er damals noch seine Nachricht unterschrieb. Ich hatte mich buchstäblich darin verliebt.

L: *Lass uns tanzen, ich warte am Fluss.*

Ich schaue nach draußen, beobachte den Regen, der inzwischen noch stärker gegen das getönte Glas geworfen wird und frage mich, was passieren würde, wenn ich der Einladung nachkäme? Dann sehe ich, dass er mir erneut schreibt.

L: *Ich vermisse dich!*

Mein Herz blutet, weil ich mir nichts mehr wünsche, als dass es wirklich so wäre. Er sieht, dass ich online bin, die Nachrichten empfangen und gelesen habe und trotzdem nicht antworte. Ob er jetzt am Fluss ist und auf mich wartet?

Während mein Blick den Regentropfen an der Fensterscheibe folgt, stellt sich mein inneres Auge eine ganz andere Sache vor. Ich sehe Levent im Regen und wie die Tropfen von den Haarspitzen in sein Gesicht fallen. Für einen Moment stelle ich mir vor, wie sich sein Hemd an die festen Bauchmuskeln schmiegt. Ich spüre seine Fingerspitzen an meiner Wange, als ich ihm in die Augen schaue und mich darin verliere.

Die Erinnerung schmerzt, schlimmer als je zuvor, weil ich weiß, dass es bloß in meinem Kopf passiert. Dass er weder gerade tanzt noch seine Finger auf meine Wange legt. Ich verdränge den Gedanken, das versuche ich mit aller Willenskraft, denn ich halte diese Gewissheit schlichtweg nicht aus, nicht, ohne dabei weinend zusammenzubrechen.

Ich: *Ich muss in die Vorlesung.*

Es ist die erste Rückmeldung seit dem Liebesbekenntnis. Und als ich auf *senden* drücke, rast mein Herz so schnell, dass ich es in meinem Hals spüre.

L: *Danach?*

Die Antwort kommt sofort und überrumpelt mich ein wenig, um ehrlich zu sein. Ich kann mir nur zu gut ausmalen, wie er gerade auf sein Handy starrt und auf eine weitere Rückmeldung von mir wartet, nur weiß ich nicht, was ich schreiben soll. Das erste Mal seit unserem Auseinandergehen spüre ich wieder so etwas wie Freude, oder zumindest Hoffnung. Und ich vergesse sogar das unschöne Telefonat mit Mom und die Nachricht der unbekannten Nummer. Dieses eine Wort verleiht mir so viel Mut und Vertrauen, dass ich den Schmerz verdränge. Er lässt mich glauben, dass die Erinnerungen in meinem Kopf erneut zum Leben erweckt werden können. Dass wir irgendwann wirklich wieder im Regen tanzen, dass ich mir seine Berührung nicht bloß vorstellen muss, sondern fühlen kann. Levent vertreibt die Leere aus mir und füllt meinen Körper mit Juniregen und dann kann ich nicht anders, als die Enttäuschungen und Schmerzen zu vergessen. Dafür fühlt sich diese Einladung viel zu gut an. Wenn ich nur daran denke, mich später mit ihm zu treffen, sprudelt das Blut in meinen Adern, es brodelt in meinem Herzen und warmes Kribbeln wandert über meine gereizte Haut.

Ich: *Hannah, Kim und Ian wollten mich ins Greenz entführen. Wenn du möchtest, kannst du mitkommen?*

Mein Finger schwebt einige Sekunden über dem Symbol, das die Nachricht direkt auf sein Display befördert. Dann ist das Kribbeln stärker als die Vernunft und ich verwandele *senden* in *gesendet*.

L: *Ich freue mich, Baby!*

Und erneut schießt mir Hitze durch den Körper, als ich das Wort *Baby* lese und das verhängnisvolle *L* mit meinem Finger berühre. Habe ich mich gerade wirklich mit ihm verabredet?

Vorfreude jagt von den Haarspitzen bis zur Fußsohle durch mich hindurch und wieder zurück und dann überwiegt das positive Gefühl und ich könnte vor Glück laut aufquieken.

Um Punkt drei Uhr endet die letzte Vorlesung für diesen Tag und ich mache mich auf den Weg zu Hannah und Kim, die bereits seit einer halben Stunde auf mich warten.

»Du strahlst ja wieder!«, stellt Kim fest und sieht Hannah mit einem teuflischen Funkeln an. »Ich weiß es schon«, verkündet sie.

»Was weißt du?«, hakt Hannah nach.

»Du hast ihm geschrieben.«

»Ich habe geantwortet«, verteidige ich mich, als Hannahs Grinsen immer breiter wird.

»Aber du hast ihn eingeladen!«, kontert Kim mit erhobenem Zeigefinger.

»Es ist der letzte Versuch.« Beide schauen mich verständnisvoll an, schließen mich in ihre Mitte und bringen mich ins Wohnheimzimmer.

»Was ziehst du an?«, erkundigt sich Kim, als sie die Tür hinter mir schließt. Immer wieder sehe ich Nick vor mir stehen, wenn ich auf mein Bett blicke. Obwohl er seit dem Vorfall wie vom Erdboden verschluckt ist, spüre ich, dass er sich ganz in meiner Nähe aufhält und das jagt mir eine Heidenangst ein. »Lia?«

»Ich ziehe mich nicht um.«

»Du willst mit deinem Pullover ins *Greenz* gehen?«, fragt Kim ungläubig und hofft auf die Unterstützung meiner besten Freundin.

»Das ist kein Date, wir werden nur etwas trinken und vielleicht eine Kleinigkeit essen.«

»Du meinst, Levent soll denken, es sei nichts Ernstes?«, bleibt seine Schwester hartnäckig.

»Seid ihr dann fertig?«, weiche ich ihr aus.

»Lenk nicht ab!«, warnt Kim, während Hannah kichernd nach ihrer Jacke greift. »Treffen wir die beiden hier oder direkt vor Ort?« Kims Einwand ist berechtigt, das haben wir gar nicht besprochen. »Frag ihn«, weist sie mich unter Hannahs neugierigem Blick an. Kurz überlege ich sogar, entscheide mich schließlich aber dafür, einfach loszugehen. Kim kramt noch in ihren Sachen nach einer Tasche, einem Accessoire, oder was auch immer.

»Ich warte vor der Tür«, verkünde ich und gehe hinaus. Seitdem Nick hier war, versuche ich, so wenig Zeit wie möglich in dem Zimmer zu verbringen.

Hannah folgt mir sofort. »Ich bin echt aufgeregt.« Ihr Flüstern verursacht Kribbeln in meinem Bauch und jetzt habe ich doch das Gefühl, wir hätten ein Date.

»Hannah, hast du deiner Mutter etwas über Levent gesagt?«

Hilflosigkeit schleicht sich in ihr Gesicht. »Ehrlich, Lia. Ich habe gar nichts erzählt, nur dann hat sie Ians Stimme im Hintergrund gehört. Sie hat sich zusammengereimt, dass es dein Freund wäre und du dich deswegen kaum noch meldest. Die Geschichte hatte sich in ihrem Kopf manifestiert, bevor ich es ungeschehen machen konnte.«

»Aber wie kommt sie überhaupt darauf?«

»Sie hat mich ausgefragt, weil deine Mom sich Sorgen gemacht hat. Sie wollte wissen, wo du bist, ob es dir gut geht, wieso du nicht mehr anrufst. Dass sie mich nicht gefragt haben, wann du auf die Toilette gehst, ist wirklich alles gewesen. Vermutlich haben sich die beiden eine Geschichte zusammengereimt und denken jetzt, Ians Stimme wäre die deines Freundes.« Sie verdreht die Augen.

»Ich habe mich mit ihr gestritten«, gebe ich kleinlaut zu. Ein Blick in das Gesicht meiner besten Freundin ist Antwort genug. Ich kenne unsere Mütter und weiß, wenn sie sich erst einmal etwas in den Kopf gesetzt haben, ist es sehr schwer, sie vom Gegenteil zu überzeugen. Ich hätte solch einen Vertrauensbruch von Hannah nicht erwarten dürfen. Das würde sie nie tun. Mir hätte von Anfang an klar sein müssen, dass Carol etwas geschlussfolgert und es meiner Mutter gesagt haben muss.

»Mit deiner Mom?«

»Ja. Ich habe einfach aufgelegt.«

»Wow!«

»Ich habe ihn verteidigt.«

»Du hast dich gegen deine Mom gestellt?« Ihre Augen sind weit aufgerissen.

»Ja.«

»Verdammt, dass ich das noch erlebe.«

»Findest du das gut?«, frage ich verwundert.

»Lia, du bist wirklich alt genug, um selbstständige Entscheidungen zu treffen. Und gerade deine Mutter sollte wissen, dass man das eigene Kind nicht vor die Wahl stellen darf.«

»Das habe ich ihr auch vorgeworfen.«

»Du tust das Richtige!«

»Danke.« Nur fühlt es sich nicht danach an.

»Komm her«, sagt sie und nimmt mich in ihre Arme.

»Es tut mir leid, Hannah.«

»Schon gut.« Nein, ist es nicht. So etwas hätte ich nicht denken dürfen, nicht von ihr! Als Kim endlich die Tür schließt und zu uns tritt, machen wir uns gemeinsam auf den Weg.

Vor dem *Greenz* steht Ian mit seinem Handy in der Hand und winkt sofort, als er uns sieht.

»Hey!« Er begrüßt uns alle mit einer warmen Umarmung, um gleich darauf wieder auf das dunkle Display zu starren. »Levent kommt ein paar Minuten später.«

»Wieso?« Kims Augenbrauen verdichten sich.

»Er muss noch kurz etwas klären. Lasst uns schon mal reingehen.« Ehe sie antworten kann, hält er uns bereits die schwere Tür auf und bittet uns mit einer übertriebenen Handbewegung hinein. Hannah verdreht die Augen und geht kichernd an ihm vorbei.

»Ich hoffe, er plant keine Überraschung!«, murmelt Kim eigentlich leise genug, um es mich nicht wissen zu lassen, ehe sie ebenfalls hineingeht. Allerdings stand ich dichter hinter ihr, als sie es vermutete.

»Ich bin nicht sein Babysitter. Er wird schon alles richtig machen!«, blafft Ian.

Am liebsten würde ich mich in Luft auflösen oder einfach umdrehen, doch da merke ich, dass Levent da ist. Ich rieche den unverwechselbaren, leicht holzigen Duft und spüre Prickeln über meine Haut wandern. Seine Wirkung schüchtert mich ein und trotzdem kann ich nicht bestreiten, dass ich mich sofort beschützter fühle. Gerade nach dieser merkwürdigen Nachricht. Nach der Nachricht, von der ich bisher niemandem erzählt habe.

»Hey«, haucht er und steht mir in einem dunkelgrünen Poloshirt gegenüber. Er sieht perfekt aus. Die dunklen Haare fallen ihm ein wenig in die Stirn, das Oberteil spannt sich um seine Muskeln und der Dreitagebart verleiht mich dazu, ihn berühren zu wollen.

»Kim und Hannah sind schon drinnen.«

»Okay.« Levents Arm greift an mir vorbei, als ich mich umdrehe und sehe, dass Ian nicht länger bei uns ist. »Lia …«, setzt er an. Ich unterbreche ihn sofort.

»Wollen wir?« Es ist keine ernstgemeinte Frage, vielmehr ein Ausweichmanöver.

»Ich kann auch wieder gehen, wenn dir das lieber ist.« Nun hängt alles von meiner Reaktion ab. In meiner Brust pocht es, Aufregung kitzelt mich und der grüne Stich in seinen Augen lässt mich ganz schwindelig werden. »Lia, ich

lasse es langsam angehen, wie du es möchtest.« Das Pochen und Kitzeln verschwinden. Seine Worte überraschen mich. Ich habe mir genau dieses Versprechen aus seinem Mund gewünscht, allerdings nicht damit gerechnet. Nun stehe ich hier und werde eines Besseren belehrt. »Baby, lass mich dir nur einmal zeigen, wie gut es sich bei mir anfühlt. Ich verspreche dir, dass du nie wieder gehen willst.« Mir ist bewusst, dass es so wäre und genau das ist meine Angst – dass er recht haben könnte. Und ich weiß, dass ich vieles über mich ergehen lassen würde, nur um nicht noch mal von ihm getrennt sein zu müssen. »Ich meine es ernst, ich will dich!«
Seine ehrlichen Worte bringen meinen Herzschlag dazu, dass er sich beschleunigt. »Wir sollten jetzt wirklich zu den anderen«, murmele ich und versuche damit, sein Geständnis aus meinem Kopf zu verjagen.
»Was hast du heute Abend vor?«
»Ich muss lernen.«
»Morgen ist Samstag.«
»Es ist viel und ich muss einiges nachholen.«
Sein Grinsen ist vielversprechend »Ich will dich sehen.« Immer wieder schaut er auf meine Lippen und dann ist es, als könnte er die Hitze seines Blickes auf genau die Stelle übertragen, auf die er sieht. Und es fängt erneut an, zu regnen.
»Beweise es!« Mist! Das wollte ich überhaupt nicht sagen! Das hätte ich nicht aussprechen dürfen! Es vergehen keine zwei Sekunden und schon blickt er mich an, als würde er noch vor meinen Augen in den Eroberungsmodus wechseln. Zu allem Überfluss habe ich ihm auch noch das Gefühl gegeben, mir würde das gefallen. Das aufkommende Glühen in meinem Gesicht prickelt wie verrückt und

verteilt eine Wärme auf meinen Wangenknochen, die nicht zu ignorieren ist.

»Versprochen!«, haucht er, greift an mir vorbei und öffnet die Tür. Was ist, wenn er mich endgültig für sich gewinnt und feststellt, dass ich ihm nicht reiche? Ich kann ihm nicht geben, wonach er verlangt, was er viel schneller von mir brauchen wird, als ich von ihm.

Kim und Hannah spähen zur Tür, als wir auf sie zugehen. Hoffentlich ist die Röte von meinen Wangen verschwunden.

»Wir haben uns schon etwas bestellt!« Kims Augen schießen sich auf das Gesicht ihres Bruders ein, das mir bereits zu verstehen gibt, sein Versprechen einzuhalten. Bei jeder sich ergebenden Gelegenheit sucht er meinen Blick. Selbstverständlich setzt er sich neben mich und zieht mich mit seinem Duft magisch an.

»Hast du heute noch was vor?«, fragt Kim Levent.

»Ich habe ein Date!«, antwortet er, legt die Hand auf meinen linken Oberschenkel und zeigt mir mit seinem Blick, dass ich ihn ansehen soll. Allerdings bin ich damit beschäftigt, den Schluck Wasser hustend herunterzuwürgen und nicht daran zu ersticken.

Hannah, Kim und Ian sehen mich mit einem stummen Grinsen an.

»Du bist mir noch einen Tanz schuldig!«, flüstert er mir zu und sieht an die Regentropfen, die die Fensterscheibe herunterlaufen. Meint er das ernst?

Unter dem Tisch werde ich von zwei Füßen gleichzeitig angestupst, die Gesichter meiner beiden Freundinnen verraten mir, dass sie es waren. Als sich Levents Hand um mein Knie legt und leicht zudrückt, durchfährt mich ein heißes Ziehen. Der Regen rinnt die Scheibe hinab, wie es die Wassertropfen auf seinem Oberkörper getan haben. Oh nein! Ich darf nicht an die tätowierte, nackte Haut denken! Weder sollte ich mir im Geiste ausmalen, wie sich seine Muskeln bewegten, als er sein Haar trocken gerieben hat noch mir länger das weiße Handtuch um Levents Hüften in Erinnerung rufen. Wenn die Vorstellung nur nicht so sexy wäre, könnte ich mich vielleicht eher an meine eigenen Befehle halten.

»Ich würde alles dafür geben, um zu erfahren, was dir die Röte ins Gesicht treibt«, gesteht er kaum hörbar. Ich starre auf meine ineinander gelegten Hände. Lieber nicht.

Um mich abzulenken, konzentriere ich mich auf das Gespräch meiner Freunde und versuche, Levent neben mir, so gut es geht, auszublenden.

Wir sitzen bis vier Uhr im *Greenz*, als er immer unruhiger wird. »Lass uns gehen.«

»Was?«

»Die kommen auch gut ohne uns zurecht«, haucht er und sieht auf Kim, Hannah und Ian, die mitten in einer Unterhaltung stecken.

Nach kurzem Überlegen knicke ich ein und wir verabschieden uns von den anderen, ehe wir die Studentenbar verlassen.

Meine Hand verschwindet in seiner, als wir durch den Regen laufen und mein Herz schlägt so schnell, dass ich es in meinen Ohren rauschen höre. Ich weiß nicht, ob ich das Richtige tue, ich weiß nur, dass ich es nicht verhindern kann. »Wohin gehen wir?«, breche ich das Schweigen zwischen uns.

»Ist das wichtig?«

Nein!

»Vertraust du mir?«

Seine Frage irritiert mich, weil alles in mir zu einem klaren *Ja* tendiert und doch ist da noch dieser Funke Misstrauen, der Selbstschutz vor einer weiteren Enttäuschung, der das *Ja* in ein unsicheres *Jein* verwandelt.

»Du brauchst keine Angst haben, das weißt du, oder?« Levent bleibt so plötzlich stehen, dass meine Füße für einen kurzen Moment außer Takt laufen.

»Ich habe keine Angst.« Jedenfalls nicht vor ihm, eher davor, dass die Vergangenheit alles ruiniert, dass wir noch einmal voneinander getrennt werden, dass …

»Aber?«

»Du hast mich verletzt.«

»Es tut mir leid.« Ich glaube ihm, trotzdem werde ich das Gefühl nicht los, dass da immer noch Unbekanntes hinter seinen Augen lauert, das alles verändern könnte. Was ist, wenn ich etwas herausfinde, das ich nicht erfahren möchte?

»Ich verlange nur, dass du dich glücklich machen lässt.«

Von meinem Nacken ausgehend breitet sich ein Prickeln aus, das sich nach unzähligen Ameisen anfühlt, die mit Höchstgeschwindigkeit über meinen Rücken wandern.

»*Glücklich* ist ein großes Wort.«

»Ich verspreche es dir«, bleibt er hartnäckig.

»Tu das nicht, wenn du dir nicht sicher sein kannst, es zu halten.«

»Aber das bin ich! Ich werde dich so glücklich machen, dass du mich nie wieder verlassen möchtest«, sagt er heiser und sieht mich mit seinen dunklen Augen an.

Kapitel 21

Das Grau des Pullovers hat sich durch den Regen dunkel gefärbt und liegt schwer auf meinen Schultern.

»Wieso magst du den Regen so sehr?«, fragt er und zieht seine Beine ebenfalls dicht an den Körper. Mit den Ellenbogen stützt er sich locker auf den nassen Knien ab. Inzwischen sitzen wir schon seit über einer Stunde am Ufer und schauen den Regentropfen dabei zu, wie sie blitzartig in den Charles River eintauchen.

»Es ist mehr das Gefühl, das ich damit verbinde.«

»Juniregen?« Das Wort aus Levents Mund zu hören, ist, als würde er in ein Familiengeheimnis eingeweiht werden. Als würde er alles über mich wissen. Mit einem Mal.

»Ja.«

»Erklärst du es mir?«

»Vielleicht.«

»Was muss ich dafür tun?«

Ich grübele nicht lange über meine Antwort nach und sage: »Sag mir, wer du bist.«

Er atmet laut aus. »Okay! Hey, ich bin Levent, der Bruder deiner reizenden Mitbewohnerin«, stellt er sich vor und reicht mir die Hand.

»Sehr lustig! Ich meine es ernst. Erzähl mir, wer du wirklich bist.«

Sein Atem stockt.

Ich denke an die Nachricht der unbekannten Nummer und daran, was in ihr stand. *Jeder hat seine Geheimnisse, die irgendwann rauskommen ...* Bei Levents verschlossener Art bin ich mir nicht so sicher. Ich merke ganz genau, dass er mich nur das wissen lässt, was mich von ihm überzeugt, was mich in seine Arme treibt und mir weiter verspricht, dass er der Eine ist, auf den ich gewartet habe. Er würde mir nie aus freien Stücken etwas anvertrauen, das mich an ihm zweifeln lassen könnte.

»Was willst du erfahren?«

Alles, ist mein erster Gedanke. Ich entscheide mich aber doch gegen den anfänglichen Impuls, und frage: »Warum hast du mit Meg geschlafen?«

Seine Augen verdunkeln sich. »Müssen wir wirklich ausgerechnet darüber sprechen?«

Stumm sehe ich ihn an, weil ich zu mehr nicht in der Lage bin. Sein Blick lockert sich, wenn auch nicht ganz freiwillig.

»Nick hat sich früher jedes Wochenende in ein anderes Mädchen verliebt, ich habe es schlicht nicht ernst genommen. Seit der Sache dreht er durch, Nick und ich passen einfach nicht mehr zusammen. Im Laufe der Zeit verändern sich Menschen, das passiert. Man bekommt verschiedene Ansichten«, gibt er schmallippig von sich.

»Worüber hattet ihr verschiedene Ansichten?«

»Nichts Besonderes.« Sein Blick sieht ins Nichts und doch spüre ich wieder das gefährliche Lauern hinter Levents Augen.

»Lüg mich nicht an.«

»Ich lüge dich nicht an, nur weil ich dich nicht gleich in jedes Detail meines Lebens einweihe.« Er hat für alles eine passende Antwort. Und selbst wenn er recht hat, wünschte ich, er würde mich in jedes Detail seines Lebens einweihen *wollen*. Ich möchte, dass er mir sagt, ob er seine Worte ernst meinte. Ob er mich wirklich liebt. Ob er an mich denkt, wenn er abends im Bett liegt und an die Stelle sieht, an der ich stand. Ich möchte alles von ihm wissen, auch wenn es bedeuten könnte, Dinge herauszufinden, für die ich vielleicht nicht stark genug bin.

»Können wir jetzt endlich über etwas anderes sprechen?«, fragt er mit gepresster Stimme und schaut wieder in mein Gesicht.

Unsere Blicke verhaken sich, lassen einen Moment der Verbundenheit entstehen. Prickeln wandert über meine nasse Haut.

Bevor ich reagieren kann, legt er die Hand in meinen Nacken und zieht mich zu sich. Levent ist mir mit einem Mal so nah, dass ich seinen Atem auf meinen Lippen schmecke und wenn ich daran denke, wie er mich beim ersten Mal küsste, bin ich nicht länger fähig, mich zu belügen. Ich will ihn, seit Beginn, trotz der Furcht, er könnte es nicht ernst mit mir meinen.

In seiner Nähe stellt mein Körper merkwürdige Dinge an. Es ist, als würde ich keinerlei Kontrolle über mich haben. Und das Seltsamste ist, dass ich mir nichts mehr als diese Momente wünsche.

Langsam legt er meinen Kopf in seine linke Hand, um besser an die Stelle unterhalb meines Ohres zu gelangen. Levent atmet heiß aus, entfacht ein loderndes Feuer in meinen Bauch sowie ein Beben, das mich die Ängste vergessen lässt. Ich kann nur noch an ihn denken, an das Verlangen in mir und an die Leidenschaft in seinen grünen Augen. In den letzten Tagen habe ich so oft von solch einem Augenblick geträumt. Und als er mich ganz sanft küsst, durchzuckt mich ein Gefühl, von dem ich niemals genug bekommen werde.

»Du machst mich wahnsinnig!« Ich schmecke die Verzweiflung seiner Worte auf der Zunge. Das Kratzen in seiner Stimme durchfährt mich und entlockt mir ein leises Keuchen, woraufhin Levents stummes Grinsen Grübchen in seine Wangen zaubert. »Lass uns zu mir gehen.« Ich versteife mich abrupt. »Lia, ich werde dich schon zu nichts zwingen, hast du das immer noch nicht begriffen?«

»Hm«, kommt es schüchtern über meine Lippen. Die Enttäuschung in seinem Blick zu sehen, schmerzt. Vor allem, weil ich weiß, dass es mein Verhalten ist, das für diesen Ausdruck sorgt.

»Ich möchte dich nur etwas für mich haben.« Sein verführerisches Lächeln jagt mir nicht die Angst ein, die ich vermutet hätte, sondern verursacht ein heißes, vielversprechendes Kribbeln zwischen meinen Schenkeln. Mein Herz macht einen ordentlichen Satz nach vorne – trotz der Schmerzen, die es seinetwegen erleiden musste. Aber mein Herz tut seltsame Dinge, wenn es um Levent geht. Sobald ich in seine Augen schaue oder die Wärme spüre, die von seinem Körper ausgeht, setzt mein Verstand aus und das Herz tut, was es nicht tun sollte, wenn es an das viele Leid denken würde. Doch das tut es nicht, es denkt bloß an den Juniregen, der von innen nach außen durch mich hindurch rauscht.

»Okay«, sage ich und springe innerlich vor Freude in die Luft.

Die ganze Fahrt über sitzen wir schweigend nebeneinander. In meinem Kopf ist es dafür umso lauter. Ich stelle mir vor, wie er mich küsst, wie er seine Hände auf meinen Körper legen wird. Aufregung fließt durch mich durch.

Vor der Haustür ziehe ich mir die nassen Schuhe aus,

klemme sie unter meinen Arm und gehe in die Wohnung.
»Das können wir öfter tun.« Sein Blick verlangt nach mehr als nur einem Kuss im Regen. Selbst ich spüre es, nur bin ich mir nicht sicher, ob ich es zulassen kann. Dafür hat er mich leider bereits zu oft enttäuscht. Aber Levent ist da und seine reine Anwesenheit verjagt die dunklen Gedanken. Er legt die Hände um mein Gesicht und sieht mir einige Sekunden tief in die Augen, ehe er etwas sagt.
»Verdammt, du bist so schön.« Es ist, als würde er an eine bestimmte Sache denken, während er mich ansieht. An eine Sache, die er mit jeder Kraft vor mir zu verstecken versucht. Levent mustert mich, sucht nach etwas, das ich nicht ausmachen kann. Seine Hände bilden den Übergang zu meinem Körper, durch den verhängnisvolle Ströme fließen. Mein Herzschlag beschleunigt sich sofort, als ich das unausgesprochene Geheimnis erkenne, als ich spüre, welches Verlangen seine Nähe in mir hervorruft.
Mit glühenden Wangen presst er mir die Lippen auf den Mund und entführt mich in sein Wohnzimmer.
Mit jedem Zungenschlag verlangt er mehr von mir. Der volle Wimpernkranz lässt das Grün in seinen Augen noch dunkler wirken und die kratzigen Bartstoppeln rufen Erinnerungen in mir herauf, die nun meine Wangen zum Glühen bringen.
Es ist gefährlich, in dieses Gesicht zu sehen, wenn man sich nicht in seinen Bann ziehen lassen möchte. Das Beben zwischen meinen Schenkeln ist nur sehr schwer zu ignorieren und es ist beinahe unmöglich, Levent nicht zu lieben. Ihm nicht zu glauben.
Unsicher zeichne ich eine Linie von seinem Kinn bis zum Ohr. Das Kratzen der kurzen Bartstoppeln überträgt sich von meinen Fingern durch die Arme bis in mein Herz. Ich

fühle es in warmen Wellen durch mich hindurchströmen.
»Oh Baby!«, stöhnt er. Meine Hände fahren ganz von allein über sein Gesicht in sein nasses Haar. Berauscht lege ich den Kopf in den Nacken und bitte ihn stumm darum, dass er meinen entblößten Hals mit heißen Küssen bedeckt.

Levents sehnsüchtiges Keuchen treibt mich nur weiter in seine Arme, als er mich auf die Couch legt und sich über mich beugt. Die rechte Hand hinterlässt eine glühende Spur, als er sie von meinem Hals über die Brust gleiten lässt und mit festem Griff an der Taille zum Halt kommt.

Jede Berührung ist ein Schwur, jeder Kuss ein Versprechen und jedes noch so leise Kratzen in seiner Stimme eine Offenbarung.

Als er sich jedoch zwischen meine Beine drängen möchte, überkommt mich Panik.

»Lia?«, fragt er sofort, als ich in meiner Bewegung abrupt innehalte.

»Ich kann das nicht«, keuche ich aufgeregt und weiche vor ihm zurück.

»Es ist doch alles in Ordnung!?« Das sagt er nur, weil er sich nicht vorstellen kann, wie ich mich plötzlich fühle.

Es ist Levent!

Ich weiß!

Kochende Hitze jagt durch meinen Körper, als ich eine dunkle Furche auf seiner Stirn erkenne. Am liebsten würde ich sie ihm wegküssen, aber gerade nehmen mich meine Ängste zu sehr ein, als dass ich für ihn da sein könnte.

Lass nicht zu, dass das Monster diesen Moment in etwas Schreckliches verwandelt!

Sie hat ja recht und doch ist es leichter gesagt, als getan.

»Möchtest du einen Schluck trinken?«, erkundigt er sich

atemlos.

»Okay«, murmele ich und beobachte, wie er mit bebender Brust in die Küche geht. Alles in mir verlangt nach ihm, nach dem, was er in mir auslöst. Nach den berauschenden Gefühlen, die mich überkommen, wenn mich seine Lippen berühren. Nach dem Prickeln auf meiner Haut, sobald er seine Finger über sie gleiten lässt. Nach dem Wunsch nach mehr, wenn ich in seine Augen sehe.

Ich denke an sein Versprechen und kann nicht glauben, dass er auf dem besten Weg ist, es einzulösen – trotz der Erniedrigungen.

Levent hat mir versichert, dass er mich so glücklich machen wird, dass ich nicht mehr gehen will. Das hat er eben bewiesen und doch haben es die dunklen Dämonen in mir wieder einmal geschafft, mich in eine Zeit zurückzuwerfen, mit der er nichts gemeinsam hat.

Als er mit einem Glas Wasser zu mir kommt und sich ganz vorsichtig setzt, schauen mich zwei beunruhigte Augen an. »Ich wollte dir keine Angst machen.«

»Das liegt nicht an dir.«

»Ich hätte dich nicht so überfallen dürfen, das war falsch. Gerade bei allem, was du durchgemacht hast.« Seine angespannte Haltung macht mich traurig.

»Vielleicht ja auch nicht.«

Levent reißt den Kopf augenblicklich in meine Richtung. »Lia, ich verstehe das nicht …«

»Ich auch nicht«, spreche ich dazwischen und wünsche mir in diesem Moment nichts mehr, als dass er mich wieder *sein* werden lässt.

»Bist du dir sicher?«

»Ich weiß nicht«, sage ich und dennoch rücke ich auf ihn zu.

Er reagiert sofort.

Levents Hände greifen an meine Taille und heben mich auf seinen Schoß. Er wandert mit ihnen bis an die Hüften und schiebt mich noch näher an sich heran. In seinen Augen sehe ich die Angst, in seinen Armen spüre ich die Unsicherheit, doch in meinem Herzen verspüre ich den dringlichen Wunsch, *sein* zu werden.

»Sag Bescheid, wenn ich aufhören soll!«, knurrt er heiser gegen meine Lippen und besiegelt die Worte mit einem besitzergreifenden Kuss. Levent tanzt mit der Zunge über meine Unterlippe, zieht sie sich genüsslich zwischen seine Zähne und gleitet mit beiden Händen unter den nassen Pullover.

Aufregung breitet sich in mir aus. Nervös umfasse ich Levents Hals und als er den Verschluss des BHs öffnet, keuche ich erschrocken auf.

»Du bestimmst, wie weit ich gehe!«, erinnert er mich noch einmal und fährt mit dem Spiel fort. Levents Hände fahren meine nackte Haut hinauf und streicheln über die leichten Druckstellen, die die Unterwäsche hinterlassen hat. Als sich die warmen Finger über meine Brüste legen und er keuchend ausatmet, bäume ich mich ihm instinktiv entgegen. Es ist, als würde er mich in einem Nebel der Lust gefangen halten, als er meinen Namen stöhnt. In diesem Moment begreife ich, dass ich geradewegs in etwas hineinlaufe, dass noch viel intensiver wird. Das mich ihm ausliefert. Das mich womöglich noch um den Verstand treiben wird. Das mich …

Levent begehrt mich, gibt mir das Gefühl, dass ich die Einzige für ihn bin und zaubert mir mit jedem Kuss Magie in mein Herz. Ich kann gar nicht anders, als mich auf ihn einzulassen, denn ich will das Schlechte vergessen und endlich zulassen, was er mir schon so lange geben möchte.

»Darf ich?«, fragt er, als er den Saum meines Pullovers bereits hochgezogen hat. Mit einem lautlosen Nicken stimme ich zu und sitze mit einem Mal halb nackt auf ihm. Levents gierige Lippen berühren meinen Mund, wandern an der sensiblen Haut meines Halses hinab und finden an meinen Brüsten das Ziel seines Begehrens. Die Spitze seiner Zunge spielt mit mir, bringt mich dazu, dass ich mich lustvoll auf ihm räkele und nach mehr verlange. Als er mir die Handflächen in den Rücken legt und ich mich in seinen Arm fallen lasse, gehöre ich ihm. Er hat zwar beteuert, dass ich bestimme, wie weit er gehen darf, doch seine Berührungen beweisen mir, dass es nicht so ist. Ich bin ihm verfallen und kann ihn gar nicht darum bitten, aufzuhören, selbst, wenn ich es wollte.

Mit jedem Kuss verteilt er die Hitze seines Körpers auf meinem und allmählich fühlt sich das Spiel mit dem Feuer zu gut an, als damit aufhören zu können.

»Levent!«, entfährt es mir, wodurch er sich sofort von mir löst. »Nicht aufhören!«, flehe ich. Um Levents Mundwinkel zeigt sich ein Lächeln voller Sünde, das in einem tiefen Stöhnen endet, als ich mein Becken fiebrig an seiner Erektion reibe.

Sein Atem schwebt in Form von heißen Wolken über meine Haut.

»Verdammt! Ich muss dir diese Hose ausziehen!«, keucht er in meinen Mund und öffnet sie noch im gleichen Augenblick. Ich blende alle schlechten Erfahrungen aus, konzentriere mich nur auf das Glück mit ihm und lasse mich von Levent in eine bessere Welt entführen. Als er mir mit der Hand zwischen meine Beine fährt, kann ich nicht anders, als mich ihm restlos hinzugeben.

Lust durchzuckt mich, sein sehnsüchtiges Keuchen steigert mein Verlangen und als ich mit den Fingern erneut durch sein feuchtes Haar gleite, kann ich den Moment der Erlösung kaum noch erwarten.

»Ich will dich!«, flüstere ich und sehe das Feuer in Levents Augen auflodern. In einer fließenden Bewegung zieht er sich das Poloshirt über den Kopf, öffnet die schwarze Jeans und erhebt sich mit mir auf seinem Arm. Mit den Füßen streift er sich den nassen Stoff ab, setzt sich und schiebt mich über seine pulsierende Erektion.

Unter der dunklen Tinte zeichnen sich die Adern seiner Oberarme deutlich ab, als er meinen Hintern fest gegen sich presst. Bis vor Kurzem hätte ich es nicht für möglich gehalten, solch einen Augenblick zu erleben. Erleben zu wollen! Doch jetzt bin ich hier, in seinen Armen und genieße es. Mehr, als ich es mir je zu wünschen wagte.

Als ich die Hände auf Levents bebende Brust lege, er sich den gespannten Stoff der Boxershorts gerade weit genug herunterzieht und mit den Fingern in mein Höschen fährt, bäume ich mich ihm stöhnend entgegen.

»Bitte!« In dem Moment, in dem ich ihm gehöre, denke ich nicht über die Schmerzen nach. Ich stelle mir nicht vor, was passiert, wenn ich mich ihm hingegeben habe. Ich gebe der Angst in meinem Kopf keinen Raum und erlaube nicht, dass meine Vergangenheit diesen Augenblick des Glücks in etwas verwandelt, dass es nicht ist. In diesen Sekunden wünsche ich mir nichts mehr, als dass er mich vergessen lässt. Ich möchte ihm gehören. Nur ihm.

»Baby, du machst mich so heiß!«, raunt er, zieht die weiße Baumwolle meine nackten Schenkel hinab und bringt sich in Position. »Nimmst du die Pille?«, fragt er keuchend. Es ist eine Frage, die mich an die Nacht erinnert, an die ich nie wieder denken wollte. Aber der Gedanke kann das hier nicht zerstören. Das lasse ich nicht zu. Dieses Mal nicht!

»Ja«, sage ich. Seit *damals* war die Furcht vor einem weiteren Mal so groß, dass ich mich sicherheitshalber dafür entschieden habe.

Levent atmet zufrieden aus.

Ich habe mich immer vor diesem Moment gefürchtet. Doch wenn ich in seine Augen sehe und den Juniregen fühle, den er mir ein zweites Mal schenkt, habe ich bloß Angst davor, dass er recht hatte, als er sagte, ich würde nie wieder gehen wollen!

»Bist du dir sicher?«, fragt er keuchend und bereit.

Ich gebe ihm ein lustvolles Stöhnen als Antwort.

Als er mich endlich erlöst und langsam in mich eindringt, schlinge ich beide Armen um seinen Hals. Ich lege den Kopf in seine Halsbeuge, spüre seine warme Haut unter meinen Fingern und schmecke Juniregen, als er mich küsst.

Levent füllt mich vollends aus. Seine Härte treibt mir Tränen in die Augen. Ich versuche, mich an ihn zu gewöhnen, als er die Hände an meine Hüften legt und mich leicht zu sich zieht. Helles Keuchen entfährt mir, noch bevor ich es zurückhalten kann. Seine Erektion verteilt einen Druck zwischen meinen Beinen, der mich dazu bringt, die Luft anzuhalten. Das Gefühl ist so stark und überwältigend, dass ich mich nicht mehr traue, zu atmen. Doch ein Blick in seine Augen genügt und ich werde ruhiger.

»Geht es dir gut?«, fragt er mit erhitzten Wangen. Mit dunklem Funkeln gibt er mir zu verstehen, dass es okay ist, wenn ich einen Moment benötige, um mich an ihn zu gewöhnen.

»Ja«, gebe ich atemlos von mir und dränge meinen Körper

an seinen. Ich brauche die Wärme, die er mir schenkt, verlange die Sicherheit, die ich in seinen Armen finde.

Levent raubt mir mit seiner Größe den Atem und bringt mich zum Keuchen, als er weiter in mir wächst. Langsam schiebt er mich zu sich und wieder zurück. Ich spüre, wie sich meine Muskeln um ihn schließen, auch wenn mein Herz noch nicht bereit für das Ende ist.

»Ganz ruhig«, sagt er mit tiefer Stimme und verteilt federleichte Küsse auf meinem Schlüsselbein. Seine Fingerspitzen ziehen eine prickelnde Linie von meinem Kinn über die Brüste, weiter hinab über den Bauchnabel bis zu meiner Scham. Der Schwall an Gänsehaut, der über mich hinweg jagt, lässt meinen Körper erneut zittern.

Ich hatte mir so oft in Gedanken vorgestellt, wie es sich anfühlen wird, wenn ich Levent so nah bin. Doch ich habe nicht im Ansatz erahnt, wie gut es ist, wenn man keinen Schmerz mehr verspürt.

Als er die flachen Hände auf meinen Rippenbogen legt und sich mit heißen Küssen von meinem Hals zu den Brüsten vorarbeitet, keuche ich leise auf. Ich schließe die Augen vor Verlangen, als er zuerst die linke und dann die rechte Spitze in den Mund nimmt und genüsslich daran saugt.

»Levent«, flüstere ich und sehe unter halb geöffneten Lidern zu ihm hervor. Auf seinen Wangen hat sich eine zarte Röte ausgebreitet, die ich mit den Fingern sehnsüchtig ertaste. Er bringt mich mit dem stetigen Kreisen um den Verstand, treibt mich dazu, dass ich mehr will, als ich mich erst einmal an seine Größe gewöhnt habe. »Bitte, Levent«, hauche ich und Lust flackert in seinen dunklen Augen auf. Mit den Händen fährt er über meinen Rücken hinab bis an meinen Hintern und übt leichten Druck aus. Es ist eine sanfte Berührung, nichts, was zu viel sein könnte. Doch es ist genau die richtige Intensität, die ich brauchte, um loszulassen.

Levent bedeckt meinen zuckenden Körper mit Küssen und flüstert zuckersüße Dinge, die ich nicht verstehe, weil sich in meinem Kopf eine glitzernde Masse ausbreitet, die alles andere ausblendet. Keuchend zieht er sich meine geschwollene Unterlippe zwischen die Zähne.

Als ich in seine Augen sehe, bin ich frei!

Frei von all dem Schmerz, der widerlichen Scham, dem Leid. Frei von *damals*.

Levent hat das Monster aus mir vertrieben und mich zu *seiner* werden lassen!

Kapitel 22

Das warme Wasser schwächt die heißen Gedanken von eben nicht ab und als er dann auch noch die Arme von hinten um meinen Bauch legt, gebe ich mich geschlagen.
 Levent drückt mich mit seinem nackten Körper gegen die Glaswand und wispert mir anzügliche Dinge ins Ohr. Meine Wangen glühen und ich verlange nach mehr.
 »Bleib bei mir!« Wie beim vergangenen Treffen bittet er mich um etwas, das so viel mehr bedeuten würde, als das eigentliche Dableiben. Anders als beim letzten Mal werde ich heute nicht *Nein* sagen können, dafür hat er mich bereits zu sehr um seinen kleinen Finger gewickelt. Dafür gefiel mir das, was er mit mir getan hat, viel zu gut. Er hat mir nur allzu deutlich gezeigt, dass ich bei ihm das Schlechte vergessen kann. Levent hat die Fragen aus meinem Kopf vertrieben, die Angst unsichtbar gemacht und er hat es geschafft, dass ich ihm glaube – wieder einmal.
 »Ich muss Hannah und Kim Bescheid geben.«
 »Meinetwegen«, erwidert er und dreht mich zu sich um. In seinem Blick flackert Verlangen auf und das ständige Aneinanderreiben unserer Körper lässt den in mir aufkommenden Gedanken des Widerstands im Nu verpuffen.
 »Schling deine Beine um mich!«, fordert er und greift nach meinem Hintern. Ich weiß nicht, wie er das schafft, aber bei ihm vergesse ich die Furcht, alles, was mich seit *damals* kontrolliert und ich bezweifele, dass ich das so

schnell ändern will.

Gierig saugt Levent an den Spitzen meiner Brüste und schiebt mir seine Erektion zwischen die Schenkel, als ich seinen Namen stöhne. Er hat das Monster aus mir vertrieben und dafür gesorgt, dass ich das, was gleich schon wieder passieren wird, noch intensiver auskosten kann. Bei ihm konnte ich loslassen, beflügelt von diesem Gefühl, verspüre ich eine solche Stärke in mir, die mich *damals* fast komplett vergessen lässt.

Während er mich mit hungrigen Küssen gegen die Duschwand presst, lasse ich die Hand an seinen Bauchmuskeln weiter nach unten gleiten. Sein dunkles Keuchen erregt mich, spornt mich an, nicht aufzuhören.

»Was tust du da?«, will er wissen und sieht mich mit verhangenem Blick an. Das diabolische Grinsen ist verhängnisvoll und vielversprechend und … ich wimmere, mehr will mir nicht über die Lippen kommen, als ich ihn umfasse und das Pulsieren an der Handfläche merke. »Fuck, Lia!«, knurrt er und stützt sich für den Moment mit dem Kopf an meiner Schulter ab. »Fester!«, fordert er, als ich die Hand an seinem Penis auf- und abgleiten lasse. Ein Gefühl von Erregung und Stolz durchzuckt mich, als ich spüre, wie viel Vergnügen ich ihm verschaffe. Sein Keuchen treibt mich an, das tiefe Raunen weckt Sehnsucht in meinem Körper und das Verlangen in seinen Augen ist so stark, dass es sich auf mich überträgt. Er hat mir gezeigt, wie schön es ist, wie gut es sich anfühlt, frei zu sein. Süchtig nach genau diesem Gefühl stürze ich mich weiter in seine Arme. Ich möchte noch einmal frei sein. Mit ihm.

Die Luft zwischen uns wird heißer, als der Wasserstrahl feuchte Dampfwolken hinter seinem Rücken hervorzaubert. Ich verliere mich bei ihm, in dem Eindruck, ihm zu gehören.

»Halt dich fest«, stöhnt er mit heiserer Stimme und dringt in einer fließenden Bewegung in mich ein. Levent gibt unverständliche Worte von sich, die das, was in mir passiert, noch größer machen.

Es überwältigt mich auch jetzt noch. Keuchend ringe ich nach Atem, während er sich tiefer in mein Innerstes vorkämpft. Sein Kreisen sorgt für kleine Sterne vor meinen geschlossenen Augen, für prickelndes Zucken zwischen den Schenkeln und für Wünsche in meinem Herzen, die ich mich nie zu hegen wagte, bevor ich ihn traf.

»Ist alles in Ordnung?« Seine Stimme ist nicht viel mehr als ein verhangenes Kratzen. Ich nicke bloß, zu mehr bin ich gerade nicht fähig. Kaum, dass ich das getan habe, treffen unsere Münder wieder aufeinander.

Unsere Zungen umschlingen sich immer unkontrollierter. Sie wollen und brauchen mehr, als wir in diesem Moment geben können. Stöhnend überkreuze ich meine Fußknöchel hinter seinem Rücken und erhöhe somit den Druck. Über Levents Lippen kommen sehnsüchtige Laute, als er noch fester in mich gleitet und über die Haut meiner Brust leckt.

»Sag mir, wenn es zu viel wird«, fordert er mit geschlossenen Augen. Doch ich kann nicht. Alles, was mir jetzt noch gelingt, ist, mich ihm hinzugeben. Er soll mir noch einmal zeigen, wie es ist, ihm zu gehören. Glücklich zu sein. Freiheit zu verspüren. »Sieh mich an«, knurrt er und lässt eine Hand zwischen uns nach unten fahren. Meine Bauchmuskeln ziehen sich voller Vorfreude zusammen, doch ehe er das Zentrum der Begierde erreicht, hält er inne.

Ich sehe ihn atemlos an. Zufriedenheit legt sich über sein Blick. »Ich will, dass du mich ansiehst, wenn du für mich kommst«, sagt er und lässt die Hand weiter hinabwandern.

Während er das Kreisen fortsetzt, gleiten zwei seiner Finger über meinen Hügel direkt zu meiner Scham.

Das Gefühl ist zu intensiv, als dass ich meine Lider nicht schließen könnte. Mein Kopf dreht sich ganz von allein zur Seite. Warme Küsse bedecken die entblößte Haut und bahnen sich einen Weg zum Ohrläppchen hoch. Als er genüsslich hineinbeißt, überträgt sich das Ziehen augenblicklich zwischen meine Schenkel, sein Zustoßen wird härter und die Finger wandern noch ein wenig tiefer. Mein Körper zuckt vor Lust. »Ah«, kommt es laut über meine Lippen.

»Was tust du nur mit mir?«, fragt er heiser und gleitet mit seiner Zunge in meinen Mund. Wir werden gierig, als wir von Stoß zu Stoß heftiger aneinanderprallen und nach mehr verlangen. Zucken durchkämmt mich, als er mit beiden Händen an meine Hüften greift, mich hochhebt und mit einer göttlichen Intensität erneut auf sich niederlässt.

Unsere Körper werden wieder eins, mit jeder weiteren Sekunde ein Stück mehr, bis wir uns gemeinsam ineinander verlieren.

Als er mir das Handtuch aufhält, mich damit umwickelt und in seinen Armen hält, gebe ich ihm einen zaghaften Kuss auf die tätowierte Brust. Aus seinen Augen erreicht mich Wärme und Verlangen. Er wendet den Blick nicht ab, für keine Sekunde. »Ich liebe dich!«, sagt er mit tiefer Stimme, die Ehrlichkeit in ihr summt in meinen Ohren nach. Die Worte brechen wie ein Gewitter über mich ein und die Bedeutung seines Geständnisses bringt die Welt für einen kurzen Augenblick zum Stillstand, nur, damit sie sich danach noch schneller dreht.

»Du meintest das ernst?«, frage ich ungläubig und lege

die Hände auf seinen Brustkorb.

»Natürlich!« Levents Finger greifen nach meinem Kinn und als mich sein Blick trifft, mir bis auf den Grund meiner Seele blickt, da weiß ich endgültig, dass er mich nicht anlügt.

Levent Dawn hat sich in mich verliebt! Hitze breitet sich unter meiner Brust aus. Hinter den Augen beginnt es zu brennen und in meinem Herzen tanzt es. Wild und frei. Er kann sich nicht vorstellen, wie viel mir dieses Bekenntnis bedeutet.

Da ich immer noch sprachlos bin, schlinge ich einmal mehr die Arme um seinen Hals und lasse mich von ihm in sein Schlafzimmer tragen.

»Schlaf gut, Baby«, flüstert er und gibt mir einen Kuss.

In der Nacht werde ich durch das plötzliche Aufleuchten meines Handys wach. Es ist wieder die unbekannte Nummer, die mir bereits in der Bibliothek geschrieben hat.

Unbekannt: *Ihr kennt euch besser, als dir lieb ist …*

Die Nachricht macht mir Angst. Wer schreibt mir solche Dinge und aus welchem Grund? Als sich Levent zu mir dreht und gegen das Licht anblinzelt, lege ich das Handy sofort weg.

»Wieso bist du wach?«

»Ich hatte Durst«, lüge ich und kuschele mich zu ihm. Zum Glück fällt ihm nicht auf, dass gar keine Flasche am Bett steht. Er gibt sich mit meiner Notlüge zufrieden und nimmt mich in den Arm.

Levents flacher Atem beruhigt mich und in seiner Nähe fühle ich mich gleich sicherer. Dennoch muss ich daran denken, dass mir der Unbekannte wieder geschrieben hat. Je länger ich über die Inhalte nachdenke, desto eher glaube ich, dass ich Levent besser nichts davon erzählen sollte. Obwohl wir uns gerade erst versöhnt haben und ich das schöne Gefühl zwischen uns nicht zerstören möchte, befürchte ich, dass die Nachrichten genau das bedeuten würden.

Als ich mich in die entgegengesetzte Richtung drehe, schlingen sich seine Arme fester um mich. »Bleib bei mir!«, bittet er verloren in mein Haar und bringt mein Herz damit zum Schmelzen. Er kann sich ja nicht vorstellen, wie sehr ich mir das gewünscht habe.

Das Geräusch meiner zerreißenden Unterwäsche schneidet wie Messerklingen in mein Gehör. Das Keuchen hält mich wie ein Spinnennetz gefangen. Es erregt das Monster, wenn ich mich wehre, wenn ich schreie und trete und darum bettele, dass es aufhört.

Immer fester presst es den stinkenden Stoff der Jacke in mein Gesicht.

Nein, bitte nicht. Nicht. Nein, nein ... nein.

Ich möchte noch lauter schreien, als es sich der Länge nach auf mich legt und mich mit seinem Gewicht ins schwarze Loch drückt. Es flüstert Dinge, die ich nicht verstehe, die ich nicht hören will, die mir Angst einjagen.

Nein, bitte nicht.

Nein, nein, nein. Panik klettert meinen Rücken hoch, Gänsehaut fliegt über meinen Körper und Taubheit kriecht in meine Glieder, als das Monster noch erregter keucht. Der feuchte Atem erniedrigt mich, macht mich schwach, schafft es, dass ich wie erstarrt am Boden liege und stumme Tränen weine.

»Sei still«, sagt es drohend und dringt schmerzvoll in mich ein. Nein, nicht.

Ich fühle mich, als würde ich fallen. Tief und schnell und

kurz bevor ich aufpralle, vernehme ich sein Keuchen, dieses widerliche Keuchen.
Nein, nein, nein ... nein!

»Baby?«, höre ich Levent sofort fragen.

Ich zittere am ganzen Leib, wie fast jede Nacht. Immer wieder ist es dieser verdammte Traum, der nie nur ein solcher war.

»Hey, beruhige dich! Es war nur ein Albtraum.« Seine Stimme legt sich wie eine weiche Decke um meinen angsterfüllten Körper. Sie vertreibt die Kälte aus mir und ersetzt sie mit einer wohligen Wärme, die mich langsam an die Oberfläche zurückkehren lässt. »Komm her«, sagt er und zieht mich bereits in seine Arme. Es ist das erste Mal, dass ich danach eine Berührung zulassen kann. Ich verwerfe den Fluchtgedanken, meinen Waschzwang und den Drang, aufzuspringen und all den Ekel durch ständiges Erbrechen aus mir zu vertreiben. Levent vernichtet die aufkommenden Verhaltensmuster, die ich eigentlich abgelegt zu haben dachte.

Er kann mich einfach in den Arm nehmen und damit tatsächlich beruhigen. »Danke«, flüstere ich an seinem nackten Oberkörper und versuche, nur noch daran zu denken, dass mir bei ihm nichts passieren kann.

»Ich bin hier!« Levents Stimme beruhigt mich und bei ihm finde ich in dieser Nacht endlich die Ruhe, zu der ich ohne ihn nicht mehr gekommen wäre.

Am Morgen liegt Levent nicht mehr neben mir, als ich aufwache. Ich greife sehnsüchtig nach der Decke, die so gut nach ihm riecht, dass ich ihn sofort vermisse. Barfuß gehe ich an die Kommode, nehme mir ein T-Shirt aus der obersten Schublade heraus und möchte nach ihm rufen, als ich vor dem *Arbeitszimmer* stehe. Die Tür ist wieder zu.

»Baby!«, raunt er unerwartet hinter mir. Der plötzliche Klang seiner Stimme lässt mich zusammenzucken.

»Hey.« Ich werde augenblicklich von ihm in Empfang genommen und mit einem leidenschaftlichen Zungentanz begrüßt.

»Frühstück?«

»Okay, ich muss nur eben ins Bad.«

»Ich warte auf dich.« Sein Lächeln ist vielversprechend. Nachdem er mir den Dutt im Schlaf geöffnet haben muss, binde ich mir den Wirrwarr erneut zusammen. Ich erinnere mich daran, dass er sagte, ihm würden die offenen Haare gefallen. Sofort huscht mir ein Grinsen über die Lippen und ich öffne den Knoten wieder.

In der Küche steht Levent bereits mit der Pfanne am Herd, in der er etwas hin und her schwenkt. Ich beobachte ihn und könnte mich in dem Anblick verlieren.

Sehnsüchtig schmiege ich mich an seinen muskulösen Rücken und inhaliere den Duft.

»Frühstück ist fertig, ich habe Pancakes gemacht!« Levents Stimme klingt butterweich.

»Darf ich etwas fragen?«

»Natürlich.«

»Warum ist die Tür zu deinem Arbeitszimmer immer zu?« Die Muskeln in seinem Rücken spannen sich an.

»Reine Gewohnheit. Ich mag es gern ordentlich und kann es nicht leiden, wenn Unordnung in meine Unterlagen kommt.« Die Worte schmiegen sich seidig um meine Ohren, trotzdem entgeht es mir nicht, dass er bloß vom eigentlichen Thema ablenken möchte. Erstens ist sonst keine weitere Tür geschlossen und außerdem ist die komplette Wohnung penibel aufgeräumt.

Wieso sagt er mir nicht, was sich wirklich in dem Zimmer befindet? Ich würde ihn gerne noch mal fragen, doch inzwischen kenne ich ihn gut genug, um zu wissen, dass er mir nichts verraten wird, wenn er es nicht von sich aus tun will.

Obwohl er mich in den vergangenen Stunden um den Finger gewickelt hat und mir nochmals seine Liebe gestanden hat, merke ich, dass ich immer noch herausfinden möchte, weshalb er manchmal so merkwürdig ist. Warum er keinen Kontakt zu seiner Mutter hat und was ihn ins Grübeln bringt.

»Fertig«, gibt er zufrieden von sich und rückt mir den Hocker an der Kücheninsel zurecht.

Mit dem ersten Bissen stelle ich mit großer Begeisterung fest, dass es heute keinen Chilibrand auf meiner Zunge geben wird. »Lecker!«, schnurre ich. Ich werde mich auf diesen Ablenkungsversuch einlassen, ihn in Sicherheit wiegen, aber Levent soll nicht denken, dass ich mich mit einer Lüge abspeisen lasse.

»Ja?«, hakt er mit vollem Mund nach.

»Sie sind köstlich«, murmele ich. Es ist das erste Mal seit Jahren, dass mir etwas wirklich schmeckt. Seit *damals* ist mir jeglicher Appetit vergangen und wieder einmal ist es Levent, der das Unmögliche in mir auslöst.

»Mein Shirt steht dir!«, meint er mit dunklem Blick und lässt das Dunkelgrün seiner Augen über meine nackten Schenkel wandern. Sofort steigt mir Hitze in die Wangen, die sich dann auf direktem Weg nach unten begibt. Levent zieht mich in den Arm und presst mich gegen seinen muskelbepackten Körper.

»Oh, nein! Ich habe Hannah und Kim gar nicht geschrieben!« Der Gedanke schießt mir wie ein Pfeil durch den Kopf.

Levent schmunzelt bloß. »Ich aber!«, schnurrt er und fährt mit dem Spiel fort.

»Ich muss zurück ins Wohnheim.«

»Hm.«

»Jetzt!«

»Sicher?«, fragt er und gleitet mit der Hand zwischen meine Beine. Ich schiebe ihm automatisch mein Becken entgegen, wodurch Levent den Druck nur verstärkt. Seine Finger massieren mich immer intensiver, locken mich zu ihm und schaffen es, dass ich ihm wieder mal völlig ausgeliefert bin.

»Das geht jetzt nicht«, sage ich mit glühenden Wangen. Ich höre mich nicht gerade überzeugend an, schon gar nicht, wenn nicht einmal mein eigener Körper auf mich hört und Dinge tut, die ihm eindeutig zeigen, dass ich alles will, nur nicht, dass er aufhört.

»Nein?« Die kehlige Stimme lässt meine Beine weich werden und in dem Moment, in dem er vor mir auf die Knie geht und mich da küsst, wo mich bisher niemand küsste, greife ich atemlos in sein Haar. Seine Zunge umkreist meinen empfindlichsten Punkt immer schneller und als er mich noch näher an sich heranzieht, mich mit den Bartstoppeln streift und mir ein Zucken durch die Mitte jagt, sacke ich keuchend nach unten. Levents Blick glüht und es ist, als würde er meinen Körper zum Brennen bringen.

»Deine Reaktion sagt etwas anderes!« Mit dem plötzlichen Aufleuchten in seinen Augen gibt er mir zu verstehen, dass er noch lange nicht fertig ist. »Bleib das Wochenende bei mir!«, flüstert er und hebt mich auf die Theke der Küchinsel.

»Das geht nicht, Levent. Ich muss lernen.«

»Bis zu den Prüfungen hast du noch genug Zeit. Oder willst du gehen?«, fragt er und zieht mir sein T-Shirt aus.

»Das ist nicht fair!«

»Ich habe nie behauptet, fair zu spielen!«

Kapitel 23

Sonntagabend bringt mich Levent zurück ins Wohnheim. Obwohl ich lieber bei ihm bleiben würde.
»Ich fand es schön mit dir«, haucht er verführerisch.
Ich reagiere mit geröteten Wangen und einem glucksenden Kichern. »Gleich werde ich mit Sicherheit Rede und Antwort stehen müssen.«
»Hannah und Kim?«
Ich entgegne ihm mit Schulterzucken und einem unschuldigen Lächeln, als wir bereits fast vor dem Zimmer sind. Nachdem er kurz anklopft, öffnet er schwungvoll die Tür. Bevor ich mich von ihm verabschieden kann, taucht Meg hinter ihm auf und muss beim Anblick unserer ineinander verschlungenen Hände beinahe würgen.
»Was hat das zu bedeuten?«, fragt sie und zeigt mit ihrem lackierten Fingernagel in unsere Richtung.
Ich rechne mit einem *nichts*, oder einer anderen vernichtenden Antwort, aber Levent überrascht mich, indem er: »Siehst du doch!«, sagt und den Arm um mich legt. Hannah und Kim sehen sich mit großen Augen an und versuchen, das aufkommende Grinsen hinter ihren Händen zu verstecken. Seine Reaktion bedeutet mir so viel, dass ich ihm am liebsten um den Hals fallen würde. »Gute Nacht, Baby!«, haucht er und lässt mit einem verführerischen Augenaufschlag sowie einem Lächeln sein Muttermal nach oben springen.
»Dir auch«, gebe ich atemlos von mir. Ich bereite mich

innerlich schon auf die bevorstehende Fragerunde vor, als er erneut nach mir greift.

»Bekomme ich gar keinen Abschiedskuss?« Levent beugt sich zu mir, legt den Mund auf meinen und überrascht mich ein weiteres Mal, als ich seine heiße Zunge spüre. Er küsst mich, als wären es nur wir zwei, die sich in diesem Raum befinden. Die Luft elektrisiert sich und als er dann meine Lippe zwischen die Zähne zieht, muss ich ihn leicht von mir stoßen, damit er versteht, dass wir *nicht* allein sind.

Der Kuss war so gut, dass ich ihn eigentlich nicht gehen lassen dürfte. Mir ist ganz schwindelig, als mich seine starken Hände loslassen.

»Ähm?«, kommt es verzögert aus Kims Mund heraus.

Ehe ich etwas erwidern kann, stampft Meg den Flur entlang, Levent küsst mich ein letztes Mal und lässt mich mit zitternden Knien zurück.

»Heilige Scheiße!«, keucht Kim. Hannah rutscht wie in Zeitlupe von ihrem Bett hinunter auf den Boden und ich stehe immer noch vor meinen beiden Freundinnen, die ich zum ersten Mal sprachlos machen konnte. »Wir wollen alles wissen, außer detaillierte Sexszenen!«, nuschelt Kim und hält sich die Hände vor die Augen, als sie das Wort *Sex* in den Mund nimmt.

»Er ist wirklich *Sex on legs*!« Hannah greift nach dem Wasser neben ihrem Bett und trinkt hastig einen Schluck.

Als das Zittern in den Beinen etwas nachlässt und sich mein Puls wieder normalisiert, setze ich mich ebenfalls und grinse vor mich hin.

»Seid ihr jetzt zusammen?«, möchte Hannah wissen.

»Ich weiß es nicht.«

»Ähm? Was denn sonst?«, mischt sich Kim ein, die ihre Hände nicht länger vor die Augen drückt.

»Vielleicht?«, frage ich in die Runde.

»Ihr seid Händchen haltend ins Zimmer gekommen, mein Bruder hat dich gerade vor uns geküsst, oder vielmehr verschlungen und du weißt nicht, ob ihr zusammen seid?«

Das dümmliche Grinsen zieht meine Mundwinkel ganz von allein in die Höhe.

»Ach du Scheiße! Dich hat es ja voll erwischt«, merkt Hannah an und fasst in mein gerötetes Gesicht.

»Was habt ihr gemacht? Also, nach dem *Greenz* und na ja, überhaupt und so?«, stammelt Kim durcheinander.

»Wir haben am Fluss gesessen und geredet und danach sind wir zu ihm.«

»Das nenne ich mal eine Kurzfassung. Geht das vielleicht auch etwas genauer oder kommen dann bereits die schmutzigen Szenen, die hier niemand hören will?«, erkundigt sich Kim.

Hannah zeigt mit dem rechten Finger auf und legt mit großen Augen Widerspruch ein. »Ich wäre da schon interessiert«, murmelt sie verlegen.

»Igitt, bäh! Das ist immer noch mein Bruder!!!«, mischt sich Kim ein und wedelt mit ihren Armen vor uns herum. Es sieht aus, als würde sie ein Spiel abpfeifen oder Dampf in der Luft herumwirbeln. In jedem Fall bringt es Hannah und mich zum Lachen. »Gut, ich ergebe mich. Hattet ihr Sex? Einfach mit *Ja* oder *Nein* antworten, dann ist das Thema endlich vom Tisch!«, sagt Kim mit zusammengekniffenen Lidern.

»Und?«, höre ich Hannah fragen, als ich immer noch über die nächsten Sekunden nachdenke.

»Ja«, sage ich irgendwann ganz leise und sorge damit erneut für großes Entsetzen. Oder Freude? Oder einer Mischung aus beidem?

»Scheiße! Ihr seid so was von zusammen!«, freut sich Hannah.

»Halleluja, mein Bruder hat es nicht versaut!«, ruft Kim gen Decke und faltet ihre Hände. Die betende Kim bringt mich schon wieder zum Lachen.

»Ihr habt miteinander geschlafen?«, wiederholt Hannah, als der erste Schock verdaut ist. Wenn sie wüsste! Ich antworte nur mit einem kurzen *Ja* und behalte die heißen Bilder in meinem Kopf.

»Da gibt es allerdings etwas, was ich euch sagen muss.«

»Was ist passiert?«, erkundigt sich Kim und richtet sich automatisch auf. Ich hole das Handy aus meiner Tasche, öffne den Chatverlauf und halte es ihnen unter die Nase.

»Wer hat dir das geschrieben?«, hakt Hannah besorgt nach und liest sich die Nachrichten noch einmal laut vor.

»Ich weiß es nicht, nur kommt es euch nicht auch vor, als würde dieser jemand Levent damit meinen?« Ich habe Angst vor ihren Antworten und doch muss ich wissen, ob mein Verdacht nicht unbegründet ist.

»Ich gebe es nicht gerne zu, aber es ist Nick.«

Als Kim seinen Namen ausspricht, zieht Hannah scharf die Luft ein und mir wird es augenblicklich kälter. »Wie kommst du darauf?«, fragt sie Kim.

»Ich kenne die Nummer noch von früher«, gesteht sie.

»Und nun?« Ich schlucke schwer.

»Er wird wollen, dass du zu ihm ziehst.«

»Ähm, um ehrlich zu sein, weiß er nichts von den SMS«, gestehe ich kleinlaut. Kim sieht mich unheilbringend an.

»Bitte?«, kreischt Hannah. Ich sehe sie schuldbewusst an.

»Du bist jetzt seine Freundin, also hast du automatisch Priorität Nummer eins. Levent spielt endlich nicht mehr meinen Wachhund, sondern ab sofort deinen und glaub mir, sobald er davon erfährt, wirst du nicht länger hier schlafen«, versichert mir Kim.

Mir fällt die Kinnlade herunter und gleichzeitig rauscht Adrenalin durch meine Adern. Ich werde doch nicht bei ihm wohnen können.

»Eigentlich ist das sogar ziemlich gut«, fügt sie mit einem Grinsen hinzu, das mich Böses ahnen lässt.

»Und wieso?«, hakt Hannah nach und sieht zwischen Kim und mir skeptisch hin und her.

»Na ja, wenn du erst mal bei ihm lebst, kannst du viel leichter an Informationen kommen.«

»Kim, ich kann das nicht.«

»Ihr seid zusammen.« Ihre Augenbrauen krausen sich.

»Ich meine nicht das vorübergehende bei ihm wohnen, sondern das Ausspionieren.«

Kim atmet frustriert aus.

»Setz sie nicht so unter Druck«, verteidigt Hannah mich.

»Willst du denn gar nicht mehr herausfinden, was mit ihm los ist? Ich meine, du bist das Wichtigste für ihn, er liebt dich und trotzdem lügt er dir ins Gesicht. Lia, das passt nicht zu meinem Bruder. Irgendwas stimmt da nicht.«

»Natürlich möchte ich das wissen, doch gerade, weil ich ihn liebe, kann ich ihn nicht beschatten.«

»Lia, du musst das nicht tun!«, erinnert mich Hannah noch mal und erntet böse Giftblicke.

»Es fühlt sich an, als würde ich ihn hintergehen.« Das schlechte Gewissen liegt mir wie ein schwerer Stein im Magen.

»Ich sage es ja nur ungern, aber mein Bruder hintergeht dich auch, indem er dir nicht sagt, wer er wirklich ist. Du bist seine Freundin und er kann dir nicht einmal verraten, warum er keinen Kontakt zu unserer Mutter hat!«

»Du hast ja recht, ich muss erfahren, wer er ist oder was passiert ist, nur habe ich Angst, etwas herauszufinden, das ich nicht verkraften würde.«

Hannah und Kim verstummen, als sie die Tränen in meinen Augen sehen.

»Du wirst es ohnehin herausfinden, denn allem Anschein nach wird dich Nick Schritt für Schritt ans Licht der Wahrheit führen!«, prophezeit Kim und hält mein Handy in die Höhe.

»Ich möchte es ja wissen, weil mir Levent wichtig ist. Das Problem ist nur, auch wenn ich alles über ihn erfahren will – er gibt sich größte Mühe, seine Geheimnisse zu wahren. Was ist, wenn er wirklich recht hat? Wenn es besser ist, dass ich es nicht weiß? Ich meine, die Nachrichten machen mich fertig! Und es jagt mir eine beschissene Angst ein, dass es Nick ist. Ich merke, dass er noch hier ist, denn manchmal spüre ich ihn oder habe diesen Gestank in meiner Nase. Und wenn ich mir nur vorstelle, er würde Levent etwas antun, könnte ich vor Panik würgen.«

»Du spürst ihn? Wann? Wo?«, hakt Kim nach. Auch Hannah wirkt durch ihr ständiges Oberschenkelreiben beunruhigt.

»In der Uni, vor dem Kursraum. Ab und zu sogar hier.«
»Aber niemand hat ihn gesehen!«
»Ich weiß, Hannah. Aber er ist uns näher, als mir lieb ist«, entgegne ich und zeige auf das Handy in Kims Hand. Fröstelnd umschlinge ich mich.

Das Gefühl, dass Nick die gesamte Zeit in den Schatten auf mich lauert, droht, mich zu erdrücken, frisst mich von innen auf. Mir ist klar, dass ich Levent einweihen muss, dennoch habe ich Angst vor seiner Reaktion, davor, ihn zu verlieren.

Kapitel 24

»Was ist, wenn er recht hat?«, höre ich Ian flüstern, als ich aus dem Kursraum komme und Levent vor ihm warten sehe.

»Wenn wer recht hat?«, frage ich und werde sofort mit einem Kuss abgelenkt.

»Ach, nichts Wichtiges.« Ich glaube ihm nicht. Ian drückt Levents Schulter, zwinkert mir einmal zu und verschwindet dann unter den anderen Studenten. »Hast du heute noch eine Vorlesung?« Er streicht mir mit seinen Fingern eine Haarsträhne hinters Ohr.

»Eine bloß, um drei Uhr hätte ich Zeit.«

»Ich warte auf dich!«, raunt er mir ins Ohr und lässt mich mit heißen Wangen zurück.

Ich: *Ian weiß etwas, er hat Levent gefragt: Was ist, wenn er recht hat? Damit ist sicher Nick gemeint.*

Ich tippe die Nachricht noch schnell in unseren Gruppenchat, den Kim unter dem einfallsreichen Namen *Das Geheimnis* ins Leben gerufen hat und setze mich in die Vorlesung. Ehe ich meine Unterlagen ausbreiten kann, geht bereits die erste Antwort ein.

Kim: *Bex? Ich habe mich in einem von Ians Kursen eingeschlichen und beobachte ihn. Er verhält sich echt schräg.*

Hannah: *Du bist in einem Jurakurs?*

Kim: *Er schreibt mit Levent.*

Ich: *Ich treffe mich später mit ihm, ich weiß gar nicht mehr, wie ich mich ihm gegenüber verhalten soll.*

Kim: *Hör endlich auf, zu jammern. Wir müssen das herausfinden!*
Hannah: *Du sollst sie nicht immer so unter Druck setzen!*
Ich: *Okay, das reicht! Ich muss mich auf die Vorlesung konzentrieren, bis später.*

Ich möchte das Handy gerade in der untersten Ecke meines Rucksacks verstauen, als ich wieder dieses ungute Gefühl habe, Nick sei hier. Auf der Stelle suche ich den Hörsaal nach ihm ab, obwohl ich mich davor fürchte, ihn tatsächlich zu entdecken. Ich finde ihn nicht, auch wenn ich schwören könnte, seinen eisigen Blick auf mir zu spüren.

Die restliche Zeit verbringe ich damit, auf die Uhr zu sehen. Am liebsten würde ich sofort aus dem Raum und vor dem gefährlichen Ziehen in meinem Bauch fliehen. Irgendwie schafft er es, in der Nähe zu sein, ohne dabei erwischt zu werden. Je länger ich darüber nachdenke, desto paranoider komme ich mir vor. Ich kann kaum noch geradeaus gehen, ohne Angst zu haben, er würde mich hinter der nächsten Ecke abfangen.

Das Summen in meiner Hand lässt mich hochschrecken.
L: *Ich freue mich auf dich.*
Obwohl die Vorlesung bereits in fünf Minuten endet, fühlt es sich noch nach einer halben Ewigkeit an. Wäre da nicht immer noch der eisige Film auf meiner Haut, würden mir Levents Worte vermutlich ein Strahlen ins Gesicht zaubern.

Ich schaue mich ein letztes Mal um und wieder kann ich die blauen Augen, vor denen ich mich fürchte, nirgends entdecken. Also verschwinde ich schnell, schnappe mir im Vorbeigehen die Unterlagen für nächste Woche und stolpere beinahe in Levent hinein.

»Ist alles in Ordnung, Baby?«, fragt er mit besorgter Stimme. Ich muss ständig an Kims Plan denken, daran, dass ich ihn nicht hintergehen möchte und doch holt mich immer wieder diese eine Frage ein. Was ist, wenn sein Geheimnis unsere Beziehung zerstört? Und dann sind da auch noch die Nachrichten, die mir einen Schauder über den Rücken jagen.

»Alles okay«, lüge ich und versuche, ihn mit einem Lächeln zu überzeugen.

»Sicher?«

»Ja, ich muss nur noch schnell ins Wohnheim.«

»Musst du nicht.« Levents Arme greifen um mich herum und als er mir einen Kuss in den Nacken drückt und den Griff um meine Taille verstärkt, muss ich vor Verlangen die Augen schließen. In seiner Hosentasche vibriert es. »Ich bin sofort wieder da«, sagt er, zückt sein Handy hervor und entfernt sich einen halben Meter von mir.

»Ich kann jetzt nicht«, höre ich ihn sagen. Levent bemüht sich, besonders leise zu sprechen und als er meinen neugierigen Blick sieht, geht er sogar noch einen Schritt gen Ausgang. Seine Geheimniskrämerei stellt mich vor einen echten Konflikt. Obwohl ich ihn nicht ausspionieren möchte, liefert mir sein Verhalten immer wieder neue Gründe, ihm zu misstrauen.

Was soll ich tun, wenn er von den Nachrichten erfährt und mich bittet, bei ihm einzuziehen?

»Wir treffen uns heute Abend, bis dann«, sagt er und beendet das Gespräch. Ich verstaue die Unterlagen in meinem Rucksack, schultere ihn und entscheide mich dazu, sein Spiel mitzuspielen. Ich werde sein Geheimnis erfahren, er lässt mir gar keine andere Wahl! »Können wir?«

»Klar«, sage ich und ergreife Levents Hand.

Als er mich direkt zu seinem Wagen führt, ahne ich, dass es nicht ins Wohnheim geht. Kurz überlege ich, zu protestieren, steige schließlich aber doch ein. Levent greift über die Schaltung und legt die warme Hand auf meinen linken Oberschenkel, mit der er ganz langsam unter den Mantel hinaufwandert.

»Ist wirklich alles in Ordnung?«, bohrt er nach, als könnte er das Gedankenchaos in meinem Kopf kreischen hören.

»Ja.«

»Du kannst nicht lügen.«

»Mir geht es gut, versprochen!« Levents skeptischer Blick irritiert mich und wenn er mich länger mit seinen dunklen Augen malträtiert, werde ich noch durchdrehen. Verdammt, ich kann tatsächlich nicht lügen! »Mit wem hast du eben telefoniert?«, wechsele ich das Thema, um mich von meinem schlechten Gewissen abzulenken.

»Kennst du nicht«, kommt es wie aus der Pistole geschossen. Kurz danach löst er den Griff von meinem Bein. Levents Hände greifen fester um das lederbezogene Lenkrad und ehe ich nach einer Antwort in seinen Augen suchen kann, setzt er sich die Sonnenbrille auf und fährt los. Damit wäre für ihn die Fragerunde wohl beendet. Über das integrierte Display schaltet er Musik an. »Ist wegen einer Klausur«, lügt er weiter.

Ich versuche, mir meine Enttäuschung nicht anmerken zu lassen, und sehe kurzerhand aus dem Fenster. Spätestens jetzt ist mir der Appetit vergangen, und trotzdem werde ich so tun, als wäre alles in Ordnung. Nur, um zu erfahren, was mein Freund vor mir verbergen möchte. Nur, um vielleicht noch enttäuschter zu sein, falls ich wirklich dahinterkomme.

»Du sagst mir doch Bescheid, wenn du etwas hast, oder?«,

fragt er besorgt und stellt den Motor aus, als wir auf dem Parkplatz eines Lokals angekommen sind.

»Sicher.« *So, wie du!*, füge ich in Gedanken hinzu.

Levent und ich bestellen uns eine Kleinigkeit zu essen und reden über den Tag. Wir halten Händchen und schauen uns verliebt an. Man könnte meinen, alles sei normal. Dabei ist es das ganz und gar nicht.

Am frühen Abend fährt er mich zurück ins Wohnheim. Spätestens jetzt müsste ihm klar sein, dass ich Verdacht schöpfe, denn normalerweise will er mich nie gehenlassen.

»Sehen wir uns morgen?«, haucht er sehnsüchtig gegen meine Lippen, als wir vor meinem Zimmer angekommen sind.

»Natürlich.« Levent gibt mir einen Kuss und als wir uns voneinander trennen, spüre ich unangenehmes Ziehen in meinem Bauch.

Mit einem leisen Klicken schließe ich die Tür hinter mir und gebe beiden zu verstehen, dass sie ruhig sein sollen.

»Was wird das?«, will Hannah wissen.

»Was tust du schon hier?«, hakt Kim nach und sieht verwirrt auf die Uhr.

Ich erzähle ihnen, was in den letzten Stunden passiert ist.

»Da stimmt irgendetwas nicht. Wir werden ihm folgen«, verkündet Kim.

»Auf keinen Fall!«, verneinen Hannah und ich gleichzeitig.

»Wenn du es nicht tust, mache ich es. Ich möchte endlich herausfinden, was da los ist. Jahrelang glaubte ich, mein Bruder ist ausgezogen, weil er Stress mit meiner Mom hatte. Dann kommt raus, dass er seinen damaligen Freund hintergangen hat und auf einmal verstehe ich gar nichts mehr. Mir reicht es.«

»Du meinst das ernst?«, platzt es aus mir heraus.

»Lia, sehe ich aus, als wäre mir zum Scherzen zumute?«

»Ich hab da kein gutes Gefühl«, wispere ich mahnend und hoffe, somit auf die Verfolgungsjagd verzichten zu können. Sie sieht mich mit einem Ausdruck an, der wohl sagen soll *Ist-das-gerade-dein-Ernst?*

»Ich frage Dan nach seinem Wagen«, schlägt Kim vor und zückt im gleichen Moment ihr Handy vom Bett. Die Dawns machen mich fertig! In diesem Augenblick erreicht mich eine weitere Botschaft des Unbekannten. Wobei er leider gar nicht mehr so unbekannt ist.

Unbekannt: *Mag sein, dass es einen Grund gibt, weshalb sich eure Wege kreuzen, aber vielleicht reicht das nicht ...*

Mir stellen sich die Nackenhaare auf, Kälte durchfährt mich und in meinem Hals kann ich bereits die Säure schmecken. »Er hat mir wieder geschrieben!«

»Wer?«, erkundigt sich Hannah.

»Nick.« Kim reißt mir das Handy aus der Hand und liest die Nachricht, ehe Dans Stimme über die Lautsprecherfunktion ertönt.

»Dan? Hier ist Kim.«

»Ja?«

»Ich bräuchte deinen Wagen, vielleicht bis heute Nacht.«

»Ähm, will ich den Grund dafür wissen?«

»Nein.«

Hannah schlägt sich die Hände über dem Kopf zusammen.

»Brauchst du Hilfe?«

»Nein, danke.« Das ist dann wohl die größte Lüge des Jahres.

»Das hört sich nach einer verdammt schlechten Idee an.«

»Dan?«

»Ja, ja. Er erfährt nichts von mir.«

»Du bist der Beste!«

»Weiß ich doch.« Seine Stimme klingt besorgt.

»Wieso tut er das?«, frage ich, nachdem sie das Telefonat beendet hat.

»Dan ist der liebste Kerl an der ganzen BU. Wir waren auf derselben Highschool und in den ersten Jahren verdammt gut befreundet, bis er sich in mich verliebt hat.«

»Er täte dir gut!«, merkt Hannah an. Ich kann ihr nur recht geben.

»Würde er, aber ich ihm nicht. Dan hat ein süßes, nettes Mädchen verdient.« Ich schüttele bloß mit dem Kopf.

»Na ja, an der BU sind wir dann ins gleiche Wohnheim gekommen und so sind wir irgendwie Freunde geblieben. Wenn er meine Hilfe braucht, kann er sich auf mich verlassen.«

»Bisher macht es auf mich eher den Eindruck, als müsstest du seine öfter in Anspruch nehmen.« Ich bedenke sie mit einem entsprechenden Blick.

»Das ist auch tatsächlich der Fall!« Kim schmunzelt.

»Er mag dich immer noch«, stelle ich fest.

»Wir sind nur Freunde, das weiß er. Allerdings kommt es uns gelegen, dass ihn Levent einige Jahre ganz schön unter Beobachtung hatte, weil er ja der potenzielle Freund seiner kleinen Schwester hätte werden können. Dan war so genervt, dass er seither in meinem Team ist.«

»Gemeinsam gegen den großen Bruder?«, gibt Hannah belustigt von sich.

»Sozusagen!«, lacht sie.

»Okay, gut. Ich muss jetzt los. Wo treffen wir uns für die erste Verfolgungsjagd?«, fragt Hannah mit einem schelmischen Grinsen.

»Wir warten um sechs Uhr auf dem Parkplatz. Denk

dran, wir sitzen in Dans Auto«, erinnert Kim sie. Hannah tut so, als würde sie sich die Infos in ein unsichtbares Buch notieren und verlässt dann das Zimmer.

Kapitel 25

Man erkennt Hannah kaum unter dem großen Parka. Der Regen legt sich wie Bindfäden über sie und weht so stark in ihre Richtung, dass sie mit beiden Händen am unteren Ende der Kapuze ziehen muss. Doch es nutzt nichts. Sie kann sich nicht abschirmen, der Regen wird durch den heftigen Wind in jede noch so kleine Ritze gefegt. Ihr Gesicht ist klitschnass.

»Verdammt, was für ein Wetter!«, mault sie von der Rückbank. Ehe sie sich anschnallen kann, fährt Kim los.

»Und du glaubst, Levent wird uns nicht sofort bemerken«, kommt es fragend von hinten.

»Quatsch!«, macht Kim.

»Ach so, weil dieses Auto in seiner Nähe unsichtbar wird?«

»Wir schaffen das schon!« Hannah schlägt sich die Hände über dem Kopf zusammen – wieder einmal – und um ehrlich zu sein, empfinde ich wie sie. Was machen wir nur, wenn er uns entdeckt?

Nervös macht sie den Motor aus. »Jetzt müssen wir abwarten«, meint Kim leise.

Mittlerweile beschatten wir Kims Bruder bereits eine geraume Weile und ich fühle mich wie die letzte Idiotin. Hinzu kommt noch, dass er nahezu permanent versucht, mich zu erreichen.

Levent setzt mich mit jedem weiteren Anruf mehr unter Druck. Das Summen in meiner Hand ist das einzige

Geräusch, das zu vernehmen ist. Kim, Hannah und ich sitzen stumm in Dans Wagen und starren nach draußen.

»Beim nächsten Anruf sagst du ihm, dass es dir gut geht.« Kim hat leicht reden.

»Nein.«

»Doch, sonst wird er sein Treffen absagen.«

»Das wird er nicht tun.«

»Wer kennt ihn wohl besser?«, fragt sie mit hochgezogenen Augenbrauen.

Hannah atmet hörbar aus und fährt sich durch ihr zerwühltes Haar. »Wir sitzen hier seit zwei Stunden, bist du dir sicher, dass er fahren wird?«, merkt sie misstrauisch an.

»Wenn Lia ihm Entwarnung gibt, schon.« Kim sieht mich erwartungsvoll an.

»Ist ja gut!«, gebe ich mich mit rollenden Augen geschlagen. Und kurz danach leuchtet mein Display erneut auf.

»Ja?«

»Lia? Wieso hast du dich nicht gemeldet? Ich habe mir Sorgen gemacht.« Levent klingt besorgt, aufgebracht und vor allem wütend. Wenn er mir nicht so wichtig wäre, würde ich sofort wieder auflegen.

»Ich brauchte Ruhe.« Kims Daumen zeigen nach oben.

»Baby, bei dir stimmt doch etwas nicht. Ich hatte schon heute Mittag das Gefühl, dass dich was bedrückt.« Das schlechte Gewissen legt sich wie ein Keil in meinen Hals. Ich schlucke ein paarmal, bis ich den Inhalt seiner Worte ausblenden kann. Kim schüttelt ihre schwarzen Locken hin und her. Hannah sieht immer noch nicht zuversichtlich aus. »Baby?«

»Es geht mir gut, versprochen. Was machst du?« Ich

weiß, dass Kim das nicht gefallen wird. Aber gerade schießt mir genau diese Frage durch den Kopf. Levent ist angeblich mein Freund, er ist der Eine, auf den ich mich einlassen konnte und ich bin einfach nicht bereit, das alles aufzugeben. Ich gebe Kim mit einem eindeutigen Blick Entwarnung und hoffe darauf, dass sie mir vertraut.

»Okay«, seufzt er. »Ich bin zu Hause und bereite mich den ganzen Abend auf die kommenden Prüfungen vor«, antwortet er mit einer Gelassenheit, die mir verdeutlicht, dass ich spätestens jetzt keinen Rückzieher machen kann. Levent lügt mich an, schon wieder! »Und du?«

»Ich lerne auch«, wiederhole ich die Worte, obwohl wir direkt vor seinem Hauseingang warten. Er schnaubt in den Hörer. Ich kann mir nur zu gut vorstellen, wie er sich durch sein dunkles Haar fährt und von der einen auf die andere Seite läuft.

»Baby, bitte! Ich mache mir Sorgen.«

»Brauchst du nicht.«

»Ich vermisse dich«, wispert er und zerbricht mir damit das Herz. Zu gerne würde ich mich in Levents Arme schließen lassen, aber es geht nicht.

»Ich dich auch, bis dann«, sage ich schnell, ehe das Brennen hinter den Augen stärker wird.

»Ich liebe dich!« Bevor ihn das aufkommende Schluchzen erreicht, beende ich das Gespräch.

»Du warst gut, Rosington!«, sagt Kim überrascht und drückt meine Schulter. Als Hannah die Tränen in meinem Gesicht sieht, straft sie Kim mit bösen Blicken. »Ich verspreche dir, du wirst es nicht bereuen.«

»Und was ist, wenn doch? Was ist, wenn sein Geheimnis so schlimm ist, dass ich es nicht verzeihen könnte? Warum schreibt mir dieser Irre und weshalb sitze ich überhaupt in diesem Auto und beschatte den Mann, in den ich mich verliebt habe?«, krächze ich unter Tränen.

»Wir müssen das nicht tun«, erinnert mich Hannah.

»Ich weiß«, antworte ich.

»Es tut mir leid, wenn ich zu viel von dir verlangt habe«, entschuldigt sich Kim. In dem Moment, in dem Levent das Haus verlässt, spüre ich wieder das Verlangen in mir. Ich fürchte mich vor der Wahrheit, aber die Ungewissheit frisst mich allmählich auf und so nehme ich all meinen Mut zusammen und stelle mich der Angst.

»Fahr!«, befehle ich ihr.

»Sicher?«, fragt Hannah von hinten und beugt sich zwischen Kim und mich.

»Ja, es reicht. Ich will endlich erfahren, warum er keinen Kontakt zu eurer Mom hat. Ob Meg der einzige Grund für den Bruch der Freunde ist und ich will verflucht noch mal wissen, in wen ich mich verliebt habe!«

»Gott sei Dank!«, stößt Kim aus und startet den Motor. Das Adrenalin schießt mir mit doppelter Geschwindigkeit durch den Körper.

Nach einer halben Stunde kommt er endlich zum Stehen. Es ist ein Lokal, vor dem Ian mit verschränkten Armen wartet. Kim lässt die Fenster herunterfahren, aber wir sind ihnen nicht nah genug, um dem Gespräch folgen zu können. Wenige Sekunden später gehen sie hinein.

»Will der mich verarschen!?«, schnaubt Hannah genervt.

»Nie im Leben! Dafür fährt Levent doch nicht einmal quer durch Boston.« Kim beugt sich vor und kneift die Augen zusammen. Hannah und ich tun es ihr nach. »Das glaube ich nicht!«

»Was?«, fragen Hannah und ich synchron.

»Bex, er ist hinter dem Transporter.«

»Ich sehe nichts«, nuschelt Hannah, die mittlerweile so weit nach vorne gerückt ist, dass sie beinahe auf der Schaltung sitzt.

»Drei, zwei, eins, da ist er!«, murmelt Kim. Obwohl es dunkel ist und wir weit genug von ihm entfernt sind, lässt mir sein Anblick wieder einmal das Blut in meinen Adern gefrieren.

»Sie treffen sich!«, stelle ich erstaunt fest.

»Jetzt müssen wir nur noch den Grund dafür herausfinden.« Kims Neugierde reißt mich aus meiner Schockstarre heraus.

»Willst du dich nicht am besten zu ihnen setzen? Dann entgeht dir auch kein Detail«, klugscheißert Hannah.

»Ich rufe ihn an.«

»Wen?«

»Wen wohl? Meinen Bruder!«, antwortet Kim und tut es im gleichen Moment.

Ich sehe Hannah verdutzt an, weil ich inzwischen gar nichts mehr verstehe. Will sie ihn etwa fragen?

»Ja?« Levents Atem dringt durch die Leitung hindurch. »Hallo?«, vergewissert er sich, weil Kim nicht antwortet.

»Hey, ich bin es«, kommt es zögernd aus Kim heraus, nachdem Hannah sie von hinten angestupst hat.

»Geht es dir gut?«, fragt Levents dunkle Stimme skeptisch über die Lautsprecherfunktion. Sie hätte sich nicht so viel Zeit für die Antwort lassen sollen.

»Ja. Ich wollte nur wissen, wo du bist.«

»Ich habe noch einen Termin, wieso?«

»Ach so, ich dachte, wir könnten uns treffen. Aber das ist nicht so wichtig.«

»Geht's dir gut?«, vergewissert er sich erneut. Er merkt, dass etwas nicht stimmt.

»Na ja, seit keiner weiß, wo Bex ist, ist mir schon manchmal mulmig zumute.« Sie schlägt ihn tatsächlich mit seinen eigenen Waffen. Hannah beugt sich vor und sieht mich an, als würde sie ihren Ohren nicht glauben.

»Kleinen Moment«, hören wir Levent leiser sagen. Kurz darauf öffnet sich die Tür des Lokals und er tritt hinaus.

»Kim?«

»Ja?«

»Ist wirklich alles in Ordnung?«

»Versprochen.« Wir sehen, wie Levent seinen Kopf schüttelt und sich durch das wilde Haar fährt.

»Hast du noch den Schlüssel?«

»Klar.«

»Okay, bei mir wird es spät werden, aber wenn du nicht im Wohnheim sein willst, kannst du gerne zu mir in die Wohnung.«

»Danke.«

»Und Kim?«

»Ja?«

»Wo schlafen Lia und Hannah?«

»Hier.«

»Sie können auch ins Loft, sag ihnen das.«

»Auch Hannah?«

Levent atmet frustriert aus. »Ja«, gibt er schließlich schweren Herzens von sich.

»Okay, dann bis später«, verabschiedet sich Kim.

»Ciao«, sagt er mit gepresster Stimme und lässt den Kopf in den Nacken fallen. Ihn so zu sehen, treibt mir Tränen in die Augen. Am liebsten würde ich zu ihm gehen, mich küssen und in seinen Bann ziehen lassen.

»Du bist echt eine miese Schwester!«, schießt Hannah los.

»Halt die Klappe, Hannah!«, giftet Kim zurück und

startet den Motor.

»Wir fahren?«, frage ich verwundert.

»In sein heiliges Zuhause!«

»Wieso?«, kommt es von Hannah.

»Vielleicht finden wir dort etwas«, murmelt Kim, während sie den Wagen konzentriert auf die Straße lenkt. Obwohl wir beinahe vierzig Minuten brauchen, kommt es mir vor, als wären wir zu seiner Wohnung geflogen. Die ganze Nummer gefällt mir immer weniger.

Stiche breiten sich in meinem Magen aus, als wir in den Fahrstuhl steigen und nach oben fahren.

Angesichts der schönen Momente, die sich hinter der Tür abgespielt haben, werden meine Hände feucht. Kim dreht den Schlüssel zweimal um und geht vor.

Hannahs Augen weiten sich, als Kim seine Wohnung mit Licht flutet. »Ach. Du. Meine. Güte.«

»Wir teilen uns auf. Hannah schaut sich im Wohnzimmer um, du im Schlafzimmer und ich knöpfe mir Küche, Esszimmer und Badezimmer vor«, gibt Kim von sich. Widerwillig befolge ich ihre Anweisung.

Nach einer halben Stunde treffen wir uns mit leeren Händen im Flur.

»Scheiße!«, flucht Kim und stampft auf den Boden.

»Es gäbe da noch einen Raum«, merke ich vorsichtig an.

»Und welchen?«, vergewissert sich Hannah. Ich führe sie zu der Tür, die bisher nie geöffnet wurde.

»Worauf wartest du?«, fragt sie.

»Das Zimmer ist abgeschlossen«, merkt Kim an, nachdem sie mehrfach die Klinke heruntergedrückt hat.

»Was soll da sein?«, hakt Hannah nach.

»Angeblich ist es das Arbeitszimmer, aber wieso sollte es dann zu keiner Zeit offen sein?«, erwidere ich.

»Das ist wirklich sein Büro, nur verstehe ich nicht, warum es verschlossen ist«, flucht Kim. Sie schlägt sich die widerspenstigen Locken aus dem Gesicht und sieht frustriert zu Boden. »Früher war es nie zu«, fügt sie irritiert hinzu.

»Und jetzt?« In dem Moment vernehmen wir Geräusche vor der Haustür. Wir sehen uns gleichzeitig an. Hektik kommt auf und ehe ich begreife, was Kim mit mir tut, sitze ich auf Levents Bett und Kim und Hannah haben sich in seinem Schrank versteckt. Was soll das denn? Levent hat uns doch selbst angeboten, herzukommen. »Kim!«, zische ich überfordert.

»Sei still«, faucht sie aus dem Schrank. Ich glaube das nicht. Was soll ich denn Levent sagen, wenn er sieht, dass ich ganz allein hier bin?

»Kim?« Levents Schritte kommen immer näher, mein Puls rast und bevor ich mich beruhigen kann, sieht er mich erschrocken an. »Lia?«

»Ähm, ich …«

»Was machst du allein hier? Hat Kim dich nicht begleitet? Baby?« Seine Stimme klingt verunsichert, als er vor mir auf die Knie geht und mich eindringlich ansieht.

»Kim hat mir ihren Schlüssel gegeben.«

»Von wegen, sie wollte sich mit mir treffen.« Er schmunzelt. O Gott, ich schaffe das nicht.

»Na ja, also. Ich konnte dich nicht fragen.«

»Wieso?«

Ian, der ihm gefolgt und im Türrahmen stehen geblieben ist, sieht mich immer noch verwundert an.

»Ich habe mich nicht getraut.«

»Kannst du uns kurz allein lassen?«, fragt Levent seinen Freund, ohne ihn dabei anzusehen. Er verschwindet noch in der gleichen Sekunde. Wenn er wüsste, dass Kim und Hannah im Schrank hocken, wäre er vermutlich nicht so einfühlsam.

Als er die Hände auf meine Oberschenkel legt und mir mit seinem Blick Hitze in die Wangen jagt, zwinge ich mich, auf andere Gedanken zu kommen.

»Stimmt etwas nicht mit dir? Geht es dir gut?« In seinen Augen schimmert so viel Sorge, dass mir ganz schwindelig wird.

»Hm«, murmele ich. Hoffentlich wird das jetzt kein Versöhnungssex!

»Wolltest du nicht lernen?«

»Und du?«, kontere ich im Gegenzug.

»Ich brauchte etwas frische Luft«, lügt er.

»Ich habe dich vermisst.« Es ist nicht gelogen, wenngleich es auch nicht der Grund für mein Dasein ist. Levents Griff wird stärker, auf einmal hebt er mich auf seinen Arm und presst mich mit dem Körper in die Matratze. Er lässt die Hände unter mein Oberteil gleiten und keucht lustvoll auf, als er meine Unterlippe zwischen seine Zähne zieht. Bitte nicht vor Kim und Hannah! »Nicht!«

»Was?«, fragt er durcheinander.

»Also, Ian ist noch da.«

»Hm, das kann ich ändern.«

»Okay.« Ich schiebe ihn von mir, als er meinen Hals küsst und will mir nicht vorstellen, was sich die beiden in seinem Schrank gerade denken. Levent drückt sich mit einem durchtriebenen Grinsen nach oben und geht.

»Ich hoffe, du beendest das jetzt ganz schnell!«, faucht Kims Stimme leise. Zum Glück können sie mein Gesicht nicht sehen.

»Was soll das verdammt noch mal, Kim?«, will ich wissen.

Ehe sie antworten kann, kommt ihr Bruder zurück.
»Wir sind allein!«, verkündet Levent. Schön wäre es!
»Lass uns auf die Terrasse gehen«, schlage ich vor, um ihn irgendwie aus diesem Zimmer zu schaffen, damit Kim und Hannah verschwinden können.
»Ähm, es ist nicht besonders warm.«
»Ich bin mir sicher, dass du das ändern kannst«, locke ich ihn.
»Ich habe keinen guten Einfluss auf dich!«, haucht er und zieht mich in seine Arme. Wie recht er hat! »Ich bin froh, dass du hier bist«, sagt er und nimmt meinen Mund in Besitz. Levents Zunge zaubert das inzwischen vertraute Kribbeln in meinen Bauch und wenn ich Kim, Hannah, die Verfolgungsjagd und all die Geheimnisse ausblende, könnte ich mich in diesem Gefühl verlieren.
Levents Augen leuchten auf, als ich gegen seine Lippen keuche. Wenn er das Spiel nicht so verdammt gut beherrschen würde, wäre ich nicht mehr hier.

Kapitel 26

Das Summen der Klingel pocht in meinem schläfrigen Schädel nach, als Levent unter die Dusche gestiegen ist. Als ich die Tür öffne, erwartet mich ein herrenloses Paket. »Hallo?«, rufe ich über den leeren Flur. Auf dem braunen Packpapier wurde in krakeliger Handschrift *Erinnerungen* geschrieben.

Ich schließe die Tür und versuche, durch Schütteln herauszufinden, was sich darin verbergen mag. Da es allerdings an Levents Tür und nicht an meiner abgegeben wurde, werde ich ihm das Paket ungeöffnet auf die Kücheninsel legen.

»Wer war das?«, fragt er und kommt mit einem Handtuch um die Hüften herangeschlendert. Sein Anblick lässt mir das Wasser im Mund zusammenlaufen. Der Schaum perlt in kleinen Rinnsalen seinen Bauch hinab, bis es im Stoff des Handtuchs verschwindet. Ich könnte ihm noch Ewigkeiten dabei zusehen, wie er mit großen Schritten auf mich zukommt und wie seine Bauchmuskeln nach oben gezogen werden, wenn er sich mit den Händen das nasse Haar nach hinten kämmt.

»Du hast ein Geschenk bekommen.«

Levents Blick wird starr, als er die Aufschrift sieht. »Öffne ich später, wir müssen bald los.« Bitte? Wir haben noch genug Zeit, die Uni beginnt erst in zwei Stunden.

Der plötzliche Stimmungsumschwung irritiert mich und schon wieder interpretiere ich mehr in sein merkwürdiges

Verhalten, als es vielleicht gut wäre.

Ich beschließe, vorerst nichts zu sagen, ich möchte mich nicht sofort erneut mit ihm streiten.

»Machst du dich fertig? Ich muss gleich losfahren, weil ich mich noch mit Ian treffe«, verkündet er. Währenddessen tippt er auf seinem Handy herum. Ich wette, dass er erst in diesen Sekunden das Treffen mit Ian vereinbart, doch ich lege keine Widerworte ein und ziehe mich um.

Im Auto schreibe ich meinen Freundinnen, dass sie schon jetzt zum Parkplatz kommen sollen. Hannah und Kim können Levent kaum in die Augen sehen, als er mich vor ihnen verabschiedet und in den Universitätstrakt für Juristerei geht.

»Dafür bist du mir etwas schuldig!«, giftet Kim, als ihr Bruder außer Hörweite ist.

»Wofür?«

»Weil ich beinahe mitanhören musste, wie er den Höhepunkt seines Lebens genießt.« Hannah schlägt sich die Hand an den Kopf.

»Ich muss dich doch wohl nicht daran erinnern, wer auf die glorreiche Idee kam, ihn zu verfolgen, oder? Und außerdem, was sollte dieses Versteckspiel überhaupt?«, zische ich aufgebracht zurück.

»Es war eine Kurzschlussreaktion, zudem wollte ich nicht die ganze Zeit in der Protzbude bleiben. Und anstatt ihn auf die Dachterrasse zu locken und wer weiß was zu tun, hättest du vielleicht etwas über ihn herausfinden können.«

Vor Empörung öffne ich den Mund, schnappe nach Luft und sehe Hannah Hilfe suchend an. »Ich habe ihn extra aus dem Zimmer gelockt, damit ihr verschwinden könnt!«

»Ja«, murrt sie unzufrieden und faltet ihre Arme vor der Brust zusammen.

»Hat *Sex on legs* noch etwas preisgegeben?«, fragt Hannah, während wir zu unseren Hörsälen gehen.

»Das funktioniert nicht. Er wird mir nichts sagen!«

»Du musst mehr Zeit mit ihm verbringen«, bleibt sie halsstarrig.

»Auch dann werde ich die Dinge nicht einfach aus ihm herauskitzeln können. Außerdem macht es mich fertig. Wir sind ein Paar, würdest du deinen Freund derart hintergehen, wenn du vor ihm den Moralapostel spielst?« Ich bleibe mitten in der Bewegung stehen und sehe sie erwartungsvoll an.

»Ich weiß, dass es viel verlangt ist«, gesteht Kim.

»Allerdings!«, fügt Hannah hinzu und hält uns die Eingangstür auf.

»Sagtest du nicht selbst, dass du wissen musst, in wen du dich verliebt hast?« Ich schließe verzweifelt die Augen. Kim ist wirklich gut im Überzeugen.

»Levent hat mich gar nicht gefragt, ob ich bei ihm wohnen möchte.« Die Enttäuschung in meiner Stimme wollte ich vor ihnen verbergen.

»Er liebt dich«, versichert Hannah mir. Aber vielleicht genügt das nicht?

»Ich habe Angst, dass uns diese ganze Geheimniskrämerei auseinanderbringen wird.« Anfangs wollte ich ihm noch um jeden Preis entkommen, dann wünschte ich mir, ich könnte ihm gehören und jetzt sehe ich meine Welt zusammenbrechen, wenn er mich fallen lassen würde. Was ist, wenn ich alles von mir gebe und es trotzdem nicht reicht?

»Lasst uns gehen«, schlägt Hannah vor, die immer noch die Tür für uns offenhält.

»Moment«, stoppe ich sie und sorge für große Augen in

den Gesichtern meiner Freundinnen. »Levent hat ein Paket bekommen.«

»Und?« Kim zuckt mit den Schultern.

»Jemand hat *Erinnerungen* auf den Deckel geschrieben und als er das braune Packpapier sah, wurde er ganz komisch.«

»Komisch?«, wiederholt Hannah skeptisch.

»Ich glaube, das hängt irgendwie zusammen«, beichte ich meine Vermutung. Kim sieht aus, als würde sie allmählich merken, wie verrückt der Plan ist. Keine von beiden hat meine Angst verharmlost. Sie haben keinen noch so kleinen Widerspruch eingelegt. Bedeutet das, dass ich recht habe? Dass uns das alles auseinanderbringen könnte?

Kapitel 27

Das Laub der kahlen Bäume schmückt die Straßenränder, als mir am Nachmittag eine kalte Novemberluft ins Gesicht weht. In den letzten zwei Tagen haben wir nichts weiter herausgefunden, dafür habe ich mit Hannah beschlossen, etwas an mir zu verändern.

»Da sind wir«, sagt sie und hält vor einem Fachgeschäft für Dessous. Ich war mein ganzes Leben noch nie in so einem Geschäft. Um ehrlich zu sein, weiß ich nicht einmal, wonach ich suche. »Bereit?«

»Ich glaube nicht«, antworte ich, atme kräftig aus und erinnere mich daran, weshalb wir überhaupt hier stehen. Levents Augen verschlingen mich jedes Mal, wenn er mich auszieht. Trotzdem befürchte ich, werde ich ihm nicht mehr allzu lange in meiner weißen Baumwollunterwäsche genügen. Heute kaufe ich mir sexy Unterwäsche, für ihn! Das habe ich mir schon seit einiger Zeit vorgenommen.

Vor mir reihen sich haufenweise Männerträume. Der Laden bietet von pudrigen Tönen bis zu knallroter Reizwäsche die komplette Bandbreite von Dessous an.

»Was hast du dir vorgestellt?«

»Keine Ahnung, ich wollte einfach nur etwas besser aussehen.« Die Auswahl überfordert mich.

»Sieh dir das Mal an.« Hannah hält mir zwei Sets aus Spitze entgegen. Eines in einem hellen Mint und das andere in einem zarten Rosé. Ohne meine Antwort abzuwarten, schnappt sie sich gleich noch mehr Sets und drückt mich mit diesem Hauch von Nichts in die Umkleidekabine.

Es ist merkwürdig, einen String zu tragen und die teure Spitze auf meinen Brüsten zu spüren. Ich habe so etwas noch nie getragen.

»Und?«

»Ähm ...«, kommt es stockend aus mir heraus, als Hannah bereits ihren Kopf hineinsteckt.

»Wow! Du siehst heiß aus.«

»Ich erkenne mich kaum wieder.«

»Levent wird sprachlos sein!«

Meine Beine zittern nervös. »Meinst du, ich werde ihm gefallen?«

»Gefallen? Ich bin mir sicher, dass er keine Sekunde die Finger von dir lassen kann!« Ich atme schnaubend aus, weil ich mir seinen Gesichtsausdruck vorstelle.

Mit einer großen Tasche verlassen wir den Laden. Ich atme die frische Brise tief ein, die in mein Gesicht rauscht, als wir durch das zusammengefegte Laub gehen. Das Rascheln vertreibt die Zweifel und Hannahs Kichern entspannt die Situation.

»Ich kann nicht glauben, dass du das wirklich gekauft hast.«

»Ich auch nicht!«

»Wann seht ihr euch?«

»Heute Abend. Er geht nach seiner letzten Vorlesung zum Sport und kommt dann ins Wohnheim.« Hannah zieht neugierig die Augenbrauen hoch. »Welches würdest du nehmen?«

»Das hellgelbe Set«, antwortet sie und führt mich in eine kleine Seitenstraße.

»Hannah?«

»Du brauchst noch Klamotten.«

»Dafür habe ich wirklich kein Geld mehr!«, protestiere ich.

»Ich aber!«

»Nein, das möchte ich nicht.«

»Ich aber!«, sagt sie schon wieder und zieht mich hinter sich in ein Geschäft.

Nach einer nervenaufreibenden Stunde verlassen wir den Laden mit zwei weiteren Taschen und machen uns auf den Weg zum Wohnheim.

»Jetzt können wir dich für heute Abend fertig machen«, verkündet sie, als wir vor unserer Zimmertür angekommen sind.

»Oh, Hannah! Das war viel zu teuer!«

»Ein *danke, liebste Lieblings-Hannah* hätte mir gereicht«, kichert sie und hält mir die Tür auf.

»Ihr wart shoppen und habt mir nichts davon gesagt?«, schnaubt Kim und wirft ihr Buch neben sich. »Ist vielleicht auch besser so!«, merkt sie an, als sie die Aufschrift des Geschäftes sieht, aus dem wir die Dessous ergattert haben.

»Sie wird das ganze Wochenende bei ihm sein!«, platzt es aus meiner besten Freundin heraus.

»Hannah!«, ermahne ich sie.

»Mit einer Tüte voll sexy Unterwäsche!«, fügt sie unbeeindruckt hinzu. Mein Gesicht wird zunehmend heißer, Kims Grinsen breiter und die Zeit, bis mich Levent abholt, immer kürzer. Ich muss mich beeilen.

»Wir schlafen zu zweit?«, fragt Kim, während sie sich auf den Bettrand setzt und die Beine unterschlägt.

»Davon gehe ich aus!«

Die Beiden sind wirklich unmöglich.

Kim und Hannah sind voll und ganz in ihrem Element, während sie sich um mich kümmern.

Es ist Punkt sechs Uhr am Abend, als ich in einer dunkelgrauen Flanellhose und einem schwarzen Rollkragenpullover vor dem Spiegel stehe und meine Haare zu einem wilden Knoten zusammenbinde. Aufgrund des Outfits habe ich mich für das schwarze Spitzen-Set entschieden.

»Du hast echt keinen Schlabberpulli an! Ich bin begeistert, Rosington!«, verkündet Kim, die sich hinter mir befindet, ihr Kinn auf meine Schulter stützt und mein Spiegelbild anzwinkert. »Du siehst toll aus!« Mit einem zweideutigen Schmunzeln öffnet sie die Tür, als jemand anklopft.

Als Levent in der dunklen Jeans, dem weißen Poloshirt und der schwarzen Lederjacke vor mir steht, zieht er seine Sonnenbrille ab und betrachtet mich einmal von oben bis unten. »Baby?«

»Ja?«

»Was hast du gemacht?«, fragt er verwundert, greift nach meiner Hand und dreht mich um die eigene Achse. »Du siehst heiß aus!«, schnurrt er leise. Wenn er wüsste, was ihn darunter erwartet! Räuspern ertönt hinter seinem Rücken.

»Wir sind schon weg!«, rufe ich.

»Aber wann ich dich zurückbringe, verrate ich nicht«, flüstert er mir ins Ohr und hinterlässt ein vielversprechendes Rauschen.

Levent umschließt meine Hand und führt mich an Hannahs und Kims breit grinsenden Gesichtern vorbei. Vor der Tür greift er sofort an meine Taille, presst mich gegen die Wand und erobert mich im Sturm.

»Wir verschieben das Essen!«, beschließt er und geht mit mir zum Auto. Innerlich freue ich mich bereits auf seinen Blick, wenn er die neue Unterwäsche sieht. Doch äußerlich versuche ich, mir nichts anmerken zu lassen, immerhin soll es eine Überraschung werden. Als wir am Wagen ankommen und sehen, dass ein Zettel unter die Scheibenwischer geklemmt wurde, ebbt das Gefühl der Vorfreude etwas ab. Plötzlich schleicht sich mir ein mulmiges Grummeln in den Bauch.

»Was ist das?«, will ich wissen und lenke Levents Blick erst in diesem Moment in die Richtung des Papiers.

Sie sind hell und klar. Ihre Augen sind so schön!

Gänsehaut jagt über meinen Körper. Mit einem Mal ist von dem aufregenden Kribbeln nichts mehr übrig. »Nick!«, kommt es beinahe teilnahmslos aus mir heraus. Er nimmt mich sofort in die Arme. Mir ist schlecht und schwindelig, beides zusammen. Ich spüre die neue Unterwäsche und auf einmal fühlt sie sich falsch an, denn sie setzt etwas voraus, das ich inzwischen nicht mehr erfüllen kann.

»Dir passiert nichts!«, verspricht er und verteilt Küsse auf meinem Kopf.

»Was meint er damit?«

Levent legt seine Stirn in breite Falten und tut sein Missmut mit lautem Ausatmen kund. »Ich weiß es nicht.« Wieder einmal bin ich mir nicht sicher, ob er die Wahrheit sagt.

Die Fahrt verläuft schweigend. Ich lasse den Blick nach draußen schweifen und schaue dem satten Laternenlicht dabei zu, wie es in einem weiten Strahl auf die Bordsteine fällt. Ob er mir irgendwann sagen wird, was sein Leben derart verändert hat? Wird er mir seine Geheimnisse anvertrauen oder werde ich sie herausfinden müssen?

»Worüber denkst du nach?«, durchbricht seine Stimme die Stille zwischen uns.

»Über nichts Besonderes.«

In seinen Augen sehe ich, dass er meine Lüge entlarvt hat. »Sag es mir.«

»Es ist wirklich nichts Wichtiges.« Dieses Spiel kann ich ebenfalls spielen, wenn auch nicht ganz freiwillig und bei weitem nicht so gut, dennoch kann ich es probieren.

Bevor wir es uns bei ihm auf der Terrasse gemütlich machen, flüchte ich ins Bad und ziehe mich um. Es ist ein befreiendes Gefühl, als ich die schwarze Spitze los bin und mich unter meinem Pyjama verstecken kann. Der eigentliche Plan – Levent mit der neuen Unterwäsche zu überraschen – fühlt sich nach Nicks Botschaft unerträglich an.

Kapitel 28

Nach der Nachricht an Levents Windschutzscheibe habe ich die vergangene Woche beinahe ausschließlich mit Levent verbracht. Hannah und Kim habe ich meist in der Uni getroffen, weil ich sonst jede freie Minute mit ihm zusammen gewesen bin. Mir kommt es fast schon so vor, als wäre ich bei ihm eingezogen.

Ich vermisse die gemeinsamen Abende mit ihnen, nur Levent zieht mich zu sehr in seinen Bann, alles fühlt sich so gut mit ihm an, dass ich seit Jahren richtig durchatmen kann. Er beschützt mich, verjagt die Albträume in der Nacht und die Flashbacks am Tag. Er ist alles, was ich immer wollte. Vielleicht ist er sogar noch viel mehr, als nur das.

»Ich liebe dich!«, flüstere ich ihm ins Ohr.

Levent bleibt wie erstarrt stehen. »Was?«

»Ich liebe dich!«, wiederhole ich.

»Baby, das ist das erste Mal, dass ich dich das sagen höre.« Die Haustür fällt ganz von allein ins Schloss, obwohl wir uns eigentlich auf den Weg in die Uni machen wollten.

»Ich habe dich vom ersten Augenblick an geliebt«, gestehe ich mit geröteten Wangen und lasse mich von ihm an die Wand drücken. Sein Verlangen wächst mit jedem weiteren Kuss und wenn ich ihn nicht von mir dränge, werden wir noch zu spät kommen. »Die Kurse fangen gleich an«, murmele ich zwischen all den Küssen.

»Das ist mir scheißegal«, haucht er und drängt mich

weiterhin gegen die Wand.

»Levent!«, ermahne ich und versuche, ihn von mir zu stoßen, als er erregt ausatmet und mich mit seinem heißen Atem kitzelt.

»Das hast du aber nicht nur gesagt, damit Hannah kommen darf?«, haucht er und spielt damit auf die Unterhaltung von heute Morgen an. Levent hat mir einen Abend mit unseren Freunden versprochen.

»Nein, das habe ich gesagt, weil es so ist.«

»Wieso erst jetzt?«

»Ich musste sicher sein.«

»Baby, du kannst dir gar nicht vorstellen, wie viel mir das bedeutet.«

»Ich liebe dich Levent und ich möchte, dass du mich nie wieder gehen lässt.«

»Das garantiere ich dir!« Das Dunkle in seinen Augen stellt mir etwas in Aussicht, wofür wir jetzt keine Zeit haben.

»Später!«, verspreche ich ihm.

»Darauf kannst du dich verlassen!«, keucht er, drückt mich noch einmal gegen sich und öffnet bereits zum zweiten Mal an diesem Morgen die Haustür.

Die gesamte Fahrt wirft er mir heiße Blicke zu, die nicht gerade dazu beitragen, das Prickeln zwischen meinen Schenkeln zu mildern.

Hannah und Kim warten wie an den vergangenen Tagen vor dem Eingang.

Als ich den Mantel schließe und aussteigen möchte, steht er schon vor mir und nimmt mich in Empfang. Levent beugt sich zu mir, richtet meinen Kragen und gibt mir einen Abschiedskuss, der es so warm in meinem Körper werden lässt, dass ich am liebsten den schweren Stoff von mir reißen würde.

»Später!«, haucht er und beschert mir zitternde Beine und glühende Wangen.

»Ich habe um drei Vorlesungsende, muss danach aber noch in die Bibliothek.«

»Ich warte in der Pause auf dich.«

»In der Mensa?«, hake ich verwirrt nach, weil sein Blick etwas anderes sagt, als es seine Worte tun. Im Hintergrund sehen mich Hannah und Kim grinsend an.

»In meinem Auto!«

»Levent ...«, versuche ich zu protestieren, werde allerdings sofort unterbrochen.

»Sei pünktlich, ich warte nicht gerne!«, wispert er mir ins Ohr, drückt mir einen Kuss auf die Wange und zieht sich die Unterlippe zwischen die perfekten Zähne.

Heilige Scheiße!

Als Ian sich uns von der Seite nähert, löst er sich von mir, gibt mir einen letzten Kuss und verabschiedet sich mit einem zweideutigen Zwinkern.

»Wenn es nicht mein Bruder wäre, würde ich glatt sagen, dass das gerade verdammt heiß war«, merkt Kim mit angewidertem Gesicht an. Hannah lacht.

»Ich muss euch etwas erzählen«, platzt es aus mir heraus, nachdem die Jungs sich entfernt haben.

»Bitte keine Details«, fleht Kim.

»Nick hat ihm einen Zettel hinterlassen, an der Windschutzscheibe.« Jetzt bleiben die beiden synchron stehen. Ihnen ist das Entsetzen ins Gesicht geschrieben.

»Was stand darauf?«, fragt Hannah sofort und auch Kim scheint wieder aus ihrer Vorstellung befreit zu sein.

»*Sie sind hell und klar. Ihre Augen sind so schön*«, wiederhole ich seine Worte.

»Der Typ ist krank.«

»Ich glaube, er ist unberechenbar«, entgegnet Hannah gleich nach Kim. Langsam gehen wir Richtung Eingang.

»Ich habe wirklich Angst und das nicht mehr nur um mich«, gestehe ich mit brennenden Augen.

»Was ich nur nicht verstehe, ist, wie er immer wieder in eure Nähe kommen kann, ohne gesehen zu werden.« Hannah und ich schauen uns an und geben Kim recht. Es ist echt merkwürdig und vor allem beängstigend. »Sehen wir uns nach der Vorlesung?«, fragt Kim, als wir an dem Punkt angekommen sind, an dem wir in unterschiedliche Richtungen laufen müssen.

»Ich muss danach in die Bibliothek. Aber Levent hat vorgeschlagen, wir könnten einen Abend unter Freunden verbringen.« Ich denke an die Verabredung in der Mittagspause und an das Date nach der Uni. Bevor mir die Röte in die Wangen schießt, sollte ich den Gedanken lieber schnellstmöglich verdrängen.

»Unter Freunden?«, wiederholt Kim ungläubig.

»Ian, du, Hannah, ich und er.«

»Bitte?«, stößt sie fassungslos aus. »Er lässt sie in seine Wohnung? Deinetwegen?«, kreischt Kim und zeigt auf das verwirrte Gesicht meiner besten Freundin.

»Ja.«

»Wow! Du hast ihn echt gut unter Kontrolle!« Hannah stimmt Kim mit großen Augen zu.

»Habe ich nicht, überhaupt nicht. Er lässt es mich nur gerne glauben.«

»Also hast du meinen Bruder doch noch nicht zum Weichei werden lassen.«

Hannah und ich schauen uns an und müssen gleichzeitig kichern.

»Das war nie mein Ziel!«, sage ich, verabschiede mich von den beiden und gehe in den Vorlesungsraum. Das Lachen verschwindet in dem Moment, in dem ich in die kältesten Augen sehe, in die ich je geblickt habe.

»Lia!«, begrüßt Nick mich mit einem hämischen Grinsen.

Mein Herz rast und mir wird schwindelig, aber ich versuche, mich damit zu beruhigen, dass wir an einem öffentlichen Ort mit vielen Menschen sind. Hier wird er mir nichts tun.

»Was willst du?«

»Ich hörte, heute Abend gibt es ein nettes Treffen unter Freunden?«

»Lass mich in Ruhe«, stottere ich, als er einen Schritt auf mich zu macht.

»Keine Angst, ich tue dir nichts. Ich wollte dir nur eine Aufmerksamkeit überbringen und sichergehen, dass du sie auch wirklich erhalten hast.« Das Zwinkern, sein Gestank, die Gefahr in den Augen und die Erinnerung an unser letztes Zusammentreffen lassen mich erschaudern. »Hat er dir das Paket denn gar nicht gegeben?« Meint er das, was neulich auf der Türschwelle lag?

»Ich möchte, dass du gehst.« Ich bekomme den Satz noch im letzten Moment ausgesprochen, ehe mich das Zittern in der Stimme daran hindern würde.

»Du brauchst dich doch nicht fürchten, also nicht vor mir.« Er macht eine kurze Pause. »Deine Augen sehen übrigens viel schöner aus, wenn sie strahlen.«

»Lass mich endlich in Ruhe«, schreie ich. Mein hysterischer Wutausbruch lenkt mehr Aufmerksamkeit auf sich, als ich beabsichtigt habe.

Er lacht kalt, während er das Piercing an seinem Ohr zwischen die Finger nimmt und hin und her dreht. Dann schleicht er sich heraus und verschwindet in den anderen Studenten. An meinem Rücken rinnt eisiger Schweiß hinab. Lautes Pochen bringt meinen Kopf zum Dröhnen und das Zimmer beginnt, sich langsam zu drehen.

Die Vorlesung rauscht nur so an mir vorbei, während mich die Angst an einem Ort gefangen hält, an dem ich nie wieder sein wollte. Ich kann mich nicht auf den Vortrag konzentrieren, verstehe nicht, worüber gesprochen wird und realisiere nicht, dass mit einem Mal alle den Raum verlassen. Doch auch, als ich ganz allein im Hörsaal sitze und auf ein leeres Rednerpult blicke, kann ich mich nicht von meinem Platz erheben.

Vom Boden ertönt leises Summen. Wie ferngesteuert greife ich in den Rucksack, hole mein Handy heraus und sehe, dass Levent geschrieben hat.

L: *Möchtest du mich auf die Folter spannen? Ich warte schon zehn Minuten! Beeil dich!*

Mist! Ich hatte ganz vergessen, dass wir uns treffen wollten. Vollkommen verzweifelt halte ich seine Worte in meinen Händen und überlege, was ich schreiben könnte, ohne ihn Verdacht schöpfen zu lassen. Ich möchte ihm nichts von eben erzählen, weil er sich keine Sorgen machen soll. Außerdem fühle ich mich noch nicht soweit, um darüber sprechen zu können.

L: *Baby, ist alles in Ordnung bei dir? Wieso meldest du dich nicht?*

Er schöpft bereits Verdacht, verdammt! Ich kann dieses beschissene Spiel einfach nicht spielen. Im Gegenteil. Ich habe eher das Gefühl, dass es mich allmählich auffrisst, dass es noch mein Ende sein wird. Levent durchschaut mich. Er merkt sofort, wenn etwas nicht mit mir stimmt.

»Baby?«, höre ich seine Stimme unerwartet von der Tür

rufen. Ich fahre erschrocken zusammen, weil ich nicht damit gerechnet habe. »Was ist los?« Sein Blick ist ernst und die sonst so perfekte Stirn hat er in breite Falten gelegt. Ich will die Furche zwischen den dunklen Augenbrauen wegküssen, wie ich es immer möchte. »Ist etwas passiert?«

»Nein, mir geht es gut«, schwindele ich.

»Und wieso sitzt du dann ganz allein in dem Raum?«

»Ich habe noch meine Unterlagen zusammengepackt.«

»Zwanzig Minuten?« Levent wird zunehmend skeptischer.

»Ja, ich habe halt die Zeit vergessen.«

»Lia, was soll das Theater? Warum lügst du mich an?« Das fragt ja gerade der Richtige!

»Es geht mir gut, versprochen.« Am liebsten würde ich aufspringen und aus der Situation fliehen, aber dafür sind meine Beine zu wackelig. Sie fühlen sich an wie warmer Pudding.

»War ich dir zu fordernd? Habe ich es zu sehr überstürzt?«

»Levent, bitte. Ich muss jetzt in den nächsten Kurs, bis später«, antworte ich, gebe ihm einen zaghaften Kuss auf die Wange und werde sofort am Aufstehen gehindert.

»Ich lasse dich nicht gehen.« Bitte nicht!

»Es ist alles in Ordnung«, lüge ich.

»Das ist es nicht.«

»Sondern?«

»Ich sehe wieder die Angst in deinen Augen.« Wieso muss er so etwas sagen? Kann er mich nicht weniger gut kennen?

»Wovor soll ich denn Angst haben?«

»Sag du es mir.« Levents Augen durchbohren mich und wenn er nicht endlich damit aufhört, werde ich noch unter Tränen zusammenbrechen.

»Ich möchte jetzt nur in die nächste Vorlesung.«

»Warum sagst du mir nicht, was passiert ist?«

»Weshalb verheimlichst du immer wieder Dinge vor mir?« Die Frage ist ausgesprochen, ehe ich darüber nachdenken konnte. Ein Blick in sein Gesicht lässt meinen Atem stocken.

»Was?« Das Wort kommt skeptisch und zugleich wütend hervor.

»Entschuldige, gib mir einfach einen Moment für mich und hol mich nach der Vorlesung ab.« Wenn ich so weitermache, wird er schneller merken, dass ich die Wahrheit herausfinden will, als mir lieb ist.

Levent atmet schwer aus und erfüllt mir dann widerwillig meinen Wunsch.

Kapitel 29

In zehn Minuten werde ich Levent gegenüberstehen und bis dahin sollte ich die Panik so weit unter Kontrolle haben, dass sie ihn nicht sofort anspringt, sobald er in mein Gesicht blickt. Auch wenn ich keinen blassen Schimmer habe, wie ich das in solch kurzer Zeit schaffen soll. Gedankenverloren stelle ich die Bücher an ihren Platz und verlasse die Bibliothek.

Er lehnt mit verschränkten Armen und Sonnenbrille rechts vom Ausgang. Hannah, Kim und Ian sehen mich mit großen Augen an.

»Können wir?«, ertönt Levents dunkle Stimme. Er wartet meine Antwort erst gar nicht ab, nimmt mich weder in den Arm, noch gibt er mir einen Kuss.

»Was ist passiert?«, frage ich in die Runde und treffe auf ratlose Gesichter.

»Wir hatten gehofft, du könntest uns das beantworten«, erwidert Hannah hoffnungslos und folgt seinem besten Freund. Liegt es daran, dass ich nicht alles gesagt habe?

Du hast ihn angelogen!

Es stimmt, ich bin schon genau wie er.

»Das kann ja ein lustiger Abend werden«, murmelt Kim, verdreht die Augen und atmet schwer aus. Ich befürchte, dass sie recht haben wird. Hannah, Kim und ich folgen den beiden.

Kurz vor dem Ausgang greife ich nach ihren Armen und halte sie für einen Moment zurück. Als Ian hinter Levent das Gebäude verlassen hat, sehen mich meine Freundinnen fragend an. »Er ist hier. Nick war bei mir im Kurs.«

»Scheiße!«, ruft Hannah ein wenig zu laut. »Was wollte er?«

»Ich hatte euch doch von dem Paket erzählt und dass Levent total merkwürdig war und es nicht einmal geöffnet hat. Jedenfalls nicht in meiner Gegenwart. Nick hat mir heute gesagt, dass es von ihm ist ... nicht, dass ich das nicht schon vermutet habe.«

Ehe Hannah und Kim etwas erwidern können, wird die Tür aufgeschlagen und Ian erscheint. »Worauf wartet ihr?«

»Nick ist wieder da!«, schießt es aus Kim heraus. Verdammt! Konnte sie nicht einfach still sein?

»Bex?« Ian sieht Kim skeptisch an.

»Ja. Weshalb seid ihr nicht mehr befreundet, doch nicht bloß wegen dieser Meg-Sache?«, hakt Kim bissig nach.

»Ihr mischt euch da in Dinge ein, mit denen ihr nichts zu tun habt. Und jetzt kommt.« Ian verlässt uns fluchtartig.

»Wir werden die Wahrheit erfahren, das können Ian und Levent nicht verhindern«, murrt Kim.

»Ich bin mir gar nicht mehr sicher, ob ich die überhaupt noch wissen möchte«, gestehe ich und stoße damit auf Einverständnis meiner besten Freundin.

»Was ist, wenn er recht hat?«, fragt Hannah.

»Du findest, dass wir uns besser raushalten sollten?«, höre ich mich nachhaken und sie nickt.

»Ich bin seine Schwester, die seinetwegen keinen Kontakt zu unserer Mutter hat, ich würde sagen, ich habe etwas damit zu tun! Und du bist das Mädchen, in das er sich Hals über Kopf verliebt hat. Dir ist er mindestens genauso eine Antwort schuldig wie mir!«

Hannah sieht uns an, als würde sie in Gedanken fragen:

Und was habe ich damit zu tun?

»Lasst uns gehen«, beschließe ich, ehe Ian ein weiteres Mal zu uns kommt und Levents Laune noch schlechter wird.

Auf dem Parkplatz dröhnt uns bereits der Motor entgegen. Als ich Ian auf dem Beifahrersitz sehe, spüre ich kurz einen leichten Stich in der Brust. Ich weiß nicht, wieso, aber ich bin davon ausgegangen, dass ich neben ihm sitzen werde. So wie sonst auch.

Durch den Rückspiegel versuche ich ständig, Levents Blick zu erhaschen, den er durch die schwarzen Gläser seines Lieblingsaccessoires geschickt vor mir versteckt. Anders kann ich mir nicht erklären, weshalb er im November eine Sonnenbrille trägt.

Die angespannte Situation überfordert mich und dann ist da auch immer noch die Erinnerung an Nick, das Paket und den beißenden Gestank, den er wieder einmal auf mich übertragen hat.

Als ich aussteige, atme ich endlich aus. Levent schließt den Wagen ab und geht einfach an mir vorbei. Will er mich jetzt auf ewig ignorieren, nur, weil ich ihm nicht gleich alles gebeichtet habe? Erwartet er, ich würde mich entschuldigen? Müsste ich das?

Kim sieht ihren Bruder giftig an, jedoch stört ihn das überhaupt nicht. Der Fahrstuhl kommt mit einem leisen *Ping* auf der obersten Etage zum Stehen.

Entgegen meiner Erwartung überlässt er den anderen den Vortritt in seine Wohnung und nimmt mich mit einer energischen Handbewegung zur Seite. »Wieso hast du mir nicht gesagt, dass er bei dir war?«

»Was soll das?«, frage ich und entziehe mich ihm.

»Das ist also nichts Wichtiges? Wenn ein völliger

Psychopath meiner Freundin auflauert und ihr Angst einjagt, empfindest du das als unwichtig?«

»Ich konnte einfach nicht darüber sprechen«, verteidige ich mich, während ich bereits das Brennen hinter den Augen spüre.

»Und ich hätte es lieber von dir als von Ian erfahren«, zischt er.

»Levent, ich möchte mich nicht mit dir streiten, ich konnte nur nicht …«

»Aber mit Hannah und Kim konntest du reden!«, unterbricht er mich. »Oder warum wart ihr eben noch drinnen, während ich schon im Wagen saß und auf euch gewartet habe?« Die Enttäuschung in seiner Stimme ist nicht auszuhalten.

»Ich hätte es dir noch erzählt.«

»Und wann? Lia, ich liebe dich und will dich beschützen. Nur wenn du mir nicht vertraust, kann ich das nicht.«

»Ich vertraue dir!«, rufe ich aus.

»Und wieso hast du mir dann nichts von diesem Mistkerl gesagt?« Ich schaue nach hinten, doch Ian, Kim und Hannah sind wie vom Erdboden verschluckt. »Du vertraust meiner Schwester mehr als mir?« Er darf mich das nicht fragen, wenn in seinen Augen so viel Verzweiflung geschrieben steht.

»Nein.«

»Ich habe zugestimmt, dass Hannah herkommt. Bestimmt nicht meinetwegen. Was denkst du, wieso ich das getan habe?«

»Wirf mir das nicht vor.«

»Deinetwegen! Ich wollte, dass du siehst, dass ich mich für dich ändere und Dinge zulasse, über die ich bis vor wenigen Wochen zu keinem Zeitpunkt nachgedacht habe.

Und du sagst mir nicht einmal, dass das Arschloch da war, vor dem ich dich gerettet habe!«

»Sag so etwas nicht, Levent.«

»Weil ich recht habe?« Er rauft sich frustriert die Haare.

»Nein, weil es mich glauben lässt, mich in jemanden verliebt zu haben, der immer noch nicht begriffen hat, wie viel Überwindung es mich gekostet hat, mich überhaupt auf ihn einzulassen.« Die Tränen brennen in meinen Augen, der Kloß in meinem Hals wird größer und wenn er mich noch eine Sekunde mit diesem traurigen Blick ansieht, werde ich zusammenbrechen.

»Die Dachterrasse ist ja echt der Hammer!«, ruft Hannah aus dem Hintergrund in unser Gespräch hinein. Levent ringt mit geschlossenen Lidern um Fassung. Ich bin ihr ganz dankbar dafür, dass sie mich aus der Situation gerettet hat. »Ich wollte nicht stören«, murmelt sie und will auf dem Absatz kehrtmachen.

»Tust du nicht«, antworte ich mit zitternder Stimme und laufe auf sie zu. Ich möchte ihr mit einem kleinen, oder zumindest einem verzweifelnden Lächeln sagen, dass alles gut ist. Meine Mundwinkel wollen sich allerdings einfach nicht nach oben bewegen lassen.

»Baby!«, ruft er leise, versucht aber nicht weiter, mich vom Gehen abzuhalten.

Der Abend ist schrecklich. Jeder merkt, dass wir uns zusammenreißen, uns einreden, Spaß zu haben und einander kaum in die Augen sehen können. Die Luft ist so dick, dass man sie in Scheiben schneiden könnte. Doch niemand sagt etwas. Sie tun genauso wie wir, als sei alles in bester Ordnung. Dabei ist es das überhaupt nicht. Wenn es so wäre, dann würde Levent nicht auf seinem Stuhl sitzen, als wäre er daran festgewachsen. Den ganzen Abend sieht er höchstens zweimal zu mir. Ich halte es nicht aus, bei ihm zu sein und mich gleichzeitig zu fühlen, als wäre ich allein. Wenn ich bei ihm bin, war ich nie allein.

Dieses Gefühl ist furchtbar.

Gegen zehn Uhr erheben sich Kim und Hannah. Am liebsten würde ich sie darum bitten, noch etwas zu bleiben. Ian zwinkert mir ermutigend zu, als er sich die Jacke überzieht und als Erster die Dachterrasse verlässt. Mein Herz schlägt viel schneller und mit einem Mal stehe ich vor einem Punkt, an dem ich nicht mit Levent allein sein möchte.

»Wir sehen uns Sonntag?«, erkundigt sich Hannah.

»Hm«, bestätige ich und nehme zuerst sie und dann Kim in den Arm.

»Er wird es wieder gutmachen«, versichert mir seine Schwester.

»Mh hm«, sage ich erneut und versuche, nicht gleich in Tränen auszubrechen.

Ich folge ihnen nicht an die Haustür, sondern bleibe hier oben, an dem Ort, mit dem ich nur schöne Erinnerungen teile. Fröstelnd lege ich mir die Decke um, unter der ich Schutz suche, den ich in seinen Armen finden würde und setze mich in einen der Ohrensessel.

Es dauert jedoch nicht lange, bis er zurückkommt und sich vor mir niederkniet. »Bist du noch sauer?«

»Das war ich nie. Du hast mich enttäuscht.«

»Du mich auch.« Seine Worte sind wie Schläge ins Gesicht, denn ich habe mein Verhalten zu keinem Zeitpunkt als derart schlimm empfunden. »Ich wollte der Eine sein, zu dem du kommst, wenn es dir nicht gutgeht, wenn du Angst hast, wenn du Hilfe brauchst.«

»Aber das bist du doch.«

»Nein, das war ich heute nicht für dich.«

»Okay«, beginne ich und atme tief aus. »Die Panik steigt meinen ganzen Körper hoch, treibt mir Tränen in die Augen und lässt meine Beine so schwer werden, dass ich keinen einzigen Schritt mehr machen kann. Das Monster erinnert mich an Momente, an die ich nie wieder denken wollte. Es bringt jedes noch so gut verbannte schlechte Verhaltensmuster in mir hervor und gibt mir das Gefühl, ein Niemand zu sein. Wenn ich in Nicks Nähe bin, spüre ich etwas auf den Schultern, das mich immer weiter in den Boden drückt, was mich dem Abgrund näherbringt. Nick lässt mich glauben, dass er sich jede Sekunde an mir vergehen wird, wenn er es denn möchte. Natürlich habe ich Angst, aber geht es dir jetzt besser, weil ich es dir gesagt habe?«

Levents Hände fahren an den Seiten meiner Oberschenkel hinauf, greifen zu und legen sich wie ein Sicherheitsgurt um mich. Seine Augen schließen sich und als er den Kopf auf meine Beine legt, ich seinen Atem durch die Hose spüre und an den Schmerz in Levents Blick denke, bin ich kurz davor, dem Brennen nachzugeben.

»Ich lasse das nicht zu«, haucht er schmerzerfüllt.

»Du kannst es nicht verhindern.«

»Doch!« Die Entschlossenheit in seiner Stimme macht mir Angst. In diesem Moment begreife ich, dass er wirklich alles tun würde, um das zu schützen, was ihm wichtig ist. Bislang stellte dieses Wort eine romantische Vorstellung dar, aber wenn ich jetzt darüber nachdenke, was *alles* bedeuten könnte, läuft es mir eiskalt den Rücken herunter. »Er wird es bereuen, dass er dir heute Morgen aufgelauert hat und er wird es noch viel mehr bereuen, mir jemals gedroht zu haben.«

»Levent …«, setze ich an und werde sofort unterbrochen.

»Ich lasse nicht zu, dass er dich mir nimmt.« In seinen Augen schwingt so viel Wehmut und Schmerz mit, dass ich es in meinem Herzen stechen spüre.

»Ich liebe dich, Levent, da werde ich dich nicht einfach so verlassen.«

»Für das, was er vorhat, würdest du es, ohne mit der Wimper zu zucken.«

Angst durchfährt mich. »Wovon redest du?« Es scheint, als würde ihm der reine Gedanke Schmerzen bereiten. »Sag es mir, bitte.«

»Nein.«

»Wieso nicht?«

»Weil ich dich liebe. Lia, du bist die Erste, die mir zeigt, dass es doch irgendwie funktionieren könnte. Seit ich dich bei Kim im Zimmer gesehen habe, denke ich nur noch an dich und es gefällt mir, dass ich dein Held bin. Ich genieße es, von dir angesehen zu werden, und kann nicht genug von deinem Lichern bekommen. Die letzten Jahre habe ich mich konsequent dagegen gewehrt, mich zu verlieben. Aber dann standest du mit deinem unschuldigen Blick und den großen Augen vor mir und hast diese harte Arbeit innerhalb einer Sekunde zunichtegemacht. Ich liebe es, der Mann zu sein, den du in mir siehst und solange ich dafür sorgen kann, werde ich dieser Mann bleiben.«

»Wieso wolltest du niemanden an dich heranlassen?«, frage ich mit pochendem Herzen.

»Weil ich nicht angreifbar sein wollte. Es hat mir schon gereicht, dass Kim in gewisser Weise ein Risiko darstellte. Wer mir schaden wollte, musste mir nur mit ihr drohen. Ich hasse dieses Gefühl der Machtlosigkeit, und das spüre ich bei dir noch viel mehr. Ich kann nicht sagen, ob ich vor irgendetwas zurückschrecken würde, wenn man dich mir nimmt.«

Mein Herz schlägt von dem einen auf den anderen Schlag doppelt so schnell und unter meiner Brust vernehme ich leichtes Kribbeln. Sehnsüchtig greife ich in sein Haar und wünsche mir, die vergangenen Stunden wären nie passiert.

»Kann ich dich etwas fragen?«

»Alles!«

»Wieso möchte er uns auseinanderbringen?«

»Nick will Rache, wegen Meg.«

Ich wäge ab, ob ich ihm von den Nachrichten erzählen soll. Levent würde mir nicht mehr glauben, dass er der Eine für mich ist, der er für mich sein möchte, wenn ich erneut Dinge vor ihm verheimliche. »Ich denke, er versucht, mir etwas zu sagen.«

»Er will mich fertigmachen.«

»Nick hat mir Nachrichten geschrieben.«

»Bitte was?« Fassungslosigkeit macht sich auf seiner Miene breit.

»Drei Stück. Ich zeige sie dir, wenn du versprichst, nicht auszurasten.« Levent atmet schwer aus, sieht für einige Sekunden in die Ferne und nickt schließlich. »Mein Handy ist unten.«

Er schält mich aus der Decke und gemeinsam gehen wir mit schnellen Schritten in den Eingangsbereich. Ich bin nicht ganz sicher, ob ich ihm die Kurznachrichten wirklich zeigen sollte, nur ist es für einen Rückzieher jetzt ohnehin zu spät.

»Jeder hat seine Geheimnisse, die irgendwann rauskommen ...

Ihr kennt euch besser, als dir lieb ist ...

Mag sein, dass es einen Grund gibt, weshalb sich eure Wege kreuzen, aber vielleicht reicht das nicht …« Levent starrt mich mit glühenden Augen an, als er das letzte Wort laut vorgelesen hat.

»Was hat das zu bedeuten?«, möchte ich wissen.

»Nichts.«

»Du darfst mich also anlügen?«, kontere ich mit einem zynischen Unterton, weil mich seine permanente Weigerung, mir die Wahrheit zu sagen, allmählich wütend macht.

»Ich muss kurz weg, du bleibst hier!«

»Wie bitte?« Vollkommen perplex verfolge ich, wie er an die Garderobe geht und nach seiner Lederjacke greift. »Ich werde doch nicht allein in deiner Wohnung sein!«

»Bitte!«, haucht er und sieht mich mit dem traurigsten Ausdruck an, den ich jemals ertragen musste.

»Wohin gehst du?«

»Ich muss etwas klären und dann komme ich wieder!«

»Du willst zu ihm!«

»Geh ins Bett und schlaf schon mal.«

»Levent, nein. Du darfst nicht zu ihm gehen«, flehe ich und stelle mich ihm in den Weg.

Warme Lippen streifen meine Wange und als ich erneut in seine Augen sehe, ist da nur noch pure Entschlossenheit und blanker Hass zu erkennen. »Lass niemanden in die Wohnung.« Mit diesen Worten geht er an mir vorbei und verlässt mich. Ich bin vollkommen allein und verstehe die Welt nicht mehr. Was tue ich denn jetzt? Was mache ich denn nur, wenn ihm etwas passiert?

Kapitel 30

Meine Finger zittern, als ich Ians Nummer wähle. Das Zittern überträgt sich auf den Rest meines Körpers, als immer mehr Sekunden verstreichen, in denen er das Telefonat nicht entgegennimmt.

»Lia?«, fragt er überrascht.

»Habe ich dich geweckt?«

»Nein, ich bin bei Kim und Hannah.«

»Ist er bei dir?«, frage ich mit bebender Stimme und klammere mich an den Funken Hoffnung, dass ich mit meiner Vermutung, wohin er wollte, vielleicht doch nicht richtig liege.

»Wer, Levent?«

»Ja.«

»Nein, wieso? Ist er nicht bei dir?« Er wirkt jetzt viel wacher.

»Er ist gegangen, ich glaube, er will zu Nick.«

»Ähm, okay. Ich versuche, ihn zu erreichen, und gebe dir Bescheid.«

»Danke.«

»Bis dann.« Mit diesen Worten legt er auf. Die Warterei beginnt.

Nach zehn Minuten, in denen ich mehrfach quer durch die Wohnung gelaufen bin, ist meine Geduld am Ende. Ich rufe Ian erneut an.

»Lia?«

»Wieso meldest du dich denn nicht?«, blaffe ich ihn

unbeherrscht an.

»Ich kann ihn nicht erreichen.«

»Weißt du denn, wo Nick sein könnte?«

»Nein.« Das Wort kommt mit einem tiefen Atemzug bei mir an. Die Verzweiflung ist durch den Hörer zu vernehmen.

»Und jetzt?«

»Ich komme zu dir. Dan ist hier und bleibt über Nacht bei Kim und Hannah.«

»Okay.« Ich beende das Gespräch und warte ein weiteres Mal. Wenn ich ihm die Nachrichten nicht gezeigt hätte, dann wäre er noch bei mir und alles wäre gut.

Was ist, wenn er ihm etwas antut? Wenn Nick seine Drohung wahrmacht und uns wirklich auseinanderbringt? Die quälenden Fragen schießen mir immer schneller durch den Kopf, als mich das Vibrieren in meiner Hand so erschreckt, dass ich das Telefon beinahe fallenlasse. »Kim?«

»Hey, du bist auf Lautsprecher. Hannah und Dan hören mit.«

»Okay.« Aus dem Hintergrund vernehme ich ihre Stimmen.

»Was ist passiert?«

Rasch erzähle ich ihr, was nach ihrem Verlassen von Levents Wohnung geschehen ist.

»Scheiße!«, flucht Kim.

»Allerdings!«, fügt Dan leise hinzu. Ich erinnere mich noch an das Gespräch mit ihm, als wir im Krankenhaus auf Kim warten mussten. Er sagte, dass sich keiner zu nah an Levents kleine Schwester traue und er vor nichts und niemandem zurückschreckt, um seine Liebsten zu beschützen. Zu diesem Zeitpunkt hat mir das noch imponiert, inzwischen habe ich die Ernsthaftigkeit seiner

Worte begriffen.

Während des Telefonats laufe ich wie eine Irre durch seine Wohnung, bleibe stehen, setze mich hin, springe wieder auf – ich bin kurz davor, durchzudrehen.

Das plötzliche Klingeln unterbricht mich in meinem Gedankengang. »Ian ist da«, hauche ich und gehe im gleichen Moment an die Tür. Ians haselnussbraune Augen sehen mich hoffnungslos an, seine Schultern sacken immer weiter nach unten.

»Meld dich, sobald du mehr weißt«, vernehme ich Kims Stimme.

»Versprochen«, antworte ich und lege auf.

»Wir haben ein Problem.« Diese Worte wollte ich nicht aus seinem Mund hören. Und schon gar nicht jetzt. »Levent hat sein Handy ausgeschaltet, ich weiß nicht, wo er ist und was er mit Nick machen wird, wenn er ihn findet.« Mir wird schlecht vor lauter Panik. Wie in Trance schleiche ich ins Wohnzimmer und sinke in das schwarze Leder seiner Couch.

»Ich habe Angst.«

»Alles wird gut«, redet er mir gut zu und doch sagen mir seine Haltung und das Ungewisse in den Augen, dass er sich mindestens genauso sorgt.

»Was tun wir nun?«

»Warten?«

»Ist das dein Ernst?«

»Wenn Levent nicht gefunden werden möchte, kann selbst ich nichts tun.«

»Aber wir wissen, dass er zu Nick will.«

»Nur fehlt uns die wichtige Information, wo sich dieser Dreckskerl aufhält.« Die Ungewissheit und die Sorge um Levent machen mich wahnsinnig. Als würde ich einen unerwarteten Stich spüren, springe ich auf und gehe von der rechten zur linken Seite der Wohnung. Immer wieder, bis mich Ian mit einem mutlosen Blick davon abhält. »Am besten ist es, wenn du schläfst.«

»Ich kann doch jetzt nicht schlafen!«, kreische ich.

»In dem Fall wirst du eine lange Nacht vor dir haben. Er wird nicht kommen, ehe er ihn gefunden hat.«

»Du bist seiner Meinung, richtig?«

»Was meinst du damit?«

»Dass ich die Wahrheit nicht erfahren soll.«

»Ich bin nicht immer seiner Meinung, aber in dieser Hinsicht gebe ich ihm recht.«

»Ich werde es herausfinden, wenn nicht von ihm, dann von Nick.«

»Von Nick?!«

»Er schreibt mir Nachrichten, die habe ich Levent gezeigt und daraufhin ist er verschwunden.« Die Wut in meinem Bauch sorgt dafür, dass die Worte geradeso heraussprudeln.

»Er schreibt dir?«, fragt Ian fassungslos.

»Ja, und ich bin mir sicher, dass er es mir irgendwann verraten wird.«

»Dann wäre es vielleicht wirklich gut, wenn Levent ihn heute Nacht findet.«

»Wie bitte? Bist du vollkommen irre?«

»Lia, unter anderen Umständen würde ich zustimmen, dass die Wahrheit immer der beste Weg ist, doch was dieses Thema betrifft, na ja. Es ist besser, wenn du es nicht weißt.« Ich habe Angst, dass er recht hat.

Mit rasendem Herzschlag lasse ich mich auf die Ledercouch fallen. »Erzähl mir mehr von ihm, bitte Ian!« Sein Gesicht sieht zu Boden. Er atmet schwer aus und als er wieder in meine Augen schaut, scheint er dem Wunsch bereits zugestimmt zu haben.

»Ich kann dir alles sagen, aber über diesen einen Punkt werde ich nicht sprechen.«

»Okay.«

»Also, was möchtest du wissen?« Ian lehnt sich langsam zurück, legt das rechte Bein über das linke Knie und bereitet sich mit einem tiefen Atemzug auf die Fragerunde vor.

»Wie war er?«

»Früher?«

»Ja.«

Um Ians Mundwinkel zeigt sich ein scheues Lächeln. Die Erinnerungen machen ihn glücklich. »Levent war ein anderer Mensch, ein unbekümmerter und vor allem sorgloser Freund.«

»Was hat das geändert?«

»Der Tod seines Vaters war ein echter Schlag, dann der Umzug nach Boston. Na ja, Levent wurde von heute auf morgen erwachsen.«

»Weil er dachte, er müsste die Vaterrolle einnehmen?«

»Nein, er dachte es nicht, er wusste es. Steph, seine Mutter, wie soll ich das sagen? Sie war schon immer durch und durch Anwältin, aber seit dem Tod ihres Mannes ist sie quasi in die Kanzlei gezogen. Sie hat von Levent diese Rolle erwartet und er wollte sie nicht enttäuschen.«

Mein Herz zieht sich zusammen, ganz langsam und voller Schmerzen. Wie zerknülltes Papier, das von Flammen eingenommen und knisternd ins Nichts gerissen wird. »Sie haben sich gestritten, weil ihr klar war, was ihn zu seiner Veränderung getrieben hat, richtig?«

»Ja.«

»Und was ist dann passiert?«

»Ihr Liebling ist ausgezogen. Warum, das kann ich dir nicht sagen. Kim wurde vor die Wahl gestellt und hat eine Entscheidung getroffen, die ihrer Mutter den Boden unter den Füßen weggezogen hat.«

»Er ist gegangen, er wurde gar nicht rausgeschmissen?«, hake ich verwirrt nach und in dem Moment kann ich in seinem Gesicht ablesen, wie er am liebsten die letzten Sekunden zurückspulen würde. Ian hat sich verplappert. »Hör mir zu …«, beginnt er und unterbricht sich fast im gleichen Augenblick.

»Ich dachte, er wäre gegangen«, setze ich nach.

Ian schluckt die ausstehende Erklärung hinunter und sieht mich entschuldigend an. »Es tut mir leid, ich kann dir das nicht sagen.«

Ich atme zitternd aus und nicke, als würde ich es verstehen, dabei tue ich das ganz und gar nicht. »Sie hätte nicht damit gerechnet, dass sie sich auf die Seite ihres Bruders stellt, oder?«

»Nicht in ihren kühnsten Träumen. Kim wurde immer unterschätzt, von ihr, ihrem Vater, eigentlich von jedem, außer von ihrem Bruder.«

Das hat sie uns auch gesagt. Wenn Ian und Levent wüssten, was sie plant. »Sie ist toll«, sage ich und ziehe die Knie bis unter das Kinn.

»Ja, das ist sie und frech und anstrengend und nervenaufreibend und …«

»… herzzerreißend«, rede ich dazwischen. Ian stimmt mir mit einem stummen Schmunzeln zu. »Ian?«

»Ja?«

»Ich weiß nicht, was ich tun soll, wenn ihm etwas passiert.«

»Ihm wird nichts passieren.«

»Und was ist, falls doch?«, frage ich mit belegter Stimme. Er kommt sofort zu mir und schließt mich in seine Arme. »Du brauchst keine Angst haben«, versichert er mir und streichelt über mein Haar. Sanft wiegt er mich hin und her, tröstet mich und ich kuschele mich in seine Umarmung. Langsam schließe ich die Lider, versuche, zumindest für einen Moment zur Ruhe zu kommen.

Während ich Ians Herzschlag lausche, stelle ich mir vor, es wäre Levents.

Ein lauter Knall lässt mich hochschrecken. Ian schaut sich ebenfalls erschrocken um. Wir müssen eingeschlafen sein.

»Scheiße!«, kommt es von vorne. Ist das Levent? Seine Stimme hört sich so anders an. Dann torkelt er ins Wohnzimmer, die Augen zusammengekniffen, als er in mein Gesicht sieht und ich weiß sofort, warum er sich anders anhört. »Isch habe Besuch, habt ihr Spaß?«, lallt er und geht weiter in unsere Richtung.

»Fuck! Du bist voll«, stellt Ian schockiert fest. »Du hast seit zwei Jahren keinen Schluck mehr getrunken«, murmelt Ian vor sich hin. Ich sitze wie angewurzelt auf dem warmen Leder und kann immer noch nicht glauben, dass die betrunkene, vollkommen verzweifelte Gestalt mein Levent sein soll. Mein Herz schlägt mir bis in den Hals, als ich die Platzwunden an seiner Lippe und an der rechten Schläfe sehe. Die Fingerknöchel sind tiefrot und ordentlich lädiert. Was ist nur passiert? Mein Herz zieht sich angesichts dieses Bildes eng zusammen, drückt jedes andere Gefühl in den Hintergrund und lässt mich Schmerzen spüren, die ich gerade nicht bewältigen kann. Zittern überkommt mich und doch sitze ich fast schon reglos da.

»Verdammt, ja!«

»Wieso?«

»Weil isch verlieren werde, isch werde sowaschvonverlieren. Alles, was ich jemals wollte.« Levent macht eine ausladende Bewegung und gerät dadurch ziemlich ins Straucheln. Ian sieht ihn bestürzt an. »Baby!«, haucht er, als er direkt vor mir steht. Der beißende Gestank verdirbt ihn. In dem Moment, in dem er mich in den Arm ziehen möchte, höre ich den Fluchtgedanken in mir schreien.

Es ist Levent! Und er braucht dich jetzt!

Nein, ich brauche ihn!

»Wo warst du?«, frage ich und fürchte mich zugleich vor der Antwort.

Sein Atem kommt schwer und als er das letzte Mal kräftig ausatmet, schmecke ich Gift auf der Zunge. Es ist das Schlimmste, was ich mir vorstellen kann. Niemals wollte ich diesen Geschmack von ihm auf meiner Zunge haben. Der Alkohol verdirbt ihn, er steht ihm nicht und vor allem möchte mich das Teufelszeug etwas glauben lassen, das nicht wahr ist. Das Monster schafft es, dass ich Angst habe, Dinge infrage stelle, schwach bin. Aber es wird es nicht schaffen, dass mich Levent an *damals* erinnert. Das lasse ich nicht zu, egal, wie sehr mich sein Anblick verletzt. Egal, wie sehr ich den Geruch von süßem Alkohol verabscheue.

»Das verfickte Arschloch wird alles kaputtmachen!« Der Zorn in Levents Stimme könnte mich fast vergessen lassen, wie betrunken er ist.

»Du gehst jetzt besser schlafen«, höre ich Ian vorschlagen, der ihn im gleichen Moment fortbringen will.

»Mit dir!«, fordert er und zeigt dabei auf mich. »Nein«, knurrt Levent und windet sich aus Ians Arme, die bei Weitem nicht so durchtrainiert sind wie seine. Seine sportliche Figur ist definiert, aber Levent ist kräftiger, selbst im betrunkenen Zustand. Er kommt auf mich zu, als ihn Ian von hinten greift. »Lass misch!«

»Lia möchte schlafen.«

»Bist du jetzt ihr Vormund?«, keift er wütend. Ich hatte solche Angst um ihn und nun schreit mich Traurigkeit an, wenn ich in sein Gesicht blicke. »Baby!«, fleht er in meine Richtung.

»Ich bin müde«, flüstere ich und rücke noch ein Stück weiter in das warme Leder.

»Dann komm mit«, nuschelt er und versucht im gleichen Moment, nach mir zu greifen. Ich weiche sofort zurück. Levent bleibt wie versteinert stehen, legt seinen Kopf schief und sieht mich skeptisch an. Als er sich umdreht und in die Küche geht, schaue ich Hilfe suchend in Ians Augen. Ehe er etwas ausrichten kann, landet Levents Faust an der Kühlschranktür. Er schlägt mit voller Wucht gegen die Verkleidung und flucht unverständliche Dinge. Ich schrecke bei jedem Schlag kurz zusammen. Levent zerreißt mir das Herz in kleine, zerbrochene Stücke. In so viele Stücke, dass ich sie nicht mehr zählen kann.

»Alter, komm mal runter!«

»Halt dich da raus!«, brüllt er und haut erneut auf die Fläche. Immer wieder und wieder, bis er sich zu mir umdreht und ich seinen verzweifelten Blick wahrnehme. Ich stehe auf einmal vor ihm, ohne richtig zu begreifen, wie ich in die Küche gelangt bin.

Levent lehnt den Kopf an die Kühlschranktür, an der sein Blut herunterläuft und sieht mich aus betrunkenen Augen an. Seine Brust hebt und senkt sich schnell, seine Lungen saugen gierig nach Luft, nur hilft es nicht. Er kann sich nicht beruhigen. Die Verzweiflung hat sich in sein Gesicht verirrt. Sie gehört dort nicht hin und doch verschwindet sie nicht.

Mein Hals wird ganz trocken. Es brennt und kratzt, aber egal, wie oft ich schlucke oder abermals nach Luft schnappe, es macht keinen Unterschied. Es ist sinnlos, mit der Hand über die gespannte Haut meines Nackens zu fahren, die Tränen fort blinzeln oder den Schmerz hinunterschlucken zu wollen. Ein Blick in seine Augen macht alles kaputt.

»Lia?«, höre ich Ian neben mir fragen, kann ihm jedoch nicht antworten.

»Ich hätte zum Sport gehen sollen«, murmelt er lallend.

»Und jetzt gehst du schlafen«, entgegnet Ian und möchte ihn ins Schlafzimmer zerren, als Levent sich wehrt und mit bebender Brust und blutenden Fäusten vor mir steht.

»Dieses Schwein hat mich in der Hand und du bist schuld. Du, nur du, mit deinen großen, hellen, unschuldigen Augen, den langen Haaren und deinem Lichern. Du bist an allem schuld!«

Das hat er nicht wirklich gesagt, oder?

»Okay, das reicht!« Ian greift Levents Schultern und schleppt ihn davon. Ich starre regungslos auf das Blut, das von der glänzenden Fläche auf den dunklen Boden tropft.

Vor meinen Augen sehe ich bereits die ersten Gegenstände verschwimmen. Wie ferngesteuert greife ich nach einem Handtuch, sinke an der Küheninsel nach unten und wische seine Spuren weg. Das gleichmäßige Kreisen macht mich ganz schwindelig, aber es beruhigt mich auch irgendwie. Vielleicht betäubt mich der Schmerz in meinem Herzen bloß so sehr, dass ich wie ein Roboter reagiere.

»Was tust du denn da?« Ians warme Stimme durchkreuzt den innerlichen Untergang.

»Geht schon«, antworte ich und bemühe mich, die Tränen noch einen Moment zurückzuhalten.

»Komm her!« Seine Arme umfangen mich zärtlich und dann kann ich nicht länger stark bleiben. Das Salz brennt über die Wangen und versiegt in meinem rechten Mundwinkel. »Er schläft«, sagt er, als ich vor mich hinstarre.

»Okay.«

»Das hättest du nicht mit ansehen sollen.«

»Schon gut.« Ian möchte sofort etwas erwidern, wovon ich ihn jedoch mit heftigem Kopfschütteln abhalte. »Es ist wirklich in Ordnung. Ich wäre gerne für mich.«

»Bist du dir sicher?«

»Ja.«

»Ich fühle mich nicht gut, wenn ich dich jetzt allein lasse.«

»Allein?«, wiederhole ich sarkastisch.

»Na ja, mehr oder weniger ... aber du meldest dich, sobald ich kommen soll?«

»Versprochen.«

»Okay.«

»Danke.«

»Hör auf, dich zu bedanken!«, befiehlt er mir, ehe er geht. Ich sitze eine ganze Weile auf dem Boden und schaue durch die großen Fenster nach draußen. Doch alles, was ich sehe, ist das traurige Mädchen, das zitternd um sich greift.

Meine Beine tragen mich geräuschlos an die Tür des Schlafzimmers. Levent liegt mit Schuhen auf seiner weißen Bettwäsche und hat die Augen geschlossen.

Ich rieche den Alkohol immer noch, verdränge die schmerzende Erinnerung, die mich erreicht und gehe zurück ins Wohnzimmer. Heute Nacht werde ich nicht in seinem Arm einschlafen.

Das Vibrieren in meinem Bauch wird unangenehm, das Gute verwandelt sich in etwas Böses.

Nicht. Ich will den Schmerz aufhalten, das Monster vertreiben, aber ich schaffe es nicht. Mit einem heftigen Schlag prallt seine Faust in mein Gesicht. Das Blut läuft von meiner Augenbraue über den schmerzenden Wangenknochen bis in den rechten Mundwinkel.

Nicht. Nein.

Nicht die Jacke, nicht. Der Reißverschluss schneidet in meine Haut, noch bevor ich mich wehren kann.

»Sei still!«, keucht es und schlägt in meinen Bauch. Das Dröhnen der Musik betäubt den Schmerz nicht, es macht ihn nur noch schlimmer. Der Rauch und der süße Alkohol – beides legt sich wie Säure über meine Haut. Das Brennen zwischen meinen Beinen wird so heftig, dass ich am ganzen Körper zittere. Ich will, dass es aufhört, doch das Monster fühlt sich durch mein Abwehrverhalten, ermutigt, noch weiter zu gehen.

Nein, nein, nein.

Bitte, nein. Nicht.

Mit der Hand drängt es sich nach unten, bedrängt mich brutal und lieblos zwischen den Beinen. Es tut mir weh, wenn es die feuchten Finger immer schneller über die verwundete Haut fahren lässt. Schmerzvolle Tränen rinnen meinen Hals hinab. Ich versuche, zu schreien, zu treten, aber das Monster drückt mich immer fester mit seinem Gewicht nach unten. Und als ich durch die Jacke in seine Hand beiße, die er mit aller Gewalt auf mein Gesicht presst, trifft mich seine Faust ein weiteres Mal.

Der Schlag erreicht mich mit einer Wucht, die es schafft, dass es vor meinen Augen hell wird.

»Sei still, du Schlampe!«, keucht das Monster erregt

und treibt mir mit dem Klimpern des Gürtels noch mehr Angstschweiß auf die Stirn. Gleich wird es passieren.
Nein, nein, nein. Nicht, bitte nicht.
Nein.
»Nein«, krächze ich ein letztes Mal.

»Nein«, wimmere ich atemlos und schrecke schweißgebadet hoch, als ich in das Gesicht vom Monster blicke und Nicks Augen darin erkenne. Seitdem ich in Levents Armen schlafe, hatte ich fast keinen einzigen Albtraum. Die Härte, mit der mich das Monster erschreckt, bringt meinen Körper jetzt umso mehr zum Beben. Ich zittere, friere, schwitze, bin vollkommen durcheinander. Im Grunde war es der Traum, den ich jahrelang durchleben musste, nur das Ende, das mich diese Nacht aus dem Schlaf gerissen hat, war anders.

Ich habe Nick gesehen, obwohl mir *damals* eine Jacke ins Gesicht gedrückt wurde. Die Augen, den rasierten Kopf, das schiefe Grinsen und das Piercing an seinem Ohr. Das Monster hat genau wie er gerochen und es war derselbe keuchende, erregte Atem, der meine Haut benetzte. Wie kann das sein? Völlig verwirrt versuche ich, das Bild loszuwerden.

Mit weichen Knien schleppe ich mich in die Küche und schenke mir ein Glas Wasser ein. Die kühle Flüssigkeit landet mit einem leisen Glucksen in meinem leeren Magen, als ich auf die Stelle blicke, auf die Levent hemmungslos eingeprügelt hat.

Immer noch in Schockstarre gehe ich auf die Treppe zu, öffne die Luke und spüre sofort kalten Regen auf meinen geschlossenen Lidern. Klare Nachtluft wirft ihn mir auf die verschwitzte Haut und vertreibt damit die dunklen Gedanken aus meinem Kopf, jedenfalls für den Bruchteil einer Sekunde.

Ich entscheide mich gegen die Lounge und für den Platz direkt am Poolrand. Langsam lasse ich die Beine hineintauchen und beobachte den Regen dabei, wie er in das smaragdgrüne Wasser platscht. In der Nacht funkeln die Kacheln nicht so hell, wie sie es sonst tun. In diesem Moment spüre ich weder die Kälte des Winters noch die Wärme des Wassers. Jedenfalls nicht so richtig.

Die Tropfen werden immer schneller auf die Wasseroberfläche geworfen und wenn ich auf den nassen Boden neben mir schaue, kann ich Levent und mich sehen.

Wir sind hier und tanzen, Arm in Arm, bis er mich zu sich hochhebt. Ich spüre seine Bewegungen an meinem Körper, die Hände auf meinen Hüften und den Wind in meinem Haar.

Als ich den Kopf in den Nacken fallenlasse, schmecke ich den Regen auf seinen Lippen. Ich erinnere mich daran, wie er mich an seine bebende Brust drückte und im Takt des Herzschlages hin und her wog. Levent beruhigt mich, selbst, wenn ich nur in meinen Gedanken bei ihm bin.

Mein Oberkörper ahmt die Bewegung nach und schwankt leicht von rechts nach links. Als ich mir vorstelle, er würde mich erneut zum Tanzen auffordern, lasse ich meine Hand auf den nassen Stoff seines Hemdes gleiten. Levents Küsse haben mich betrunken gemacht und das Kribbeln in meinem Bauch machte mich süchtig nach ihm.

Ich könnte noch ewig hier sitzen und von ihm träumen, als mich seine Schritte zurück ins Hier und Jetzt holen.

»Was machst du denn hier?« Seine Stimme hört sich auffällig nüchtern an, dabei ist Levent erst vor wenigen Stunden in die Wohnung getorkelt. Sein Körper wirft einen Schatten auf das dunkle Wasser, als er sich neben mich setzt und ebenfalls den Kopf in den Nacken fallen lässt. Die Wunden an seinen Fingerknöcheln jagen mir Schmerzen durch die Brust.

»Passt du auf mich auf?«

»Mit allem, was ich habe!«

Seine Hände ziehen mich zu ihm und es ist, als könnte ich endlich meine Augen schließen, ohne in das Gesicht des Monsters blicken zu müssen.

»Ich habe ihn gesucht.«

Seufzend kuschele ich mich enger an ihn. »Ich weiß.«

»Und gefunden.« Das wusste ich nicht, das habe ich mir nicht einmal vorstellen wollen. »Ich habe so heftig auf ihn eingeschlagen, dass meine Faust jetzt noch schmerzt und trotzdem hat er nicht aufgehört. Ich höre immer noch das grässliche Lachen, sehe ständig das verzogene Grinsen. Am liebsten hätte ich ihm die Seele aus dem Leib geprügelt.« Ich blicke auf die Platzwunden an seiner Lippe, an der rechten Schläfe und an den lädierten Händen. Was hat er nur mit ihm gemacht?

»Ich hatte Angst um dich.«

»Um mich musst du dich nicht sorgen.«

»Du bist der Einzige, um den ich mich sorge«, gestehe ich und schlucke die Tränen hinunter. Sein Daumen streift über meine bebende Unterlippe.

»Ich fürchte mich davor, dich zu verlieren.«

»Hast du deswegen getrunken?«

»Ja. Er hat mir versichert, dass ich ihn nicht aufhalten kann.«

»Ich werde nicht gehen«, verspreche ich ihm.

»Nick wird dich mir nehmen. Er hat sich in den Kopf gesetzt, mir das zu nehmen, was ich ihm genommen habe.«

»Megan?«

»Ja.«

Meine Augen füllen sich erneut mit Tränen. In meinem Hals kratzt es und in diesem Moment weiß ich nicht, ob die Welt ins Wanken gerät, oder mir so schwindelig ist, dass es sich nur danach anfühlt. Meine Hände legen sich wie ferngesteuert vor mein nasses Gesicht. »Ich werde dich niemals verlassen.«

Levent schnauft. »Was macht dich da so sicher? Lia, ich kenne die Wahrheit«, erklärt er niedergeschlagen. »Scheiße, ich bin ein schrecklicher Mensch und ich weiß, dass ich dich nicht verdient habe, aber solange du mich willst, werde ich egoistisch genug sein, um mir das zu nehmen, was mir verwehrt bleiben sollte. Ich liebe dich und lasse dich erst gehen, wenn ich keinen anderen Ausweg mehr sehe.«

»Bleib bei mir, lass mich niemals gehen, bitte!« In dem Moment bricht alles über mir ein. Die Angst um ihn, der Albtraum, das Monster.

Nicks Augen funkeln mich gefährlich an, drohen mir in einem stechenden Blau, dass sie mich heute Nacht finden werden und mich erneut in den Abgrund ziehen. Die Hochhäuser um mich herum kommen näher, sie bewegen sich rauschend zu mir, nehmen mir die Luft zum Atmen.

In meinem Kopf dreht es sich, schneller als es gut für mich wäre und dann sehe ich wieder seine Augen und vernehme das Keuchen. Ich will nie wieder dieses Keuchen hören, will nie wieder die Angst spüren, die mich findet, wenn er sich an mir reibt. Mein Herz überschlägt sich, doch ehe ich zusammenbreche, fängt mich Levent auf und bringt mich in sein Schlafzimmer.

Kapitel 31

Das letzte Wochenende hat mir einmal mehr gezeigt, dass ich ihn an meiner Seite brauche. Dass ich bereit bin, seine Fehltritte, die Schmerzen und Enttäuschungen zu ertragen, ihm zu verzeihen, wenn er mein Preis ist, denn ohne ihn geht es mir noch schlechter.

»Hast du schon etwas für Samstag besorgt?«, fragt Kim in meine Gedanken hinein.

»Samstag?«, hake ich verwirrt nach.

»Levent wird einundzwanzig Jahre alt«, erklärt Kim.

»Scheiße!« Ich wusste gar nicht, dass er Geburtstag hat.

»Also nein«, stellt Kim fest.

»Psst, er kommt«, macht Hannah leise und sieht hinter mich. Levent legt seinen Arm um mich und gibt mir einen leidenschaftlichen Kuss.

»Ich hole dich nach dem Sport ab.«

»Okay«, erwidere ich, während Levent Unterlagen aus dem Auto holt.

»Ich komme sofort«, sagt Levent zu Ian.

»Nick ist nicht hier«, flüstert dieser an meinem Ohr. Es stimmt nicht, ich kann ihn immer noch spüren.

»Hm.«

»Geht es dir besser?«, erkundigt er sich.

Ich bejahe und versuche, die besorgten Gesichtsausdrücke meiner besten Freundinnen zu ignorieren.

»Er wird dir nichts mehr tun können«, versichert mir Ian, obwohl er das gar nicht sicher kann.

»Ja«, gebe ich leise von mir.

»Ich muss jetzt gehen. Wir sehen uns später«, verabschiedet sich Levent und verschwindet gemeinsam mit Ian.

»Nick ist nicht weg«, erläutere ich ihnen, als wir allein sind. »Ich merke, dass er immer noch hier ist, ganz in meiner Nähe und ich habe von ihm geträumt.«

»Lia, du …«, versucht Hannah einzuwenden, als ich sie sofort unterbreche.

»Ich habe das Monster in ihm gesehen.«

»Das war ein Traum«, versichert mir Kim und ich wünschte, ich könnte ihr glauben.

»Ich habe bisher noch nie ein Gesicht erkannt.«

»Levent wird dich beschützen«, sagt Hannah bestimmend. Ich nicke und doch bin ich mir nicht sicher, ob Levent verhindern kann, was sich dieser Irre ausgedacht hat.

»Wir sehen uns später«, verabschiede ich mich von ihnen und flüchte in den Hörsaal. Das Gute am Modul *kreatives Schreiben* ist, dass ich mich in Gedanken verlieren kann, ohne dabei negativ aufzufallen.

Ich krame nach meinem Handy und entdecke eine neue Nachricht von Nick. Seine Nummer werde ich niemals einspeichern und so starre ich auf die unbekannte Nummer, die inzwischen alles andere als geheim ist.

Unbekannt: *Er liebt dich so sehr …*

Am liebsten würde ich das Ding wegschmeißen, als eine weitere Botschaft von ihm kommt.

Unbekannt: *Such das Paket!*

Plötzlich sitze ich atemlos auf meinem Platz und spüre den Schweiß meinen Rücken hinunterlaufen. Nach zwei Jahren hatte ich endlich das Gefühl, wieder frei sein zu können und dann schleicht sich mein schlimmster Albtraum in mein Leben. Er darf mir Levent nicht nehmen, welche

Gründe ihn auch dazu bewegen. Dafür liebe ich ihn zu sehr.

Über irgendetwas muss ich nachdenken, Hauptsache, ich gebe Nick keinen Raum in meinen Gedanken. Doch anstatt mich auf die Vorlesung zu konzentrieren, stürze ich mich auf Kims Worte und denke fieberhaft darüber nach, was ich ihrem Bruder schenken könnte. Er hat bereits alles und selbst wenn ihm etwas fehlen würde, wüsste ich es nicht.

Ich hole einen Block und mein Mäppchen heraus, um Ideen zu sammeln. Als ich den Reißverschluss öffne und nach einem Stift greifen möchte, spüre ich kaltes Metall an den Fingern. Mir stockt der Atem, als ich erkenne, dass es der Schlüssel seiner Wohnung ist. Durch das Loch am Rundbogen hat er einen Zettel durchgeschoben.

Damit du immer bei mir sein kannst!
L

Spätestens jetzt muss es etwas ganz Besonderes sein. Ich kann ihm nicht einfach ein Parfüm, den fünfhundertsten Pullover oder noch eine schwarze Sonnenbrille schenken. Ich brauche etwas, das uns verbindet, das ihn an mich erinnert und vielleicht sogar zum Lachen bringt.

Viel Zeit bleibt mir für diese supergeniale Idee nicht, denn in vier Tagen hat er bereits Geburtstag und alles, was mir bisher eingefallen ist, ist entweder langweilig oder zu teuer.

Als ich an die Fahrt zu seiner Wohnung bei unserem allerersten Date denke, habe ich einen Einfall.

Es wird das Superheldenhäschen mit der Möhre im Mundwinkel!

Ich muss unwillkürlich lachen, als ich an sein angewidertes Gesicht erinnert werde. Er fand es so hässlich, doch eigentlich passt es wie die Faust aufs Auge. Levent ist mein Held mit dunkler Sonnenbrille, genau wie das Kuscheltier. Zwar trägt er immer noch keinen goldenen Umhang und auch das Röckchen fehlt bisher, aber der Rest stimmt ziemlich überein.

Ich: *Ich muss in der Bibliothek mit Kommilitonen ein Projekt vorbereiten. Wir sehen uns später!*

L: *Wann soll ich dich abholen?*

Ich: *Gegen drei Uhr bin ich fertig.*

Es ist gerade zwölf Uhr, bis dahin sollte ich das Superheldenhäschen haben.

L: *Vor welchem Raum?*

Lass dir etwas einfallen! Am besten schnell.

Ich: *Ich komme direkt an den Ausgang.*

Nervös warte ich seine Antwort ab.

L: *Okay, bis später!*

Ich atme erleichtert aus, als ich die erlösenden Worte lese und mache mich zum Gehen bereit. Nachdem ich Kim und Hannah in meine Lüge eingeweiht habe, steige ich in ein Taxi und fahre zu dem Spielwarenladen in der Nähe seiner Wohnung.

Die Verkäuferin packt mir das kleine Häschen in eine Papiertasche und wünscht mir viel Spaß beim Verschenken. Wenn sie wüsste! Ich verkneife mir das Lachen, bedanke mich und lasse mich von dem freundlichen Taxifahrer wieder in die Uni bringen.

Um halb drei bin ich da und kann ganz in Ruhe in die Bibliothek laufen und das Buch abgeben, dass ich tatsächlich zurückzubringen habe.

»Fertig?«, höre ich ihn unerwartet sagen.

»Ähm, ja. Und du?«, frage ich erschrocken.

»Hm«, haucht er und zieht mich an seinen frisch geduschten Körper. Zum Glück bin ich eher hier gewesen als gedacht. »Hast du die Überraschung gefunden?«

»Ja. Ich wusste nur nicht, was ich schreiben könnte.«

»Lia, ich meine es ernst. Du sollst jederzeit zu mir können, wenn du nicht komplett einziehen möchtest.«

»Levent ...«

»Schon gut. Ich habe verstanden, dass du immer noch deinen Platz im Wohnheimzimmer bei Kim und Hannah behalten willst und ich wollte dich damit nicht überreden. Mir war nur wichtig, dass du zu mir kannst, selbst wenn ich nicht da bin.«

»Danke.«

»Bitte, Baby!«, raunt er mit tiefer Stimme, schließt den schwarzen Lodenmantel und zieht die Superheldenhäschen-Sonnenbrille auf. Ich muss mich stark konzentrieren, um nicht in lautes Lachen zu verfallen. Levent darf nichts merken, mein Geschenk soll eine Überraschung sein. Immerhin denkt er, ich würde nicht einmal wissen, dass er Samstag Geburtstag hat. Er bringt mich noch bis in mein Zimmer. »Ich bin in ungefähr zwei Stunden wieder hier«, sagt er und gibt mir einen Kuss.

»Bis gleich.«

»Verschwinde schon endlich!«, ruft Kim und wirft mit einem Kissen nach ihm. Als der lachend die Tür hinter sich schließt, beginnt das Verhör. »Du hast meinen alten Schlüssel«, fügt sie mit wackelnden Augenbrauen hinzu. Hannah stimmt gleich mit ein und gibt ein aufgeregtes *Uhh* von sich.

»Ich habe ein richtig gutes Geschenk für ihn«, gestehe ich stolz.

»Levent ist zwei Stunden bei Ian, bis dahin wollen wir wissen, wie du an den Schlüssel seiner Wohnung gekommen bist und welches Megageschenk du dir einfallen lassen hast«, fordert Hannah. Kim setzt sich in den Schneidersitz und klopft auf die leere Bettdecke vor sich.

»Er hat ihn mir in mein Mäppchen gelegt, als Überraschung.«

»Das ist doch wirklich unglaublich! Mein Bruder wird noch richtig zahm.« Hannah und ich lachen. »Und nun zum Geschenk«, leitet Kim ein. Ich erzähle ihnen die Geschichte vom Superheldenhäschen. Kim fallen beinahe die Augen aus dem Kopf. »Sag mir nicht, du hast ihm ein Kuscheltier gekauft!?«

»Kein Herkömmliches!«, entgegne ich mit erhobenem Zeigefinger und präsentiere das kleine Ding. Hannah verliebt sich sofort, Kim hingegen fehlen immer noch die Worte.

»Boah, ist das hässlich!«, verkündet sie schließlich. Ich muss lachen, weil sie die gleiche Grimasse wie ihr Bruder zieht.

»Hat er eigentlich etwas geplant?«, frage ich und stoße auf ahnungslose Gesichter.

»Normalerweise feiert Levent nicht gerne, schon gar nicht sich selbst, aber vielleicht macht er angesichts dieser Schönheit eine Ausnahme?«, antwortet Kim und hebt den goldenen Umhang hoch.

Ich verdrehe die Augen, nehme das Geschenk an mich und verstaue es wieder sicher in meinem Rucksack. »Warum hat er mir nicht gesagt, dass er Geburtstag hat?«

»Weil er nicht mit solchem Kitschkram beschenkt werden möchte«, spitzzüngelt Kim. Hannah boxt sie gegen die Schulter. »Wir reden immer noch von meinem Bruder, ihr wisst schon, der geheimnisvolle Herzensbrecher?«

»Jetzt ist er Lias Freund!«

Danke, Hannah!

Die Zeit vergeht wie im Flug, während Kim immer wieder Fassungslosigkeit zum Ausdruck bringt, obwohl Hannah ihr nur erklären möchte, warum das Superheldenhäschen das perfekte Geschenk für Levent ist. Das Klopfen erinnert uns daran, dass wir jetzt still sein und nicht länger über seinen Geburtstag sprechen sollten.

In einem dunkelblauen Wollpullover steht Levent im Türrahmen und lässt in aller Ruhe seinen Blick über meinen Körper wandern.

»Da bist du ja schon wieder«, stellt Kim fest.

»Mh hm!«, gibt er mit rauchiger Stimme von sich und streckt seine rechte Hand nach mir aus.

Hannah und Kim schließen mich noch in ihre Arme, ehe ich mich vom Boden abdrücke. »Bis … bis dann«, stottere ich und verabschiede mich von meinen Mitbewohnerinnen.

»Levent!«, ertönt es kreischend hinter seinem Rücken. Bis zu diesem Augenblick hat er mich noch angelächelt.

»Ja?«, schnauzt er.

»Wann treffen wir uns Samstag?«, kommt es sirenenartig aus Megs Mund.

»Ich habe bereits andere Pläne, Meg!«, antwortet er und geht mit mir Händchen haltend an ihr vorbei den Flur hinunter.

»Was ist Samstag?«, frage ich unschuldig.

»Mein Geburtstag.«

»Wann wolltest du mir davon erzählen?«

»Du meinst, obwohl du es schon längst von Kim erfahren hast?«, gibt er amüsiert zum Ausdruck und hält mir die Eingangstür auf.

»Lenk nicht ab!«, schimpfe ich und pikse mit dem Finger in Levents Seite. Mehr als ein dunkles Lächeln kommt nicht über seine Lippen. »Ich hätte es gerne etwas früher gewusst.«

»Wofür?«

»Ähm, es ist dein Geburtstag?!« Ein Geburtstag, der mir keine Angst macht, mich nicht an *damals* erinnert und auf den ich mich freue.

»Na und?« Levent zuckt mit den Schultern und bringt mit dem Schlüssel in seiner Hand den Wagen zum Aufleuchten.

»Oh Mann, das ist ja noch viel schlimmer, als Kim angedeutet hat!«, gebe ich mit einem theatralischen Seufzer von mir, als wir an seinem Auto angekommen sind. Levent drückt mir die heißen Lippen auf den Mund und bringt mich mit seiner geschickten Zunge zum Schweigen. Als er beide Hände unter meinen Pullover schiebt und mich gegen den schwarzen Lack der Autotür presst, vergesse ich beinahe, dass uns eisiger Wind um die Ohren weht.

»Ich kann es kaum erwarten, dich auf mir zu haben!«, brummt er und zieht sich meine Unterlippe zwischen die Zähne.

»Levent!«, zische ich empört und ernte ein durchtriebenes Grinsen.

»Am liebsten direkt im Auto.«

»Levent!«, rufe ich noch entrüsteter. Sein Lachen wird dunkler, aber er gibt mich frei und geht auf die Fahrerseite, nachdem ich eingestiegen bin. »Was machen wir am Samstag?«, frage ich, als mein Gurt einrastet und er mich wieder mit seinen glühenden Augen ansieht.

»Ich wollte über das Wochenende einen kleinen Ausflug machen.« Das überrumpelt mich, um ehrlich zu sein.

»Mit wem?«

»Dir.« Nur mir? Ich bin mir nicht sicher, ob ich einfach meine Sachen packen und mit ihm verreisen kann.

Es ist dein Freund!

Ich weiß.

Und er ist es, der dich beschützt.

Ich weiß!

»Du bist ja richtig begeistert.«

»Ähm, nein. Nur etwas überrascht.«

»Das hat eine *Überraschung* so an sich.« Levents perfekt geschwungene Augenbraue schießt nach oben.

»Und wohin?«

»Vertrau mir«, wispert er und konzentriert sich auf die Straße. Das tue ich, andernfalls wäre ich längst aus dem fahrenden Wagen gesprungen. Trotzdem würde ich gerne erfahren, wo ich das Wochenende mit ihm verbringen werde.

»Was ist mit Kim und Ian?«

»Die wissen, dass ich keine Party veranstalte.«

»Aber ...«

»Du kannst einfach sagen, dass du nicht willst.« Die Stimmung ändert sich. Levents Laune wird schlechter und ich weiß, dass jetzt alles von meiner Antwort abhängt.

»Das ist es nicht.«

»Sondern?«

»Ich habe so etwas noch nie gemacht.«

»Ich auch nicht.«

»Okay«, stimme ich schließlich zu und sehe, wie sich ein breites Lächeln über seine Lippen legt. Vorfreude prickelt angesichts unseres anstehenden Kurztrips in meinem Bauch.

Kapitel 32

Um Punkt acht Uhr klingelt der Wecker. Es scheint, als hätte Levent die letzte Nacht nicht neben mir gelegen, denn im Eingangsbereich stehen unsere gepackten Taschen.
»Levent …« Starke Arme greifen um mich herum und ein warmer Kuss wird mir in den Nacken gedrückt, als ich in die Küche komme.
»Ich wollte das nicht über deinen Kopf hinweg machen, aber es geht gleich los.«
»Bitte? Ich habe noch eine Vorlesung am Vormittag«, widerspreche ich. Seine Hände wandern über den dünnen Stoff des Morgenmantels, doch ich winde mich aus der Situation heraus.
»Hat man als Geburtstagskind nicht einen Wunsch frei?«
»Ich schwänze heute bereits eine Vorlesung für dich, außerdem hast du erst morgen Geburtstag!«
»Ich liebe dich!«, haucht er mit seiner verführerischsten Stimme.
»Du spielst mit unfairen Mitteln, aber okay …«, entgegne ich und begebe mich ins Schlafzimmer, um mich anzuziehen.
Wenig später sitzen wir in einem Taxi auf dem Weg zum Flughafen. Dort angekommen steigen wir aus und nehmen unser Gepäck entgegen.
»Bereit?«, fragt er und nimmt meine Hand in seine.
»Ja.«
Levent steuert zielsicher den richtigen Check-in Schalter

an. Die Anzeigetafel verrät mir, dass der Flug um neun Uhr startet. IAG Niagara Falls ist unser Ziel. »Wir fliegen in einen anderen Bundesstaat?«

»Es geht an die Niagara Fälle.«

»Was?«, kreische ich ungläubig.

»Ja, du weißt schon. Die Wasserfälle?«, sagt er, als würde ich heute zum ersten Mal davon hören.

Ich schlage ihm spielerisch gegen die Schulter. »Meinst du das ernst?«, frage ich flüsternd.

»Ja«, flüstert er zurück und zwinkert mir vielversprechend zu. Es verschlägt mir die Sprache. Ich hatte mit einem einstündigen Flug gerechnet, irgendein kleiner Ort, an dem wir ungestört sind. Dass wir ungefähr acht Stunden in der Luft verbringen, übersteigt meine Erwartungen.

»Mehr wird nicht verraten!«

»Mehr?«

Sein durchtriebenes Grinsen lässt mich erschauern.

Ich kann nicht glauben, dass ich mit Levent verreise!

Die Abfertigung verging so schnell, dass ich gar nicht richtig begreife, jetzt schon im Flugzeug zu sitzen.

»Schnall dich an«, befiehlt er mir mürrisch und zieht an dem gespannten Gurt.

»Was tust du denn da?«, frage ich und schaue auf seine Fingerknöchel, die mittlerweile weiß hervorstehen.

»Nichts. Ich möchte nur sichergehen.«

»Du hast doch keine Flugangst?«

»Quatsch!« Wie ein kitzelnder Hustenreiz kommt das Lachen unaufhaltsam aus meinem Mund heraus. »Vielleicht ein wenig.«

»Ein wenig?«

»Das bleibt unter uns!«

»Mal schauen!«

»Ich warne dich!«, keucht er, dieses Mal ganz sicher nicht aus Erregung. Irgendwie passt das nicht zu ihm. Der heldenhafte, unberechenbare Levent Dawn hat Flugangst? Ich muss schon wieder lachen.

»Wenn Kim das sehen könnte.«

»Lia!«, sagt er warnend und legt mir seine Hand auf das Bein. Ich spüre durch den Stoff meiner Hose, dass seine Finger ganz feucht vor Aufregung sind. Als ich nach ihm greife, wird mir bewusst, *wie* aufgeregt er wirklich ist.

»Wieso sind wir nicht in Boston geblieben, wenn du solche Angst hast?«

»Erstens habe ich gar nicht so besonders große Angst und zweitens ist es mein Geburtstag. Ich entscheide, wohin es geht und was unternommen wird.«

»Mh hm«, gebe ich mit einem frechen Augenzwinkern von mir.

Gegen halb sieben abends setzen wir auf dem Rollfeld auf und gehen zum Gepäckband. Levent ist vollkommen fertig mit den Nerven. Seine Haare sind noch wilder und erst in dem Moment, in dem er festen Boden unter den Füßen spürt, lockert sich sein Körper ein wenig.

Nach einer kurzen Fahrt ins Hotel wirft er den schwarzen Mantel über einen Stuhl und reißt mich an sich. Levent atmet erleichtert aus.

»Wow«, staune ich und sehe mich in der geräumigen Suite um, als er mich wieder freigibt. »Willst du hier einziehen?«, scherze ich. Ich fühle mich, als wäre ich in einer Wohnung. Die Räume sind alle sehr elegant in dunklen Tönen eingerichtet. Noch nie zuvor habe ich in einer Suite übernachtet.

»Mir ganz egal, Hauptsache ich habe festen Boden unter den Füßen«, knurrt er und fordert mit gespitzten Lippen einen Kuss. Ich tue ihm gerne den Gefallen.

Arm in Arm stehen wir am Fenster und schauen hinaus. »Ich war noch nie so weit weg von zu Hause«, gestehe ich. Levent beugt sich vor und legt mir warme Küsse in den Nacken.

»Danke, dass du hier bist.« Seine Stimme schmiegt sich an meine Haut.

Ich kuschele mich in seinen Arm und gemeinsam genießen wir den Ausblick, ehe wir uns um das Auspacken der Koffer kümmern.

»Es gibt sogar einen Balkon«, stelle ich erstaunt fest, als ich im Schlafzimmer ankomme und auf die rechte Seite blicke.

»Klar«, haucht er, als wäre es das Normalste der Welt. Ich schüttele lachend den Kopf und räume die Klamotten in den Kleiderschrank. Hinter mir vernehme ich, dass Levent plötzlich mit dem Ausräumen aufgehört hat. Mit einem Hörer am Ohr sitzt er auf dem Bett und wartet. Innerhalb weniger Sekunden ordert er Erdbeeren, Sandwiches und etwas zu trinken auf unser Zimmer.

»Müsste gleich da sein«, verkündet er mit einem breiten Lächeln und öffnet die Schiebetür, von der man direkt nach draußen gelangt. Kühle Luft rauscht ins Innere.

Nachdem wir unsere Sachen im Schlafzimmer und Bad ausgebreitet haben, machen wir es uns samt den bestellten Leckereien auf dem Balkon gemütlich.

»Komm her«, bittet er und klopft auf das Polster zwischen seinen Beinen. Levent hält eine Decke bereit und legt sie über uns, sobald ich mich zu ihm gekuschelt habe. Er verteilt federleichte Küsse auf meinem Hinterkopf und verschränkt die Arme um meinen Körper. Zufrieden lehne ich mich zurück und lausche dem festen Herzschlag in seiner Brust.

Mit den Fingern zeichnet er Kreise auf meinen Bauch und bringt mich damit zum Kichern.

»Ich liebe dein Lichern.« Levent schiebt sich währenddessen eine Erdbeere in den Mund.

»Mein was?«, vergewissere ich mich, bevor ich mir ebenfalls eine Erdbeere gönne. Er hat dieses Wort schon zuvor in den Mund genommen und doch kommt es mir so vor, als würde ich in diesem Moment zum ersten Mal davon hören.

»Lichern«, wiederholt er.

»Was ist das?« Ich drehe mich zu ihm.

»Verrate ich nicht.« Ein freches Schmunzeln legt sich um seine Mundwinkel.

»Sag es mir, bitte!«, hauche ich zuckersüß und wandere mit den Händen an den Bauchmuskeln hinab.

Er lacht bloß dunkel, schließt die Augen und fragt lustvoll: »Was bekomme ich dafür?«

»Abwarten!« Ich pokere mit Karten, die ich selbst nicht kenne. In dem Moment würde ich fast alles tun, um zu erfahren, was es mit diesem *Lichern* auf sich hat. Seine Zunge drängt sich heiß zwischen meine Lippen. Ich schmecke die köstliche Mischung aus Erdbeere und Himmel. Meinem Himmel. Gierig fährt er mit den Händen über meinen Rücken, doch dieses Mal lasse ich mich nicht von ihm um den kleinen Finger wickeln. Auch wenn es bei ihm so atemberaubend ist, dass Realität und Traumwelt ineinander verschmelzen. »Levent …«, tadele ich ihn.

Er atmet lachend aus. »Wenn du lachst und sich ein Kichern glucksend dazwischenschiebt, dann licherst du«, erklärt er mit tiefer Stimme und funkelnden Augen. Das

Grün schimmert sexy und die Ehrlichkeit in Levents Blick bringt mein Herz zum Schmelzen.

»Ich will nie wieder ohne dich sein«, gestehe ich, während ich über den Dreitagebart streichele und am Muttermal zum Stehen komme. Der Wind weht in leichten Wellen durch unsere Haare und zaubert uns einen Ort des Glücks.

»Das musst du auch nicht«, verspricht er und besiegelt die Worte mit einem Kuss, der mir Hitzewellen durch den Körper jagt. Mit dem Daumen fährt er von meinem Kinn weiter hinab und schenkt mir mit sanftem Streicheln eine Gänsehaut.

»Am liebsten würde ich die ganze Nacht mit dir hier liegen«, hauche ich an seinen Lippen. Sie verziehen sich zu einem zufriedenen Lächeln. Levents Arme schließen sich schraubstockartig um mich und er gibt ein glückliches Brummen von sich. »Ich liebe dich«, hauche ich und genieße den gemeinsamen Moment mit ihm. Ich freue mich schon auf morgen, auf seinen Geburtstag, auf alles, was uns hier erwarten wird.

In gleichmäßigen Bewegungen streichelt er über meine Seiten, haucht Küsse auf die nackte Haut in meinem Nacken und kitzelt mich mit stummen Lachen an der Halsbeuge. Ich lichere sofort, winde mich in seinen Armen und vergrabe den Kopf an seiner tätowierten Brust. Gemeinsam liegen wir unter der warmen Decke und schauen uns die glitzernde Stadt an.

Kapitel 33

Schneeflocken werden an die Fensterscheibe geworfen, als ich am anderen Morgen blinzelnd aufwache. Levent liegt mit nacktem Oberkörper neben mir und schläft noch. Ich liebe es, ihn beim Schlafen zu beobachten, trotzdem schleiche mich aus dem Bett ins Badezimmer.

Ganz vorsichtig drehe ich den Schlüssel um und befreie das Superheldenhäschen aus dem Rucksack. Als ich mir sicher bin, dass Levent nicht wach geworden ist, beschrifte ich die Karte, die ich bereits in Boston gekauft habe und schiebe sie unter den Träger des latzähnlichen Oberteils.

Ehe er aufwacht, verstaue ich mein Geschenk in der Papiertragetasche des Spielwarenladens und stecke sie wieder in den Rucksack. Mit den Fingern berühre ich schon die Klinke, als mir eine Idee kommt. Leise gehe ich zurück ins Schlafzimmer und öffne die oberste Schublade der Kommode. Aufregung breitet sich in mir aus, als ich zurück im Bad bin und die schwarze Spitze anziehe, die ich ihm eigentlich vor dem Kurztrip zeigen wollte. Heute wird uns keine unheilbringende Nachricht dazwischenfunken und obgleich ich immer noch ängstlich bin, versuche ich, alle Bedenken zu vergessen. Es ist sein Geburtstag und gerade an diesem Tag möchte ich ihm eine Freude bereiten. Mir ist etwas flau im Magen, als ich mich halb nackt im Badezimmerspiegel betrachte, doch für ihn will ich die inneren Dämonen erneut bekämpfen. Vorsichtig schleiche ich mich zurück ins Bett und kuschele mich an seinen warmen Körper.

Levent regt sich augenblicklich, wenn auch verschlafen. Blinzelnd öffnet er seine grünen Augen und sie leuchten sofort auf, als sie mein Gesicht inspizieren. »Ich habe dich vermisst!«, knurrt er und fährt mit der Hand über meine Taille hinab. Ich weiß, dass er gleich die Spitze spüren wird und obwohl ich es mir verbieten möchte, schleicht sich neben der Vorfreude Angst ein.

Es ist Levent, vergiss das nicht.

Ich atme schwer aus und versuche, auf June zu hören.

Langsam gleitet er mit der Hand weiter hinunter, bis er den feinen Stoff berührt und keuchend innehält. »Scheiße! Was hast du an?« Die Hitze breitet sich in meinem ganzen Körper aus und als er erneut über das Höschen fährt, stütze ich meinen Kopf an seiner Brust auf.

»Happy Birthday!«, hauche ich ihm ins Ohr, als er unter die weiße Bettdecke sieht. Wenige Sekunden später blicken grüne Augen glühend in mein Gesicht. Sie hinterlassen eine brennende Spur auf meiner Haut, in meinem Herzen. Dieser Ausdruck löscht die Furcht vor den kommenden Minuten. Er hat mir bereits gezeigt, dass ich keine Angst haben muss und doch kann ich sie nicht vollkommen ablegen, egal, wie beschützt ich mich bei ihm fühle.

»Du bist jetzt schon mein Lieblingsgeschenk«, murmelt er mit belegter Stimme. »Entspann dich, Baby.« Er zieht mich zu sich. Beruhigend legen sich seine Lippen auf meine. Mit jeder weiteren Berührung vertreibt er die dunklen Gedanken aus meinem Kopf und es dauert nicht lange, bis ich wieder atmen und frei sein kann.

Das Pulsieren seiner Muskeln entfacht Funken in mir und das Raunen, das seine Kehle emporsteigt, lässt mich vor Verlangen erschauern. Als ich dann noch das Funkeln in seinen Augen sehe, fühle ich mich ermutigt, geradezu angetrieben. Ich küsse ihn und ziehe die volle Unterlippe zwischen die Zähne, so wie er es normalerweise bei mir tut, und werde mit einem Stöhnen belohnt.

Levent nimmt mich in Besitz, das tiefe Keuchen löst Kribbeln auf meiner Haut aus und die Hitze, die er mit jedem Zungenschlag weiter anstachelt, macht mich zu Wachs in seinen Händen. Sehnsüchtig befreit er uns von der Decke und präsentiert mir seinen nackten Körper. »Fuck«, stößt er keuchend aus, als er die neue Unterwäsche in ganzer Pracht sieht. Er zergeht förmlich, ehe er sich aufrichtet.

»Levent«, kommt es wie von allein aus meinem Mund, als er den BH öffnet und ihn zu Boden wirft. Er belegt meinen Hals mit weichem Atem und umfängt meine Brüste voller Hingabe.

»Setz dich auf mich«, haucht er und obwohl sich die negativen Erinnerungen nach vorne kämpfen, lasse ich es nicht zu. Mit pochendem Herzen folge ich Levents Wunsch und werde von einem pulsierenden Körper in Empfang genommen. »Verdammt, du bist so scharf!«, keucht er dunkel. Ich fahre mit den Fingern über seinen bebenden Brustkorb, als ich in meinem neuen String – meinem *ersten* String –, diesem Hauch von Nichts auf ihm sitze. Seine Blicke machen mich süchtig, beflügelt von diesem Gefühl kommt mir eine Idee. Ich weiß nicht, ob ich das kann, aber gerade verspüre ich einen solchen Drang danach, dass ich es versuchen möchte.

Er greift sehnsüchtig an meine Hüften, will die Spitze nach unten streifen, als ich ihn davon abhalte. »War ich … was tust du da?«, stottert er, als ich langsam durch die feinen Haare gleite, so tief, bis ich mein Ziel erreiche. »Baby!«, stöhnt er und lässt den Kopf gegen das Kopfteil des Bettes fallen, als ich seinen Penis umfasse. Sein Keuchen wird unkontrollierter, je tiefer ich mit den Küssen wandere. Kurz bevor ich da bin, wo meine Hände sind, halte ich inne. Das Pochen in meiner Brust wird schmerzlicher. In meinem Kopf tun sich Bilder auf, die ich nicht sehen will, die mir etwas sagen, was ich nicht hören möchte.

Du schaffst das!

Zitternd bewege ich meinen Mund ein Stück weiter hinab und umschließe ihn mit den Lippen. Er fühlt sich weich und zugleich hart an. Ich spüre sein Zucken auf meiner Zunge.

»Fuck!«, flucht er erregt und greift in mein Haar. Noch nie in meinem Leben war ich jemanden so nah, noch nie *wollte* ich jemanden so nah sein. Ich weiß nicht, ob ich es richtig mache, aber sein dunkles Stöhnen schenkt mir Selbstbewusstsein. Jetzt denke ich nicht länger über das nach, was diesen Moment kaputtmachen könnte, sondern nur noch an das intensive Gefühl in meinem Bauch und an das Verlangen, das ich ihm beschere.

Levent umwickelt sein Handgelenk mit meinem Haar und schiebt mir seine Erektion noch etwas weiter in den Mund. Ich liebe es, dass ich es bin, die ihm eine solche Lust bereiten kann.

In dem Moment, in dem ich ein wenig fester sauge, atmet er hörbar aus und zieht sich aus meiner Mundhöhle. »Verdammt, was machst du da?«, japst er. Unsicherheit breitet sich in mir aus. Habe ich etwas Falsches gemacht?

»Lev…«

»Schhh«, macht er und dreht mich auf den Rücken. Seine tätowierte Haut schwebt über mir und als ich in dunkelgrüne Augen sehe, erkenne ich, dass er aus einem anderen Grund abgebrochen hat. Pure Sünde schmückt Levents Mundwinkel, als er die Lippen mit einer sengenden Hitze auf meine legt. »Du schmeckst nach mir«, stellt er zufrieden fest. Mir schießt augenblicklich Röte ins Gesicht. »Sag Bescheid, wenn es dir zu weit geht«, erinnert er mich und wandert zwischen meine Beine.

Heißer Atem verteilt sich auf der Innenseite meiner Schenkel, gleichzeitig reibt er mit zwei Fingern die Spitze an meiner Mitte. Ich schließe zitternd die Lider, als er meine Beine ein kleines Stückchen weiter spreizt und mit dem stoppeligen Kinn über meine vor Lust zuckende Mitte fährt. »Ah«, kommt es aus mir heraus, als er nach dem Höschen greift und es mir abstreift. Splitterfasernackt liege ich unter ihm und anstatt an das zu denken, was mir Angst macht, schafft er es, dass ich nur an das denke, was mich frei sein lässt – an Levent.

»Okay?«, haucht er erregt. Mehr als ungeduldiges Nicken bringe ich nicht zustande. Er grinst zufrieden und als er mich das erste Mal mit seinen Lippen begrüßt, bäume ich mich ihm keuchend entgegen. Seine Zunge ist warm und weich und sie bringt mich mit ihrem stetigen Kreisen und Eindringen um den Verstand. Je öfter er in mich vordringt, desto näher komme ich dem Himmel. Ich schmecke immer noch seinen unverwechselbaren Geschmack auf der Zunge. Die Muskeln in meinem Bauch ziehen sich verdächtig zusammen, als er sich von mir löst.

»Bitte«, stöhne ich mit offenem Mund.

Levent begehrt mich mit seinen Blicken, die er anzüglich über meine Brüste wandern lässt. Vorsichtig legt er sich auf mich und reibt seinen Penis an meiner Mitte. Wir keuchen beide gleichzeitig auf.

»Bin ich zu schnell?«, will er mit glühenden Augen wissen.

Ich liebe ihn für seine Rücksicht, aber gerade brauche ich etwas ganz anderes. Das Monster, die Angst, alles, was mich in das schwarze Loch katapultiert hat, konnte Levent aus mir vertreiben. Lustvoll krallen sich meine Finger in sein zerwühltes Haar. Ich möchte ihn noch näher bei mir haben, ihn schmecken, ihm gehören. »Bereit?«, haucht er erstickt und positioniert sich.

»Ja«, wimmere ich. Seine Härte gleitet warm und pulsierend in mich hinein, doch ehe er sich bewegt, gibt er mir die Möglichkeit, mich an ihn zu gewöhnen. Ich schlinge beide Arme um seinen Hals, fahre mit den Nägeln über die tätowierte Haut und werde mit einem sehnsüchtigen Stoß gen Paradies befördert.

»Du bist perfekt«, raunt er und stößt fester zu. Er übt genau den richtigen Druck aus. Levent erobert mich, dringt schneller in mich ein und je mehr er mich in Besitz nimmt, desto freier fühle ich mich. Gefangen in dieser Blase überkreuze ich die Fußknöchel hinter seinem Rücken und spüre, wie er noch tiefer in mich vordringt.

»Levent«, flüstere ich mit Tränen in den Augen.

Er küsst sie sofort weg und schiebt sich einfühlsam weiter vor. Lustvoll recke ich ihm meine Brüste ins Gesicht. Er umfasst sie und umkreist ihre Spitzen mit seiner heißen Zunge, als ich mit offenem Mund stöhnend ausatme und mich ihm noch unkontrollierter hingebe. Levents Hände umfangen meinen zitternden Körper und fahren gleichzeitig weiter an ihm hinab. Fest pressen sie mich auf seinen Schaft. Der erhöhte Druck entlockt mir helles Stöhnen.

Als ich kurz davor bin, mich zu verlieren, keucht er: »Ich will dich von hinten« in meinen Mund. Meine Glieder verkrampfen sich abrupt. »Baby, alles ist gut. Wir müssen das nicht tun«, versichert er mir. Aus seinen Augen erreicht mich Ehrlichkeit und Sorge darüber, dass er etwas Falsches gesagt hat. Aber seine Berührungen versprechen mir Sicherheit und Liebe. Und genau das überwiegt in diesem Augenblick.

»Okay«, hauche ich also schließlich. Nachdem er sich ein weiteres Mal vergewissert hat, entzieht er sich mir und dreht mich langsam auf den Bauch. Mein Herz rast, doch als er mein Becken hochhebt, atme ich stöhnend ins Kissen. In einer fließenden Bewegung versenkt er seinen Penis in mir und lässt mir auch jetzt wieder einen kurzen Moment, damit ich mich an die neue Position gewöhnen kann. Als seine Hand zu meiner Brust wandert und er sich zu mir vorbeugt, dringt er tiefer in mich ein und ich schnappe gierig nach Luft.

»Ich liebe dich«, keucht er und verteilt zuckersüße Küsse auf meinem nackten Rücken. Kaum habe ich ausgeatmet, da tanzen Funken vor meinen Augen und die Stöße werden schneller. Als das Aufeinanderstoßen unserer Körper durch das heftige Aufkeuchen übertönt wird, schließen sich meine Muskeln um ihn. Levent leckt heiß über meinen Nacken und mit der Hand fährt er gefährlich langsam zu meinem Bauch, um dort zu enden, wo es bereits ohne den Einsatz seiner Finger unkontrolliert zuckt. Keuchend massiert er meinen empfindlichsten Punkt, als er sich in mir ergießt und mir Erlösung schenkt. Es vergehen höchstens zwei weitere Sekunden, bis ich mich dem Gefühl vollends hingebe. Levent hält mich, als das Zucken über mich hinwegjagt.

Mein Atem kommt unregelmäßig, während er mich mit Liebe überschüttet und damit das Nachbeben noch intensiver macht. Wir hatten Sex, von hinten. Niemals hätte ich gedacht, dass ich das zulasse, dass es mir gefallen könnte. Mehr als das.

Es berauschte mich.

Vorsichtig entzieht er sich mir und kurz darauf liegen wir bebend nebeneinander.

Levent nimmt mich wortlos in seinen Arm und bedeckt mein Gesicht mit tausenden Küssen. »Baby?«

»Hm?« Verliebt male ich die Linien auf seiner Brust nach.

»Ich liebe dich.« Danach schenkt er mir einen Kuss, der es heiß in meinem Bauch werden lässt. »Und ich will dich jede Sekunde bei mir haben.«

Ich sehe ihn stumm an.

»Du weißt doch gar nicht, worum du mich bittest.«

»Doch.« Levents Hände legen sich um mein Gesicht und je länger er mir so glücklich in die Augen sieht, desto mehr verliebe ich mich in ihn. Ich schüttele den Kopf und bekomme gleich noch einen Kuss.

»Levent …«, beginne ich, sein Finger legt sich jedoch über meine Lippen.

»Jetzt duschen wir und danach unternehmen wir etwas«, verspricht er mit wackelnden Augenbrauen. Ich kichere sofort auf.

Gemeinsam gehen wir ins Bad und machen uns für den Tag frisch.

Als wir das Hotelzimmer verlassen, glühen meine Wangen, als ich an die vergangenen Minuten denke. »Wohin geht es?«

»Eigentlich wollte ich erst an die Niagara Fälle und dann eine Kleinigkeit essen, aber weil mich eine gewisse Ms. Rosington ganz schön ausgepowert hat, werden wir die Reihenfolge ändern.« Ich schmunzle, als seine Finger meine Kinnlinie entlangfahren. »Wenn ich bitten darf.«

Levent hält mir mit einer einladenden Handbewegung die Tür auf.

»Vielen Dank, Mr. Dawn!«, hauche ich mit einem möglichst verführerischen Augenaufschlag. Sein freches Grinsen erwidert die versteckte Botschaft sofort. Hand in Hand schlendern wir durch die Straßen und landen in einem kleinen Eckbistro.

»Danke, dass du mitgekommen bist.«

»Mir hat da jemand gesagt, Geburtstagskinder haben einen Wunsch frei«, necke ich ihn.

Nachdem uns ein reichhaltiges Frühstück serviert wird, schnurrt er: »Vielleicht auch zwei?« Ich schlucke das Rührei herunter und bin gespannt, was als Nächstes kommt. »Zieh bei mir ein, so richtig.« Sein Handy leuchtet auf. Es ist Ian, das kann ich gerade noch so erkennen, ehe er das Telefon an sich nimmt. »Entschuldige mich«, bittet er mich und geht vor die Tür. In der Zwischenzeit versuche ich, über seine Bitte nachzudenken. Kann ich wirklich bei ihm wohnen und das Wohnheim hinter mir lassen? Dann würde ich Kim und Hannah nur noch in der Uni sehen. Ich bin noch total durcheinander von der Situation eben im Hotelzimmer und jetzt soll ich mich entscheiden, ob ich bei ihm einziehe?

Du wärst jeden Tag bei ihm!

Sie hat recht und doch bin ich mir nicht sicher. Da sind schließlich immer noch die Geheimnisse und die ständigen Nachrichten von Nick.

Als er zurückkommt, wirkt er angespannt.

»Ist etwas passiert?«

»Nein, nur Geburtstagsgrüße.« Sein Lächeln ist gekünstelt.

»Wer war es?«, möchte ich wissen.

»Kim.« Er lügt. »Hast du über meine Bitte nachgedacht?«, fragt er in das Gedankenkarussell, das sich gerade in Bewegung gesetzt hat. »Meinen zweiten Wunsch?«

In diesem Moment entscheide ich mich dazu, alles zu tun, um endlich zu erfahren, wer er wirklich ist. Ich werde mich nicht länger von meinem schlechten Gewissen plagen lassen, denn ich will mit ihm zusammen sein. Levent ist der Eine, der mein Herz höher schlagen lässt und wenn es nach mir ginge, dann würde ich den Rest meines Lebens an seiner Seite verbringen. Er macht mich überglücklich und das gebe ich nicht auf. Doch dafür muss ich wissen, welche Abgründe hinter den grünen Augen lauern.

»Ja.«

»Und?« Er ist nervös und reibt sich die Handflächen.

»Vielleicht fährst du mich vom Flughafen direkt in deine Wohnung?«

»In unsere Wohnung, Baby!«, verbessert er mich. Levent beugt sich sofort über den Tisch, umfasst mit beiden Händen mein Gesicht und zaubert mir den Geschmack von Magie auf die Lippen. Ich weiß nicht, ob ich seinem Spiel gewachsen bin, nur, dass es bereits begonnen hat.

Kapitel 34

Ich schließe den Mantel bis zum letzten Knopf, ziehe die Mütze über beide Ohren und klammere mich an Levents warmer Brust fest.

Der Wind weht an den gewaltigen Wassermassen noch heftiger. Das Rauschen ist ohrenbetäubend laut und wir haben Glück, dass die Fälle noch nicht eingefroren sind.

Mit dem Boot fahren wir immer näher heran, bis mir irgendwann ganz mulmig wird. »Wieso halten wir nicht an?«

»Komm her!«, fordert er und schließt mich in seine Arme. Levent hat sich einen Fleck ausgesucht, an dem niemand anders ist und wir für uns sein können.

»Geht es etwa hinter die Fälle?«, frage ich aufgeregt.

»Lass uns tanzen!« Er löst sich aus der Umarmung. Ich ergreife seine Hand sofort und wiege mich mit ihm hin und her, als das Rauschen lauter und das Wasser durch den heftigen Aufprall noch höher in die Luft geworfen wird. Levent kann sich nicht vorstellen, welches Gefühl er damit in mir auslöst. Gemeinsam tanzen wir im Dunst der Niagara Fälle, verlieren uns im Rauschen der Wassermassen und küssen uns im Nebel der Lust.

»Ich liebe dich.«

»Ich liebe dich auch, Levent.«

Als das Boot bereits umdreht und den Rückweg einschlägt, setzen wir uns an die Reling und schauen uns das aufschäumende Wasser an.

»Ich habe ein Geschenk für dich«, verkünde ich und hole es aus dem Rucksack heraus.

»Dass du hier bist, reicht mir völlig.«

»Auspacken!«, fordere ich und kann seinen Gesichtsausdruck kaum erwarten. Levent schaut die Tasche des Spielwarenladens merkwürdig an, greift dann aber doch ins Innere.

»Das Superheldenhäschen?«, meint er lachend. Ich stimme sofort mit ein.

»Und ein Versprechen«, ergänze ich.

Erst jetzt sieht er den Zettel. Er hält sich den Bauch vor Lachen und schüttelt immer wieder seinen Kopf. »Du hast mir echt dieses hässliche Ding gekauft!?«

»Das bist du!«, gebe ich gespielt beleidigt von mir.

»Nur weil es eine schwarze Sonnenbrille trägt, oder wegen meiner geheimen Vorliebe zu pinkfarbenen Röckchen?«

»Weil du mein Held bist.« Levents Lachen endet so abrupt, dass es auch mir die Sprache verschlägt. Er küsst mich, als könnte jeden Moment die Welt untergehen. Als er sich keuchend von mir löst, faltet er die Karte auf.

Für immer!
Happy Birthday.

Levent löst den Blick, sieht in mein Gesicht, danach erneut auf den Text und zieht mich völlig unvorbereitet auf seinen Schoß.

»Ich werde dich niemals verlassen«, versichere ich ihm.

»Das lasse ich auch nicht zu!« Und wieder habe ich Angst, jedoch aus einem anderen Grund. Dieses Mal denke ich an Nicks Drohungen und an all die Geheimnisse, die Levent vor mir bewahren will. Und dann schleicht sich mir der

Gedanke ein, dass Levent sein Versprechen vielleicht nicht halten kann, egal, wie sehr wir es uns wünschen.
»Happy Birthday!«
»Danke, Baby.« Levents Küsse fühlen sich so gut an, dass sie die stechenden Gedanken aus meinem Kopf verdrängen und mich glauben lassen, dass alles gut wird. Er entführt mich mit seiner Zunge in eine andere Welt. In eine, in der ich keinen Geheimnissen nachjagen und in der ich mich nicht vor dem Ausgang dieser trügerischen Jagd fürchten muss. »Das war der schönste Geburtstag, den ich je erleben durfte.« Sein Gesicht vergräbt sich an meiner Halsbeuge, bis wir das Ufer erreichen und aussteigen müssen.

In der einen Hand hält er meine und in der anderen das Superheldenhäschen. Der Anblick ist Gold wert. Es flattert mit dem Glitzer-Umhang ins Hotel und sorgt für einige merkwürdige Blicke im Fahrstuhl. »Dafür bist du mir etwas schuldig!«, raunt er mir ins Ohr und lässt seine Hand gefährlich langsam über meinen Hintern gleiten. Doch die Andeutung wird mit einem prustenden Lachen entschärft.

Es ist bereits dunkel, als wir uns für das Abendessen vorbereiten und eine weitere Nachricht auf seinem Telefon eingeht. Ich erhasche einen schnellen Blick, bevor er aus dem Bad kommt und mich erwischt. Schon wieder ist es Ian. Allmählich frage ich mich, was so wichtig sein kann, dass er ihm andauernd schreibt?

»Ich bin fertig«, teilt er mir mit und steht mit einem schwarzen Hemd, schwarzer Jacke und schwarzer Jeans vor mir. Er sieht zum Dahinschmelzen aus.

»Ich beeile mich«, erwidere ich und verschwinde mit meinem Handy im Badezimmer.

Ich: *Ist Ian in eurer Nähe?*

Ich habe die Nachricht kaum geschrieben, da tippt

Hannah bereits die Antwort. Mein Herz rast, weil ich befürchte, Levent könnte jeden Moment hereinkommen.

Hannah: *Wir haben ihn heute Mittag gesehen, seither nicht mehr.*

Kim: *Wie läuft es?*

Ich: *Gut, ich werde bei ihm einziehen.*

Einen Moment lang kommt keine Antwort, obwohl beide online sind.

Kim: *Ich weiß nicht, ob das eine gute Idee ist.*

Ich: *Wieso nicht?*

Hannah: *Ian hat sich ganz merkwürdig verhalten und da haben wir ihn ins Kreuzverhör genommen.*

Kim: *Er hat gesagt, dass du auf keinen Fall Levents Geheimnis erfahren darfst.*

»Baby?«

»Ich komme sofort«, rufe ich durch die Tür und lese mir die letzte Nachricht erneut durch.

Ich: *Levent lügt mich immer noch an. Ich werde die verdammte Wahrheit herausfinden, weil sie mich andernfalls umbringt!*

»Ist alles in Ordnung?«, erkundigt sich Levent inzwischen skeptischer.

»Ja, bin sofort fertig.«

Ich: *Ich muss aufhören, er wird ungeduldig. Bis später!*

»Was hat denn so lange gedauert?« Er legt seine Hände um meine Taille.

»Ich habe mich nur etwas hübsch gemacht, na ja, zumindest versucht«, lüge ich.

»Du siehst immer toll aus«, erwidert er und streicht mir das Haar hinters Ohr. Ich habe es extra geöffnet, weil ich weiß, wie sehr er das mag. Levent sieht mich mit einer Intensität an, die mich beunruhigt.

»Was ist mit Ian?«, platzt es mit einem Mal aus mir heraus.
»Bitte?«
»Er schreibt dir die ganze Zeit.«
»Spionierst du mir nach?«
»Das würde ich niemals tun, oder gäbe es einen Grund?«
»Mehrere!«, haucht er anzüglich. Das Problem ist, er hat recht, auch wenn er mich das Gegenteil glauben lassen möchte. Doch ich habe mich auf sein Spiel eingelassen und nun, da ich mittendrin stecke, gibt es kein Zurück mehr.

Selbst das Feuer in seinen Augen und die immer größer werdenden Flammen können den Start meines persönlichen Teufelskreises nicht ungeschehen machen. Ich werde dieses Spiel zu Ende bringen müssen, auch wenn ich mich jetzt schon darin untergehen sehe!

»Hunger?«, fragt er dicht an meinen Lippen.

»Hm«, hauche ich, lege den Kopf in den Nacken und küsse ihn, ehe wir das Hotelzimmer verlassen.

Im Vergleich zu heute Vormittag nehmen wir jetzt ein Taxi, da wir deutlich länger unterwegs sind, bis wir unser Ziel erreichen. Levent geht um den Wagen und hält mir die Tür auf. Ich lese die gelbe Aufschrift *Skylon* und entdecke die gleichfarbigen Fahrstühle, die an der Außenwand des Towers emporsteigen. »Damit fahren wir?«, vergewissere ich mich ängstlich und zeige auf einen der vielen Aufzüge.

»Keine Sorge, ich beschütze dich.« Gemeinsam steigen wir in die Kabine. In seinen Armen riskiere ich sogar einen Blick nach draußen, wende ihn angesichts der bereits erklommenen Höhe jedoch sofort ab. Je weiter wir hinaufkommen, desto schwindeliger wird mir. Dann ertönt endlich das erlösenden *Ping* und wir dürfen den eleganten Innenraum betreten.

Levent und ich werden an einen Tisch direkt am Fenster

geführt, von dem wir auf die beleuchteten Niagara Fälle schauen können. »Wow!« Das Kerzenlicht reflektiert sich in den hohen Weingläsern und die eingeschlagenen Servietten stehen wie kleine Kronen auf den weißen Tellern.

Der Kellner schenkt uns eine tiefrote, alkoholfreie Schorle ein und überreicht jedem von uns eine Menükarte.

»Auf unseren letzten Abend.« Levent erhebt sein Glas und legt den tätowierten Arm auf die cremefarbene Tischdecke.

»Am liebsten würde ich gar nicht mehr nach Boston und für immer hierbleiben«, jammere ich.

»Geht mir genauso.«

»Auf deinen Geburtstag.« Ich stoße mit ihm an und das helle *Ping* summt an meinen Fingern nach. Es ist eine Mischung aus Beeren, Minze und Wasser, die auf meiner Zunge prickelt. Ich kann kaum glauben, dass ich mit ihm an diesem besonderen Ort bin, seinen Geburtstag feiere und beleuchtete Niagara Fälle zu Füßen liegen habe. Das alles ist eigentlich zu unglaublich, um wahr zu sein.

»Ich wollte mit dir herkommen, seit dem Abend auf der Dachterrasse.«

»Unser erstes Date?«

»Ja.«

»Wieso?«

»Ich habe bis zu diesem Tag kein einziges Mal getanzt, aber seitdem konnte ich nur daran denken, dich ein weiteres Mal in meinen Armen zu halten. Zwischendurch hatte ich Angst, wir würden den Tag nicht mehr erleben.«

»Du hast mein Versprechen, ich werde dich nicht verlassen.«

»Ich liebe dich!«, sagt er verloren und haucht mir federleichte Küsse auf den Handrücken.

»Ich dich auch.«

Kapitel 35

Röhrendes Summen weckt Levent und mich. Im ersten Moment bin ich davon ausgegangen, es sei der Wecker, doch es ist eine eingehende Nachricht auf seinem Handy. Genervt schaltet er die Displaybeleuchtung aus und dreht sich wieder zu mir. »Frag nicht«, murmelt er verschlafen und presst mir die Lippen auf den Mund. Ein Blick auf die reflektierenden Ziffern der Wanduhr verrät mir, dass wir in einer knappen Stunde aufstehen müssen. Um sieben Uhr werden wir zurück nach Boston fliegen und da ich jetzt ohnehin nicht mehr einschlafen kann, flüchte ich unter die Dusche.

Nachdem ich geduscht habe, packe ich meine Sachen soweit zusammen. Zahnpasta, Bürste, Shampoo, Duschgel, Gesichtscreme. Ich checke ein letztes Mal das Badezimmer und kontrolliere jede Stelle. Nach dem dritten Mal bin ich mir ganz sicher, nichts vergessen zu haben, und möchte ins Schlafzimmer zurückgehen, als ich Levent an meinem Telefon sehe.

Das tut er nicht wirklich! Leise schleiche ich einen Schritt weiter auf ihn zu und erkenne, dass es eine Nachricht von Nicks Nummer ist.

Unbekannt: *Such das Paket ...*

Dann drückt er auf *löschen*, schließt die App, schaltet das Display aus und legt mein Handy zurück auf den kleinen Nachttisch. Und das alles, ohne dabei auch nur ein einziges Mal mit der Wimper zu zucken! Ich bin fassungslos.

Wie konnte ich nur ernsthaft daran glauben, er hätte sich geändert? Levent ist immer noch derselbe. Er tut wirklich alles, um sein Geheimnis für sich zu behalten. Nur erreicht er mit solchen Aktionen das Gegenteil. Spätestens jetzt bleibt mir gar keine andere Möglichkeit, als die Wahrheit herauszufinden. Ich habe mich in diesen Mann verliebt, Hals über Kopf und da muss ich wissen, ob das Geheimnis das ändern könnte.

»Baby?«, ruft er, als wäre nichts passiert. Ich habe nun genau zwei Alternativen. Entweder reiße ich mich sofort zusammen und spiele die Ahnungslose oder Levent merkt, dass ich ihn gesehen habe.

Leise trete ich einen Schritt zurück, räuspere mich und antworte: »Ich komme.« Rasch setze ich das süßeste Lächeln auf, zu dem ich fähig bin.

»Was treibst du denn so lange?« Er schmiegt sich an mich heran. Am liebsten würde ich sagen, dass ich nicht die Nachrichten anderer lese und lösche.

»Ich habe nur kontrolliert, ob wir nichts vergessen haben.«

»Lass uns gehen, das Taxi wartet schon.« Levent gibt mir einen Kuss unterhalb des rechten Ohres und es erschüttert mich, wie gut er schauspielern kann. Hätte ich ihn nicht zufällig gesehen, würde ich keinen Verdacht schöpfen. Nicht im Entferntesten.

Den gesamten Rückflug grübele ich über die Szene im Hotelzimmer nach. Die letzten Monate hat mich Levent so sehr verändert, wie sonst niemand. Ich bin mutiger, selbstbewusster und in einer gewissen Weise furchtloser geworden. Nur befürchte ich inzwischen, dass mich die Neugierde und die Entschlossenheit noch in den Abgrund stürzen werden.

»Worüber denkst du nach?«, dringt seine Stimme zu mir

durch. Für einen kurzen Moment habe ich Angst, er könne meine Gedanken lesen. Doch ein Blick in sein Gesicht zeigt, dass er nur mit seiner Flugangst beschäftigt ist.

»Über gestern. Der Ausflug war wundervoll.«

»Danke, dass du mich begleitet hast.« Levent gibt mir einen zarten Kuss auf den Handrücken und lässt damit den Schmerz in meiner Brust noch größer werden. Ich liebe ihn so sehr, dass ich nicht sehen wollte, wie falsch alles ist.

Levent ist verhängnisvoll und zerstörerisch, jedenfalls für jemanden wie mich, der blind vor Liebe ist. Und trotzdem ist er es, der mir zeigte, was es bedeutet, frei und glücklich zu sein.

»Holen wir gleich im Anschluss deine Sachen?« Er fährt sich durch sein dunkles Haar.

»Klar«, erwidere ich und schaue auf die Wolken unter uns. Ich kann ihm nicht in die Augen blicken, nicht, wenn ich daran denke, dass ich vielleicht aus einem ganz anderen Grund bei ihm einziehen soll. Was ist, wenn er mich nur bei sich haben will, um meine Nachrichten, mein Handy und mich kontrollieren zu wollen? Wer weiß, wie oft ich davon ausging, die Wahrheit aus seinem Mund zu hören, obwohl er mich nur angelogen hat? Die Hotelzimmer-Szene hat mir deutlich gezeigt, wie wahrscheinlich das ist.

»Machst du dir Sorgen?«

»Nein, ich bin bloß müde.«

»Komm her!«, fordert er mich auf und legt den rechten Arm um mich. Levents Brust hebt und senkt sich schneller als sonst und so gerne ich ihn beruhigen würde, gerade bin ich dazu nicht in der Lage. »Ich liebe dich, Baby!«, haucht er und streichelt über meinen Arm. Wieso tut er das? Weiß er denn gar nicht, wie sehr ich mir solche Worte wünsche?

Wie dringend ich seine Zuneigung brauche? Und wie heftig ich unter der Gewissheit leide, dass er es womöglich nicht ernst meinen könnte?
Er liebt dich.
Er lügt.
Aber nicht, was seine Liebe zu dir angeht.
»Ich liebe dich auch«, flüstere ich und hoffe, die anbahnenden Tränen zu unterdrücken.

In seinen Armen lasse ich die vergangenen zwei Tage noch einmal Revue passieren. Ich denke an die vielen Nachrichten von Ian, an Nicks Worte und überlege, ob er nur deswegen an die Niagara Fälle gereist ist, um mich für einen gewissen Zeitraum aus der Schusslinie zu bringen? Kim und Hannah haben mir gesagt, dass Ian noch nervöser gewesen ist und sie nur am Mittag kurz besuchte. Was versuchen sie so krampfhaft vor mir zu verheimlichen?

Wir kommen Boston immer näher und als wir lan-den, Levents Schultern nach unten sacken und sich alle verhärteten Muskeln entspannen, treffe ich einen Entschluss: Ich habe mich in den tätowierten Kerl verliebt, mehr, als ich je glaubte, lieben zu können, und ich werde ihn mir nicht nehmen lassen. Er vertreibt das Böse aus mir, sorgt dafür, dass es mir gut geht und schenkt mir diese Magie. Levent ist mein Juniregen.

Die Geheimnisse bringen uns nur dann auseinander, wenn sie länger zwischen uns stehen und das kann ich nicht zulassen. Boston sollte mein Neustart sein, jetzt ist er es! Ich akzeptiere keine weitere Niederlage. Das Leben hat mir schon so vieles genommen, es reicht.

»Baby?«
»Hm?« Fragend schaue ich zu ihm auf.
»Wir können aussteigen«, erklärt er und zeigt auf die

anderen Passagiere, die längst zum Flughafenbus gehen.

»Ja«, antworte ich schnell und stehe auf. Sobald wir das Ende des engen Durchgangs erreichen und die kalte Novemberluft einatmen, greife ich nach seiner Hand. »Verlass mich nicht.«

»Niemals! Wie kommst denn darauf?«

»Ich habe einfach Angst, dich zu verlieren.«

»Wirst du nicht!« Ich hoffe, er wird sich an seine Worte erinnern, wenn ich sein Geheimnis gelüftet und ihn damit konfrontiert habe.

Ian wartet bereits auf uns und lockert seine angespannte Miene, als er mich in der Menschenmasse entdeckt. »Hey!«, ruft er und schließt mich in die Arme. »Hattet ihr eine schöne Zeit?« Am liebsten würde ich ihm sagen, dass er doch über die ständigen Nachrichten quasi bei uns war.

»Es war wirklich toll«, schwärme ich stattdessen und beobachte die beiden, als sie sich kumpelmäßig gegenseitig auf den Rücken klopfen und fest in den Arm nehmen. Sie wirken nervös und je länger ich über meinen Plan nachdenke, desto gefährlicher empfinde ich ihn. Vielleicht hatte Ian recht, als er Kim und Hannah sagte, ich dürfte niemals etwas erfahren, trotzdem ist da dieser Drang in mir, der von Tag zu Tag stärker wird.

Dein Entschluss ist bereits getroffen!

Es stimmt, es gibt kein Zurück mehr, ich werde herausfinden, was er mit jeder Kraft vor mir zu verheimlichen versucht!

»Sollen wir?« Levent schließt seinen Arm um mich.

»Ich muss zuerst ins Wohnheim.«

»Klar«, antwortet er und zieht sich die volle Unterlippe zwischen die Zähne. Ian geht mit meinem Koffer voraus, als Levent die Hand auf meinen Hintern legt. »Ich kann es kaum erwarten, dich bei mir zu haben«, haucht er und gibt mir einen Kuss, der der Öffentlichkeit vorenthalten bleiben sollte.

»Levent!«, keuche ich leise und ernte ein teuflisch-verführerisches Grinsen.

Zusammen mit Ian verlassen wir das Flughafengelände und steigen in seinen Wagen, um zum Campus zu fahren. Ein irgendwie unangenehmes und angespanntes Schweigen legt sich über uns. Ich hänge meinen Gedanken nach, bis Ian das Auto in der Nähe des Gebäudes parkt.

Vor meinem ehemaligen Wohnheimzimmer angekommen bleibt Ian stehen. »Wollten wir nicht noch das Projekt besprechen?«, wendet er sich an Levent.

»Stimmt! Es wird nicht lange dauern. Pack doch einfach deine Sachen in der Zwischenzeit«, stammelt mein Freund und gibt mir einen Kuss, ehe er gemeinsam mit Ian verschwindet. Ich glaube ihnen kein Wort. Von wegen, sie müssen ein Projekt besprechen.

»Lia!«, kreischen Hannah und Kim im Chor, als ich den Raum betrete und von beiden umarmt werde.

Rasch informiere ich sie über die jüngsten Ereignisse.

»Ähm?« Kim und Hannah sehen erst mich, dann einander und anschließend wieder mich an. Alles passiert wie in Zeitlupe. Gleichzeitig packe ich meine Sachen ein.

»Er hat deine Nachricht gelöscht?«, versichert sich Kim noch mal.

»Ja und Ian hat ihm beinahe jede Stunde geschrieben.«

»Er war kaum bei uns«, murmelt Hannah.

»Ich bin mir wirklich nicht mehr sicher, ob das so eine gute Idee ist. Auch wenn der ganze Mist irgendwie auf meinem Haufen gewachsen ist«, räumt Levents Schwester halblaut ein.

»Dafür ist es zu spät, Kim.«

»Und was hast du jetzt vor?«, mischt sich Hannah wieder ein.

»Ich spiele dieses verdammte Spiel mit. Nick hat wieder von dem Paket gesprochen. Vielleicht sollte ich es endlich finden?«

»Scheiße, das hört sich alles ganz und gar nicht gut an«, jammert Kim.

»Sag bloß, du bekommst Gewissensbisse!« Hannah schüttelt verwundert ihren Kopf.

»Er ist mein Bruder.«

»Für den du dich gegen deine Mutter gestellt hast und der dich angelogen hat, denn wie wir inzwischen wissen, ist er nicht ausgezogen, sondern rausgeschmissen worden«, erinnere ich sie an ihre eigenen Worte.

Kim gibt auf, schließt die Augen und stimmt mit einem stummen Nicken zu. »Okay!«

»Gut, dann sind wir uns einig!«, entgegne ich und verstaue die restlichen Sachen in meinem Koffer.

»Wir melden deinen Auszug also nicht?«, hakt Kim nach.

»Nein. Ich ziehe nicht offiziell aus.«

»Was hat sich eigentlich in den vergangenen Wochen verändert? Inzwischen kommst du mir wie die Anführerin unserer privaten Detektei vor!«, murmelt Kim fassungslos und bringt uns damit zum Schmunzeln.

»Bist du dir wirklich sicher?«, vergewissert sich Hannah.

»Nein, aber ich habe keine andere Chance. Ich liebe ihn zu sehr, als dass es mir egal sein könnte.« Kaum habe ich das letzte Wort ausgesprochen, da geht auch schon die Zimmertür auf.

»Bruderherz!«, ruft Kim und springt ihm um den Hals.

»Was ist denn mit dir passiert?«

»Darf man sich nicht freuen, seinen Bruder zu sehen?«

»Natürlich, nur bin ich das von dir eher nicht gewohnt.«

Kim boxt ihn spielerisch gegen die Brust. »Willst du dein Geschenk, oder nicht?«

»Klar doch!«

»Augen zu!« Levent gehorcht widerwillig. Kim kramt eine kleine Verpackung unter ihrem Kissen hervor, die sie ihm in die Hand legt. »Augen auf!«

»Gegen Kontrollzwang und jegliche Hölzer im Gesäßbereich!«, liest Levent laut vor und sorgt für schallendes Lachen. »Sehr witzig!«, knurrt er und rollt mit den Augen.

»Schmeiß dir mal eine davon ein und ich verspreche dir, plötzlich ist alles leichter«, gibt Kim zwinkernd von sich. Sicher hat sie bloß irgendwelche Kaubonbons in die Schachtel getan.

»Vielen Dank für dieses wundervolle Geschenk!«

»Anders wird es Lia doch nicht mit dir aushalten«, fügt sie schulterzuckend hinzu.

Hannah und Ian bemühen sich, so wenig wie möglich zu sagen und ihr Lachen weiterhin zu unterdrücken. Mit einem kleinen Lächeln bemerke ich, dass Levents Kumpel kaum die Augen von meiner besten Freundin lassen kann.

»Ich bin fertig«, antworte ich.

»Ein Glück!«, seufzt Levent, sieht noch einmal auf die gefälschte Medikamentenschachtel und verstaut sie kopfschüttelnd in seiner Manteltasche.

»Ich schreibe euch!«, sage ich Kim und Hannah leise zu.

»Wir werden dich vermissen«, jammern sie.

»Bis morgen!«

»Bis dann«, flötet Kim und winkt mir, ihrem Bruder und Ian nach.

Kapitel 36

Gegen sechs Uhr schließt Levent die Haustür auf und trägt mich wie eine Braut über die Schwelle. »Endlich!«, stöhnt er und setzt mich auf der Theke seiner Kücheninsel ab. Ich erinnere mich an das letzte Mal, als er mich an die gleiche Stelle brachte und bekomme augenblicklich heiße Wangen.

»Sollen wir nicht auspacken?«

»Hm … und mit dir fange ich an!«, raunt er, als er durch das plötzliche Klingeln unterbrochen wird. Er löst sich widerwillig von mir. Levent atmet keuchend aus, greift sich in das widerspenstige Haar und geht an die Tür. Ich springe schnell von der Küchenplatte herunter. »Grandma!«, ruft er beinahe erschrocken.

»Störe ich?«, fragt sie und lächelt mich durch den schwarzen Rahmen ihrer Brille unschuldig an. Das ist seine Großmutter?

»Nein, alles gut.«

Die weißen Locken liegen eng an, als sie mit den glänzenden Lackschuhen über den dunklen Holzboden klackert. Die grazile ältere Dame kommt auf mich zu und mustert mich mit den blauen Augen, deren Farbe sie sowohl ihrer Tochter als auch ihrer Enkelin vererbt hat. »Du musst Lia sein!« Mit einem freundlichen Lächeln reicht sie mir die Hand und stellt sich mir als Liz vor. Woher kennt sie meinen Namen?

»Ja, freut mich wirklich sehr.«

»Und mich erst!« Die helle Stimme erfüllt den Raum, genau wie der blumige Duft, den sie verströmt.

»Wir sind gerade von einem Kurztrip zurückgekommen«, erklärt Levent.

»Kim erzählte davon. Ich wollte dich eigentlich an deinem Geburtstag besuchen.« Liz legt ihren Lodenmantel ab und steht in einem eleganten Kostüm vor mir. Die feinen Nadelstreifen schimmern im Licht und die zierlichen Beine werden von einer schwarzen Nylonstrumpfhose umfangen.

»Tut mir leid.« So zahm kenne ich ihn gar nicht.

Liz zwinkert mir zu. Ich mag sie sofort. »Und du bist also das Mädchen, das meinen Enkel rettet?«

»Grandma!«, ertönt es warnend aus Levents Mund.

»Pack doch schon mal die Koffer aus!«, fordert sie in einer Art, die keinen Widerspruch duldet. Er gehorcht, wenn auch nicht gerade freiwillig. »Du bist gut für ihn«, wendet sie sich an mich, nachdem er uns allein gelassen hat. »Ich habe gemerkt, dass es jemanden gibt, ohne von dir zu wissen. Levent war mit einem Mal glücklicher.« Ihre Worte bedeuten mir alles, vor allem, weil da immer noch die Angst ist, ihm nicht zu genügen. »Du bist Levents erste Freundin.«

»Na ja, so ganz stimmt das nicht«, wende ich ein, aber sie widerspricht mir.

»Zusammen war er mit keiner von ihnen. Du bist die Erste, die ich in seiner Wohnung treffe, die ich überhaupt kennenlerne.«

»Ähm, okay …«, stottere ich verlegen.

»Ehe er zurückkommt, möchte ich dir sagen, dass ich unendlich froh darüber bin, dass du hier bist. Kim hat dich als ihre Freundin beschrieben, das hat sie noch nie von jemandem behauptet. Du musst ein Goldstück sein, denn du machst nicht nur meinen Enkel, sondern auch seine kleine, biestige Schwester glücklich, und das ist wohl nicht gerade leicht«, meint sie augenzwinkernd.

»War nicht meine Absicht«, gebe ich kichernd von mir.

»Sei nicht so bescheiden!«, merkt sie mit einem warmen Augenaufschlag an, als Levent zu uns kommt.

»Möchtest du etwas trinken?«, fragt er seine Grandma.

»Nein, ich wollte dir bloß das hier übergeben, ich muss gleich weiter«, antwortet sie und zückt einen großen Umschlag aus ihrer Lederhandtasche. »Herzlichen Glückwunsch, Levent!«, verkündet sie und lässt sich von ihrem Enkel in die Arme nehmen. Sie reicht dem zwei Meter hohen Levent gerade einmal bis an die Brust.

»Danke.«

»Mach es später auf!«, bittet sie ihn und legt ihre Hand auf seine.

»Okay.« Er sieht sie etwas verwirrt an, erfüllt ihr jedoch den Wunsch und packt ihr Geschenk beiseite. Elegant beugt sie sich zur Seite und fädelt geschickt die Handtasche auf ihren Arm.

»Es hat mich sehr gefreut, Lia. Bis bald!«, sagt sie. Ich nehme ihre herzliche Umarmung gerne entgegen. Gemeinsam bringen wir sie an die Tür. Levent nimmt seine Großmutter ein weiteres Mal in die Arme. »Bis dann!«

»Bye«, kommt es leise über meine Lippen. »Ich mag sie«, meine ich, als er sich zu mir umdreht.

»Sie dich auch«, antwortet Levent und lächelt. »Ich brauche dringend eine Dusche«, gibt er angestrengt von sich, während er sich bereits die schweren Boots von den Füßen streift. Seine Hand greift nach meiner, gemeinsam gehen wir ins Bad, ziehen uns aus und steigen unter die Dusche.

Danach holt Levent, nur mit einem Handtuch um die Hüften, den Umschlag seiner Großmutter ins Schlafzimmer. Ich sehe ihn neugierig an. »Was denkst du, hat sie dir geschenkt?«

»Ich habe keine Ahnung.« Levent setzt sich an den Rand des Bettes und öffnet sein Geschenk. Es vergehen nur wenige Sekunden und doch fühlen sich diese nach Stunden an.

»Und?«

»Es ist ein Vertrag.«

»Ein Vertrag? Worüber?«

»Sie hat mir eine Immobilie geschenkt«, stammelt er fassungslos und sieht mich mit großen Augen an. »Auf eine gute Zukunft!«, liest er vor und zeigt mir die handschriftliche Botschaft seiner Großmutter.

»Wow!«

»Allerdings. Es ist direkt in der Nähe, dort haben nur Topanwälte ihre Kanzleien.«

»Was machst du?«, frage ich, als er aufsteht und nach seinem Handy greift.

»Ich kann das nicht annehmen, zumal ich mir das auch selbst leisten könnte. Mein Dad hat mir eine hohe Summe hinterlassen …« Er hält inne, sieht sich den Schneesturm an und fährt sich mit der freien Hand durchs feuchte Haar.

»Grandma?«

»Ja?« Levent stellt die Lautsprecherfunktion ein.

»Diese Immobilie ist …«

»Ein Geschenk!«, redet sie dazwischen.

»Das ist zu viel.«

»Ich weiß, dass du dich mit Ian selbstständig machen möchtest und ebenso weiß ich, dass er nicht die gleichen Mittel zur Verfügung hat. Ich habe euch die Kanzlei gekauft, die ihr nach eurem Abschluss für eine gemeinsame Zukunft nutzen könnt. Wenn jemand diese Adresse in eurem Briefkopf liest, stehen die Chancen direkt besser. Deswegen die kleine Starthilfe.«

»Kleine Starthilfe nennst du das?«

»Sieh es als Investition an und bedank dich.« Ich kann mir das freche Grinsen nur zu gut vorstellen.

»Danke!«, gibt er schnaubend von sich und fährt sich wieder durch das schwarze Haar. Levent steht mit dem Rücken zu mir, sieht aus dem Fenster und ist sichtlich überwältigt von der Geste seiner Großmutter. Ich schmiege mich an den angespannten Körper.

Levent reagiert sofort, greift um mich herum und dreht mich zu sich nach vorne.

»Enttäusch mich nicht!«

»Versprochen.«

»Nicht nur in Bezug auf die zu gründende Kanzlei irgendwann, auch im Hinblick auf die Beziehung zu Lia. Sie ist das Beste, was dir je passiert ist.«

»Oh ja!«, beschwört er und lässt die linke Hand über meine Brust bis zum Bauchnabel und zwischen die Schenkel wandern. »Ich werde beides mit Goldhandschuhen anfassen.«

»Bis bald.«

»Bis dann!«, verabschiedet er sich, legt auf und presst mir einen heißen Kuss auf den Mund.

Kapitel 37

Um sieben Uhr klingelt mein Wecker und wieder einmal liegt Levent nicht mehr neben mir, als ich aufwache. Seit zwei Wochen schläft er noch weniger, als er es ohnehin getan hat.

Das Rauschen verrät mir, dass er unter der Dusche steht. Ich bemühe mich, leise zu sein, als ich hinter ihn trete und meine Arme um ihn lege.

»Guten Morgen«, haucht er bei Weitem nicht so leidenschaftlich, wie er es noch vor einigen Tagen gemacht hätte.

»Morgen!« Ich verteile Küsse auf Levents Rückentattoo und schmiege mich näher an ihn heran. Es gab Zeiten, da hätte er mich längst zu sich gedreht, heftig gegen die Wand gepresst und mir gezeigt, dass ich ihm gehöre.

»Ich muss heute früh los«, verkündet er und spült sich das Shampoo aus den Haaren. Mit einem leichten Hauch von Enttäuschung lasse ich von ihm, schließe den Bademantel und verlasse das Badezimmer. Kurz nachdem wir wieder in Boston waren, hat es begonnen. Levent hatte zwei Tage nach unserer Rückkehr mit Ian telefoniert und seither wird er immer abweisender. Ich verstehe, dass sie jetzt einiges um die Ohren haben. Die Zeit bis zu den Prüfungen wird knapper und seit er die Immobilie von Liz bekommen hat, sprechen sie pausenlos von der zukünftigen Kanzlei. Trotzdem sind das keine Gründe für sein distanziertes Verhalten mir gegenüber.

Seit unserer Rückkehr hat er ein einziges weiteres Mal mit mir geschlafen. Levent hat mich nicht verschlungen, in den Wahnsinn getrieben oder mich darum gebeten, ihn anzuflehen. Er hat einfach nur mit mir geschlafen, als wäre es ein Punkt auf seiner To-do-Liste, den er abhaken müsste.

»Du bist schon angezogen«, murmele ich überrascht, als er ins Schlafzimmer kommt.

»Ja, ich hab es wirklich eilig. Ian und ich müssen noch ein Projekt besprechen. Er hat heute Geburtstag und will den Abend mit Hannah verbringen.« Das weiß ich längst. Dennoch ist es nicht der Grund für sein Verhalten. Levent kann mir kaum noch in die Augen sehen, geschweige denn Körperkontakt zulassen. Ich frage mich, was ich falsch gemacht habe.

»Wirst du mir sagen, was sich zwischen uns geändert hat?«

»Nichts, ich habe einfach nur Stress.« Das erzählt er mir jedes Mal. Ich glaube ihm wieder nicht.

Die Autofahrt verläuft schweigend, wie die Tage zuvor und vermutlich wird sich das vorerst nicht ändern.

»Ich melde mich später bei dir.« Er gibt mir einen Kuss auf die Wange und wartet mit laufendem Motor, steigt nicht einmal mehr aus. Ich schließe wortlos die Tür und gehe zu Kim und Hannah. Die Machtlosigkeit frisst mich wie brennende Säure von innen auf.

»Es wird immer schlimmer«, stellt Kim fest und sieht ihren Bruder verständnislos an.

»Wo ist Levent?«, höre ich Ian fragen. Ich deute mit einem stummen Nicken in die Richtung seines Wagens.

»Alles Gute zum Geburtstag«, wende ich mich an ihn und nehme ihn in die Arme.

»Danke, habt ihr euch gestritten?«, erkundigt sich Ian.

»Fragst du das gerade ernsthaft?«, erwidere ich.

»Lia ...«

»Irgendetwas stimmt nicht, Levent ist nicht mehr er selbst!«, rede ich dazwischen. Hannah und Kim versuchen, mich mit vorsichtigem Streicheln zu beruhigen, versagen jedoch kläglich.

»Er meint es nicht so.«

»Man könnte glauben, du wärst mit ihm zusammen, so wie du ihn verteidigst«, gifte ich Ian an.

»Ich verteidige ihn nicht.« Ian spricht seine Worte nicht unbedingt überzeugend aus.

»Sondern?«

»Lia«, versucht Hannah, mich zu beruhigen, doch ich reagiere nicht. Ian schweigt und sieht zu Boden. Lautes Hupen erschreckt mich. Wir sehen alle gleichzeitig zu Levents Wagen. Mit gefurchter Stirn sieht er ungeduldig zu seinem Freund und tippt sich demonstrativ auf die Armbanduhr.

»Geh schon, mit dir möchte er ja noch sprechen!«, fauche ich enttäuscht.

»Wir sehen uns«, verabschiedet er sich mit gepresster Stimme, drückt meine Schulter und steigt in diesen gottverdammten Wagen ein. Tränen verlassen meine Augenwinkel und brennen das Gesicht hinunter. Meine Freundinnen schieben mich vorsichtig Richtung Eingang, während ich mich darum bemühe, nicht noch weiter in Tränen auszubrechen.

»Er wird sich nicht von dir trennen«, tröstet mich Kim.

»Das hat er doch bereits. Irgendwie zumindest«, wispere ich leise und verschwinde im Vorlesungsraum.

Bevor der Kurs endet, verlasse ich den Raum und gehe zu dem Hörsaal, aus dem Levent in wenigen Minuten herauskommen sollte. Natürlich ist er nicht da. Weder er noch Ian betreten den Flur. Er hat mich wieder einmal angelogen.

Wenn nicht so viele Studenten um mich herumwirbeln würden, könnte ich unter Tränen zusammenbrechen. Das Gefühl der Hoffnungslosigkeit durchflutet mich und allmählich bin ich mir nicht mehr sicher, ob ich sein Geheimnis je erfahren möchte. Wenn uns die Ungewissheit bereits auseinanderbringt, was wird dann erst die Wahrheit tun?

»Lia?«, höre ich Dan verwundert fragen.

»Hey.«

»Was machst du denn hier? Levent ist nicht da, schon den ganzen Tag nicht.«

»Ach so, okay.«

»Ist alles in Ordnung bei dir?«, erkundigt er sich und legt mir seine warme Hand auf die Schulter. Am liebsten würde ich schreien und weinen zugleich. Stattdessen nicke ich und belüge nicht nur Dan damit.

»Ja«, antworte ich und verschwinde zwischen all den Jurastudenten, zu denen ich nicht gehöre.

Auf dem Parkplatz angekommen entdecke ich auf einmal seinen Wagen und halte sofort Ausschau nach ihm. Doch ich kann ihn nicht finden, bis er plötzlich in meinem Sichtfeld erscheint und in den schwarzen SUV steigt. Er sah müde aus, falls ich das richtig erkennen konnte.

»Das hat nichts zu bedeuten. Levent hat bloß Stress«, höre ich Kims Stimme unerwartet neben mir flüstern. Sie und Hannah sehen mich mitfühlend an.

»Bist du dir sicher?«, hake ich nach und bekomme einen

leeren Blick seitens meiner Freundinnen zur Antwort.

»Du schaffst das, du darfst dich jetzt nur nicht hinter deiner Schutzmauer verkriechen«, redet mir Hannah zu.

»Ich weiß bloß nicht, ob ich das überhaupt noch schaffen möchte.«

Sie atmen gleichzeitig scharf ein, versuchen, mich zum Bleiben zu überreden, und lassen mich letztlich mit traurigen Augen gehen.

Es fühlt sich schrecklich an, in seiner Wohnung zu sein und auf etwas zu warten, was die Situation vielleicht noch unerträglicher macht. Ich fürchte mich vor gleich und trotzdem sitze ich bereits seit zwei Stunden auf der Couch und hoffe, dass er nach Hause kommt. Levent hat sich wieder den ganzen Tag nicht gemeldet. Keine Nachricht, kein Anruf, nicht einmal ein flüchtiger Blick quer über den Flur.

Als dann endlich der Schlüssel ins Schloss gesteckt wird, richte ich mich auf.

»Hallo?«, ruft er vom Eingang und schließt die Tür, als keine Antwort kommt. »Scheiße!«, flucht er schmerzerfüllt. Soll ich zu ihm gehen oder darauf warten, ob Levent nach mir sucht? Ich entscheide mich für Ersteres, weil ich Angst habe, dass das Zweite nicht passiert. »Du bist doch hier!«, stellt er beinahe erschrocken fest, während ich mich mit verschränkten Armen an die Wand lehne.

»Wie war die Uni?«

»Gut und bei dir?«, erkundigt er sich wenig interessiert.

»Du warst gar nicht da.«

»Bitte?«

»Ich habe an deinem Hörsaal auf dich gewartet.«

»Spionierst du mir jetzt nach?«, schnauzt er mich wütend an und geht an mir vorbei. Levent nimmt sich eine Flasche

Wasser aus dem Kühlschrank und trinkt einen großen Schluck.

»Sprich endlich mit mir!«

»Ich weiß nicht, wie oft ich es noch sagen muss, aber ich habe nun mal ...«

»Viel Stress?!«, fauche ich und sehe in ein verwundertes Gesicht. Ich kann seine Standard-Antwort nicht mehr hören. Seit zwei Wochen tischt er mir diesen Mist auf. »Hör endlich auf, mich anzulügen! Ich will wissen, was los ist. Warum du immer wieder Dinge tust, die mich dazu bringen, dich zu hassen?«

»Weil es besser ist, wenn es so wäre!«, brüllt er und knallt die Flasche auf die Küchenzeile.

Ich schrecke auf, als mich der dumpfe Schlag durchfährt und ich seine Worte realisiere. »Du *willst*, dass ich dich hasse?!«

»Ich habe mir das mit einer Beziehung eben anders vorgestellt.«

»Anders?«

»Ja, verdammt. Das ist einfach nichts für mich«, blafft er und sieht aus dem Fenster. Mit den Armen stützt er sich ab und dann lässt er den Kopf ganz langsam nach unten sinken.

»Das sagt der Mann, der über seinen Geburtstag mit mir an die Niagara Fälle zum Tanzen verreist ist? Du kannst mir ja nicht einmal mehr in die Augen sehen!«

Levent holt tief Luft und in diesem Moment weiß ich gar nicht, ob ich seine Antwort überhaupt noch hören möchte.

»Vielleicht habe ich mich bloß in etwas hineingesteigert.«

Ich glaube ihm kein Wort.

Gegen jede Vernunft gehe ich auf ihn zu und suche nach dem Feuer in seinen Augen. Ich spüre, dass er mich liebt, aber womöglich ist das auch nur der sehnlichste Wunsch in mir, der mich das annehmen lässt.

»Du hast gesagt, du würdest mich nicht verlassen«, klammere ich mich an seine Worte fest.

Levent steht immer noch mit dem Rücken zu mir da und starrt ins Nichts. Er kämpft nicht einmal mehr um mich. Und in diesem Moment fühle ich, dass er sich von mir getrennt hat, ohne es laut auszusprechen. Was auch immer sein Geheimnis ist, es hat uns in den vergangenen zwei Wochen mit Schallgeschwindigkeit voneinander entfernt.

Wie ferngesteuert gehe ich in sein Schlafzimmer, packe die Klamotten ein und stelle den Koffer vor die Haustür. Ich brauche mich nicht zu beeilen und schon gar nicht den Wunsch verspüren, er würde mich von meinem Vorhaben abhalten. Diese Hoffnung habe ich längst verworfen.

Als ich den letzten Knopf geschlossen und den Schal um den Hals gebunden habe, dreht er sich zu mir und sieht ins Leere.

Mit zitternden Knien öffne ich die Tür und wäre da nicht der lächerliche Wunsch, Levent würde nach mir greifen und mich bitten, zu bleiben, stände ich bereits im Flur.

Er lässt mich gehen, einfach so.

Solange sich der Fahrstuhl nicht schließt, ringe ich um Fassung. Doch dann setzt er sich in Bewegung und ich muss mich mit beiden Händen an der Stange vor mir festhalten, um nicht schluchzend zu Boden zu sinken.

Kapitel 38

Als ich das Zimmer aufschließe, betrete ich einen leeren Raum. Ich kann nicht glauben, wieder ins Wohnheim zu ziehen. Wie in Trance gehe ich ans Fenster, öffne es und lasse den Schnee in mein Gesicht wehen. Ich heiße ihn mit geschlossenen Lidern willkommen und wünsche mir, die winterliche Kälte könnte den Schmerz in meinem Herzen erfrieren.

Das Klopfen reißt meinen Kopf in die entgegengesetzte Richtung, doch es sind nicht seine grünen, sondern Ians haselnussbraune Augen, die mich ansehen.

»Was willst du? Solltest du nicht mit Hannah in einem Restaurant sitzen?«

»Es tut mir leid, Lia«, erwidert er, anstatt auf meine Frage zu antworten.

»Wieso bist du nicht bei ihm?«, brumme ich und schaue wieder nach draußen.

»Ich dachte, du brauchst mich eher.« Stimmt, Levent hatte weniger Probleme mit dem Abschied. Die Wut verblasst etwas, das Brennen kehrt zurück und damit der Schmerz. Ich möchte ihn noch hinunterschlucken, als mir die erste verräterische Träne über die Wange läuft. Meine Hand legt sich ganz von allein auf meinen Brustkorb, streicht darüber und umfängt meinen Hals. Das Brennen wird dadurch nicht schwächer, egal, wie sehr ich es mir wünsche. »Kann ich irgendetwas für dich tun?«

»Nenn mir den Grund.«

»Für die Trennung?«, fragt Ian, als er neben mir steht.

»Für die Trennung, für sein Verhalten, dafür, dass er möchte, dass ich ihn hasse.«

Ian sieht zu Boden.

»Du willst nicht? Dann geh!« Hass erfüllt meinen ganzen Körper.

»Ich wünschte, ich könnte es dir sagen.«

»Was hält dich davon ab?«

»Der Schmerz in deinen Augen.«

Das Lachen kommt aus meinem Mund, ehe ich es zurückhalten kann. Es ist ein verzweifeltes Lachen, das mich verletzt und traurig macht und doch ist es das Einzige, das ich herausbringe.

»Levent liebt dich.«

»Er hat es so dargestellt, als hätte ich ihn verlassen, dabei war er es.« Hinter uns kommen Kims und Hannahs Stimmen näher, bis sie mich und Ian sehen und verstummen.

»Geh!«, fordere ich ihn wieder auf und wende den Blick ab.

»Er tut es nicht, weil er dich nicht liebt«, murmelt er und verschwindet. Mit geschlossenen Augen ringe ich erneut um Fassung.

In meiner Jackentasche summt es, als Kim und Hannah zu mir kommen. Hastig zerre ich mein Telefon hervor und sacke in mich zusammen, als ich sehe, dass Nick mir geschrieben hat.

Unbekannt: *Hast du das Paket gefunden?*

»Du sollst es finden?«, vergewissert sich Kim und auch Hannah sieht mich erschrocken an.

»Ja.«

»Und?«, hakt Hannah mit weit aufgerissenen Augen

nach.

»Ist doch ohnehin egal. Nichts ist so gelaufen, wie ich es mir gewünscht habe.«

»Was redet sie?«, fragt Kim.

»Der Plan, der mich herführte, ist nicht aufgegangen. Inzwischen ist Dezember und ich habe immer noch keinen Neustart. Ich habe kein Glück gefunden, jedenfalls keines, das mir geblieben ist und mein Leben wurde schon wieder in Stücke gerissen«, keuche ich unter Tränen. Beide nehmen mich in ihre Arme, schließen das Fenster und setzen sich mit mir auf das Bett.

»Was ist denn passiert?« Hannah zeigt auf den Koffer neben sich.

»Er hat mich nicht einmal aufgehalten. Ich habe ihn verlassen, weil er es wollte.«

»Es ist vorbei?«, keucht Kim erschrocken.

Das tränenerstickte Seufzen, das aus mir herauskommt, antwortet ihr. Ich brauche mehrere Anläufe, bis ich ihnen die ganze Geschichte erzählt habe.

»Das verstehe ich nicht, das passt überhaupt nicht zu ihm«, gibt Kim verwundert von sich.

Ich zucke mit den Schultern.

»Er hat gesagt, es sei besser, wenn du ihn hasst?«, versichert sich meine beste Freundin vorsichtig.

»Ja«, antworte ich Hannah.

»Ich glaube das alles nicht«, stammelt Kim vor sich hin.

Das erneute Anklopfen reißt uns aus der Stockstarre. Jede von uns hofft, sein Gesicht zu sehen, doch wieder einmal ist es jemand anders.

»Darf ich?«, fragt Dan, als er den Kopf zwischen den Türspalt schiebt.

»Meinetwegen«, antworte ich leise.

»Du hast ihn also gefunden.« Er sieht auf den Koffer.

»Was meint er damit?«, fragt Kim.

»Ich habe in der Uni nach Levent gesucht und Dan hat mich erwischt.«

»Du hast ihm nachspioniert?«, stellt Hannah niedergeschlagen fest.

»Ja.« Hannah fährt sich mit den Händen durch ihr Gesicht. Ich ahne, was sie jetzt denkt, aber ich hoffe, dass sie es mir nicht vorwirft, sondern für sich behält.

»Sie treffen sich heute Abend, ich dachte, du solltest das wissen.«

Meine Augen füllen sich mit Tränen.

Dan räuspert sich verhalten. »Ich habe nur mitbekommen, dass Meg sagte, Nick habe sich bei ihr gemeldet.«

»Wann?«, hakt Kim nach, ehe ich dazu komme.

»Sieben Uhr, am Charles River. Ihr wisst das nicht von mir!« Er verlässt uns und schließt die Tür. Hannah und Kim blicken sich verständnislos an, als ich aufspringe und Dan folge.

»Warte!«, rufe ich.

Er dreht sich sofort um. »Es tut mir wirklich leid.«

»Warum hast du mir das gesagt?«

»Weil du meine Freundin bist.« Es ist das Schönste, was ich seit Langem gehört habe.

»Danke«, erwidere ich und falle ihm vor lauter Verzweiflung um den Hals. Als er die Umarmung erwidert und ich meine Augen wieder öffne, sehe ich Levent hinter uns. Er wirkt durcheinander, verzweifelt, vielleicht sogar ein wenig eifersüchtig und doch geht er wortlos an uns vorbei.

»Ähm?«, murmelt Dan und sieht mit mir in seine Richtung. »Ich wusste nicht, dass es so schlimm ist.«

»Es ist noch viel schlimmer«, gestehe ich und beobachte, wie Levent unser Zimmer betritt.

»Geh schon.«

»Nein.«

»Wieso nicht?« Am liebsten würde ich ihm sagen, dass ich es mit Levent nicht aushalte, seine Blicke nicht ertrage, nicht mit ihm in einem Raum sein kann, ohne von ihm berührt zu werden. Stattdessen stehe ich da und spüre, wie die Leere meinen Körper zum Zittern bringt.

»Das wird schon wieder, glaub mir«, merkt Dan zuversichtlich an.

»Ich wünschte, du hättest recht.« Verständnisvoll schließt er mich in den Arm und tatsächlich hilft die freundschaftliche Geste. Gemeinsam warten wir darauf, dass Levent das Zimmer verlässt, ehe ich zu meinen Freundinnen zurückkehre. »Ich kann nicht glauben, dass er sich mit Nick trifft«, murmele ich. In Dans Augen meine ich, das Gleiche zu erkennen, auch wenn er es nicht laut ausspricht.

Als Levent endlich wieder an uns vorbeigeht, mich mit einem Blick inspiziert, der mir einmal mehr Schmerzen durch den Körper jagt, verschwinde ich in meinem Zimmer.

Es ist halb sieben, als ich mir den Mantel anziehe.

»Willst du dir das wirklich ansehen?«, fragt Hannah zum wiederholten Mal. Kim straft sie mit giftigen Blicken.

»Ich muss wissen, warum er sich ausgerechnet mit Nick treffen möchte.«

Gemeinsam gehen wir ans Flussufer und verstecken uns hinter dem dicksten Baumstamm, den wir finden können. In der letzten Sekunde springt Hannah zu uns, da erscheint

Levent bereits. Er ist zu früh.

»Hey«, hören wir ihn sagen. Kims Gesicht wandert in Zeitlupe nach rechts, dann wieder zurück.

»Er telefoniert«, zischt sie.

»Was dachtest du denn? Dass er mit sich selbst spricht?«, antwortet Hannah sarkastisch. Ich sehe beide warnend an. Wenn sie nicht endlich ruhig sind, wird er uns noch erwischen.

»Wie du magst, ich kann gerade nicht.« Levent hört sich niedergeschlagen an.

»Hey!« Megs Stimme ertönt singend. Ich bilde mir ein, den Geruch von süßer Vanille zu riechen. Was tut *sie* denn hier?

»Ich muss auflegen, bis später.« Gebannt warten wir die nächsten Sekunden ab.

»Levent!«, kreischt das blonde Gift mit den roten Nägeln.

»Meg? Was machst du hier?« Levent scheint ebenso verwundert.

»Wir wollten uns doch treffen«, entgegnet sie ahnungslos.

»Willst du mich verarschen? Ich hatte diesem Treffen zugestimmt, weil Nick auftauchen sollte«, erklärt er ihr mit drohendem Unterton. Kim sieht aufgeregt zu mir.

Meg gibt unverständliches Geplänkel von sich.

»Hör mir zu, tu mir den Gefallen und sorg dafür, dass es ein Treffen mit Nick gibt«, redet Levent in ihr Gemurmel.

Kim, Hannah und ich sehen uns gespannt an.

»Vereinbare ein Treffen mit Nick«, widerholt er, als nichts von dieser blöden Kuh kommt.

»Mit Bex, weshalb?«

»Tu es einfach.«

»Und was habe ich davon?«, fragt sie anzüglich und in dem Moment, in dem ich einen kurzen Blick riskiere, presst sie ihm ihre Lippen auf den Mund.

Levent stößt sie sofort von sich. »Was soll das denn?«, flucht er und wischt sich über die Lippen. »Hör mal, ich will nur wissen, ob du ein Treffen mit Nick vereinbaren kannst«, regt er sich auf. Trotzdem lindert es nicht den Schmerz und die Wut in mir, die ich angesichts ihres Versuchs verspüre. Was bildet sie sich eigentlich ein? Kim und Hannah sehen mich beruhigend an, obwohl es nichts nutzt.

»Wann soll es stattfinden?«

»So schnell wie möglich.«

»Okay«, haucht sie in ihrem gewohnten Singsang, geht davon und scheint überhaupt nicht verstanden zu haben, dass sie ihn niemals hätte küssen dürfen. Ich atme leise durch, als Levent ebenfalls verschwindet und ich mich nicht länger verstecken muss.

Kapitel 39

Es ist die letzte Woche vor Weihnachten und bislang gibt es keinerlei Anzeichen, die mich auf ein Wunder hoffen lassen. Levent meint es verdammt ernst mit seiner Trennung. Wir sehen uns nur, wenn er Kim besucht – was in der Vergangenheit deutlich abgenommen hat –, oder wenn wir uns zufällig auf dem Unigelände begegnen.

Das Buch vor mir dient als reines Alibi. Seit einer Stunde sitze ich an meinem Stammplatz in der Bibliothek, schaue aus dem Fenster und denke nach. Über den Schnee, der sich wie ein Teppich über die Dächer Bostons legt, über die traurige Stimme meiner Mutter, als sie hörte, dass ich Weihnachten nicht nach Seattle kommen würde und über Levent.

Weiß er denn gar nicht, wie sehr ich ihn brauche? Oder interessiert es ihn nicht, wer nun bei mir ist, wenn ich nachts schweißgebadet aufwache und keuchend um Luft ringe? Wenn ich an den leeren Ausdruck zurückdenke, mit dem er mich angesehen hat, als ich ging, entweicht meinen Lungen jegliches Lebenselixier. Es ist, als würde die Luft brutal aus meinem Körper gepresst werden und alles, was ich jetzt noch höre, ist, das schmerzliche Rauschen meines Bluts.

Wieder einmal verlasse ich die Bibliothek, ohne auch nur das Buch überhaupt aufgeschlagen zu haben.

Das jämmerliche Gedudel, die bunte Beleuchtung, der weiche Duft nach Zimtsternen – wieso konnte dieses

Weihnachten nicht ausfallen?

Ich ziehe den Schal enger um meinen Hals, als ich durch den Schnee laufe. Kim und Hannah wollten mich eigentlich abholen, ich habe ihnen wie in den Tagen zuvor abgesagt. In letzter Zeit bin ich wirklich eine miserable Freundin. Sie geben sich so viel Mühe, aber ich lasse jeden Versuch mit einem harten Knall gegen die Wand fahren.

Doch es ist einfach so, dass jeder Blick, jedes Seufzen und jede noch so tröstliche Berührung alles nur noch schlimmer macht. Von Tag zu Tag werde ich trauriger.

Mein Telefon vibriert in meiner Jackentasche. Rasch hole ich es hervor. »Hallo?«, frage ich, als ich Hannahs Anruf entgegennehme.

»Wo bist du, Lia?«

»Ich musste etwas in der Bibliothek erledigen, wieso?«

»Es ist schon spät, wir haben uns Sorgen gemacht.«

Ein Blick auf die Uhr zeigt, dass es fast acht Uhr ist. »Ich habe die Zeit vergessen.«

»Sollen wir dich abholen?«

»Nein, ich bin bereits unterwegs.«

»Du musst da rauskommen. Ich lasse nicht zu, dass du wieder in diesem schwarzen Loch verschwindest.«

»Werde ich nicht.«

»Das bist du längst, Lia.«

»Bis gleich!«, beende ich das Telefonat, schlucke den aufkommenden Kloß hinunter und genieße den kühlen Schnee auf meinen geschwollenen Lidern.

Die Sehnsucht hat mich in der letzten Woche zu merkwürdigen Dingen getrieben und so sitze ich auch jetzt wenig später in einem Taxi, das mich zu Levents Wohnung fährt. Ich steige wie immer nicht aus, sondern fahre das Fenster herunter, sehe hinaus und warte darauf, dass er zu mir kommt. Wie die Abende zuvor lasse ich mich nach zehn Minuten zurück ins Wohnheim bringen. Jedes Mal, wenn das Taxi wieder zurückfährt, fühle ich mich einsamer als davor und trotzdem kann ich es am darauffolgenden Tag nicht sein lassen. Ich muss herkommen, auch wenn ich danach noch gebrochener bin.

Auf dem Weg in mein Zimmer spüre ich das kalte Metall seines Schlüssels an den Fingern. Ob ich den jemals wieder brauchen werde?

»Gott sei Dank!«, ruft Kim.

»Wo warst du denn?«, fragt Hannah.

»Und lüg uns nicht wieder an!«, warnt mich Kim mit schiefem Blick. Sie wissen, dass ich nicht ehrlich zu ihnen bin.

»Soll ich verraten, was ich jeden Tag mache? Ich werde nachts von einem Albtraum aus dem Schlaf gerissen. Dann warte ich darauf, dass mein Wecker klingelt und gehe in die Uni. Ich versuche, die quälenden Gedanken an Levent zu unterdrücken, sehne den Moment herbei, in dem die letzte Vorlesung vorübergeht und lasse mich zu seiner gottverdammten Wohnung fahren. Ich steige nie aus, sondern warte auf etwas, das nicht passieren wird, ehe ich hierher zurückkehre.«

Kim und Hannah nehmen mich nach einigen Sekunden schockiert in ihre Arme.

»Das muss aufhören«, sagt Kim.

»Ich weiß«, sage ich leise und schließe die Augen, als bereits die nächsten Tränen meine brennenden Augenwinkel verlassen.

»Levent und ich sind gleich zum Essen verabredet«, erklärt seine Schwester entschuldigend, schnappt sich ihre Jacke und verabschiedet sich von uns, nicht, ohne mich noch ein letztes Mal zu drücken.

»Wir machen uns einen schönen Abend. Gucken Filme und bestellen uns eine Pizza Margherita?«, schlägt Hannah mit einem halbherzigen Lächeln vor. Ich willige ein, obwohl ich keine Lust habe. Hannah deckt die Bettdecke auf, bestellt eine große Pizza Margherita und durchsucht anschließend die Mediathek. »Was möchtest du schauen?«

»Egal, du darfst aussuchen.«

»Etwas Lustiges!«, verkündet sie und wählt eine Komödie aus.

Wir unterhalten uns über belanglosen Kram, bis es an der Tür klopft und uns der Geruch nach warmer Tomate, zerlassenem Mozzarella und frischem Basilikum in die Nase steigt. Trotz des bestechlichen Dufts verspüre ich keinen Appetit.

»Und jetzt entspannen wir!«, ruft meine beste Freundin aus, nachdem sie die Pizza bezahlt und sich wieder neben mich auf das Bett gesetzt hat.

Mit einem zustimmenden Laut kuschele ich mich an Hannah, die mit einem Knopfdruck den Film startet. Sie legt die Decke über unsere Beine, stellt den Laptop auf ihre Oberschenkel und schiebt sich ein dampfendes Stück Pizza in den Mund.

»Oh, verdammt!«, flucht sie. Mit hektischen Bewegungen schnappt sie nach Luft und verlangt ihre Wasserflasche. »Mist!«

»Verbrannt?«

»Und wie!«, jammert sie und zeigt mir ihre rote Zunge.

Falls sie das nur getan hat, um mich aufzumuntern, ist der Versuch gescheitert. Wie auch die Idee, sich eine Komödie anzusehen. Ich lache kein einziges Mal, den ganzen Film nicht.

»Der war lahm, lass uns einen anderen anschauen«, kommt es von Hannah, als der Abspann läuft.

»Das ist wirklich lieb von dir, aber ich würde gerne schlafen«, lehne ich ab, als vor der Tür Stimmen ertönen. Hannah und ich sehen uns im gleichen Moment an und scheinen ebenfalls dasselbe zu denken. Leise schleichen wir uns an die Zimmertür und legen unsere Ohren an das kühle Holz.

»Geht es ihr gut?«, vernehmen wir Levent.

»Hast du sie dir mal angesehen?«

»Kannst du einfach mit einem *Ja* oder einem *Nein* antworten?«

»Levent, es geht ihr hervorragend. Ich würde sagen, so gut wie noch nie!«

»Vielen Dank.«

»Du bist der größte Mistkerl.«

»Ich weiß!«

»Was ich nur nicht verstehe, ist das *Warum*.«

»Das ist auch besser so.«

»Du liebst sie.«

»Aber das reicht nicht. Schlaf gut, Kim«, erwidert er traurig und geht mit schweren Schritten davon. Ich muss mir wieder einmal beide Hände vor den Mund pressen, damit ich mich nicht durch lautes Schluchzen verrate. Als Kim ins Zimmer kommt und uns hinter der Tür sieht, schließt sie hoffnungslos die Augen. »Es tut mir leid«, sagt sie leise.

Wortlos machen wir uns auf den Weg ins Gemeinschaftsbad, um uns die Zähne zu putzen.

Die letzte Nacht habe ich fast ausschließlich damit verbracht, aus dem Fenster zu starren. Obwohl ich wieder und wieder darüber nachgedacht habe, verstehe ich es einfach nicht. Ich erinnere mich an die intimen Momente mit ihm, an sein Lachen, das durchtriebene Grinsen, seinen Beschützerinstinkt und an die Erregung in seinem Gesicht, wenn ich sagte, dass ich ihn liebe. Und jetzt soll ihm das alles nichts mehr bedeuten?

Dann denke ich erneut an Nicks Nachrichten, Levents merkwürdige Blicke, das Paket und daran, ob ich mir wirklich sicher bin, sein Geheimnis erfahren zu wollen.

Ich habe mir geschworen, ihn nicht aufzugeben. Doch zu diesem Zeitpunkt waren wir noch zusammen. Ich weiß nicht, was ich tun soll, um den Schmerz aus mir zu vertreiben, diesen Part hat Levent übernommen, nachdem wir zusammenkamen.

Seit unserer Trennung kann ich keine Nacht durchschlafen. Ich bin wieder die unglückliche, leere Lia. Die, die ich nie mehr sein wollte.

»Lia?«, höre ich Hannah leise fragen. Ich drehe mich zu ihr um. »Kannst du nicht schlafen?«

»Nein ... ich verstehe es einfach nicht. Er wollte die ganze Zeit, dass ich bei ihm einziehe und nachdem ich eingewilligt habe, ist alles kaputtgegangen.«

»Das liegt nicht an dir.«

»Woran dann?«

»Keine Ahnung, doch bestimmt nicht an dir. Levent hat sich auch durch das viele Lernen verändert, das hast du selber gesagt.«

»Das stimmt, aber das ist nicht der entscheidende Punkt. Weder die Immobilie noch das Lernen, oder die Tatsache, dass wir zusammengewohnt haben. Levent hat sich erst nach dem Telefonat mit Ian verändert.«

»Wie war er danach?«

»Es war, als hätte er etwas erfahren, das ihm jegliches

Blut aus den Adern entweichen ließ. Mit einem Mal sah er mich an, als wäre ich sein größter Albtraum. Ich kam überhaupt nicht mehr an ihn heran, er hat sich vollkommen verschanzt.«

»Lia …«

»Sein Blick hat mir Angst eingejagt«, unterbreche ich sie.

»Er liebt dich.«

»Vielleicht hat er recht und es reicht nicht.«

»Wie sehr liebst du ihn?«

»Mehr als ich jemals glaubte, lieben zu können.«

»Dann musst du sein Geheimnis herausfinden und für dich entscheiden, wie du damit umgehst.«

»Ich habe Angst.«

»Vor ihm?«, stellt meine beste Freundin erschrocken fest.

»Vor dem Geheimnis.«

»Ich auch«, murmelt Kim leise und knipst die Tischlampe an. Sie umfasst den Anhänger der Kette, die sie von ihm zum Geburtstag geschenkt bekommen hat und die blauen Augen funkeln wach in den halbdunklen Raum hinein, obwohl wir dachten, sie würde schlafen. Und mit einem Mal zieht plötzlich eine Panik in das Zimmer ein, die uns allen die Luft zum Atmen raubt.

Den Rest der Nacht bekommt keine von uns ein Auge zu.

Kapitel 40

»Bis nachher«, verabschiede ich mich und verlasse das Zimmer. Hannah und Kim haben erst am späten Vormittag Vorlesungen.

Auf dem Gang begegnen mir unzählige Studenten, an denen ich mich vorbeiquetschen muss, um den Ausgang des Wohnheims zu erreichen. Draußen atme ich die klare Luft ein und stoße sie wolkenartig wieder aus.

Ich habe mich so schnell daran gewöhnt, von Levent in die Uni gefahren zu werden, dass mir der Weg dorthin plötzlich so weit erscheint. Dabei wohne ich nur wenige Gehminuten von der Fakultät entfernt.

Vor dem Haupteingang angekommen halte ich noch einen Augenblick Ausschau. Nach seinem Wagen, nach ihm, nach Ian, nach irgendetwas, das mich zu Levent führt. Enttäuscht greife ich nach dem kalten Messing, öffne die Tür, betrete das Gebäude und stehe mit einem Mal vor ihm. Ich erschrecke mich so sehr, dass ich für einige Sekunden das Atmen vergesse.

Seine Augen blicken mir bis auf den Grund der Seele und für einen kurzen Moment, bilde ich mir ein, den alten Levent darin zu erkennen. Den brennenden, heißen, stürmischen Levent. Ich entdecke den Mann, der mit mir im Regen tanzt und Juniregen durch meinen Körper strömen lässt. Ebenso schnell sehe ich diese Version vor mir verschwinden.

»Darf ich?«, knurrt er heiser, greift nach der Tür in

meinem Rücken und verschwindet.

Levent muss nicht in dieses Gebäude, seine Kursräume befinden sich am anderen Ende der Uni und trotzdem war er hier. Wieso verhält er sich mir gegenüber so distanziert, wenn er extra herkommt? Er weiß, dass er mich hier finden wird, nur mich. Weder Hannah noch Kim belegen einen der Kurse, die in diesem Teil der Uni angeboten werden. Levent war meinetwegen hier und das zaubert mir ein kleines Lächeln um die Mundwinkel.

Doch dann steht Nick vor mir und vertreibt jeden noch so positiven Funken aus mir.

»Guten Morgen«, sagt er in dem für ihn typisch schmierigen Ton. Die Kälte legt sich augenblicklich über meine Kopfhaut. »Ihr habt euch getrennt«, stellt er freudig fest und verschränkt die Arme vor der Brust. Ich stehe wie versteinert am Eingang. »Das reicht aber nicht. Du musst die Wahrheit über ihn wissen!«

»Lass mich in Ruhe«, werde ich panisch und weiche noch einen Schritt weiter nach hinten. Er kommt mir immer näher, bis er mich ganz in die Ecke getrieben hat. Die Angst bahnt sich in den Vordergrund. In den Fingerspitzen spüre ich bereits die anbahnende Taubheit und in meinem Kopf hämmert es wie verrückt. Wenn er nicht gleich verschwindet, werden die ersten schwarzen Punkte vor meinen Augen erscheinen und mich in den Abgrund reißen, in den ich niemals wieder gerissen werden wollte.

»Verpiss dich!«, höre ich jemanden hinter Nick sagen.

»Passt du für ihn auf?«

»Du sollst gehen«, wiederholt Ian seine Worte.

»Bis bald, Lia«, haucht er und sieht mich mit den Augen an, von denen ich nie wieder angesehen werden wollte. Als er endlich verschwindet, atme ich erleichtert aus und kann

das Zittern ein wenig kontrollieren.
»Geht es?«, erkundigt sich Ian.
»Hm.«
»Was wollte er?«
»Nichts.«
»Lia, du kannst es mir sagen.«
»Ach ja? So wie ihr mir immer alles sagt?«, werfe ich ihm bissiger als beabsichtigt vor.
»Hör zu! Das ist etwas kompliziert«, möchte er erklären.
»Wirklich?«
»Ja. Er vermisst dich und …«
»Und was?«, frage ich, als er nicht weiterspricht.
»Es tut ihm leid.«
»Wieso kann er mir das nicht persönlich sagen?«
»Das ist nicht gerade eine seiner Stärken.«
»Sich zu entschuldigen?«
»Um Vergebung zu bitten.«
»Wie soll ich ihm denn vergeben, wenn ich nicht einmal weiß, was?«
»Es ist besser so.«
»Für euch vielleicht«, fauche ich und gehe. Ian hat mir ein weiteres Mal gezeigt, dass es keinen anderen Weg gibt. Ich muss dahinter kommen, was los ist, am besten heute noch!

Den ganzen Vormittag denke ich an das Gespräch mit Ian, an Levents Blick, mit dem er mir begegnet ist, als ich am Morgen plötzlich vor ihm stand. Alles rauscht in Höchstgeschwindigkeit durch meinen Kopf.

Am Nachmittag sitze ich in dem letzten Kurs des heutigen Tages, *Philosophie der bedeutendsten Schriftsteller des vergangenen Jahrhunderts* und erarbeite einen hoffentlich wasserdichten Spionageplan. Na ja, eigentlich überlege ich nur, wann ich am besten in seine Wohnung gelange und wo er das Paket versteckt haben kann. Nicht besonders wasserdicht, aber alles, was ich bisher erarbeitet habe.

Ich: *Ist Levent in eurer Nähe?*

Kim: *Hannah und Ian „lernen" und Levent kommt mich in fünfzehn Minuten zum Sport abholen. Wieso?*

Ich muss schmunzeln, als ich die Anführungszeichen sehe.

Ich: *Schreib mir, wenn er wieder zu sich fährt.*

Kim: *Muss ich mir Sorgen machen?*

Ich: *Nein!*

Kim: *Was hast du vor?*

Ich: *Endlich die Wahrheit herausfinden!*

Kim: *Bist du dir sicher?*

Ich: *So sicher, wie noch nie! Also schreib mir, wenn er kommt.*

Kim: *Versprochen. Und pass auf dich auf.*

Ich: *Mache ich. Wünsch Hannah und Ian viel Erfolg beim „Lernen".*

Kim: *Die bekommen gar nichts mehr von ihrer Umwelt mit, aber ich werde mein Bestes geben!*

Heute sitze ich mit einer anderen Absicht in dem Taxi. Zwar lasse ich mich wieder zu ihm fahren, doch dieses Mal steige ich aus.

Ich muss zugeben, ziemlich aufgeregt zu sein, als ich auf der Etage ankomme und mit dem Schlüssel das Schloss umdrehe. Mein Herz rast, aber ich darf keine Zeit verlieren. Levent wird maximal zwei Stunden beim Sport sein und bis dahin muss ich verschwunden sein.

Leise schließe ich die Tür hinter mir und bleibe zunächst auf der Stelle stehen. Es ist, als sei ich das erste Mal in seiner Wohnung. Wo soll ich mit der Suche anfangen?

Ich laufe in sein Schlafzimmer, schaue jede einzelne Schublade durch. Weder im Kleiderschrank noch in der Kommode oder unter dem Bett kann ich das Paket finden. Vielleicht hat er es im Wohnzimmer versteckt?

In den Bücherregalen gibt es kein Geheimversteck, unter der Couch erwartet mich gähnende Leere und die Küchenschränke weisen auch keinen zweiten Boden auf. Wo ist dieses Paket? Ich befinde mich auf direktem Weg ins Bad, als ich an der Tür vorbeigehe, die ich in den vergangenen Minuten völlig vergessen habe. Natürlich! Es kann nur dort sein.

Aufgeregt drücke ich die Türklinke herunter und bin heilfroh, als ich feststelle, dass das Zimmer nicht abgeschlossen ist. Innerlich habe ich mich schon auf das Schlimmste vorbereitet, als ich tatsächlich in seinem Arbeitszimmer stehe. Alles deutet darauf hin, dass dies nur ein gewöhnliches Zimmer ist und doch habe ich das Gefühl, dass hier das unheilbringende Ding ist. Mit zitternden Fingern öffne ich die Schubladen des Schreibtisches, durchkämme die Regale und finde schließlich das braune Packpapier, als ich das letzte Sideboard durchsuche. Mein Herz schlägt zum Zerbersten schnell.

Bevor ich das Zimmer verlasse, kontrolliere ich noch eben, ob alles so ist, wie es war und greife nach meinem Handy.

Kim: *Er kommt!*

Mist! Ich habe ihre Nachricht zu spät gelesen. Kim hat mir schon vor zehn Minuten geschrieben. Ich schließe die Tür in meinem Rücken, möchte zum Ausgang stürmen und laufe sofort in sein Schlafzimmer, als ich plötzlich Schritte vor dem Eingang höre. Hektisch stelle ich mich hinter den bodenlangen Vorhang und gebe keinen Mucks von mir. Stumm presse ich das Paket an mich.

Der schwere Stoff hat mich gerade vollständig umhüllt, da tritt er bereits in das Zimmer. Mit großen Augen beobachte ich ihn durch einen winzigen Spalt und hoffe, dass er mich nicht entdeckt. Er legt die schwarze Sonnenbrille auf die Kommode, zieht sich das Shirt über den Kopf und wirft es mit der Hose auf den Stuhl neben mir. Besonders viel kann ich nicht erkennen, nur, dass er den Raum verlässt. Wenige Sekunden später dringt Rauschen in den Flur und ich nutze die Gunst der Stunde.

Vorsichtig schleiche ich voran, bis an die Stelle, wo ich die Badezimmertür passieren muss. Ich sollte schnurstracks abhauen, bleibe aber für einen kurzen Moment stehen. Sehnsüchtig beobachte ich das Spiel seiner Muskeln in Levents Rücken und entscheide mich doch dafür, ihn zu verlassen.

Mein ganzer Körper zittert, als ich die Haustür leise ins Schloss ziehe und hinter den Fahrstuhltüren verschwinde. Die Fahrt nach unten fühlt sich nach Abschied an. All die Tage, an denen ich her- und doch wieder wegfuhr, ohne ihn gesehen zu haben, an denen ich mich zerbrochen und allein fühlte – all das kann nicht zum Ausdruck bringen, wie ich mich gerade fühle. Ich bin in die Wohnung meines Ex-Freundes eingebrochen, um ein Paket zu stehlen, das vermutlich mein Leben zerstören wird.

Ich glaube nicht, dass das wirklich passiert ist. Dass ich mich tatsächlich noch leerer, zerbrochener und dreckiger fühlen kann, als all die anderen Male zuvor. Und das nur ich dafür verantwortlich bin.

Kapitel 41

Als ich mit dem Taxi auf den Parkplatz vor dem Wohnheim fahre, kann ich immer noch nicht realisieren, was vor wenigen Minuten geschehen ist. In meinem Kopf herrscht das reinste Chaos, als ich die Stufen nach oben beschreite und Kim und Hannah vor mir stehen sehe.

»Wir wollten gerade nach dir suchen«, sagt Hannah und sieht verstört auf das Paket in meinen Händen.

Wortlos gehe ich an ihnen vorbei und setze mich samt Mantel auf den Boden. Sie folgen mir sofort, schließen die Zimmertür und hocken sich zu mir.

»Was ist passiert?«, kommt es augenblicklich aus Hannah herausgeschossen und ich fasse in knappen Worten die Geschehnisse in Levents Wohnung zusammen. »Lia, ist alles in Ordnung?« Hannah legt ihre Hand auf meine Schulter, als ich immer tiefer in mich zusammenfalle. Mein Rücken biegt sich ganz von allein durch und als ich die Knie anziehe und den Kopf darauf abstütze, durchfährt mich ein Stechen. Die Tränen laufen mir über das Gesicht.

»Ich war kurz davor, zu ihm zu gehen, als ich vor dem Bad stand und ihm beim Duschen zugesehen habe.«

»Verdammt!«, kommt es aus dem Mund meiner Freundin heraus.

»Wo war das Paket?«, hakt Hannah nach.

»In seinem Arbeitszimmer«, schluchze ich und sehe auf die Aufschrift vor mir. Mein Herz hämmert immer fester.

»Ganz ruhig«, tröstet mich Hannah. Ihr Streicheln besänftigt mich leider nicht wirklich. Gemeinsam sitzen wir auf dem Boden, das Paket in der Mitte. »Bereit?«

»Nein«, krächze ich. Mittlerweile frage ich mich, ob der Inhalt überhaupt noch relevant ist, wo er uns doch schon auseinandergetrieben hat.

»Soll ich lieber?«, meint Kim. Ich nicke zitternd und fühle mich, als würde ich damit mein persönliches Ende unterschreiben. Wir blicken gespannt auf das aufgeschnittene Klebeband. In wenigen Sekunden werden wir Levents Geheimnis einen Schritt näherkommen. Das Pochen in meiner Brust wird schneller und an meinen Händen bildet sich kalter Schweiß. Als Kim das Paket öffnet, sehe und rieche ich etwas, für das ich niemals hätte bereit sein können.

Das Würgen durchzuckt meinen ganzen Körper. Erinnerungen, die ich längst vergessen wollte, holen mich einmal mehr ein und reißen mich buchstäblich hinunter. Da ist der Reißverschluss, den ich heute noch in meinem Gesicht spüre. Und der Gestank, der mich auch in der kommenden Nacht aus dem Schlaf reißen wird. Hektisch stoße ich mich nach oben, flüchte aus dem Zimmer und renne den Flur entlang.

»Lia?«, rufen Kim und Hannah, als sie in den Gemeinschaftswaschraum stürmen und dem Geräusch meines Erbrechens folgen.

»Verdammt, was hat sie denn?«, will Kim verzweifelt wissen.

»Beruhig dich, Lia«, redet mir Hannah zu.

Aber das kann ich nicht. Immer wieder sehe ich den dunklen Stoff und den silbernen Reißverschluss. Ich rieche den beißenden Geruch nach Ammoniak, Rauch und Alkohol und spüre den feuchten Atem an meinem Hals,

als der Ekel ein weiteres Mal meinen Körper durchjagt.

»Seil still!«, keucht er und drückt die stinkende Jacke in mein Gesicht. »Deine Augen sind so schön!« Mit aller Gewalt versuche ich, ihn von mir zu stoßen. Das verzweifelte Zappeln erregt das Monster und so presst er die scharfen Zacken des Reißverschlusses noch tiefer in die ohnehin schon schmerzende Wange.
»Nein!«, schreie ich durch den festen Stoff. Das Gewicht bringt mich zum Stillliegen.
Immer wieder schlägt das Monster auf mich ein. Der Schmerz breitet sich aus wie eine Krankheit, gegen die es kein Gegenmittel gibt. In meinem Kopf dröhnt die Musik nach und aus meinen Augen fließen stumme, qualvolle Tränen.
Nein, nein, nein. Bitte, nicht. Nicht.
Nein.
Das feuchte Fleisch reibt an meiner Haut, verteilt einen sauren Gestank, weckt den Würgereiz in mir.
Bitte, nicht.
Nein.

»Lia!«, kreischt Hannah in den Flashback hinein. Ich bekomme keine Luft. Das darf nicht sein. Es kann unmöglich die Jacke von *damals* sein! Ich verdränge den Gedanken, bemühe mich, meinen Atem zu kontrollieren, und werde von erneutem Würgen eingeholt.

Es vergehen Minuten, in denen mich Kim und Hannah zu beruhigen versuchen. Gemeinsam bringen sie mich zurück ins Zimmer.

»Was hat das zu bedeuten?«, kommt es verzweifelt aus Kims Mund. Ihr Finger zeigt zögerlich auf die Jacke, die *damals* zum Leben erweckt.

»Lia?«, hakt Hannah vorsichtig nach, als ich wie versteinert vor dem geöffneten Paket stehe. Mit einem Mal ist wieder die Leere in mir. Keine noch so kleine Träne verlässt meine Augenwinkel. Gefangen in dieser Hülle, die sich mein Körper nennt, sehe ich mich in dem schwarzen Loch versinken und spüre, wie das Blut aus meinen Adern entweicht.

Als Kim die Jacke herausholt, ist es, als hätte man mich nach einer Nacht unter Wasser noch ein Stück tiefer gen Abgrund gedrückt. Ich denke an Levents Augen, an seine Küsse und an das befreiende Gefühl, dass er mir in den Bauch gezaubert hat und endlich kann ich an die Oberfläche zurückkehren. Keuchend befreie ich mich aus der Schockstarre und gebe atemlos: »Tu sie weg!«, von mir.

»Okay«, versichert Kim und lässt sie noch im gleichen Moment verschwinden.

»Was ist mit der Jacke?« Hannah streichelt gleichmäßig über meinen bebenden Rücken.

»Sie ist vom Monster.«

»Was?«, kommt es erschrocken aus ihr heraus.

»Sie gehörte Levent«, wispert Kim geschockt. Ich reiße den Kopf sofort zu ihr herum. »Bitte, lass das nicht sein Geheimnis sein«, gibt sie verzweifelt von sich.

Die Panik krallt sich klauenartig an mir fest und von Sekunde zu Sekunde wird es schmerzhafter. Ich spüre, wie das Leben aus mir verschwindet und das Monster einzieht. Wie es mich mitnimmt, in den Abgrund, in das schwarze Loch, aus dem ich mich nur mit Levents Hilfe befreien konnte. Ich fühle, wie die Kälte sich ausbreitet, merke, wie mich die alten Verhaltensmuster einholen.

Die Angst drückt mich nach unten, lässt mich Bilder sehen, die ich nie wieder sehen wollte. Lässt mich Dinge hören, die ich nie wieder hören wollte. Und lässt mich Schmerzen spüren, die jetzt noch heftiger sind als beim ersten Mal.

Dieses verfluchte Monster will mich glauben lassen, dass es mein Leben noch viel schlimmer zerstören kann, als es das bisher getan hat.

»*Alles wird gut, Baby!*«, höre ich es in meinem Herzen flüstern. Sein Flüstern, das Einzige, das ich hören will, das mich trösten kann.

Ein leichtes Streicheln berührt meine Wange. Sein Streicheln, das Einzige, das ich spüren möchte.

Seidiger Duft nach Moschus und Levent steigt mir in die Nase. Der einzige Duft, den ich riechen will.

Die Worte meiner Freundinnen dringen nicht bis zu mir durch. In meinem Ohr rauscht der Regen, donnert das Gewitter, flammt der Blitz. Aber am lautesten schreit die Sehnsucht nach ihm, am heftigsten brennt der Schmerz in meinem Herzen und am schlimmsten grollt die Wut in mir.

Wie in Trance gehe ich ans Fenster und öffne es. Der Schnee glänzt auf den Dächern und der Wind weht antarktisch ins Zimmer. Dampf steigt aus dem anthrazitfarbenen Wasserabfluss der Kanalisation empor. Wolken durchziehen den opalfarbenen Himmel.

Das Aufreißen der Tür hinter mir erschreckt mich so sehr, dass ich einen ordentlichen Satz nach vorne mache und noch unkontrollierter atme. Hastig drehe ich mich um.

»Nein!« Sein Hauchen klingt schmerzerfüllt, als er das geöffnete Paket sieht. Er zerreißt mir das Herz. Levent kann mir kaum in die Augen schauen. Ian steht wie angewurzelt daneben. Wenn ich jetzt nicht in den Autopilotmodus wechsele, überstehe ich die kommenden Minuten nicht. In mir breitet sich ein Ball voller Angst aus. Er rollt durch mich hindurch und hinterlässt brennende Spuren. Alles in mir schreit und lechzt nach Erlösung, doch was ist, wenn ich die nie bekomme?

»Was bedeutet das?«, schießt Kim los.

»Wieso musstest du dieses Paket finden?«, fragt er verzweifelt in meine Richtung. Je länger ich vor dem braunen Untergang stehe, desto mehr entgleiten Levent die Gesichtszüge. Die Stille ist ohrenbetäubend laut, jeder Atemzug beinahe der berühmte Tropfen, der das Fass zum Überlaufen bringt.

»Die Frage ist wohl eher, warum ich es bei dir finden musste«, entgegne ich.

Hannah, Kim und Ian sehen mich mit angehaltenem Atem an. Sie wissen, dass ich es heute erfahren werde, dass ich mich nicht noch mal abfertigen und schon gar nicht davon beirren lasse, dass er mich angeblich nicht mehr liebt.

»Du hast es einfach mitgenommen«, stellt Levent verzweifelt fest und sieht auf die Jacke. »Wieso nur?«

»Sag mir lieber, weshalb mich der Inhalt zum Würgen bringt. Was diese Jacke bei dir zu suchen hat!« Egal, wie sehr ich leide, wie viel Schmerz durch meine Adern fließt, wie oft mein Leben noch auseinandergerissen wird, heute werde ich die Antworten bekommen, die mir Levent schon lange schuldig ist. Sein bester Freund steht nervös neben ihm und auch Kim und Hannah geben nun keinen Mucks mehr von sich.

Levent fährt sich verzweifelt durch das dunkle Haar und möchte nach dem Paket greifen. Mit schnellen Schritten trete ich auf ihn zu und stelle mich vor die Tür. »Du wirst nicht gehen, ehe du mir gesagt hast, was du damit zu tun hast.«

»Lass das, Lia«, gibt er angestrengt von sich. Doch ich schüttele den Kopf. Nein, es reicht!

»Antworte mir«, fordere ich. Hannah blickt mit großen Augen zu mir, Kim tut es ihr nach. Keine der beiden kann mich jetzt noch aufhalten.

»Sie gehört mir«, gesteht er und sieht zu Boden. Ich schlucke und ringe um Fassung. Der traurige Klang seiner Stimme bringt mich außer Takt, aber dann sammele ich mich und erinnere mich daran, warum ich das überhaupt alles tue. Ich will die Wahrheit wissen.

»Sie ist von dem Monster. Das weißt du, genauso wie du weißt, was Nick damit meinte, als er von meinen Augen sprach.« Ian atmet hörbar aus und möchte einen Schritt auf mich zukommen, als ich ihn mit einer energischen Handbewegung davon abhalte.

»Lia ...«, setzt Levent an und wird sofort von mir unterbrochen.

»Du hast mich glauben lassen, du würdest mich lieben. Dabei wusstest du es die ganze Zeit!«, werfe ich ihm schreiend vor. Meine beiden Freundinnen halten sich an den Händen und sehen mich mit einem Schmerz an, der meinen eigenen noch unerträglicher macht.

»Ich liebe dich, ich bin nur nicht gut für dich. Und glaub mir, ich wusste es nicht die ganze Zeit. Als ich es erfahren habe ...«

Ich stoße einen ungläubigen Laut aus und unterbreche ihn. »Da hast du es mir immer noch nicht gesagt. Stattdessen wolltest du, dass ich dich verlasse, damit es dir mit deinem schlechten Gewissen besser geht, richtig?«, brülle ich und wische mir die Tränen weg. Meine Beine zittern, genauso wie der Rest von mir. Levent gibt kein Wort von sich. Nein, er steht da und sieht mich mit einem Ausdruck an, der mein Herz zum Bluten bringt. »Weißt du, was das Schlimmste ist?«, will ich wissen. Seine Schultern sacken immer weiter nach unten. »Das Schlimmste ist, dass du gut für mich bist, verdammt gut sogar.«

»Du hast keine Ahnung, wovon du sprichst.«

»Ach, nein?«

»Nein«, sagt er mit geschlossenen Augen.

»Dann klär mich auf!« Der Kloß in meinem Hals wird immer größer. Bitterer Geschmack kämpft sich seinen Weg nach oben. Die Panik vor einem erneuten Zusammenbruch wird unbändiger und das Kribbeln auf meiner Haut schmerzlicher.

»Du darfst mich nicht lieben.« Kim, Hannah und Ian halten sich die Hände vor den Mund.

»Warum wollte er, dass ich die Jacke finde?«

»Verstehst du das denn nicht?«

»Nein, Levent!«, schreie ich.

Levent fährt sich unruhig durch die Haare, läuft hin und her und kann mir dabei kaum in die Augen sehen. In mir dreht es sich. Mir ist schlecht und schwindelig und ich habe eine Heidenangst vor dem, was er nicht sagen will und ich um jeden Preis herauszufinden versuche. Was hat er damit zu tun? Wieso deckt er Nick, obwohl er mich liebt?

»Was ist los?«, wispere ich verzweifelt und suche seinen Blick.

Doch Levent schüttelt bloß den Kopf und sieht hoffnungslos zu Boden. »Lia ...«, beginnt er und endet kurz darauf.

»Was, was ist es, Levent?«, brülle ich, gehe zu ihm und schüttele ihn so heftig, dass er mich mit weit aufgerissenen Augen ansieht. Das Herz schlägt mir bis in den Hals hinein. Hart und pochend und voller Schmerz. »Warum wollte er, dass ich diese Jacke finde?« Die Panik in meiner Stimme ist nicht zu überhören.

»Weil ...« Seine Stimme versagt erneut.

»Weil, was?«, schreie ich verzweifelt.

»Weil ich das verdammte Monster bin!«, brüllt er noch verzweifelter.

Der Raum dreht sich um mich.

Der Boden schwebt über mir. Und die Decke droht, mich mit einem heftigen Schlag ins Jenseits zu katapultieren. Die nächsten Minuten rauschen an mir vorbei. Das kann er nicht glauben.

Nein.

»Es stimmt nicht«, murmele ich vor mich hin.

»Was?«, meint Ian verwirrt.

In dem Moment, in dem ich seine Schuhe über den Boden schallen höre, mir den Schmerz in seinen Augen in Erinnerung rufe und an die vielen Male denke, in denen er mich vor dem Monster gerettet hat, erkenne ich es. Erkenne, wovor mein Unterbewusstsein mich bisher geschützt hat, weil ich dafür noch nicht bereit war. Weil ich das Offensichtliche einfach nicht sehen wollte.

Nick ist das Monster!

Heiß brennen sich die Tränen über mein Gesicht, als ich Levent vor meinen Augen verschwinden sehe. Hannah und Kim kommen zu mir, als ich kraftlos zu Boden sinke, doch das, was ich jetzt brauche, können sie mir nicht geben.

Ich brauche ihn, mehr als je zuvor. Mehr als ich jemals dachte, jemanden zu brauchen. Aber er geht, einfach so.

Levent ist weg!

Danksagung

Behind the past ist mein Herzensprojekt und der Start von Allem. Die Geschichte hat mich schon viele Jahre begleitet, bevor ich auch nur ein einziges Wort geschrieben habe. Von der Idee, über das eigentliche Schreiben, bis hin zur Verlagssuche sind einige Nerven verlorengegangen. Deswegen bin ich jetzt umso glücklicher, dass sie ihren Weg zu euch gefunden hat.

Zuerst möchte ich meinen lieben Kolleginnen und Freundinnen danken: Emilia, Kim, Katlynn und Theresa. Ich liebe unseren Austausch und bin froh, euch kennengelernt zu haben.

Emilia, dir möchte ich ganz besonders danken. Für dieses sagenhafte Cover und deine unerschöpfliche Hilfe! Vielen Dank.

Anna, du bist großartig! Ohne dich und deinen unverbesserlichen Optimismus wäre ich vielleicht das ein oder andere Mal durchgedreht. Ich freue mich darauf, die nächsten Bücher mit dir zu besprechen und in Fanmomente zu verfallen.

Ganz besonderer Dank gilt meinem wundervollen Partner. Du hast an mich geglaubt, als ich noch gar nicht wusste, wie ich meine Gedanken in eine ordentliche Form bringen soll und du hast immer noch an mich geglaubt, als ich es schon lange nicht mehr tat. Danke, dass du alles tust, damit ich frei sein kann. Du bist mein Held!

Und zum Schluss bedanke ich mich bei allen, die es

bis zu dieser Seite geschafft haben. Ihr seid der absolute Hauptgewinn. Ich kann immer noch nicht glauben, dass ihr die Geschichte mit mir lebt und liebt und ihr eine Chance gegeben habt. Ich freue mich schon jetzt darauf, die nächsten Bücher mit euch zu teilen.

P.S. Seid mutig und findet euren Juniregen.

P.P.S. Sorry, für das Ende, aber es geht weiter mit Lia und Levent. Versprochen.

TRIGGERWARNUNG
(Achtung: Spoiler!)

Behind My Past enthält Elemente, die triggern können. Diese sind:

Angstzustände (diese werden unter anderem in Form von Flashbacks und Albträumen dargestellt), Nachstellung und Vergewaltigung.

FSC
www.fsc.org
MIX
Papier | Fördert
gute Waldnutzung
FSC® C083411